凤凰项目
一个IT运维的传奇故事
（修订版）

［美］吉恩·金　凯文·贝尔　乔治·斯帕福德／著
成小留　刘征　等／译　张伸／审校

The Phoenix Project
A Novel About IT, DevOps,
and Helping Your Business Win

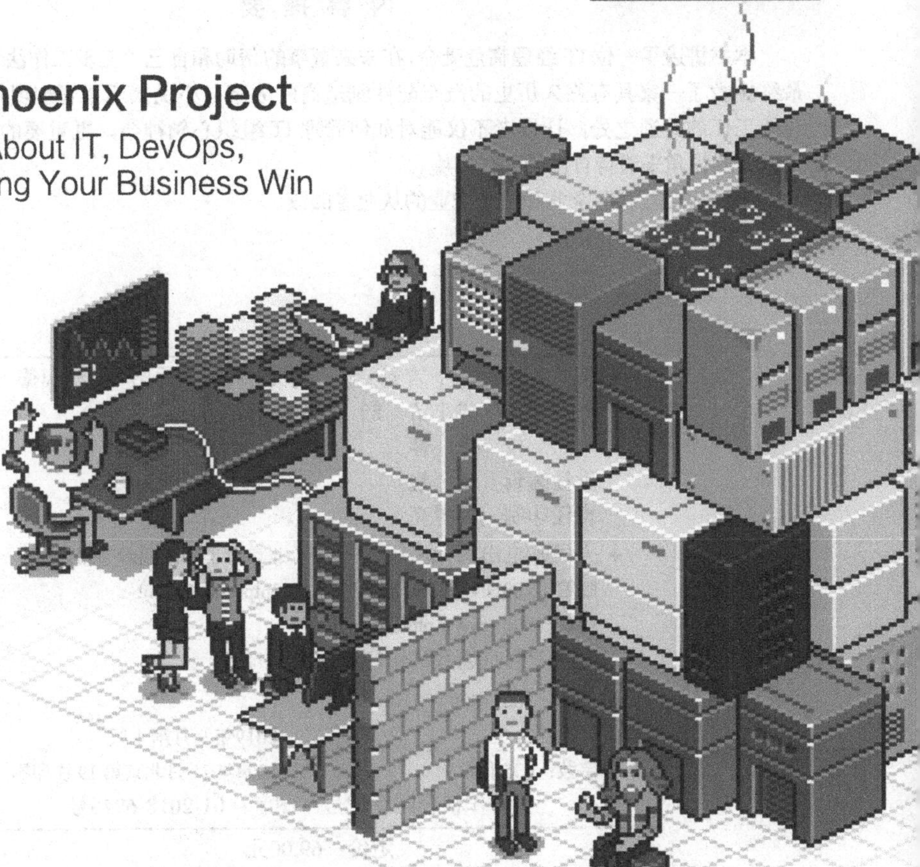

人民邮电出版社
北京

图书在版编目（CIP）数据

凤凰项目：一个IT运维的传奇故事：修订版 /（美）吉恩·金（Gene Kim），（美）凯文·贝尔（Kevin Behr），（美）乔治·斯帕福德（George Spafford）著；成小留等译. -- 北京：人民邮电出版社，2019.9
ISBN 978-7-115-51676-3

Ⅰ．①凤… Ⅱ．①吉… ②凯… ③乔… ④成… Ⅲ．①长篇小说－美国－现代 Ⅳ．①I712.45

中国版本图书馆CIP数据核字（2019）第148189号

内 容 提 要

本书讲述了一位 IT 经理临危受命，在未来董事的帮助和自己"三步工作法"理念的支撑下，最终挽救了一家具有悠久历史的汽车配件制造商的故事。小说揭示了管理现代IT组织与管理传统工厂的共通之处，让读者不仅能对如何管理 IT 组织心领神会，更重要的是将以完全不同于以往的视角来看待自己的工作环境。

本书适合互联网企业和传统企业的从业者阅读。

- ◆ 著　　[美] 吉恩·金　凯文·贝尔　乔治·斯帕福德
  译　　　成小留　刘 征 等
  审　校　张 伸
  责任编辑　朱 巍
  责任印制　周昇亮
- ◆ 人民邮电出版社出版发行　北京市丰台区成寿寺路11号
  邮编　100164　电子邮件　315@ptpress.com.cn
  网址　http://www.ptpress.com.cn
  北京七彩京通数码快印有限公司印刷

- ◆ 开本：700×1000　1/16
  印张：21.75　　　　　　　　　　2019年9月第1版
  字数：435千字　　　　　　　　　2024年11月北京第19次印刷

著作权合同登记号　图字：01-2018-6945号

定价：69.00元
读者服务热线：(010)84084456-6009　印装质量热线：(010)81055316
反盗版热线：(010)81055315
广告经营许可证：京东市监广登字 20170147 号

版权声明

The Phoenix Project: A Novel About IT, DevOps, and Helping Your Business Win © 2018 Gene Kim, Kevin Behr & George Spafford. *The DevOps Handbook* excerpt "The Three Ways" © 2016 by Gene Kim, Jez Humble, Patrick Debois and John Willis. All rights reserved. This edition arranged with C. Fletcher & Company, LLC. through Andrew Nurnberg Associates International Limited.

Simplified Chinese Edition Copyrights © 2019 by Posts & Telecom Press.

本书中文简体字版由 C. Fletcher & Company, LLC. 通过 Andrew Nurnberg Associates 授权人民邮电出版社独家出版。未得书面许可，本书的任何部分和全部不得以任何形式重制。版权所有，侵权必究。

译者序

在当年我还想着成为IT人的学生时代，阅读各种IT类书籍是一件苦差，需要在月明风清的晚上备好香茶点心，沐浴更衣，鼓足勇气才能翻开书本，而且预想的彻夜苦读经常以一夜好梦而告终——书还翻在一开始的几页，似乎字里行间都散发着不可思议的催眠魔力。

然而这本书似乎打破了这种魔咒。在翻译期间一些同样月明风清的晚上，我沉浸在阅读和文字转换的乐趣里直至夜深——不是出于尽早交稿的良心，而是因为实在很想一口气读下去。这不是一本无聊的教材，而是一部类似情景剧的小说，编织了曲折的情节、鲜明的人物、有趣的吐槽，当然还有智慧与实用兼具的各种管理理论和工作理念。作者提到关于本书最喜欢的一段读后感："有些书适合给你的朋友，为了分享阅读的喜悦；有些书适合给你的同事，为了建立理念的共识；有些书适合给你的老板，为了播下伟大的种子。而本书适用于以上所有三种情况。"我想我也无法做出更好的概括了。

进入"互联网+"时代，人们的知识、眼界、模式、理念面临又一次变革，产业和商业格局也因此发生巨大变化。信息技术与核心业务的"黏性"正成为公司竞争力至关重要的构成因素。所以，如果你的老板还觉得IT运维部就是"修电脑的"，那么，给他/她这本书，或者趁早换一个老板。

本书主角任职于一家传统汽车制造业巨头公司，老婆孩子热炕头的"小确幸"日子过得正滋润，突然临阵上马统领IT。主角光环尚未戴稳，缺乏跨团队协作、过度依赖关键个人、办公室政治斗争严重、部门地位尴尬，再遇到并未科学规划又严重消耗资源的"凤凰"项目上马，扶他上位的英明领导又突然变身不近情理的霸道总裁……看着着实凄惨。这时，和很多武侠小说中的情节一样，陷入绝境的男主遇到了扫地僧一样的高人，亲身传授"三步工作法"秘籍，男主终于扬眉吐气，练就一身绝技，率领一班人马帮助公司渡过难关，迎来了期待多年的"凤凰涅槃"。

本书的几位作者都有 IT 从业背景，想必其中不少情节和细节都来自他们的亲身经历。在一次接受采访时，作者之一的吉恩·金表示，他们写作此书的灵感来自于 Flickr 公司的约翰·阿尔斯帕瓦和保罗·哈蒙德在 2009 年关于开发速率的一场演讲。演讲的核心观点是，只要研发部门和 IT 运维部门紧密协作，每天至少能够完成十次部署——"快速将产品推向市场"和"提供稳定、安全及可靠的 IT 服务"这对"鱼和熊掌"能够兼得。

"一天十次部署"是 2009 年前后兴起的"开发运维运动"的一部分，提倡开发部和 IT 运维部通力协作，在完成高频率部署的同时，提高生产环境的可靠性、稳定性、灵敏性和安全性。在此背景下，该运动的几位倡导者决定联手写作，用讲故事的方式把这件事说个明白，讲得好玩。多亏了 IT 男们独有的闷骚和冷幽默，他们没有祭出又一件催眠利器，而是奉上了一本精彩的小说。

最后，万分感谢我的几位朋友在本书翻译过程中，在财会、审计、汽车制造和 IT 的专业词汇方面给我的帮助。感谢某个 IT 运维家伙在我翻译期间，接过了每天晚上给宝宝讲托马斯小火车故事的任务，谢谢你的支持和鼓励。

成小留

人物表

无极限零部件公司

无极限零部件公司：企业经管人员

史蒂夫·马斯特斯：CEO、代理 CIO
迪克·兰德里：CFO
莎拉·莫尔顿：零售运营部高级副总裁
玛吉·李：零售项目管理部高级总监
比尔·帕尔默：IT 运维部副总裁，前中型机技术总监
韦斯·戴维斯：分布式技术运维部总监
布伦特·盖勒：首席工程师
帕蒂·麦基：IT 服务支持部总监
约翰·佩斯凯：首席信息安全官（CISO）
克里斯·阿勒斯：应用程序开发部副总裁

无极限零部件公司：董事会成员

鲍勃·斯特劳斯：首席董事、前董事长、前 CEO
埃瑞克·里德：候选董事
南希·梅勒：首席审计官

即时公告

8月29日，周五
公司：无极限零部件公司（PAUD）
评级：出售
目标价格：8美元（现价13美元）

  即日起，无极限零部件公司CEO史蒂夫·马斯特斯辞去其已担任8年之久的董事长职务。已退休的董事鲍勃·斯特劳斯复出任董事长，他20年前担任过公司的董事长和CEO。

  在巨量交易的压力下，无极限零部件公司股票在过去30天内暴跌19%，与其三年前的最高股价相比下跌了52%。这家公司不断被其劲敌——一家在预测并及时响应客户需求方面声名鹊起的公司击退。现在，无极限零部件公司在销售增长、库存周转率和赢利能力等方面完全处于劣势。

  长久以来，公司一直许诺将通过密切整合零售与电子商务渠道的"凤凰"项目来恢复赢利能力，缩短与竞争对手之间的差距。但是几年来项目一再延迟。很多人认为，这家公司会在下个月的分析师财报电话会议上再次宣布项目延期。

  据信，韦恩-优科豪马等机构投资者向鲍勃施加压力，要求其对董事会进行调整。这是让这家位于埃克哈特格鲁夫的公司重回正途的第一步。越来越多的投资者正在推动领导层大换血，以及公司拆分等战略方案。

  尽管马斯特斯曾经有过辉煌的成就，把无极限零部件公司转变成了一家汽车零部件制造和零售的顶级企业，但我们认为董事长和CEO这两个职位早就应该分开了。不管是从外部引进人才还是从内部提拔，无极限零部件公司都需要新的领导者。负责零售运营的高级副总裁莎拉·莫尔顿是公司的后起之秀，我们相信她正是公司所急需的人选。

  据悉，董事会给了斯特劳斯和马斯特斯6个月时间，要求他们做出显著的改进。如果他们做不到这一点，那就让我们拭目以待更多变化和动荡吧。

——凯利·劳伦斯，内斯特·梅耶斯公司首席行业分析师

目　录

第一部分

第 1 章
9月2日，星期二　　/ 2

第 2 章
9月2日，星期二　　/ 10

第 3 章
9月2日，星期二　　/ 18

第 4 章
9月3日，星期三　　/ 26

第 5 章
9月4日，星期四　　/ 38

第 6 章
9月5日，星期五　　/ 47

第 7 章
9月5日，星期五　　/ 55

第 8 章
9月8日，星期一　　/ 63

第 9 章
9月9日，星期二　　/ 71

第 10 章
9月11日，星期四　　/ 77

第 11 章
9 月 11 日，星期四　　/ 83

第 12 章
9 月 12 日，星期五　　/ 88

第 13 章
9 月 15 日，星期一　　/ 98

第 14 章
9 月 16 日，星期二　　/ 104

第 15 章
9 月 17 日，星期三　　/ 110

第 16 章
9 月 18 日，星期四　　/ 119

第二部分

第 17 章
9 月 22 日，星期一　　/ 126

第 18 章
9 月 23 日，星期二　　/ 130

第 19 章
9 月 23 日，星期二　　/ 135

第 20 章
9 月 26 日，星期五　　/ 147

第 21 章
9 月 26 日，星期五　　/ 157

第 22 章
9 月 29 日，星期一　　/ 163

第 23 章
10 月 7 日，星期二　　/ 171

第 24 章
10 月 11 日，星期六　　/ 175

第 25 章
10 月 14 日，星期二　　/ 181

第 26 章
10 月 17 日，星期五　　/ 188

第 27 章
10 月 21 日，星期二　　/ 195

第 28 章
10 月 27 日，星期一　　/ 202

第 29 章
11 月 3 日，星期一　　/ 209

第三部分

第 30 章
11 月 3 日，星期一　　/ 216

第 31 章
11 月 3 日，星期一　　/ 221

第 32 章
11 月 10 日，星期一　　/ 227

第 33 章
11 月 11 日，星期二　　/ 232

第 34 章
11 月 28 日，星期五　　/ 238

第 35 章
1 月 9 日，星期五　　/ 244

后记　　/ 252

致谢　　/ 257

第四部分 三步工作法

序言 / 262

啊哈！ / 263

导言：展望 DevOps 新世界 / 268

第一部分 DevOps 介绍 / 280

第 1 章
敏捷、持续交付和三步法 / 283

第 2 章
第一步：流动原则 / 289

第 3 章
第二步：反馈原则 / 298

第 4 章
第三步：持续学习与实验原则 / 304

中文版附录：凤凰项目沙盘 / 311

第一部分

第 1 章

9 月 2 日，星期二

"我是比尔·帕尔默。"手机铃声一响我就接起了电话。

我迟到了，所以车速已超速每小时 16 千米。平时我一般只超每小时 8 千米。一早我就在诊所陪着三岁大的儿子，尽量避开其他蹒跚学步的小孩冲我们咳嗽，期间不时被手机的振动打断。

今天的问题是间断性网络中断。作为中型机技术总监，我在无极限零部件公司负责一个规模不太大的 IT 组，保证系统平稳有效地运行。无极限零部件公司位于埃克哈特格鲁夫，是一家年产值 40 亿美元的制造和零售企业。

即便是在死水一潭的技术部门，我也想开创一片自己的天地。我得密切追踪网络故障，因为这些故障会干扰 IT 组所提供的服务，而人们会把服务中断怪罪于我。

"你好，比尔。我是人力资源部的劳拉·贝克。"人力资源部平时和我联系的人不是她，但她的名字和声音听着耳熟……

该死！我想起她是谁了，差点骂出声来。我在公司每月例会上见过她，她是主管人力资源部的副总裁。

"早上好，劳拉。"我强颜欢笑地说，"有什么可以效劳的吗？"

她回答："你什么时候到办公室？我想尽快和你见个面。"

我讨厌别人提出会面却又含糊其辞。我只会在打算责骂或者解雇什么人的时候才会这样做。

等一下。是不是有人想解雇我，所以劳拉才打电话来？是我哪次处理服务中断不够及时？作为 IT 运维人员，我和同事们经常开玩笑说可别因为某次服务中断而丢了饭碗。

我们约好半小时后在她的办公室见面，但她没有透露更多细节。于是我用自己最具诱感力的声音说:"劳拉,到底怎么啦?是我的团队有什么问题吗?或者是我自己有麻烦了?"我特别大声地笑起来,她隔着电话都听到了。

"不,没有那样的事。"她轻快地说,"你甚至可以说这是个好消息。谢了,比尔。"

她挂断了电话。我试着想象在这样的时候会有什么好消息。我毫无头绪,于是重新打开广播,立刻听到我们在零售领域最大竞争对手的一条广告。他们正在宣传其无与伦比的客户服务以及一个非常激动人心的新产品——人们可以在线和朋友们一起定制汽车。

这条广告棒极了。假如我不是一个对公司忠心耿耿的人,恐怕马上就会去体验这项服务。我们还在困境中苦苦挣扎,他们怎么就能源源不断地把这样不可思议的新技术推向市场呢?

我关掉广播。尽管我们一直努力工作,加班加点,但还是被竞争对手不断超越。要是市场部的员工听到这条广告,他们一定会跳起来的。他们大概都是主修艺术或者音乐的,没有技术背景,所以会公开承诺客户一些不可能办到的事,然后 IT 部门就得想方设法拿出东西来。

困难逐年增加。我们必须用更少的资源完成更多的业绩,既要保持竞争力,又要削减成本。

有时候,我觉得那是不可能实现的。也许是我在海军陆战队当了太久的中士,虽然知道应该尽可能跟长官据理力争,但有时候却不得不说一句"遵命,长官",然后去攻下某座山头。

我把车开进停车场。三年前,根本不可能找到空车位。经过几轮裁员,现在停车根本就不是问题了。

我走进劳拉及其团队所在的 5 号楼,立刻发现这栋楼装修得非常精美。我可以闻到新地毯的气味,墙面上甚至铺着上等的木制护墙板。瞬间觉得,我的办公楼里那些装饰画和地毯几十年前就该换了。

那就是 IT 人的命。但至少我们还没有像英国电视剧《IT 狂人》里那样,在一个肮脏、昏暗、阴冷的地下室里工作。

我走进劳拉的办公室,她抬头微笑。"很高兴又见面了,比尔。"她伸出手来,我和她握了握手。"请坐,我看看史蒂夫·马斯特斯是否有空过来。"

史蒂夫·马斯特斯?我们的 CEO?

她拿起电话拨号,我坐下来四处打量。上次来这儿是好几年前的事了,当时人力资源部通知我们腾出一间房作为母婴室。那时候我们紧缺办公和会议场地,又临近一个大项目的截止期限。

我们只不过想在另一栋楼里借用一下会议室。但是,韦斯把这件事传得好像我们是一帮20世纪50年代的疯狂原始人似的。很快，我们俩都被叫到这里，听了半天政治教育课，并接受了人际敏感性培训。拜你所赐，韦斯。

尤其是韦斯还负责着公司网络，所以我对网络故障格外上心。

劳拉对电话那头的人表示感谢，然后问我："谢谢你一接到通知就赶过来。家人最近怎么样？"

我皱起眉头。如果我想聊天，找谁都比找 HR 强。我敷衍地说着关于家人和孩子的玩笑话，尽量不去想手头上的其他急事。最后，我终于不太客气地说："那么，今天上午有什么我可以效劳的吗？"

"当然有。"她顿了一下，然后说，"从今天上午开始，卢克和达蒙不再为我们公司工作了。这件事闹到了公司高层，连史蒂夫也过问了。他决定由你来担任 IT 运维部的副总裁。"

她笑容满面，再次伸出手来："你是我们公司最新的一位副总裁，比尔。我想祝贺一下是应该的吧？"

该死。我木然地同她握了握手。

不，不，不。我最不想要的就是"升职"。

卢克曾是我们的 CIO，也就是首席信息官。达蒙在他手下，而且是我的上司，负责整个公司的 IT 运维。他们都走了，就这么走了。

我没料到会这样。没有一点儿风声，丝毫没有。

过去十年间，CIO 每两年肯定会轮换一次，就像钟表一样有规律。他们在位的时间仅够理解各种首字母缩写的含义，知道卫生间在哪里，推行一堆计划和倡议，然后梦想破灭，再然后走人。

CIO 在这里代表着"Career Is Over"（职业生涯结束了）。而 IT 运维副总裁也做不了多久。

我早就看明白了，要想在 IT 运维管理的岗位上做得长久，一定得有足够的资历，这样才能把事情干好。但是一定要低调，不能卷入政治斗争，以免惹祸上身。我完全不想加入副总裁的行列。副总裁们整天做的就是互发 PPT。

为了套出更多信息，我开玩笑地说："两个高管同时离开？难道他们半夜跑到商店里偷了钱吗？"

她笑了，但很快就恢复到 HR 那种训练有素、不动声色的样子："他们都有别的追求。想要知道更多的事，你只能去问他们自己了。"

俗话说得好，如果你的同事主动告诉你他们要离职，那多半是自愿的。但如果是其他人告诉你的，那他们一定是被迫的。

所以说，我的上司和上司的上司刚刚被炒了。

这正是我不希望升职的原因。我为自己在过去十年里组建的团队感到非常骄傲。它不是最大的团队，但到目前为止，却是最有组织、最值得信赖的团队，特别是和韦斯的团队相比。

想到要去管理韦斯，我就头疼。他哪是在管理一个团队，他带的队伍简直就是一盘散沙。

我打了个冷颤，知道决不能接受这次升职。

在此期间，劳拉一直在说话，而我一个字也没听清。"所以我们显然应该讨论一下怎么宣布这项调整。而且史蒂夫希望尽快和你见面。"

"你听我说，谢谢你给我这个机会，我很荣幸。但我不想要这个职位。为什么选我？我喜欢现在的工作，而且还有一大堆重要的事儿没做完。"

"这件事可没法讨价还价，"她说，看起来很同情我，"这是史蒂夫直接下达的指示。你是他选的，所以你得和他谈。"

我站起身，坚定地重申："不，我是说真的。谢谢你们考虑我，但我已经有了一份很好的工作。祝你找到另一个合适的人选。"

几分钟后，劳拉带着我走向2号楼，这是园区里最高的建筑。我对自己很恼火，居然被卷进这种蠢事。

如果我现在逃跑，她肯定没法追上我。但是然后呢？史蒂夫会派出一个HR小分队来抓我。

我一言不发，完全没有谈话的兴致。劳拉看起来并不介意，在我身边轻快地走着，埋头看着手机，偶尔指一下方向。

她连头也没抬就找到了史蒂夫的办公室，显然熟门熟路。

这层楼既温馨又吸引人，装修是20世纪20年代的风格。这栋楼就是那时建成的，暗色的硬木地板和斑驳的玻璃窗，看起来就像是从一个人们在办公室里穿西装、抽雪茄的年代穿越而来。在那个马车逐渐从日常生活中消失的年代，这家公司开始走向繁荣——无极限零部件公司为几乎所有型号的汽车生产各种小部件。

史蒂夫的办公室在楼层一隅，一个干练的女人坐在门口。她年约四十，显得十分乐观、有条不紊。她的办公桌井井有条，墙上贴满了即时贴，键盘边放着一只咖啡杯，上面印着"别惹史黛茜"。

"你好，劳拉。"她说，把视线从显示屏上移过来，"今天可真忙，是吧？这位就是比尔啦？"

"是啊。就是他。"劳拉笑着回答。

她对我说："史黛茜负责史蒂夫的日程安排，我想你以后有的是机会好好了解她。我们以后再谈。"说着，她就走了。

史黛茜朝我微笑："幸会！我听说过很多关于你的事。史蒂夫在等你。"她指了指他办公室的门。

我一下子对她有了好感。我在思考自己刚才了解到了什么：劳拉今天很忙，史黛茜和劳拉非常熟悉，史蒂夫把 HR 的电话号码存为快速拨号。显而易见，在史蒂夫手下工作的人都干不长。

好极了。

走进史蒂夫的办公室，我有点惊讶地发现他的办公室看起来和劳拉的几乎一样。这间办公室和我上司的办公室一样大——准确地说，和我前任上司的办公室一样大——如果我够蠢，那以后也可能是我的新办公室，不过我可不蠢。

我原本指望着能在这儿看到波斯地毯、喷泉式饮水器以及随处摆放的大型雕塑。而事实上，墙上只挂着一些照片——一张小型螺旋桨飞机的照片，他的家人微笑的照片，让我吃惊的是还有一张他穿着美军制服站在热带地区的一条跑道上的照片。我惊讶地注意到他衣领上露出的领章。

原来，史蒂夫曾是一名陆军少校。

他坐在办公桌前，正在仔细查看打印出来的数据表格之类的东西。他身后有一台打开的笔记本电脑，屏幕上满是各种股票走势图。

"比尔，很高兴再次见到你。"他站起来和我握手，"我们很久没见面了。大概有五年了，是不是？我们上次见面的时候，你刚顺利完成了那个了不起的项目，帮我们成功收购了一家制造企业。你这几年过得不错吧？"

过了那么久他还记得我们短暂的会面，我有点受宠若惊。我赶紧微笑着说："是的，我过得很好，谢谢你。我很惊讶你还记得那么久以前的事。"

"你以为我们会把那样的奖励随便颁给什么人吗？"他认真地说，"那是一个重要的项目。为了做成那个并购，我们必须做好那个项目。你和你的团队干得好极了。"

"我想劳拉已经告诉你了，我做了一些人事上的调整。你知道，卢克和达蒙离开公司了。我以后会安排人填补 CIO 的位子，不过眼下，所有的 IT 事务都要向我汇报。"

他既直爽又有条理地继续说下去："但是，既然达蒙离开了，我需要填补这个空缺。根据我们的研究，你显然是接任 IT 运维部副总裁的最佳人选。"

他像是突然想起来似地说："你以前是一名海军陆战队员吧。是什么时候在哪里服役的？"

我脱口而出："海军陆战队第 22 号远征队，中士。我在军队里待了六年，不过从未参加过实战。"

我回忆起参军的场景，彼时我是一个狂妄自大的 18 岁少年。我微微笑着说："军旅生涯给了我新的人生——我感谢军队，不过我真不希望自己的儿子参军再像我当时那样了。"

"这我相信，"史蒂夫笑起来，"我也在军队里待过八年，比我的义务服役期略长一点。不过我不介意。我只有参加预备役军官训练营才能付得起大学学费，而且他们待我不错。"

他补充道："他们对我们不像对你们海军陆战队那样娇惯，但我没有怨言。"

我笑了，并发现自己开始喜欢他了。这是我们之间持续时间最长的一次谈话。我突然想，政客之间的交谈是不是都像这样。

我试图把注意力集中到他为何把我叫过来这件事上：他马上就会要我接受一项自杀式任务了。

"情况是这样的，"他一边说着，一边示意我在会议桌边坐下，"你一定已经意识到，我们必须重新获得赢利能力。要做到这一点，就必须提高市场占有率和平均订单额。我们在零售领域的竞争对手已经甩开我们好几条街了。这是全世界都知道的，所以现在我们的股票价格只有三年前的一半。"

他继续说："要赶上竞争对手，我们必须依靠凤凰项目，这样才能做到竞争对手几年前就已经做成的事。我们要让客户想在哪儿买就能在哪儿买到，不论是从互联网上还是从我们的零售门店里。否则，我们很快就要门可罗雀了。"

我点头表示赞同。虽然我是在死水一潭的技术部门，但我的团队多年来一直参与凤凰项目。每个人都知道它的重要性。

"我们已经拖了好几年了，但还是没有拿出东西来。"他继续说下去，"我们的投资人和华尔街正在失去耐心。现在，董事会很快要对我们兑现承诺的能力失去信心了。"

"跟你明说吧，"他说，"照现在这样发展下去，我会在半年后丢掉工作。上周，我以前的上司鲍勃·斯特劳斯成了公司新一任董事长。一群股东正打算拆分这家公司，不知道我们还能阻挡他们多久。岌岌可危的不只是我的工作，还有在无极限零部件公司工作的近4000名员工。"

我一开始觉得史蒂夫像是五十出头，可是突然之间，他似乎显得更加苍老了。他直视着我说道："负责应用开发的副总裁克里斯·阿勒斯将作为代理CIO向我汇报。你也一样。"

他站起身开始踱步，接着说道："我需要你让一切都回到正轨。我需要一个可靠的、不怕告诉我坏消息的人。最重要的是，我需要一个自己可以信任的人去做正确的事。那个并购项目有很多困难，但你始终头脑清醒。大家都觉得你可靠、务实，而且愿意表达真实想法。"

他对我很坦率，于是我同样直言不讳："领导，恕我直言，资深IT领导人很难在这里获得成功。关于预算或人员的申请总是被驳回，高管变动太快，有的甚至还没坐热屁股就走人了。"

我斩钉截铁地说："中型机运维部对于完成凤凰项目也很关键。我得待在那儿，从头到尾盯着那些事做完。谢谢你考虑我，但我不能接受。不过，我向你保证，我会留意合适的人选。"

史蒂夫打量着我，脸色异常沉重："我们不得不削减整个公司的预算。这是董事会直接下达的指示，我也无能为力。我从来不开空头支票，我向你保证将尽全力支持你和你的工作。

"比尔，我知道你没有申请这个职位，但公司已经命悬一线。我需要你来帮助我拯救这家伟大的公司。我能指望你吗？"

啊，我的天哪！

还没来得及再次礼貌地谢绝，我突然听到自己说："可以，你可以指望我。"

我慌了，意识到史蒂夫或多或少对我用了点"绝地武士控心术"。我强迫自己住嘴，以免做出更多愚蠢的承诺。

"恭喜你！"史蒂夫一边说着，一边站起来用力握了握我的手。他勾住我的肩膀："我就知道你会做出正确的选择。我代表整个管理团队，感谢你自告奋勇地站出来。"

我看着他与我紧握的手，想着自己还有没有退路。

完全没有，我已经决定了。

我一边暗下决心一边说："我会尽力的。还有，能不能请你至少解释一下，为什么在这个位子上的人都干不长？你最希望我做什么？最不希望我做什么？"

我听天由命地微笑着补充道："就算失败，我希望至少不该是重蹈覆辙的那种。"

"说得好！"史蒂夫大笑起来，"我希望IT设备继续正常运转。这就好像上厕所，对吧，我每次上厕所都不用担心马桶坏掉。我可不希望马桶堵塞，然后整栋楼水漫金山。"他为自己的比喻喜笑颜开。

好极了。在他心目中，我不过是个称呼好听的保洁员罢了。

他继续说："你指挥的船在IT的汪洋大海里是最严密的，这可是名声在外的。所以我会给你整支舰队，期待你让它们行动一致。

"我要克里斯专心致志地实施凤凰项目。在你们分管的领域，不许有任何事偏离凤凰项目。不仅你和克里斯要这样，全公司每个人都要这样。明白了吗？"

"当然。"我点头回答，"你希望IT系统运行可靠有效，为业务部门提供保障。你希望尽量减少日常运营中的故障，让业务部门集中精力完成凤凰项目。"

史蒂夫点点头，看起来有些惊讶："完全正确，说得好！你说的正是我所希望的。"

他递给我一份电子邮件的打印件，是CFO迪克·兰德里发来的。

发件人：迪克·兰德里

收件人：史蒂夫·马斯特斯

日期：9月2日，上午8:27

优先级：最高

主题：待处理：工资核算故障

你好，史蒂夫。本周的工资计算出现了严重问题。我们正在查，究竟是数字有问题，还是工资管理系统有问题。不论是哪种情况，都意味着几千名员工的工资卡在系统里出不来，他们有可能拿不到工资。这是特别糟的消息。

我们必须在今天下午5点工资管理窗口关闭前解决这个问题。请告知在目前的IT系统中如何对此做出调整。

迪克

我踌躇着。员工拿不到工资意味着很多家庭将无力偿还贷款，甚至揭不开锅。

我猛然想起，我家的贷款也将在4天内偿还，我家也会受到影响。逾期还款会降低我的信用等级。自从佩奇的助学贷款记在我的信用卡上之后，我们用了好几年才让信用等级恢复正常。

"你想要我跟进这件事，一管到底？"

史蒂夫点了点头，冲我翘起大拇指："请随时让我知道进展情况。"他的脸色凝重起来："负责任的公司要照顾好自己的员工。我们的很多工人都指望着薪水过日子。不要给他们的家庭造成困难，你听到了吗？工会也可能找我们麻烦，甚至会引发一场罢工，给我们造成很坏的影响。"

我机械地点着头："恢复关键业务运营，不要让我们上新闻头条。明白了。谢谢。"

其实，我也不明白自己为什么要谢他。

第 2 章

9月2日，星期二

"你们谈得怎么样？"史黛茜在打字的间歇抬起头来，友善地问。

我摇了摇头："难以置信。他刚说服我接受了一个新职位，可我本来不想要这个职位的。怎么会发生这样的事？"

"他可是很会说服人的，"她说，"不管怎样，他是独一无二的。我已经为他工作近十年了，我愿意追随他去任何地方。工作上的事有什么我能帮上忙的吗？"

我想了一下，问道："有一个紧急的工资核算事件需要处理。迪克·兰德里在三楼，对吧？"

"给你。"我话音未落，她就递上一张即时贴，上面写着迪克的办公室地址、电话号码等各种联系信息。

我感激地朝她微笑："非常感谢，你真了不起！"

我一边走向电梯，一边拨通迪克的手机。"我是迪克。"他没好气地说，电话里传来他不停敲打键盘的声音。

"我是比尔·帕尔默。史蒂夫刚刚任命我为主管 IT 运维的副总裁，他让我来……"

"可喜可贺，"他打断我，"瞧，我的手下发现了一个非常严重的工资核算问题。你什么时候能来我的办公室？"

"马上就去。"我听到他"咔"地一声挂断了手机。这是我收到过的最冷冰冰的见面礼。

到了三楼，穿过财会部办公区，触目所及都是细条纹衬衫和上过浆的衣领。我看到迪克正在工位上和别人通电话。他看到了我，于是用手掩住话筒，没好气地问："你是 IT 部的？"

我点点头，他冲着电话说："你看，我得挂了。终于来了个大概能帮上忙的。我稍后打给你。"不等对方回答，他就挂断了电话。

我从未见过这么习惯于直接挂断别人电话的家伙。我鼓起勇气，准备迎接一场可能连"让我们互相认识一下"这样礼节性的开场白都没有的谈话。

我像人质似的缓缓举起双手，向迪克展示那封打印出来的电子邮件："刚才史蒂夫告诉我工资核算服务中断的事了。我可以帮上什么忙吗？"

"我们有大麻烦了，"迪克回答，"昨天进行工资核算的时候，所有计时工的记录都不见了。这肯定是 IT 的问题。这个故障让我们没法给员工发工资，这样就触犯了无数条州立劳动法，而且毫无疑问，工会马上就要大吵大闹了。"

他低声咕哝了一会。"我们去找安吧，她是我的运营经理。她从昨天下午开始一直抓狂到现在。"

我快步跟上，差点在他突然停步的时候撞上他。他透过一间会议室的玻璃窗朝里张望了一下，打开门："现在情况怎么样，安？"

会议室里有两位穿着考究的女士：一位 45 岁上下，正在研究一块画满流程图和各种表格数据的白板；另一位 30 出头，正在笔记本电脑上敲打键盘。大型会议桌上到处散落着报表。较年长的女士用一支打开的记号笔指着一列清单，看上去像是潜在的故障原因。

她们的打扮以及那种焦躁不安的神态，让我觉得她们像是从本地的某家会计师事务所聘请来的审计人员。我想有她们在是好事。

安精疲力尽，沮丧地摇摇头："恐怕没什么进展。几乎可以肯定，是某个上游计时系统发生了 IT 系统故障，所有计时工的记录都在最近一次上传中被搞乱了……"

迪克打断了她："这是 IT 部的比尔。他说他是被派来收拾这个烂摊子的，或者准备在收拾的过程中壮烈牺牲，我是这么理解的。"

我说："你们好。我刚成为 IT 运维部的新领导。关于这个问题你们知道些什么？可以从头说一遍吗？"

安走向白板上的流程图，说道："就从信息流开始吧。财务系统通过不同的渠道获取各部门的工资数据。我们汇总全体薪水工和计时工的数据，包括工资和税费。这听上去简单，但其实非常复杂，因为各州的税率、劳动法等各不相同。"

"为了确保不出差错，"她继续说，"我们要保证每个部门的具体数字与最后的总数相吻合。"

我匆忙做着笔记，她继续说："这是个又繁杂又机械的过程。之前它运行得很正常，但昨天我们发现计时工的总账数据没有传过来。所有计时工的工作时间和应付工资都是零。"

"这个上传数据已经出过好多次问题了，"她显然很沮丧，"所以 IT 部给了我们一个可以手动修正的程序，那样我们就不用再麻烦他们了。"

我皱起眉头。我不喜欢财务部的人在工资核算应用程序之外手动更改工资数据。那样做既容易出错又很危险。有人可以把那些数据复制到U盘上，或者通过电子邮件发到公司外面去，那样的话，公司就会丢失敏感数据。

"你是说薪水工的数据都正常吗？"我问道。

"是的。"她回答。

"但计时工的数据都是零。"我确认道。

"对啊。"她再次答复。

有意思。我问："既然之前都运作得好好的，那你们为什么认为是工资核算出了故障？以前你们有没有遇到过类似的问题？"

她耸了耸肩："以前从来没有发生过这样的事。我不知道问题出在哪里——本次支付周期内没有安排重大调整。我也一直在问同样的问题，但是在得到IT部门的答复之前，我们只能被困在这儿了。"

"假如事情一发不可收拾，我们不能及时获得计时工数据的话，"我问道，"备用方案是什么？"

"哭爹喊娘呗，"迪克说，"你手上的电子邮件里写着呢。电子支付的最后时限是今天下午5点。如果我们赶不上那个时间节点，恐怕就得把一捆一捆的支票快递给各个分部，让他们发给员工了！"

想到这番情形，我不禁皱起眉头，财务部的其他人也都忧心忡忡。

"那没有用。"安说，用一支记号笔轻叩着牙齿，"我们已经把工资核算流程外包了。每个支付周期，我们都向他们上传工资数据，由他们进行处理。最坏的情况下，也许我们可以下载之前的工资数据，在电子表格里进行修改，然后重新上传？"

"但是，我们不知道每个工人分别工作了多少小时，所以我们不知道该付给他们多少钱！"她继续说，"我们不想多发工资，但是多发工资总比'意外地'少发要强。"

显然B方案有很多问题。我们基本上只能靠估算来确定员工的工资，而且还会给那些已经辞职的人继续发薪，或者漏发新员工的薪水。

为了向财务部提供他们需要的数据，我们恐怕必须弄出一些定制的报表，那就意味着把应用程序开发人员或数据库维护人员也拖进来。

但那就等于火上浇油。程序开发人员比网络维护人员更可怕。你要是能找出一个不给生产体系添乱的开发人员，我就能给你找出一个往镜子上哈气却不会起雾的人。或者更有可能的是，他们也许今天又放假了。

迪克说："这两个选择都很糟。即便我们可以推迟一些，等拿到正确数据后再发工资，但也不能那么做——哪怕只推迟一天，工会就会介入。所以我们别无选择，只能按照安的提议,即使金额是错的,也要给员工发工资。我们得在下一个支付周期里再把每个人的薪金调回来。但现在我们遇到了一个财务报表错误,得回去修正一下。"

他捏了捏鼻梁,继续滔滔不绝:"我们的总账里会出现一堆反常的日志项,等审计SOX-404的时候就会看见,那时审计麻烦就大了。"

"哦,天啊!财务报表错误?"迪克喃喃自语,"我们需要史蒂夫批准。审计师们要一直在这里安营扎寨了。大家都别想干正事了。"

SOX-404是"2002年萨班斯–奥克斯利法案"(即《2002年公众公司会计改革和投资者保护法案》)的简称,国会针对安然、世通和泰科电子等公司的财务欺诈事件,通过了这项法案。根据这一法案,公司CEO和CFO必须亲笔签名,证实公司财报的准确性。

没人愿意每天花上半天工夫跟审计师谈话,并遵守一个又一个"新鲜出炉"的规定。

我看了看笔记,又看了看表。时间已经不多了。

"迪克,根据你们所说的情况,我建议你们继续做最坏的打算,为B方案准备好一切文件资料,以免出现更加复杂的局面。此外,我希望等到下午3点再做决定。我们还是有可能把所有系统和数据找回来的。"

安点头同意。迪克说:"好吧,你还有四个小时。"

我说:"放心,我们知道情况紧急。我这里有任何进展都会立即告诉你。"

"谢谢你,比尔。"安说。迪克保持沉默,我转身走出了会议室。

既然已经了解到业务部门如何看待这个问题,我感觉好了一些。现在是时候掘地三尺,查出这个复杂的工资核算机制受损的原因了。

我一边走下楼梯,一边拿出手机查看电子邮件。我发现史蒂夫还没有发出我的晋升公告,之前的冷静专注一下子荡然无存。直到今天上午,韦斯·戴维斯和帕蒂·麦基还和我平起平坐,他们还不知道我现在已经是他们的新上司了。

谢谢你,史蒂夫。

我走进7号楼的时候深受打击。我们这栋楼是整个公司园区的贫民窟。

这栋楼建于20世纪50年代,最近一次翻修是在20世纪70年代,显而易见是一项实用工程,而非面子工程。7号楼过去是大型刹车片生产车间,后来改建成了数据中心和办公楼,看上去陈旧、荒凉。

门卫愉快地说:"你好,帕尔默先生。今天上午过得怎么样?"

一时间,我很想请他祝我走运,这样他才能拿到本周准确的薪水。当然,实际上我只是简单地回应了他的问候。

我走向网络运营中心,我们叫它NOC,韦斯和帕蒂最有可能在那里。现在,他们是我的左膀右臂了。

韦斯是分布式技术运维部总监，他负责1000多台Windows服务器以及数据库和网络团队的技术问题。帕蒂是IT服务支持部总监，她管理所有的1级和2级客服技术人员，这些技术人员日以继夜地接听电话，处理故障维修事件，并为业务部门提出的需求提供支持。她还掌管一些维系整个IT运维部的关键流程和工具，比如报修系统、监控系统，以及组织变更管理会议。

我走过一排又一排小隔间，它们与其他办公楼的没什么两样。但是，与2号楼和5号楼不同的是，我看到墙面上剥落的涂料，还有地毯上渗出的暗渍。

大楼的这个部分是在以前的主装配车间上方加盖的。改建的时候，人们无法把机油完全清除干净。不论我们用多少密封剂来覆盖地板，机油还是会渗透到地毯上。

我记了下来，要提出一条关于更换地毯及粉刷墙面的预算申请。在海军陆战队，保持军营干净整洁不只是为了美观，更是为了安全。

本性难移啊。

我还没走到NOC就听到了里面的喧哗声。那是一个巨大的开放式办公区域，靠一面墙放着一排长桌，巨大的显示器上显示着所有IT服务的各种状态。1级和2级客服人员占据了工作站的三排位置。

这并不是阿波罗13号的太空飞行指挥中心，但我就是这样向亲戚们解释我的工作环境的。

如果突然有了麻烦，就要让各类相关人员和技术经理沟通协调，直到问题解决。现在就是这种情况，15个人坐在会议桌前，围着一部类似UFO的经典灰色扬声电话，大声激烈地讨论着。

韦斯和帕蒂并排坐在会议桌前，于是我走到他们身后悄悄地听着。韦斯向后靠着椅背，胳膊叠放在肚子上，但并未完全交叉。韦斯身高约1.9米，体重超过110公斤，在他身边的人都会被他的身影盖住。他看起来总是动个不停，而且一想到什么就马上脱口而出。

帕蒂是完全相反的类型。韦斯说话响亮、直率、信口开河，而帕蒂则深思熟虑、善于分析，对流程和步骤一丝不苟。韦斯身材高大、好斗，有时甚至乐于和人争吵，而帕蒂则娇小玲珑、条理分明、客观冷静。大家都觉得她更喜欢流程，而不喜欢人，她经常试图扮演在混乱的IT部门推行秩序的角色。

她是整个IT部门的代言人。只要发生了IT故障，大家就会找帕蒂。无论是出现服务器崩溃、网页加载过慢，还是类似今天这种数据丢失或损坏的情况，她都是我们的专业辩护人。

人们需要完成自己的工作时也会找帕蒂，比如升级电脑、更换电话号码、部署新的应用程序。她安排所有工作的时间进度，所以大家总是游说她优先处理自己的工作。然后她会把任务转给负责此项工作的人——这些人基本上不是我的旧部下，就是在韦斯的团队里。

韦斯拍着桌子说："马上给供应商打电话，告诉他们，要么立刻给我们一个技术解决方案，要么我们就去找他们的竞争对手。我们可是大客户！恐怕我们早就该放弃那堆垃圾了，认真考虑一下吧。"

他环顾四周，开玩笑地说："你们都知道这个说法吧？要想知道供应商有没有在撒谎，只要看他们的嘴唇有没有在动。"

坐在韦斯对面的一个工程师说："我们刚才已经和供应商通过电话了。他们说，SAN 现场工程师至少还要 4 个小时才能过来。"

我皱起眉头。他们为什么要讨论 SAN 的事？存储区域网络为许多最关键的系统提供集中存储，所以故障通常是全局性的：不可能只有一台服务器宕机，应该是几百台服务器同时宕机。

韦斯和那个工程师争论起来，我在一边努力思考。这个工资核算故障一点也不像是个 SAN 问题。安的言下之意，可能是支持各工厂的计时应用程序出了问题。

"但我们尝试恢复 SAN 之后，数据服务就完全停止了。"另一个工程师说，"然后显示器上显示的就全都是日文了！呃，我们觉得那是日文。不管那究竟是什么，反正我们搞不懂。那时候我们就觉得该把供应商找来了。"

虽然介入得比较晚，但我确信我们完全走错了路。

我俯身对韦斯和帕蒂低声说："我能和你们单独谈谈吗？"

韦斯转过身，心不在焉地大声说："就不能等等吗？可能你还不知道，我们遇上大麻烦了。"

我紧紧按住他的肩膀："韦斯，这真的非常重要。是关于工资核算故障的事，还有我刚才与史蒂夫·马斯特斯以及迪克·兰德里的谈话。"

他看起来很惊讶。帕蒂已经从椅子上站了起来。"去我的办公室谈吧。"她一边引路一边说。

我跟着帕蒂走进她的办公室，看到墙上挂着一张她女儿的照片，看上去 11 岁左右。我大吃一惊，这女孩看起来和帕蒂非常相像——毫不畏惧、极其聪明、令人生畏——对一个可爱的小姑娘来说这有点儿恐怖。

韦斯用生硬的语气说："好吧，比尔，有什么事这么重要，值得打断一个 1 级严重程度的服务中断的处理？"

这个问题不赖。1 级严重程度的服务中断是对业务造成巨大影响的严重事件。这样的中断极具破坏性，所以我们通常会扔下手头的一切事情去解决这些中断。我深吸一口气："不知你有没有听说，卢克和达蒙离开公司了。官方说法是他们决定休息一段时间。我所知道的就这些。"

他们脸上惊讶的表情证实了我的猜测：他们还不知道。我简单介绍了一下今天上午发生的事。帕蒂摇了摇头，发出啧啧声表示反对。

韦斯看起来很生气。他与达蒙共事多年。他的脸涨红了，说："所以现在我们该听命于你了？听着，我无意冒犯，哥们儿，不过你是不是跨界跨得有点儿远了？这么多年来你一直管理中型机系统，那基本上就是个老古董。你在那儿小日子过得挺好。知道吗？你根本不清楚如何运行现代化的分布式系统——对你来说，20世纪90年代还算是将来时呢！"

"说实在的，"他说，"要是你每天像我这样快节奏地处理那么多麻烦事，我想你的脑袋早就爆了。"

我吁了口气，在心里数到三。"你想和史蒂夫谈谈你有多希望坐我的位子吗？悉听尊便。让我们先做该做的事吧，让每个人都能按时拿到工资。"

帕蒂迅速回应："就算你没问我，我也同意工资核算故障应该是我们关注的焦点。"她顿了一下说："我想史蒂夫做出了正确的选择。恭喜你，比尔。我们什么时候能讨论一个大点儿的预算？"

我朝她微微一笑，并点头致谢，再次把目光转向韦斯。

几秒钟过去了，他脸上浮现出一种我无法捉摸的表情。最后他终于变得温和了："是啊，好吧。我会接受你的提议，去和史蒂夫谈的。他该向我解释的事儿多着呢。"

我点了点头。想到我和史蒂夫打交道的亲身经历，我由衷地希望韦斯走运，如果他当真决定和史蒂夫摊牌的话。

"谢谢你们的支持，伙计们。我很感激。现在，我们对这个故障——或者这些故障——知道多少？是因为昨天的某个SAN升级吗？它们之间有关联吗？"

"我们不知道。"韦斯摇摇头，"你进来的时候，我们正试图弄清这一点。昨天工资核算发生故障的时候，我们正在对一个SAN固件进行升级。布伦特认为SAN正在损坏数据，于是建议把调整的部分再改回去，我觉得这样做是符合逻辑的，但结果如你所知，他们只是在添堵。"

到目前为止，我只在一些小东西被弄坏时听说过"添堵"的说法，诸如手机升级失败的时候。把这个词用在一台价值百万美元的设备上，而且这台设备上存储着我们所有无可取代的企业数据，这让我感到很不舒服。

布伦特是韦斯的下属。他一直参与IT部门开展的各大重要项目。我同他合作过很多次。他绝对是个聪明的家伙，但他知道得太多了，所以有时候也让人害怕。更糟糕的是，大多数时候他都是对的。

"你已经听到他们说的了。"韦斯朝会议桌指了指，关于服务中断的会议还在继续。他说:"SAN 无法开机,无法提供数据,我们的人甚至无法从显示器上读取报错信息,因为信息显示为一种怪异的文字。现在我们有一堆数据库宕机了,当然,其中也包括工资数据库。"

"为了处理 SAN 的问题,我们只得把布伦特从凤凰项目中抽出来,我们答应过莎拉会完成这项工作的。"帕蒂沮丧地说,"要有大麻烦了。"

"啊哦。我们到底向她承诺过什么?"我担心地问。

莎拉是负责零售运营的高级副总裁,也是史蒂夫的下属。她有着不可思议的能力,总是能让别人替她背黑锅,特别是让 IT 部门的人背黑锅。多年来,她一直能逃脱各种应负的责任。

虽然风闻史蒂夫正着手培养她作为自己的接班人,但我并不当回事,我觉得那完全是不可能的。我相信史蒂夫不会对她的阴谋诡计视而不见。

"有人告诉莎拉,我们没有按时把一些虚拟机交给克里斯。"她回答,"我们一直在全力以赴地准备那些虚拟机。也就是说,在拼尽全力去维修 SAN 之前一直都在准备虚拟机。"

克里斯·阿勒斯是负责应用开发的副总裁,他们开发业务所需的应用程序和代码,随后移交给我们来运行及维护。现在,克里斯的生活完全以凤凰项目为主导。

我挠着头。作为一家企业,我们已经对虚拟技术投入巨资。尽管看起来活像是 20 世纪 60 年代的主机运行环境,但虚拟技术改变了韦斯的游戏规则。突然之间,再也不用管理数以千计的实体服务器了。它们现在是一台大型服务器中的逻辑实体,甚至可能是在云存储的某个地方。

现在,构建一台新的服务器,只需在一个应用里点击右键。布线?现在只要设置参数就行了。可是,尽管许诺说虚拟技术将解决我们遇到的所有问题,但现实是,我们还是没能按时给克里斯送去一台虚拟机。

"如果我们需要布伦特处理 SAN 的事,那就让他留在那儿吧。我来应付莎拉。"我说,"但是,如果工资核算故障是由 SAN 引起的,为什么没有出现更大范围的故障中断?"

"莎拉肯定会大发牢骚的。你知道吗,我突然再也不想要你的职位了。"韦斯大笑着说,"你可别在新官上任的第一天就被炒了。也许他们接下来会找上我哦!"

韦斯顿了一下,若有所思:"知道吗,关于 SAN 的问题,你的想法有点道理。布伦特正在处理这件事。我们去找他,听听他是怎么想的。"

帕蒂和我都点头同意。这是个好主意。我们需要确立各相关事件的准确时间节点。到目前为止,我们所有的判断都建立在道听途说的基础上。

靠道听途说可没法破案,当然也没法解决服务中断故障。

第 3 章

9月2日,星期二

我跟着帕蒂和韦斯走过 NOC,走进小隔间。我们在一个由 6 间小隔间组成的巨型工作区停下来。沿着墙面摆了一张大桌子,上面有一个键盘和四台 LCD 显示器,就像是华尔街的交易台。到处都是堆积如山的闪着信号灯的服务器,办公桌上堆满了更多的显示器,展示着图表、登录窗口、代码编辑器、Word 文档,以及无数我不认识的应用程序。

布伦特在一个窗口中输入着什么,对周围的一切都置若罔闻。他的电话那端传来 NOC 电话会议的声音。他显然并不担心大音量的扬声电话会打扰邻座的人。

"你好,布伦特。你有空吗?"韦斯大声问道,把一只手搭在他的肩膀上。

"就不能等等吗?"布伦特头也不抬地回答,"现在我真的很忙。我正在处理 SAN 的事儿,你知道吧?"

韦斯抓过一把椅子:"是啊,我们就是来谈这件事的。"

布伦特转过身来,韦斯继续说:"再跟我说一遍昨晚的情况。为什么你断定是 SAN 升级导致了工资核算故障?"

布伦特转了转眼珠说:"昨晚大家都下班后,我帮一个 SAN 工程师升级固件。升级过程比我们预想的要长——所有进程都没有按照技术日志走。过程颇为惊险,不过我们终于在 7 点左右完成了。"

"我们重启了 SAN,但随后所有自测功能都失灵了。我们花了将近十五分钟时间,试图查出哪里发生了故障。就在那时,我们收到了关于工资核算故障的电子邮件。当时我就说:'完了。'"

"我们的版本太陈旧了。SAN 供应商可能从来没有测试过像我们这样大跨度的升级路径。我给你打了电话,告诉你我想停止升级。你批准后,我们启动了回滚。"

"然后 SAN 就崩溃了，"他跌坐在椅子上，"不仅工资核算服务器坏了，很多别的服务器也坏了。"

"我们几年前就打算升级 SAN 固件了，但一直抽不出时间。"韦斯对我解释道，"有一次我们差一点就升级了，但当时没有足够大的维护窗口。性能每况愈下，直到很多关键应用程序开始受到影响。所以昨天晚上，我们终于决定硬着头皮进行升级。"

我点了点头，然后手机响了。

是安打来的，于是我接到扬声电话上。

"根据你的建议，我们检查了昨天从工资核算数据库里导出的数据。最近的那个支付周期是正常的。但在本次支付周期里，所有工厂小时工的社保卡号全乱了。而且他们的工作时间和工资字段全部都是零。以前从来没人见过这样的情况。"

"只有一个字段乱了？"我诧异地扬起眉毛问，"你说'乱了'是什么意思？那个字段里有什么？"

她试图描述在屏幕上看到的内容："嗯，它们不是数字或字母。有心型、黑桃，以及一些弯弯曲曲的字符……还有一堆标着变音符号的外文字符……而且没有空格。这个重要吗？"

听到安试图把这些乱码念出来，布伦特窃笑起来，我严厉地瞥了他一眼。"我想我们明白了，"我说，"这是一条非常重要的线索。你能把数据损坏的电子表格发给我吗？"

她同意了："顺便问一句，现在是不是有很多数据库宕机了？有意思。昨晚它们还在工作。"

韦斯低声咕哝了几句，压住了布伦特的话头。

"呃，是的。我们已经发现了这个问题，正在着手解决。"我不动声色。

挂断电话，我松了一口气，感谢神灵保佑救火队员和故障维修人员。

"数据库里只有一个字段损坏了？得了吧，伙计们，听起来绝对不像是个 SAN 故障。"我说，"布伦特，除了 SAN 升级，昨天还发生过什么可能导致工资核算故障的事？"

布伦特无精打采地靠在椅子上，一边把椅子转来转去，一边思索着："嗯，既然你提到这个……昨天有个开发计时应用程序的人打电话给我，提出一个关于数据库表结构的奇怪问题。我正忙着准备凤凰项目的测试虚拟机，所以很快答复了他，然后回过头来继续工作。你不会觉得是他弄坏了应用程序吧？"

韦斯迅速转向扬声电话，这部电话拨入一直在进行之中的 NOC 电话会议，他取消了电话静音："大家好，我是韦斯。我和布伦特、帕蒂以及我们的新上司比尔·帕尔默在一起。史蒂夫·马斯特斯让他主管所有的 IT 运维部门。所以伙计们，都给我听好了。"

看来想要循规蹈矩地宣布我升职的消息已经越来越不可能了。

韦斯继续说："有谁知道开发人员更改工厂计时应用程序的事吗？布伦特说他接过一个电话，有人问过他更改数据库表的事。"

一个响亮的声音从扬声电话里传来："有的，我帮助过一个人，他和工厂之间的连接有点问题。我敢肯定他是个维护计时应用程序的开发人员。当时他正在安装一些安全应用程序，约翰要求在本周内安装并运行那些应用程序。我想他的名字是马克斯。我还留着他的联系方式，就在这里的某个地方……他当时说今天就要开始休假了，所以急着把这些工作做完。"

现在事情开始有些眉目了。

一个开发人员为了能去度假，塞进了一个紧急的变更——可能是我们的 CISO（首席信息安全官）约翰·佩斯凯推进的某个紧急项目的一部分。

这样的情况只能进一步加深我对开发人员的猜疑：他们经常粗心大意地弄坏东西，然后消失不见，让运维部的人收拾烂摊子。

比一名开发人员更危险的就是开发人员和信息安全部门的人联手。这样的组合把给我们添乱的动机、手段和机会都弄齐全了。

我猜测，我们的 CISO 可能逼迫一个开发部经理一定要完成某项任务，下面的开发人员又在此基础上添油加醋，最终造成了工资核算故障。

信息安全部总是到处亮出他们的"尚方宝剑"，提出各种紧急要求，全然不顾这样做对其他部门造成的后果，因此我们有很多会议都不邀请他们参加。只要有他们在，事情肯定办不成。

他们总能提出无数条理由来证明我们做的任何事都会造成安全漏洞，黑客会利用这些漏洞洗劫整个公司，偷走所有的代码、知识产权、信用卡卡号甚至我们的私人照片。这些情况可能确实具有潜在风险，但很多时候，我很难从他们提出的那些不依不饶、歇斯底里、自以为是的要求中，找出与切实提高环境防御有什么关联。

"好吧，伙计们。"我果断地说，"工资核算故障好比是一个犯罪现场，我们就是警察总署。SAN 不再是嫌疑犯了，但不幸的是，我们在侦查过程中意外把它弄残了。布伦特，你继续处理受伤的 SAN，我们显然得让它启动并尽快运行。"

"韦斯和帕蒂，我们的新'嫌犯'是马克斯和他的经理。"我说，"无论如何都要找到他们，扣押他们，弄清楚他们做了什么。我不管马克斯是不是在休假。我估计他可能把什么东西弄坏了，而我们得在下午 3 点之前把它修好。"

我想了一下："我要去找约翰。有人想和我一起去吗？"

韦斯和帕蒂争着要和我一起去质问约翰。帕蒂强硬地说："必须是我。几年来我一直试着管住约翰的人。他们从不按照我们的流程来，所以总是惹出麻烦。这次他又要这种花招，我倒想看看史蒂夫和迪克会怎么样责罚他。"

这显然是个有说服力的观点，于是韦斯说："好吧，他由你处置了。现在我几乎要同情他了。"

突然之间，我对自己的措辞感到后悔。这不是一次政治迫害，我并不想要惩罚谁。我们还是得把故障的来龙去脉梳理清楚。

武断地得出不恰当的结论导致了昨晚的SAN故障。在我眼皮底下，决不允许再犯这样的错误。

在帕蒂和我给约翰打电话的时候，我眯着眼睛看帕蒂手机屏幕上的电话号码，琢磨着是否该听从妻子的建议，去配一副眼镜了。这再一次提醒我，即将步入不惑之年了。

我拨出号码，电话一接通就传来一个声音："我是约翰。"

我迅速地向他讲了工资核算和SAN故障的事，然后问："昨天你们有没有对计时应用作过变更？"

他说："听起来很糟糕，但我可以保证我们没有对你们的中型机系统作过改动。很抱歉我不能提供更多帮助。"

我叹了口气。我原本以为这会儿史蒂夫或者劳拉应该已经发布了我的晋升公告。看来我每次跟人打交道都得先介绍一下自己的新头衔。

我想，如果我自己先统发一个任职公告，工作起来会不会容易些。

我再一次简要复述了自己仓促晋升的事，然后问道："韦斯、帕蒂和我听说，昨天你和马克斯一起部署了一些紧急的工作。是什么事？"

"卢克和达蒙走了？"约翰听上去很吃惊，"我没想到史蒂夫真的会在合规性审计调查期间同时解雇他们两个。不过谁知道呢？也许这儿终于要开始有些变化了。比尔，你可要从中吸取教训啊。你们运维部的人不能再在网络安全方面拖后腿了！我只是提些善意的忠告……"

"说到这个，我们几次三番被竞争对手踩在脚下，我觉得很蹊跷。"他继续说，"俗话说，巧事不过三。也许我方销售人员的电子邮件系统已经被黑客入侵了。那就能解释我们为什么弄丢了那么多单生意。"

约翰兀自滔滔不绝，然而我还在想着他话里的暗示：卢克和达蒙可能是由于某些关乎安全的事而被解雇的。这是有可能的——约翰一向同一些颇有权势的人打交道，比如史蒂夫、董事会以及内部和外部审计师。

然而，史蒂夫在谈到卢克和达蒙离职的原因时，既没有提到约翰，也没有提到信息安全部，我对此确定无疑——他只提到必须专注于凤凰项目。

我疑惑地看了看帕蒂。她只是翻了个白眼，摸了摸耳朵。显然，她认为约翰的想法很疯狂。

"史蒂夫有没有对你描述过公司的新组织架构？"我非常好奇地问。约翰总是抱怨，信息安全部的优先等级太低了。他正为获得与CIO同等的地位而展开游说，说是这样才能解决某种内在的利益冲突。据我所知，他尚未成功。

众所周知，卢克和达蒙尽可能地把约翰边缘化，不让他干涉那些干实事的人。不过尽管他们不遗余力，约翰还是设法出现在会场里。

"什么？我对此毫无头绪。"他忿忿不平地说，我的问题显然切中要害。"像往常一样，我一直被蒙在鼓里。依照惯例，我恐怕又是最后一个发现的。在你告诉我之前，我还以为自己仍然向卢克汇报呢。既然他走了，我不知道该向谁汇报了。史蒂夫给你打过电话吗？"

"这超出了我的权限，我和你一样一无所知。"我装聋作哑地回应，迅速改变了话题："关于计时应用的改动，你能告诉我们什么吗？"

"我要给史蒂夫打电话，弄清楚发生了什么事。恐怕他已经不记得有信息安全部的存在了。"他继续说道。我怀疑我们到底还能不能说回到工资核算的事情上去。

让我感到宽慰的是，他终于说："好吧，是的，你们刚才说到了马克斯。我们有一个关于PII存储的紧急审计问题——PII就是个人验证信息的简称，类似SSN——SSN也就是社保卡号的简称，还有出生年月之类的信息。欧盟法律禁止我们存储这类数据，现在美国的很多州也有这样的法律。这可是个重大审计发现。我很清楚，得指望我的团队来拯救公司，避免再次成为街头巷尾的议论对象。这要是出了事肯定会上新闻头条的，是吧？"

他继续说："我们找到一个标记这些信息的产品，那样就不必再存储SSN了。根据原定计划，差不多一年之前就该完成部署，但尽管我不断催促，它一直都没能完成。现在我们没时间了。支付卡行业审计师，也就是PCI，本月晚些时候要来，所以我加快了计时应用团队的工作进度。"

我盯着手机，沉默不语。

一方面，我欣喜若狂，因为我们已经从约翰这儿找到了确凿的证据。约翰提到了SSN字段，这与安对受损数据的描述是吻合的。

另一方面，我慢慢地说："看看我理解得对不对……你为了修补一个审计发现，部署了一个标记化应用，然后导致了让迪克和史蒂夫坐立不安的工资核算故障？"

约翰激动地回答："首先，我完全有把握标记化安全产品不会引发这个故障。那是不可能的。供应商向我们保证产品是安全的，而且我们核对了所有的参考资料。其次，迪克和史蒂夫完全有理由坐立不安，遵守规定是必需的，那可是法律。我的工作是让他们不用穿上橙色连身衣，所以我做了自己应该做的事。"

"橙色连身衣？"

"就是在监狱里穿的囚服。"他说，"我的工作是让管理层遵守所有的相关法律、规章制度以及合同义务。卢克和达蒙太莽撞了。他们乱走捷径，严重影响了我们的审计和安全态势。要不是我，我们现在恐怕都已经在监狱里了。"

我想我们不过是在讨论一个工资核算故障，而不是讨论被某种假想的警力投进监狱里。

"约翰，对产品进行任何变更，我们都有一套规定的程序和流程。"帕蒂说，"你绕过它们，然后又一次惹出了大麻烦，我们还得帮你修补。你为什么不按照流程去做？"

"哈！问得好，帕蒂。"约翰哼了一声，"我确实是按照流程做的。知道你们的人怎么说吗？他们说下一个可能的部署窗口期要等4个月。嘿！审计师们可是下周就要来了！"

他坚决地说："我们可不能被你们那套官僚程序捆住手脚。如果你站在我的立场，也会做同样的事。"

帕蒂脸红了。我平心静气地说："按照迪克的说法，我们只有不到4个小时来恢复计时应用。既然已经知道有过一个影响SSN的变更，我想我们找到了问题的关键。"

我继续说："帮助进行部署的马克斯今天休假。韦斯或布伦特会和你保持联系，了解关于这个标记化产品的更多情况。我知道你会尽可能帮助他们的。这很重要。"

约翰同意了，我向他客气了几句，然后说："等一下，还有个问题。你们为什么认定这个产品没有引发故障？你们对这个变更进行过测试吗？"

电话那头出现了片刻沉寂，然后约翰回答："没有，我们没办法对这个变更进行测试。因为没有测试环境。显然，你们几位在几年前就提出了预算申请，但是……"

我本该知道的。

"好吧，那是个好消息。"约翰挂断电话后，帕蒂说，"也许不太容易修复，但至少我们终于知道发生了什么事。"

"变更事项安排表里有约翰的标记化项目吗？"我问。

她冷笑一声："那正是我一直想告诉你的。约翰很少遵循我们的变更流程，大多数人都是这样不守规矩。这儿简直就像是狂野西部，我们大部分时间都在鲁莽行事。"

她辩白道："我们需要更完善的流程，并从高层获得更好的支持，包括IT流程的工具配备以及培训。每个人都以为只要把自己的工作干完就万事大吉，这让我很难开展工作。"

在我以前带的团队，变更操作一直是非常规范的。不会有人在未通知其他人的情况下开展变更，而且我们竭力确保所作的变更不会给其他人带来麻烦。

我还不习惯像现在这样头绪全无。

"我们没那么多闲工夫每出一次状况就详查一番。"我恼怒地说，"给我一份过去三天以来所有变更事项的清单。如果没有准确的时间节点，我们就没办法知道前因后果，而且最终可能会造成另一个服务中断。"

"好主意。"她点点头，"如果有必要，我会给IT部的每个人发电子邮件，弄清楚他们之前做过什么，从中找出未列入计划安排的事。"

"你说'给每个人发电子邮件'是什么意思？就没有提交变更事项的系统吗？我们的报修系统或者变更授权系统呢？"我目瞪口呆地问。这就好比伦敦警察厅向所有在伦敦的人发电子邮件，来查出谁曾接近过犯罪现场。

"你就做梦吧。"她像看一个菜鸟那样看着我——某种程度上，我想自己的确是个菜鸟。"多年来，我一直试图让大家使用我们的变更管理流程和工具，但就像约翰那样，没人用它。我们的报修系统也一样，都是有一搭没一搭的。"

事情比我预想的要糟糕得多。

"好吧，该怎么做就怎么做吧。"我无法掩饰自己的沮丧之情，最终说道，"确保让所有的开发人员、系统管理员以及网络维护人员都去支持计时系统。给他们的经理打电话，告诉他们，让我们知晓每一个变更的情况非常重要，不论那些变更看起来多么无关紧要。也不要忘了告诉约翰的手下。"

帕蒂点了点头，我说："你是变更管理经理。我们必须有所改进。我们需要更好地了解情况，那就意味着需要某种实用的变更管理流程，让每个人都提交自己的变更事项，以便我们完整地掌握真实情况。"

让我惊讶的是，帕蒂看上去垂头丧气。她说："我已经试过这样做了。让我告诉你会发生什么事吧。变更咨询委员会，也就是 CAB，会碰一两次头。用不了几个星期，大家就会说自己太忙，不再参加会议了。或者由于时间紧迫，他们不等得到授权就进行变更。不论是哪一种情况，变更咨询委员会都会在一个月内变得形同虚设。"

"这次不会。"我坚定地说，"向所有技术主管发一份会议通知，并且明确这次必须出席。不能参加会议的人要派一名代表。下次会议什么时候召开？"

"明天。"她说。

"好极了，"我由衷热切地说，"我很期待这次会议。"

午夜过后，我终于回到家。经过了漫长而充满失望的一天，我精疲力竭。地板上散落着气球，餐桌上放着半瓶酒。墙上贴着一张蜡笔画，上面写着："恭喜爸爸！"

今天下午，我给妻子佩奇打电话，告诉了她我升职的事。她显得比我高兴多了，坚持要请邻居们过来，一起小小地庆祝一番。我这么晚才到家，错过了自己的派对。

下午 2 点，帕蒂成功证实，在过去三天内所进行的二十七项变更当中，只有约翰的标记化变更和 SAN 升级才有可能导致工资核算故障。然而，韦斯及其团队仍然没能恢复 SAN 运行。

下午 3 点，我不得不告诉安和迪克这个坏消息，我们别无选择，只能实施 B 方案。他们的沮丧和失望是显而易见的。

计时应用直到晚上 7 点才得以恢复。半夜 11 点，SAN 终于恢复运行。

我作为 IT 运维部副总裁的第一天表现并不太好。

下班前，我给史蒂夫、迪克和安发送了一封快速状态报告，保证我将不惜一切代价防止此类故障再次发生。

我走上楼，刷完牙，在上床睡觉之前最后查看了一下手机，小心翼翼以免吵醒佩奇。我看到一封我们公司的公关经理发来的电子邮件，主题是："坏消息。我们明天可能要上新闻头条了……"，我在心里咒骂了一声。

我坐在床上，眯着眼睛阅读附上的新闻报道。

埃克哈特格鲁夫《先驱时报》

无极限零部件公司弄错工资，当地工会领导人表示错误"不合情理"

汽车零部件供应商无极限零部件公司未能妥善地向工人发放薪酬。公司内部备忘录显示，一些雇员根本没有收到工资。这家总部设在本地的公司承认，没有向一部分小时工发出正确金额的薪金，并且还有一部分小时工没有收到任何工作报酬。无极限零部件公司否认本次事件与现金流问题相关，而是把过错归咎于一个工资核算系统故障。

这家公司的业绩一度高达 40 亿美元，但最近几个季度收入减少、亏损增加。有人把这些财务困难归咎于高层管理人员的失败。由于这些财务困难，努力养家糊口的本地工人对工作不保的担忧正在日益蔓延。

备忘录显示，不论导致工资核算故障的原因是什么，雇员可能都必须等待数日乃至数周才能拿到报酬。

"这次事件只不过是这家公司近年来一连串管理层执行错误中最新的一个罢了。"内斯特·梅耶斯公司首席行业分析师凯利·劳伦斯这样说。

《先驱时报》致电无极限零部件公司 CFO 迪克·兰德里，请其就工资核算事故、会计差错以及管理能力发表意见，但他没有回电。

在一份以无极限零部件公司名义发布的声明中，兰德里对这一"小故障"表示遗憾，并发誓不会再发生这样的错误。

《先驱时报》将随着事态的发展继续更新报道。

我筋疲力尽，熄了灯，心里记下明天要去找迪克当面道歉。我闭上眼睛想要入睡。

一小时后，我仍然异常清醒地盯着天花板。

第 4 章

9 月 3 日，星期三

早晨 7 点 30 分，我一边喝着咖啡，一边打开笔记本电脑，希望在 8 点开会前处理完电子邮件和语音邮件。我目不转睛地看着显示屏。在升职后的 22 个小时里，我已经收到了 526 封新邮件。

天哪！

我跳过所有关于昨天故障的信息，同时跳过了供应商们发来的恭贺电邮，他们还希望同我见面并共进午餐。他们是怎么知道我升职的？我敢肯定，公司里的大部分人都还不知道这件事。

我读了一封艾伦发来的邮件，她是我前任上司的助理，现在被派来辅助我。她在邮件里对我表示了祝贺，并询问何时可以会面。我回复道，今早可以和她碰个头一起喝杯咖啡。我给 IT 服务台发了一条信息，要求授予艾伦访问我日程表的权限。

座机上闪烁的红灯引起了我的注意。上面显示："上午 7 点 50 分，62 封新语音邮件。"

我惊讶地张大了嘴。仅仅把这些语音邮件都听一遍就需一小时，我可没有这个时间。我再次给艾伦发邮件，请她把语音邮件全部检查一遍，将那些需要处理的留言记录下来。

在点击发送之前，我又迅速加了一句："如果有史蒂夫或迪克发来的信息，请立刻拨打我的手机。"

我拿起写字板，匆忙赶去参加第一个会议。这时候我的手机振动起来，是一封紧急电子邮件：

发件人：莎拉·莫尔顿

收件人：比尔·帕尔默

抄送：史蒂夫·马斯特斯

日期：9月3日，上午7:58

优先级：最高

主题：凤凰项目的新纰漏

比尔，如你所知，凤凰项目是公司当前最为重要的项目。我听到一些令人不安的传言，说你在阻碍凤凰项目的发布。

我想不用我来提醒你，我们的竞争对手可没有止步不前，我们的市场份额也在与日俱减。我需要每个人都有紧迫感，特别是你，比尔。

今天上午10点我们要召开一个紧急项目管理会议。请准时参加，并准备好对这些不可接受的延误做出解释。

史蒂夫，鉴于你已向董事会做出了承诺，我知道这个项目对你来说有多么重要。期待你能来参会并给出意见。

此致

莎拉

哦，不。

我把这封电子邮件标记为高优先级，转发给韦斯和帕蒂。这个世界一定是哪里不对劲了，一半邮件都是紧急邮件。所有事情都那么重要，这可能吗？

我拨通韦斯的手机。"我刚收到你转发的莎拉的电子邮件，"他说，"全是废话。"

"这究竟是怎么一回事？"我问。

他说："我敢肯定是因为布伦特没有为凤凰项目的开发人员完成那些配置工作。因为开发人员实际上无法告诉我们到底需要什么样的测试环境，所以每个人都在白忙活。我们已经竭尽全力了，但是每当我们完成并交付一件工作，他们就说我们做错了。"

"他们是什么时候告诉我们这件事的？"我问。

"两周前。这是典型的开发部的屁话，这次甚至更糟。他们为了赶上最后期限已经快崩溃了，现在才开始考虑测试和部署的事。显然，他们想让咱们背黑锅。但愿你也像我一样穿上了防火内衣。莎拉显然打算在会议上高举火把，企图把我们扔进火堆里。"

开发部和IT运维部之间的工作交接总是搞砸，这让我大为惊异。不过鉴于这两个部门之间持续不断的冲突，恐怕我不应该大惊小怪才对。

我回答："我知道是怎么回事了。听着，你务必亲自跟进这个开发技术参数的事。我们必须完成这件事——抓住每一个相关的人，不论是开发部的还是运维部的，把他们关在一间办公室里，直到拿出一份书面技术参数为止。凤凰项目太重要了，我们怠慢不起。"

韦斯说他正在做这件事。我问："除此之外，莎拉还会对我们出什么花招吗？"

他停下来想了一会,最后说:"应该不会了。既然发生了工资核算故障,我们有了一个非常合理的理由来解释布伦特无法完成工作的原因。"

我同意他的观点,觉得我们应该安全了。我说:"10点见。"

不到一小时后,我在烈日下走向9号楼,很多市场部的人把9号楼叫作"家"。令我惊讶的是,周围还有一小群IT部门的人也在往那儿走。为什么?

我有些震惊。如果没有IT部门的参与,大部分市场营销项目将无法完成。个性化的市场营销需要高科技的支撑。但是,既然这些市场营销项目中有那么多IT部门的人,难道不应该让他们到我们这儿来开会吗?

我猜想莎拉一定很喜欢这样:像蜘蛛一样结网而待,喜滋滋地看着公司的各色蝼蚁送上门来。

一进会议室,就看到项目管理办公室的负责人柯尔斯顿·芬格尔坐在桌子一头。我很欣赏她。她有条不紊、客观冷静、富有责任感。5年前她刚进入我们公司,就把全公司的专业化水准提升到了一个新境界。

莎拉坐在她右边,身子向后靠在椅背上,在苹果手机上点来点去,对其他人全都视而不见。

莎拉和我同龄:39岁。她对自己的年龄有着很强的戒备心,总是说一些似是而非的话,让别人以为她比实际年龄偏大不少,但又并不是直接谎报年龄。

这是莎拉又一个令人恼火的地方。

会议室里大约有25个人。很多业务领域负责人都到场了,其中有些是莎拉的下属。克里斯·阿勒斯也在。克里斯比我略为年长,看上去精瘦而健康。他经常会和别人开开玩笑,但也同样会在别人没有按时完成工作时劈头痛骂。众所周知,他是个干练严肃的管理者。他必须如此,才能管理手下的近两百名开发人员。

为了支援凤凰项目,最近两年他的团队人数增加了50人,其中很多来自外包公司。克里斯经常被要求用更短的时间、更少的经费去完成并交付更多的产品。

他手下的好几个经理也都在会场。韦斯也在,坐在克里斯右边。找空位的时候,我发现每个与会者都显得异常紧张。随后我知道了原因。

就在那儿,史蒂夫坐在会议桌边唯一一张空椅子的右侧。

似乎每个人都尽量不去看他。我漫不经心地在史蒂夫身边入座。这时,手机振动了一下,韦斯发来一条消息:

该死。史蒂夫以前从没参加过项目管理会议。我们大难临头了。

柯尔斯顿清了清嗓子:"第一项议程是凤凰项目。这可不是个好消息。大约四周前,该项目从黄色转为红色,我个人的看法是,想要如期完成恐怕很困难。"

她用职业化的嗓音继续说道:"提醒大家一下,上周凤凰项目第 1 阶段的关键路径上有 12 项任务,目前只完成了其中的 3 项。"

会议室里一片叹息声,好几个人开始窃窃私语。史蒂夫转身看着我:"哦?"

我辩解道:"我们讨论的关键人手是布伦特。大家都知道工资核算故障的事,为了帮助修复工资核算故障,他已经满负荷工作了。这完全是个始料未及的突发事件,但我们显然必须去处理。每个人都知道凤凰项目的重要性,我们正在尽量保证布伦特能够继续专注于此。"

"谢谢你给出那么富有创意的解释,比尔。"莎拉立刻回答,"这里真正的问题是,你们这些人似乎还不理解凤凰项目对公司究竟有多么重要。在市场上,竞争对手正把我们逼上绝路。他们那些新服务的广告,估计大家都已经耳闻目睹了。他们在零售门店和网上商店方面的创新对我们来说都是威胁。他们还挖走了一些我们最大的合作伙伴,我们的销售团队已经惊慌失措了。我不是'事后诸葛亮',但他们最新的产品发布告诉我们,不能再用常规做生意的思路来行事了。"

她继续说:"听着,比尔,为了提高市场份额,我们必须把凤凰项目推向市场。但出于某些原因,你和你的团队一直在拖后腿。你是不是分不清轻重缓急?或者是你还不适应去支持这样举足轻重的项目?"

尽管作了充分的思想准备,我还是感到怒火中烧。或许是因为她模仿着史蒂夫的语气,盛气凌人地对我说话;或许是因为她明明在同我说话却不看着我,而是观望史蒂夫的反应;又或许,是因为她几乎就是在指责我工作渎职而且能力不足。

我强迫自己深吸一口气,众人都缄默着。

我的怒气消散了。这只不过是一出办公室政治剧。虽然我不喜欢,但也只能接受现实。当初晋升为上士时,我差点儿就想终身投身于海军陆战队了。如果你玩不来政治,就别想在海军陆战队里成为高级军官。

"有意思。"我对莎拉说,"你来告诉我哪个更重要吧:是给工厂员工发薪水,还是完成凤凰项目的任务?史蒂夫叫我解决工资核算故障。对这个故障处置优先级的看法,你怎么可以跟史蒂夫不同呢?"

一听我提到了史蒂夫,莎拉的表情就变了:"好吧,要是 IT 部门一开始没有造成这个故障,你也就不用在这儿吹嘘你们的工作量了。我可不认为你和你的团队靠得住。"

我缓缓点头,不上她的当。"我期待你提出的任何建议,莎拉。"

她看看我,又看看史蒂夫,显然觉得在这个话题上没法再得分了,她转了转眼珠。我看到韦斯摇着头，对这场讨论感到不可置信，一反常态地保持着安静。

莎拉继续说："我们已经为凤凰项目投入了超过 2000 万美元，而且已经延迟了将近两年。我们必须把凤凰项目推向市场。"她看着克里斯问："考虑到比尔部门的延误，我们最快什么时候可以正式上线？"

克里斯从他的文件上抬起视线："我们上周谈过之后我就研究了。如果加快一些进度，并且如果比尔的团队提供的虚拟环境能够按照预想的那样工作，我们可以在周五算起的一周内投产。"

我瞠目结舌地看着克里斯。他刚刚信口开河地确定了一个投产日期，全然不理会在部署之前我们需要做多少工作。

往事突然浮现。在海军陆战队里，所有高级军官都有一个仪式。我们拿着啤酒出门闲逛，然后去电影院看《星球大战：绝地归来》。每当阿克巴上将要哭的时候，我们就放声大笑，喊着要回放："那是个陷阱！"

这一次，我笑不出来了。

"都给我等一下！"韦斯突然拍案而起，插嘴道，"你们到底想干吗？两周前，我们才刚知道部署凤凰项目的技术参数。你们的人到现在还没告诉我们，到底需要什么样的基础架构，所以我们连必需的服务器和网络设备都没法订购。还有，供应商已经说了，交货需要三周时间！"

他面向克里斯，愤怒地指着他说："哦，我还听说，你们写的代码性能糟透了，我们得预备最热门、最快速的设备才行。你们本该支持每秒 250 项业务的处理速度，可现在却连 4 项都处理不了！我们将会需要那么多硬件设备，还得多买一台机架来安放这些设备，而且为了及时拿到机架，可能还得支付定制费用。天晓得预算会变成什么样。"

克里斯想要辩驳，但韦斯毫不留情："我们还没拿到关于产品和测试系统配置的具体技术参数。哦，你们不再需要测试环境了吗？你们甚至还没有对代码进行过实测，因为那也跟不上进度了！"

意识到这些话的弦外之音，我的心抽紧了。我以前见过这样的场景。剧本很简单，首先，接到一项紧急的日期驱动项目，由于对华尔街或客户做出的外部承诺，发布日期不能延迟；然后，增添一大帮开发人员，他们用完了所有的进度时间，没时间进行测试或运维部署；随后，由于没人愿意错过部署日期，开发部门之后接手的人只得不计后果地猛抄近路。

结果从来不理想。通常情况下，软件产品实在太不稳定、太不可用，连那些曾经强烈要求这些产品的人最终也会说它不值得上市。到最后，总是 IT 运维部在通宵达旦地为那些糟糕的代码埋单，每隔一小时重启一次服务器，就像电影里的超级英雄那样，尽可能向世人隐瞒糟糕的真相。

第4章 9月3日,星期三

"伙计们,我能够理解大家想要尽快投产凤凰项目的愿望。"我尽可能平静地对史蒂夫和克里斯说,"但是根据韦斯所言,我认为现在部署实在太不成熟了。我们还不知道达到运行目标需要哪些设备,也没有做过任何压力测试来验证我们的设想。我们似乎还没有获得投产所需的充分的文件数据,更不用说全面监控和备份了。"

我用最具说服力的声音继续说道:"我和大家一样急切地期待凤凰项目进入市场,但是如果用户体验太差,我们最终会把客户推到竞争对手那边去。"

我转向克里斯:"你们不能就这样把包袱甩给我们,然后在停车场相互击掌,庆祝自己赶上了最后期限。韦斯已经说了,你们甩过来的可能是个烂摊子,而我们的人就得没日没夜地加班加点来收拾残局。"

克里斯激动地回答:"少跟我说什么'甩包袱'之类的废话。我们以前邀请过你们来参加我们的组织架构和计划会议,但你们的人真正出席会议的次数用一只手就数得过来。为了从你们那儿拿到我们需要的东西,我们一向得等上好几天甚至好几个星期!"

然后他举起双手,摆出一副无能为力的样子:"看,我也希望有更多时间。但是从一开始,我们就都知道这是一个日期驱动的项目。那是我们共同做出的业务决策。"

"完全正确!"我还来不及回应,莎拉就大声说,"这恰恰表明,比尔及其团队缺乏对于紧迫性的必要认知。追求完美是成事的大敌。比尔,我们可没有闲工夫为了迎合你的黄金标准而精雕细琢。我们需要建立正向现金流,如果不夺回市场份额,我们就无法做到这一点。而要夺回市场份额,我们就必须部署凤凰项目。"

她看了看史蒂夫,说:"我们明白什么是风险,对吧,史蒂夫?你在市场分析师那儿,甚至是在CNBC的采访中,对凤凰项目做了非常棒的宣传。我想我们谁都不愿意因为一再推迟发布时间而丢尽脸面。"

史蒂夫点了点头,摩挲着下巴,在椅子上前后晃动身子,若有所思。"我同意,"他身体前倾,最终说道,"我们已经向投资方和分析师们许诺过,会在本季度发布凤凰项目。"

我张大了嘴。莎拉驳斥了我的所有观点,把史蒂夫引上了一条不计后果的毁灭之路。

我恼怒地说:"有没有人觉得这很奇怪?我们曾经在这里讨论过在所有门店前安装新饮水龙头的事,当时我在场。我们给了负责那件事的团队9个月时间进行计划部署。整整9个月!我们所有人都觉得那是合情合理的。"

"现在我们讨论的是凤凰项目,它影响着销售系统中成千上万的节点,以及所有的后台订单输入系统。这可比安装新的饮水龙头复杂上万倍,对公司业务的风险也大得多。你们却只给我们一周时间来计划和实施部署?"

我举起双手恳求史蒂夫:"难道这不是有点太轻率、太不公平了吗?"

柯尔斯顿点头同意,但莎拉不屑一顾地说:"比尔,这个故事很感人,但我们讨论的不是饮水龙头，而是凤凰项目。另外，我相信决定已经做出了。"

史蒂夫说："是的，已经决定了。谢谢你告诉我们你对风险的看法，比尔。"他转向莎拉问："上线日期是哪天？"

莎拉迅速回答："市场推广定在 9 月 13 日，下周六。凤凰项目将在前一天下午 5 点部署。"

史蒂夫在笔记本背面写下日期，说："很好。随时告诉我项目进度，需要我协助的话尽管开口。"

我看了看韦斯，他用手比划出一架飞机在面前的桌子上坠毁起火的样子。

在过道上，韦斯说："会开得不错啊，老大。"

我笑不出来。"刚才到底是怎么啦？我们怎么会陷入这样的困境？究竟有没有人知道，为了发布这个项目，我们得做多少事？"

"没人知道，"他厌恶地摇着头说，"我们和开发部甚至还没有对如何移交工作达成共识。以前他们总是指着一个网络文件夹说：'部署那个'。开发部给我们的操作说明少得可怜，连教堂门口的弃婴身边放的说明都比这详细。"

听到这种可怕的比喻，我摇了摇头，但他是对的。我们这次遇到了严重的问题。

他继续说："我们得组建一支庞大的队伍，克里斯的手下也得加入，一起来想办法落实这项工作。我们在每个层面都会遇到问题：网络、服务器、数据库、操作系统、应用程序、第七层转换器都是一团糟。接下来的 9 天里，我们所有人都要熬夜加班了。"

我怏怏不乐地点点头。这种全员出动的工作状态是 IT 人生活的一部分，但是想到我们又得因为其他人疏于计划而不得不奋力拼搏，我还是有些恼火。

我说："召集你的团队，叫克里斯也召集他的各个团队。别再通过电子邮件或报修系统来做这件事了，我们得让大家呆在同一间办公室里。"

"说到承担义务，"我说，"克里斯说我们部门的人从不参加凤凰项目的组织架构和计划会议，他这样说是什么意思？真是那样吗？"

韦斯沮丧地转了转眼珠："是啊，他们部门的人会在最后一刻邀请我们参加会议，确实如此。说实在的，谁能在当天才接到一个新通知后重新调整好日程安排呢？"

过了一会儿，他又说："当然啦，说句公道话，我们确实提早收到过一些大型计划会议的通知。但是有一个应该参加会议的关键人员总是没办法到会，因为一直在忙着各种升级。也许你能猜到是谁……"

我叹了口气："布伦特？"

韦斯点点头："对。我们需要他在会议上告诉那帮该死的开发人员，实际情况下工作是如何开展的，哪些东西又是在生产过程中故障不断的。当然啦，讽刺的是，因为忙着修补那些已经发生故障的东西，所以他没法去开会，告诉那些开发人员什么东西会出故障。"

他说得对。除非打破这个循环，否则我们将一直陷在这种恶性循环的困境里。布伦特必须和开发人员协同工作，从源头上解决问题，这样我们才能不再疲于奔命。但布伦特一直在疲于奔命，所以他无法参与相关工作。

我说："为了准备这次部署，我们得配备最出色的人员，因此布伦特必须出席会议。"

韦斯显出片刻窘迫。我问他："怎么了？"

"我想这会儿他正在处理一个网络中断呢。"他回答。

"不能再这样了。"我说。"他们今后得在他不在场的情况下解决问题。谁要觉得有疑问，可以来找我。"

"好吧，你想怎么样就怎么样，老大。"他耸了耸肩说。

项目管理会议结束后，我没有心情和任何人说话。我坐在办公桌前，笔记本电脑居然无法开机，真是心烦。硬盘指示灯不停闪烁。看到屏幕上没有任何显示，我抓起桌上摆在佩奇和两个儿子合影旁的空马克杯，走向拐角处的咖啡机。

当我回到办公桌时，屏幕上显示的一个窗口告诉我即将安装一些非常重要的更新。我坐下来，点击"是"，看着进度条在屏幕上龟速爬行。突然，我看到了可怕的"死机蓝屏"。现在我的笔记本电脑彻底锁死不能用了。

重启电脑后，情况还是这样。我沮丧地咕哝着："开什么玩笑！"

正在那时，我的新助理艾伦从拐角处探出头来。她伸出手说："早上好。恭喜你升职了，比尔！"她注意到我笔记本电脑上的蓝屏，同情地说："哦，看起来不太妙啊。"

"嗯，谢谢你。"我一边说着，一边和她握手，"是啊，你能找个电脑支持专员来看一下这台笔记本电脑吗？凤凰项目那里还有一堆破事儿要我们处理，我急需这台电脑。"

"没问题。"她点点头，微笑着说，"我会告诉他们，我们的新任副总裁快急疯了，下令修好他的笔记本电脑。看在所有人的份上，你当然需要一台工作电脑，对吧？"

"你知道吗，"她补充道，"我听说今天其他很多人也遇到了类似的问题。我会确保你得到优先处理的。你可等不起排长队。"

还有更多笔记本电脑锁死了？这再次证明，今天全世界都在跟我作对。

"对了，我需要有人帮忙协调一些紧急的凤凰项目会议。你现在有访问我日程表的权限了吗？"我问。

她翻了个白眼，说："没有。我正是为这件事来的。我本来想看看你能否把接下来几天的日程打印出来。这显然已经不可能了。等电脑专员过来，我会拜托他做这件事的。有时候电子邮件管理员得花上几周时间才能抽出空来做这些事。"

几周？简直不可接受。我瞥了一眼手表，意识到我得晚些时候再处理这件事。我已经迟到了。

"尽力而为。"我说，"我去参加帕蒂的公司变更管理会议。如果需要什么就给我打电话。"

我匆匆走进会议室，迟到了 10 分钟。我本以为会看到一群人在不耐烦地等我，或者会议已经开始了。

然而，只有帕蒂一个人坐在会议桌边，在笔记本电脑上敲着键盘。

"欢迎来到 CAB，比尔。我希望你能找到一张空位。"她说。

"人都去哪儿了？"我问。

我百思不得其解。在管理中型机小组的时候，我的团队从不会错过变更管理会议。那是我们协调和安排所有工作的场合，能确保不会手忙脚乱。

"昨天我就告诉你了，这儿的变更管理是碰运气的。"帕蒂叹了口气说，"有些小组有自己的变更管理流程，就像你的中型机小组。但是大部分小组什么也不干。昨天的服务中断恰恰证明，我们需要在公司层面建立一些机制。现在就等于是左手几乎不知道右手在干什么。"

"那么，问题出在哪里？"我问。

她撅起嘴唇："我不知道。我们送很多员工去参加 ITIL 培训，学习最佳的工作实践。我们引进了一些顾问，他们帮我们把报修系统更换成与 ITIL 相符的变更管理工具。大家本该通过这个工具提交变更需求，它会按规定进行审批。但是，已经过去两年了，我们有的只是一套无人遵循的纸面上的好流程，以及一个无人使用的工具。我缠着大家去使用流程和工具，但得到的只有抱怨和借口。"

我点了点头。ITIL 代表 IT 基础架构库，记录着许多最好的 IT 实践和流程。众所周知，ITIL 项目已经进行了好几年，但一直在原地踏步。

韦斯不在这里，我感到心烦意乱。我知道他很忙，但即使他不来，他手下的人怎么也不抽空来参加会议呢？这种制度的贯彻执行必须自上而下、一以贯之。

"好吧，以后谁再有抱怨或者借口，那就冲我来。"我坚定地说，"我们要重新启动变更管理流程。我会全力支持此事。史蒂夫告诉我，要保证大家能够专注于凤凰项目。SAN 故障之类的失误让我们延误了一次凤凰项目的产品交付，我们正在为此付出代价。要是有谁不想出席变更管理会议，那他们显然需要我来专门培训一下。"

帕蒂听到我提及凤凰项目的事，一脸茫然，我把韦斯和我一上午的遭遇告诉了她，我们如同被一辆大巴碾压而过：莎拉和克里斯操控着方向盘，而史蒂夫则坐在车后排，唆使他们加大油门。

"情况不太好。"她不以为然地说，"他们甚至撞倒了柯尔斯顿，呢？"

我默默地点头，但不愿多说。我一直很喜欢电影《拯救大兵瑞恩》里的一句台词："这里有一系列的命令：只可对上抱怨，不许对下牢骚。"

我请她演示了当前的变更流程，以及这一流程如何在工具里自动运行。听上去都很好。但要想知道这个流程是否有效，只有一个办法。

我说："在本周五同一时间再安排一次 CAB 会议。我会给所有 CAB 成员发电子邮件，告诉他们本次会议必须出席。"

回到小隔间，我看到艾伦在办公桌旁，弯腰对着我的笔记本电脑写便签条。

"事情都进展得顺利吧？"我问。

她被我的声音吓了一跳。"哦，天啊。你吓到我了。"她笑着说，"支持人员摆弄了整整一小时，还是没能启动你的笔记本电脑，所以给你找了另一台代用。"

她指着办公桌的另一端，我过了一会才反应过来。

我的替代笔记本电脑看起来已经用了将近十年了——这台笔记本看上去是我原来那台的两倍大、三倍重。电池是用胶带粘上去的，由于长年累月的使用，键盘字母有一半已经被磨掉了。

有那么一瞬间，我怀疑这是不是一个恶作剧。

我坐下来，导出电子邮件，但速度实在太慢了，有好几次我都以为它死机了。

艾伦满脸同情："支持人员说，今天他们能拿出来的只有这台了。有两百多人遇到了同样的问题，许多人还没有拿到替代电脑呢。显然，由于安装了一些安全补丁，和你那台同样型号的笔记本电脑都出故障了。"

我都忘了。今天是"补丁星期二"，约翰及其团队从我们的主要供应商那里拿来了所有的安全补丁，然后到处铺开。约翰再一次给我的团队和我本人造成了大麻烦。

我只好点点头，感谢她的帮助。她离开后，我坐下来给所有 CAB 成员写邮件，常常要等上十秒钟才能看到按下的键盘字母显示在屏幕上。

发件人：比尔·帕尔默
收件人：韦斯·戴维斯、帕蒂·麦基、IT 运维部管理人员
日期：9 月 3 日，下午 2:43
优先级：最高
主题：周五下午 2 点必须参加 CAB 会议

今天，我参加了本周的 CAB 例会。除了帕蒂，我是唯一到会的人，这让我感到非常失望，特别是考虑到昨天刚发生过一起完全可以避免的、与变更相关的故障。

即日起，经理们（或其指定的代表）都需要参加所有列入安排的 CAB 会议，履行应尽的职责。我们将重启无极限零部件公司变更管理流程，并严格贯彻。

任何规避变更管理制度的人都将受到纪律处分。

周五下午 2 点有一场必须参加的 CAB 会议。到时候见。

如有任何疑问或想法，请给我来电。

感谢大家的支持。

比尔

点击发送后，我等了足足 15 秒，电子邮件才离开我的发件箱。几乎与此同时，我的手机响了。

是韦斯的来电。我说："我正准备给你打电话呢，关于笔记本电脑的事。我们得为经理和员工准备替代电脑，那样他们才能干活啊，你听到了吗？"

"是啊，我们正在做这件事呢。不过我不是为这件事给你打电话的，也不是为了凤凰项目。"他说，听上去有些气恼，"看，关于你刚才发的变更管理制度备忘：我知道你说了算，不过你最好知道，上一次我们实行这荒唐的变更流程，IT 运维部直接瘫痪了。没有人，我是说绝对没有一个人，能做点儿正事。帕蒂坚持要给大家编号，等着她手下的那帮傻瓜审批和安排我们的变更项目。那绝对又荒唐又浪费时间。"

他滔滔不绝地说："她要求我们用的那个应用软件简直就是垃圾。为了申请一个 5 分钟就能搞定的简单变更，得花上 20 分钟才能填完全部字段！我不知道是谁设计了那个流程，但我觉得那些设计流程的人以为我们都是按小时拿工资的，所以宁愿坐而论道也不肯真正去干实事。"

"最后，网络维护团队和服务器团队造反了，拒绝使用帕蒂提供的工具。"他继续激动地说，"但是约翰提出了一个相关的审计发现，并提交给了前 CIO 卢克。就像你所做的，卢克说在这儿上班就得执行政策，威胁我们谁不遵守流程就解雇谁。"

"我的员工把一半时间都用在做文档工作以及坐在那个该死的 CAB 会场上。"他继续说，"幸运的是，他们的努力终于偃旗息鼓了。约翰太愚蠢了，都弄不明白实际上大家已经不再参加那个会议了。甚至他自己都已经一年多没有参加过那类会议了！"

有意思。

"我了解了。"我说，"我们不能重蹈覆辙，但我们也不能再遭受工资核算故障那样的灾难。韦斯，我需要你参加会议，我也需要你帮忙提出解决方案。否则你就会变成问题的一部分。我能指望你吗？"

我听到他大声叹了口气。"好吧，当然。不过你也得做好思想准备，要是我看到帕蒂又想弄什么让大家绝望的繁文缛节，我照样会说那是胡扯。"

我叹了口气。

以前，我所担心的只是 IT 运维部遭到开发部、信息安全部、审计部以及业务部门的攻击。现在我开始意识到，我手下的主要管理人员似乎也互相斗得不可开交。

我们要付出什么样的努力才能和平共处呢？

第 5 章

9 月 4 日，星期四

清晨 6 点 15 分，我被闹钟惊醒。我一整晚都紧咬牙关，因此下颚生疼。凤凰项目即将上线的惨淡前景一直在我脑海中徘徊。

和往常一样，我在起床前快速浏览手机，看看有什么坏消息。一般情况下，我会用 10 分钟左右的时间来回复电子邮件——把球扔到对方半场的感觉总是不错的。

我看到其中一封邮件，猛地坐直了身子，结果吵醒了佩奇。"哦，天啊。怎么啦，怎么啦？"她半梦半醒，一个劲地问。

"史蒂夫又发来一封新邮件。等一下，亲爱的……"我一边对她说，一边眯起眼睛看邮件。

发件人：史蒂夫·马斯特斯
收件人：比尔·帕尔默
抄送：南希·梅勒、迪克·兰德里
日期：9 月 4 日，早晨 6:05
优先级：最高
主题：紧急：SOX-404 的 IT 审计发现评估

比尔，请尽快研究此事。关于 SOX-404 审计合规的重要性，我想不需要我来提醒你吧。

南希，请和比尔·帕尔默合作，他现在分管 IT 运维部。

史蒂夫

\>\>\>以下为转发邮件内容

为了对即将到来的 SOX-404 外部审计做好准备，我们刚刚完成了 Q3 内部审计。我们发现了一些非常重要的缺陷，必须和你商量。鉴于这些审计发现的严重性和紧迫性，今天早晨我们得和 IT 碰头。

南希

果然，我的日程表上有一个从上午 8 点开始、时长两小时的会议安排，发起人是首席审计官南希·梅勒。

该死。她聪慧过人，很难应付。当年在那次公司并购的时候，我亲眼见识过她把一个对方的经理盘问得哑口无言。在那个经理陈述公司财务业绩时，她连珠炮似地提出拷问，活像神探科伦坡、至尊辩护律师马特洛克和疤面煞星的结合体。

那个经理很快就崩溃了，承认夸大了自己部门的业绩。

回想起那次会议，我冒出了冷汗。我没有做错什么，但考虑到邮件中体现的语气，她显然正在热切追踪某些重要的事，而史蒂夫把我扔到了她的追踪路径上。

过去，我一直把中型机技术组管理得井井有条，审计部门无从过多干涉。当然啦，还是会有很多询问和文档方面的要求，需要我们花上几周时间收集数据并准备答复。他们偶尔也会发现一些问题，但我们很快就能改正。

我乐于认为，我们建立了一种互相尊重的工作关系。然而，这封电子邮件似乎是某种不祥之兆。

我看了看手表。离开会还有 90 分钟，而我还完全不明白她想要讨论什么。

"该死！"我骂了一声，推推佩奇的肩膀："亲爱的，你今天可以开车送孩子们去学校吗？发生了一件很糟糕的事，牵涉到首席审计官和史蒂夫。我得打几个电话，现在就得赶去办公室。"

佩奇生气地说："两年来每周四都是你送孩子上学的！我今天也得早起！"

"我很抱歉，亲爱的。这件事真的很重要，是公司 CEO 史蒂夫·马斯特斯要求我处理的。你知道他吗？就是那个经常上电视，还在公司假日聚会上长篇大论的人。我可不能像昨天那样再丢一个球了。还有前一天的报纸头条新闻……"

她一言不发，一阵风似地冲下了楼梯。

我终于找到了上午 8 点开会的会议室，立刻注意到会议室里鸦雀无声，完全没有与会人员陆续进场时常有的闲聊寒暄。

南希坐在会议桌首端，边上围坐着另外四个人。约翰拿着从不离身的黑色三孔活页夹坐在她旁边。我像往常一样惊叹于他的年轻，他年约 35 岁，有一头厚实卷曲的黑发。

约翰看起来神色憔悴。像很多大学生一样,他在加入无极限零部件公司后的三年间体重一直在增加,多半是由屡战屡败的网络安全整肃行动带来的压力导致的。

在会议室的所有人当中,约翰最能让我联想到布伦特。不过,约翰可不像布伦特那样总穿着一件 Linux 广告 T 恤,而是穿了件略显宽大的笔挺的衬衫。

韦斯显然是会议室里最不修边幅的人,但他明显毫不在意。会议室里最后一个是我不认识的年轻人,大概是个 IT 审计师。

南希首先发言:"为了对即将到来的 SOX-404 外部审计做好准备,我们刚刚得出了 Q3 内部审计结论。我们面对的形势很严峻。IT 审计师蒂姆发现了众多 IT 控制问题,数量之多让人瞠目结舌。更糟糕的是,其中很多是连续三年来重复发现的问题。如果继续放任不管,这些审计发现将迫使我们得出这样的结论:公司已经无法继续把控财务决算的正确性了。这可能会导致外部审计师在向美国证券交易委员会提交的公司 10-K 档案中做出一条负面脚注。"

"虽然这些还只是初步审计发现,但考虑到形势的严峻性,我已经口头通知了审计委员会。"

我脸色发白。虽然我还不理解全部审计术语,但已经明白这有可能毁掉迪克的生活,并且可能意味着更多负面新闻登上头版头条。

我理解了形势的严重性,南希满意地点点头。"蒂姆,请你向大家说明一下你的结论。"

他拿出一厚摞装订好的文件,给每个参加会议的人都发了一份。"我们已经对无极限零部件公司所有关键财务系统的 IT 常规控制工作得出了审计结论。一个四人团队耗时超过八周,完成了这份经过整理的报告。"

天哪。我举起手上这份足有 5 厘米厚的文件。他们从哪里找来那么大的订书机?

那是一份打印出来的 Excel 表格,每页都有 20 列八号字体的内容。最后一页的编号是 189。"这里面得有 1000 个问题!"我难以相信地说。

"很遗憾,是的。"他回答,流露出一丝沾沾自喜的满足感,"我们发现了 952 条 IT 常规控制缺陷,其中 16 条为重大缺陷,2 条为潜在重要缺陷。我们对此当然非常担心。考虑到外部审计即将开始,我们需要你们尽快提交整改计划。"

韦斯在桌边弯着腰,一只手搭在前额上,另一只手快速翻着纸页。"这都是些什么狗屁东西?"

他举起一页文件:"'第 127 条,不安全的 Windows 操作系统 MAX_SYN_COOKIE 设置'?这是在开玩笑吗?别说我没提醒你们,我们可是有正事要干的。如果这影响到了你们在这里全天候的审计工作,那只好抱歉了。"

韦斯总是能说出人们心里想着却不太会大声说出口的真心话。

南希严肃地回答:"可惜,在这个当口,控制审核及测试阶段已经结束了。我们现在要你们提交的是'管理层答复函'。你们必须调查并确认每一条审计发现,然后制定一份整改计划。我们会对整改计划进行评估,然后提交给审计委员会和董事会。"

"一般情况下,你们可以有几个月的时间来准备管理层答复函并实施整改计划。"她突然流露出一丝歉意,继续说,"遗憾的是,根据审计测试日程表的安排,在外部审计师入驻之前,我们只剩下三周时间。在下一轮审计周期里,我们一定会为 IT 留出更充裕的时间。但这一次,我们要求你们答复的时间是……"

她看了看日程表,说:"从下周一开始的一周之内,不能再晚了。你觉得可以吗?"

哦,该死。

那就是只有六个工作日的时间。但是把整本文件读完就得花上三天。

长久以来我一直相信,审计师代表着一种客观公正的力量,现在连他们也来给我添堵了?

我再次拿起那一厚摞文件,随机翻看了几页。其中有很多条目和韦斯之前读的相仿,但也有些条目提到了不恰当的安全设置、存在镜像登录账户、变更控制问题以及职责分离问题。

约翰打开他的三孔活页夹,多管闲事地说:"比尔,我向韦斯和你的前任提出过很多同样的问题。他们说服 CIO 签署了一份管理层豁免声明,宣称他接受这些风险,并且不做任何改进。考虑到其中有些是重复出现的问题,我想这次我们很难口头辩护一下,就敷衍了事。"

他转向南希:"在之前的管理制度下,IT 控制显然不具有优先权,不过既然网络安全的权责都已经归位,我相信比尔会从长计议。"

韦斯用鄙视的眼神看着约翰。我无法相信约翰居然在审计师面前哗众取宠。这样的事发生过好几次,让我怀疑他究竟站在哪一边。

约翰无视韦斯和我,对南希说:"我的部门正在修正一些别的控制内容,我认为我们应该为此而受到表扬。我们先从 PII 着手,已经在关键财务系统上完成了 PII 标记化,因此至少躲过了这一劫。那个审计发现现在已经结束了。"

南希冷淡地说:"有意思。PII 的问题不属于 SOX-404 的审计范围,从这个角度看,把时间集中用在 IT 常规控制上可能更有价值。"

等一下。约翰的紧急标记化变更都白费了?

如果那是真的,过些时候我得和约翰好好谈一谈。

我慢慢地说:"南希,我真的不知道周五我们能给你什么。我们已经疲于应付工资核算故障之后的恢复性工作,还要尽全力支持即将到来的凤凰项目试运行。这些审计发现中,哪些是最重要、最需要我们做出回应的？"

南希对蒂姆点了点头，蒂姆说："当然了。第一项是潜在重要缺陷，在第七页上有概述。这项审计发现表明，一个支持财务报告的应用可能在未经授权或测试的情况下就投产了。由于欺诈或其他原因，这可能导致某些未被发现的重大差错。管理部门没有任何防范或发现此类变更的控制措施。"

"此外，你们团队无法提供变更管理会议的任何会议记录。而根据你们的政策，变更管理会议本应每周召开一次。"

我尽量不让人察觉地皱了皱眉头，回想起昨天没人参加 CAB 会议，以及在工资核算事故中，我们忽视了约翰的标记化变更，导致最终封死了 SAN。

如果我们对那些变更一无所知，我真怀疑，假如有人禁用了某项控制功能，开启一个价值 1 亿美元的虚假交易，我们能否发现这个"微小"的变更。

"真的吗？真是难以置信！我会看那个条目的。"我回答，希望自己的语气表现出了恰如其分的惊讶与气愤。我假装在写字板上写下详细的笔记，随意圈圈划划，然后点点头，示意蒂姆继续说下去。

"其次，我们发现在很多情况下，开发人员对产品应用程序及数据库拥有管理员级访问权限。这样做违反了权责分离要求，增加了发生欺诈的风险。"

我把目光投向约翰："真的？可不是嘛。让开发人员在未经允许的情况下擅自更改应用程序？这听起来的确是个安全风险。假如有人胁迫某个开发人员，比方说马克斯，让他做什么未经批准的事可怎么办？我们得对此做些什么，是不是，约翰？"

约翰的脸涨得通红，但他彬彬有礼地说："是的，当然。我同意你的观点，而且乐于效劳。"

蒂姆说："很好。下面请看第十六条重大缺陷。"

半小时后，蒂姆还在滔滔不绝地讲。我忧郁地注视着那一大摞审计发现。其中大部分内容就像信息安全部给我们的报告那样大而无用，这也是约翰恶名远播的原因之一。

我们如同转轮上的仓鼠，陷入了永无止境的痛苦循环：一个季度接着一个季度，信息安全部都会无休止地发来各种安全漏洞修复建议，把大家的收件箱塞得满满的。

蒂姆终于讲完了，约翰自告奋勇地说："我们必须给这些脆弱的系统打上补丁。如果你们需要帮助的话，我的团队对此有着丰富的经验。这些审计发现是弥补一些重大安全漏洞的大好机会。"

"听着，你们这两个家伙都不知道自己在要求什么！"韦斯对约翰和蒂姆说，他显然已经气急败坏了，"运行制造 ERP 系统的一些服务器已经使用超过二十年了。如果它们坏了，公司的一半业务就会陷入停顿，这些服务器的供应商几十年前就停业了！这些设备太脆弱了，哪怕你只是在错误的时间去看上一眼，它们都会崩溃，只能寄希望于巫术咒语来让它们重启。要是照你们打算的那样大动干戈，它们就再也活不下去了！"

他俯向桌子，用手指指着约翰的脸说："你想自己给它打补丁，很好。但我希望你签署一份文件，说明如果由于你按了按钮而导致整体业务停顿，你会坐飞机去各个厂部，在所有厂部经理面前卑躬屈膝，向他们解释为什么他们没能完成生产指标，行不行？"

我诧异地瞪大了眼睛，约翰居然冲着韦斯的手指探过身去，愤怒地回应："哦，是吗？如果我们弄丢了应该保护的客户数据，因此上了新闻头条怎么办？你会亲自向几百万私人数据被卖的家庭道歉吗？"

我说："大家都静一静。我们都是为公司好。关键在于，我们在有限的时间里能够做什么，以及哪些系统是真正可以修复的。"

我看着那摞文件。韦斯、帕蒂和我可以把调查每一项内容的任务分配下去，但是谁能真正来做这件事？我们已经为凤凰项目忙得不可开交了，恐怕这个庞大的新项目会成为压垮骆驼的最后一根稻草。

我对南希说："我马上就召集人手，一起提出一个计划。我无法保证届时一定能完成那份答复函，但我保证会尽力而为。这总可以了吧？"

"正是如此。"南希友善地说，"本次会议的目的，就是认真检查初步审计发现并明确下一步的工作。"

休会期间，我叫韦斯留下来。

约翰发现后，也留了下来。"这简直是一场灾难。我的工作指标和奖金都与能否顺利通过这些合规性审计挂钩。因为你们运维部的人没法把自己的破事儿收拾好，我快要不合格了。"

"彼此彼此。"我说。

为了让他别再唠叨，我说："莎拉和史蒂夫决定把凤凰项目的部署日期提前到下周五。他们打算跳过所有的安全性审查。也许你现在该去和克里斯还有莎拉谈谈。"

不出所料，约翰骂着脏话冲了出去，砰的一声关上了门。

我精疲力尽地靠在椅背上，对韦斯说："我们这周真是诸事不顺。"

韦斯冷笑一声："我告诉过你，这儿的办事节奏会让你晕头转向的。"

我指了指审计发现文件，说："我们本该把所有关键人力资源都投到凤凰项目上的，但那玩意儿把每个人都牵扯进去了。我们没有空闲的人手来应付审计工作吧，是不是？"

韦斯摇摇头，一反常态地脸色铁青。

他再一次翻阅手中那摞文件。"我们肯定得让技术主管们参与这件事。但是正如你所言，他们已经被分派到凤凰项目的团队里了。要把他们重新调动到这项工作上吗？"

老实说，我真的不知道。韦斯盯着一页文件看了一会儿。"顺便说一句，我认为这里面的很多工作都需要布伦特。"

"哦，天哪。"我喃喃自语，"布伦特。布伦特、布伦特、布伦特！要是没有他，我们就什么事都干不成了吗？看看我们！我们想就所承担的义务与所拥有的资源开展一次管理层讨论，而我们谈来谈去只是在谈一个人！我不在乎他有多能干。如果你是说，我们部门没了他就干不成事，那我们就遇到大问题了。"

韦斯略显尴尬地耸了耸肩："他无疑是我们最好的员工之一。他真的很聪明，而且几乎对这家公司里的每件事都了如指掌。他可以真正理解各种应用如何在公司层面协同工作，这样的人可为数不多。见鬼，这家伙可能比我更了解这家公司。"

"你是一名高级经理。在你身上发生这样的事是不可接受的，对我也同样如此！"我坚决地说，"你还需要几个像布伦特那样的人？1个、10个、还是100个？我会请史蒂夫优先处理这些事的。我需要你做的是弄清我们究竟需要哪些资源。如果要向史蒂夫申请更多的资源，我可不想反反复复，回头发现不够，再卑躬屈膝地爬回去求他再多给一点。"

他翻了个白眼说："听着，我现在就能告诉你接下来会发生什么。我们向管理层陈述目前的状况，他们不仅会驳回我们的要求，而且还会把我们的预算再削减5%。过去五年来他们一直是这么干的。与此同时，大家还是会在同一时间让我们既做这又做那，不断地向我们的工作清单上增加工作量。"

他恼怒地补充道："正如你所知，我也想过聘用更多像布伦特那样的人。但是由于从未拿到过相应的预算，我只能削减很多其他职位，才得以聘用了四个和布伦特拥有同等经验的非常资深的工程师。你知道后来发生了什么吗？"

我扬了扬眉毛。

韦斯说："一半人在一年内主动离职了，而留下来的另一半则远远达不到我所需要的工作效率。虽然没有数据证明，但我估计布伦特甚至比以前更加落后于进度了。他抱怨说，他得花很多时间培训和帮助新人，而且分身乏术，但还得参与所有的工作。"

我回答："你说别人'向我们的工作清单上增加工作量'，那现在这份工作清单是什么样的？我能拿到一份复印件吗？谁有这份清单？"

韦斯慢吞吞地回答："好吧，有业务项目以及各种IT基础架构项目。但是很多工作并没有记录在案。"

"业务项目有多少？基础架构项目有多少？"我问。

韦斯摇摇头，说："我一下子说不上来。我可以从柯尔斯顿那儿拿到业务项目清单，但我不确定是否有人能够回答你的第二个问题。那些工作项目都没有通过项目管理办公室的渠道。"

我感到心底一沉。要是对工作需求、优先等级、工作进度、可用资源都一无所知,怎么可能管理好生产工作呢?我突然对自己没有在上任第一天就提出这些问题而追悔莫及。

我终于开始从管理人员的角度来思考问题了。

我打电话给帕蒂:"韦斯和我刚才被审计部门整惨了,他们要求我们从下周一开始的一周内做出回应。我需要你帮忙弄清楚我们的工作职责都有哪些,这样我才能就增加人手的事和史蒂夫深入谈一谈。你现在说话方便吗?"

她说:"正合我意。来吧。"

韦斯把庞大的审计报告重重地砸在桌子上,向帕蒂简要介绍了审计报告的事,她听完吹了声口哨。

"你知道,我真希望是你在会场上面对那些审计师。"我说,"大部分最主要的问题是关于缺少实用的变更管理流程的。我觉得你最终会变成审计师的好朋友。"

"审计师也有朋友?"她大笑起来。

"我要你协助韦斯在周一前估算出修复那些审计发现需要多少工作量。"我说,"不过现在,让我们谈一件更高层面的事。我想试着列个清单,列出我们所有的工作任务。这个清单会有多长?该怎么做才能列出来?"

我向帕蒂转述了韦斯的话,她听后回答:"韦斯说得对。柯尔斯顿那儿有正式的业务项目清单,其中的每个项目多少都跟我们扯得上关系。我们还有自己的 IT 运维项目,通常由技术预算拥有者管理——那些项目没有集中的清单。"

帕蒂继续说:"我们还负责所有接入服务台的电话应答业务,不论是索取什么新设备还是要求修理什么东西。但那个清单也是不完整的,因为很多业务部门的人会直接去找他们喜欢的 IT 人员解决问题。那些工作都没有记录在册。"

我缓缓地问:"那么,你是说我们一点儿也不知道我们的职责清单是什么?真的吗?"

韦斯充满戒备地说:"以前从来没人问过这件事。我们一直聘用很聪明的人,向他们交办特定领域的工作职责。除此之外,我们就都不管了。"

"好吧,我们不得不管了。要是不清楚我们现有的任务,就没法给下面的人增加新任务!"我说,"最起码,预估一下修补那些审计发现所需的工作量。然后告诉我,为了抽调一些人来处理审计问题,每个被抽调的人需要丢下哪些手头上的任务。"

我想了一下,补充道:"关于这点,对每个分配到凤凰项目的人也要做同样的事。我估计我们已经不堪重负了,而我想知道我们已经超载了多少。我要先发制人,告诉大家我们手头的项目已经饱和了,那样的话,如果我们没有按时完成并交付某个任务,他们就不会大惊小怪了。"

韦斯和帕蒂看起来都很吃惊。韦斯首先大声说:"但……但是那样的话,我们差不多就得和每个人都谈一次话!帕蒂可能乐于拷问大家都作了哪些变更,但是我们可不能在最精锐的员工周围绕来绕去,浪费他们的时间。他们可都有正事要干!"

"是的,我知道他们得干正事。"我坚定地说,"我只需要一行简短的文字说明,描述他们的工作是什么,以及他们认为完成这些工作需要多长时间。"

意识到此事可能引发的问题,我补充道:"一定要告诉大家,我们这样做是为了争取更多的资源。我不希望有人以为我们要外包服务或解聘谁,好吗?"

帕蒂点点头:"我们早就该这么做了。我们的紧要任务总是在不断累加,以致原有的任务不断往后拖,直到有人朝我们大喊大叫,想要知道我们为什么还没有完成并交付某项工作。"

她开始敲键盘。"你想要一份清单,简明扼要地列出我们的关键人力资源承担的所有工作任务,显示他们正在做什么,以及要花多长时间来完成这些工作。我们会从凤凰项目和审计修复的人力资源入手,但最终会拓展到整个IT运维部。我的理解对吗?"

我笑了,为帕蒂如此简明扼要地拟定了整个计划而由衷地高兴。我知道她会表现得很棒。"完全正确。如果你和韦斯能够查出目前哪些人手已经过度消耗,以及我们还需要多少新的人手,那就更好了。那样我们就有理由向史蒂夫申请更多人手了。"

帕蒂对韦斯说:"这事儿应该简单明了。我们可以对员工进行简短的15分钟访谈,从服务台和报修系统提取数据,从柯尔斯顿那里拿到项目清单……"

令人惊讶的是,韦斯居然同意了,并且补充道:"我们还可以通过预算编制工具,了解我们已经在人员和硬件需求方面吃了多少亏。"

我站起来,说:"想得很好,伙计们。我们在周五之前安排一次会议,仔细研究你们的调查情况。有些货真价实的数据在手,我想在周一和史蒂夫碰面谈一谈。"

帕蒂朝我翘起大拇指。现在我们有些进展了。

第 6 章

9月5日，星期五

在又一场无休无止的凤凰项目汇报会上，我意识到开发人员比我们所担心的更加落后于进度。就像韦斯预言的那样，越来越多的工作被推迟到下一个发布期，包括几乎所有的测试工作。

这就意味着，当它们在生产中爆发故障的时候，得由我们去发现问题出在哪儿，而非质量保证部（下文简称 QA 部）。

好极了。

在一次讨论的间歇，我看了一下手机，看到有一封帕蒂发来的电子邮件。她希望见面讨论一下人力资源问题，并保证会有一些让人大开眼界、意想不到的事。

我打开附件里的电子表格，发现内容很详细，令人鼓舞，但我的手机屏幕太小了，一下子看不明白。我回复帕蒂，说我马上就去，并让她通知韦斯到那里和我碰头。

我到达时，惊讶地看到韦斯架起了一台投影仪，在墙上展示出一张电子表格。我们这次开会是要分析当前的形势，而不只是一味地应对突发情况，我对此深感兴奋。

我找了个位子坐下，说："好，你们准备给我看些什么？"

韦斯首先发言："帕蒂干得漂亮，把这些内容都汇总起来了。我们发现……我们发现了一些很有意思的事。"

帕蒂解释道："我们开展了访谈，收集了数据，然后做了分析。目前，这些数据仅仅针对我们的关键人力资源，但我们已经从中发现了一些问题。"

她指向一行电子表格："首先，我们手上有众多项目。柯尔斯顿说目前她手头一共有 35 个正式的业务项目，其中每一个都有我们的人参与。在 IT 运维部内部，我们已经确认了 70 多个项目，随着访谈范围的扩大，项目数也在继续增加。"

"等一下，"我真的被吓了一跳，从椅子上坐直了身子说，"IT 运维部有 150 名员工，对吗？如果你们已经发现了超过 105 个项目，那就是说，平均每 1.5 人就有一个项目。你们不觉得那样太多了吗？"

韦斯回答："确实如此。而且我们知道项目数是低估的。因此最终可能会是一人一个项目。那太疯狂了。"

我问："这些内部项目的规模有多大？"

韦斯切换了电子表格上的标签，显示出他们已经梳理的项目清单，标注了估算的人-周数。"合并及升级邮件服务器""升级 35 个 Oracle 数据库实例""安装受支持的 Lemming 数据库""对基本业务应用程序进行虚拟化及迁移"等等。

我叹了口气。虽然有些项目比较小，但大多数是比较重要的大项目，估计至少需要三个人一整年的工作量。

帕蒂看了看我脸上的表情，说："我当时的反应也是这样的，我们承担着大量工作项目。再看看我们有多少工作能力。由于不能简单地把工作人员随机分配到特定项目中，估算工作能力要略微困难一些。"

她继续说："我们研究了哪些人被分配到了哪个项目上，又有哪些别的任务和工作余量，这是我们的研究结果。"

韦斯点开表格的另一个标签，我的心猛地一沉。

"情况不妙吧？"韦斯说，"我们的大部分人力资源都流向了凤凰项目。请看下一行：审计合规修复是第二大项目。即便我们全扑在这上头，也得耗费核心人力资源一整年的时间！顺便提一下，布伦特也包括在内。"

这简直难以置信。我说："开什么玩笑。如果搁置审计发现以外的所有项目，我们的关键人力资源也会被占用一整年？"

"没错，"帕蒂点头说，"确实难以置信，不过这恰恰展示了应付那一大摞审计发现需要多少工作量。"

我低头看着桌面，无言以对。

要是有人在史蒂夫第一次找我谈话的时候给我看了这些数字，我一定会像个小男孩一样，尖叫着跑出史蒂夫的办公室。

我想现在也为时不晚，想到那样的场景，不禁微笑起来。

我保持着训练有素的冷静说："好，知道真相总好过一无所知。继续说。"

韦斯转头看向电子表格："第三大项目是事故及故障修复工作。目前为止，它占用了我们的员工大约 75% 的工作时间。因为这些工作常常涉及关键业务系统，所以事故处理的优先级比包括凤凰和审计发现修复在内的其他所有工作都要高。"

"此外，你知道昨天我们和布伦特谈话的时候发生了什么事吗？因为他必须去帮助修复一个服务中断，我们只能把访谈时间调整了两次。所以情况就是，我们干扰了布伦特做好凤凰项目的工作，而服务中断又干扰到了我们！"他笑着说。

我也笑起来，但猛地停住了。"等等。是什么服务中断？我怎么没听说？我们不能再像这样管理组织了！"

"好吧，是另一个 SAN 故障，不过不要紧。"韦斯回答，"几个月前，有台驱动器坏了，因此 SAN 在没有冗余的情况下运行了一段时间。后来另一台驱动器也坏了，整套设备就宕机了。我们对 SAN 做备份的时候，布伦特就得帮着恢复一些数据库。"

我愤怒地吼道："该死，韦斯。那完全是可以避免的！叫个新手每天检查一下日志，看看有没有驱动器故障。你甚至还可以让他直接查看驱动器，把所有的指示灯数一遍。之所以有个说法叫预防性维护是有道理的！我们需要布伦特为凤凰项目工作，而不是为这种小破事儿操心！"

韦斯戒备地说："嘿，实际情况可要稍微复杂一点儿。我们提交了更换驱动器的订单，但订单卡在采购管理环节已经有好几周了。我们只能通过赊账的方式，让供应商先拿来一台驱动器。这不是我们的错。"

我发怒了："韦斯，听我说。我不管！我不管采购环节怎么样。我不管你那笨头笨脑的供应商有多好。我要你把自己的工作做好，确保不再发生这样的事！"

我深吸一口气，意识到自己如此沮丧，并不是由于驱动器故障，而是由于我们总是无法把精力集中到对公司最为重要的事情上。

"听着，现在让我们把这件事放一放。"我重新看着韦斯说，"不过，关于安排人每天检查 SAN 的事，我是认真的。下周找个时间，你、帕蒂和我一起开个会，彻底查明这些服务中断的原因。我们一定要想办法减少故障维修方面的工作，那样才能顺利完成项目工作。要是我们完不成凤凰项目的工作，那就会危及整个公司。"

"好的，我明白了。我会尽量在凤凰试运行之前落实的。"韦斯闷闷不乐地点头说，"而且今天下午我会落实那件 SAN 的事。"

"好，继续看电子表格吧。"我说。

帕蒂郁闷地观察着。"你是对的。访谈中的一个永恒主题是，几乎每个人都难以完成他们的项目工作。即使有时间，他们也得尽力优先处理所有的工作任务。业务部门的人不断要求我们的员工为他们办事，尤其是市场部的人。"

"莎拉？"我问。

"当然，不过不只是她一个人。"她回答，"公司的所有管理人员几乎都是直接去找他们喜欢的 IT 人员办事，不是请我们的人帮个忙，就是强迫他们做事。"

"我们怎么才能改变这儿的游戏规则,并获得足够的人力资源,以便恰如其分地完成所有这些项目呢?"我问,"我们应该向史蒂夫申请什么?"

韦斯向下滚动电子表格:"根据粗略估算,我们可能需要多招7个人:3个数据库管理员、2个服务器工程师、1个网络工程师,还有1个虚拟技术工程师。当然啦,你也知道,找到这些人需要一定时间,上岗之后他们还要经过6~12个月的时间才能完全胜任工作。"

当然,我知道新进人员不会马上就产生效益。但是,当听到韦斯指出,即使史蒂夫批准了招聘人数,要获得实际的帮助依然遥不可及,还是让人觉得非常沮丧。

那天晚些时候,我走向我们的第二次 CAB 会议,心中满怀希望。如果我们能够让原有的变更流程继续运作,也许很快就能解决一个最大的审计问题,并获得一些具有操作性的胜利。

我对帕蒂和韦斯的团结协作也感到非常满意。

我走近会议室,听到有人在大声争吵。

"然后帕蒂解雇了那个工程师,只不过因为他做了份内的工作。那是我们最好的一个网络维护人员。那不应该由你来决定!"

没错,是韦斯在大呼小叫。然后我听到帕蒂激动地回答:"什么?是你在解雇书上签字的!这怎么突然就成了我的错?"

我早就知道,哪里会有那等好事。

然后我听到约翰说:"那是正确的决定。一个涉及变更控制的审计发现近三年来反复出现,就在审计委员会的鼻子底下。如果你明白我的意思,下一次可能就不只是解雇一个工程师那么简单了。"

等等。谁请约翰来参加这个会议了?

不等约翰把事情搞得更糟,我快步走进会议室,兴致勃勃地说:"大家下午好!准备好审查变更事项了吗?"

十四个人转过头来看着我。来自不同工作组的技术主管们大多坐在会议桌边。韦斯怒气冲冲地站在椅子后面,而帕蒂则交叉着两臂站在会议室前侧。

约翰坐在会议室后侧,打开了他的三孔活页夹,显然是个不速之客。

我用双手端着那台古董笔记本电脑,把它在桌上放好。它砰地一下撞在桌面上,电池咔哒一声掉了下来,胶带再也没法把电池固定在老位置上了,然后光驱停止了转动,发出一阵刮擦声。

韦斯的怒容一下子烟消云散:"呀,老大,好装备啊。那是什么玩意儿?一台 Kaypro II?我都快三十年没见过这种型号的计算机了。如果你需要找一张 8 英寸软盘来存储 CP/M

的话，我家阁楼上还有一张。"

两个工程师窃笑着指指点点。我朝韦斯微微一笑，感谢他活跃了气氛。

我依然站着，对大家说："我来说明一下为什么把大家叫到这儿来。现在凤凰项目迫在眉睫，你们当然知道，如果是无关紧要的事，我绝不会浪费大家的时间。"

我继续说："首先，再也不能出现像导致周二的SAN事故和工资核算故障之类的事件了。一开始只是个中等规模的工资核算故障，最后像滚雪球一样演变为非常严重的乌龙SAN事故。原因是什么？因为我们没有就正在计划或实施的变更项目进行相互沟通。这是不可接受的。"

"其次，约翰是对的。昨天，我们和审计师围绕他们所发现的一大堆问题讨论了整整一上午。"我继续说，"这些问题可能会影响公司的季度财务报表，迪克·兰德里已经开始抓狂了。我们需要强化变更控制。大家作为经理和技术主管，一定要在完成各项工作的同时，研究如何建立一套可持续的流程来解决问题，从而避免乌龙事故，让审计师们别再戳我们的脊梁骨。如果想不出可行方案，就别想离开会议室。听明白了吗？"

看到大家似乎都被震慑住了，我心满意足地准备迎接讨论："那么，我们的障碍是什么？"

一名技术主管迅速回答："我先说。那个变更管理工具根本没法用。有数不清的必填字段，而且大多数情况下，'受影响应用程序'下拉框里根本没有我要的选项。因此我已经不再提交变更申请了。"

另一名主管大声抱怨："他没有开玩笑。要是按照帕蒂的规定，我就得在一个文本框里手工输入成百台服务器的名称。大多数情况下，那个字段没有那么大的空间！要把一百台服务器的名称塞进只能容纳64个字符的文本框？这表格是哪个白痴设计的？"

不怀好意的哄笑声再次响起。

帕蒂涨红了脸。她喊道："使用下拉框才能保持数据完整性！我也很想随时更新应用程序列表，但我没有资源。谁会去维护应用程序目录和变更管理数据库的当前值？你们以为那是像变魔术一样自动更新的？"

"不只是工具，帕蒂。是整个该死的流程。"韦斯断言，"我的手下提交变更申请后，得等一辈子才能得到批准，更别说排上日程了。业务部门可是一直盯着我们把那些破事儿搞定的。我们可没法等着你啰哩啰嗦地抱怨我们没有正确填表格。"

帕蒂怒气冲冲地说："那是废话，你自己也明白。你的手下总是在破坏规则。比如说，人人都把所有的变更申请标为'急'或者'紧急变更'。那个字段是为真正的紧急事件设定的！"

韦斯反驳："我们必须那样做，只有把它们标为紧急状态，你的团队才会去看上一眼！谁能为一个批准等上三个星期？"

一名主管工程师提议："要不我们再加一个字段，就叫'非常紧急'？"

我等待着喧嚣平息下来。照这样下去，我们只会一事无成。我恼怒地想了一会儿，终于说："我们休会十分钟吧。"

重新开会后，我说："只有列出了接下来一个月内我们将要对哪些变更进行授权并安排好时间，我们才能离开这间会议室。"

"你们也看到了，我的助理已经拿来了一堆空白索引卡片。我希望每个工作组都把计划内的变更全部写下来，一张索引卡片上写一个变更。我希望看到三条信息：变更计划的制定者、将要实施变更的系统以及一条一句话的概述。

"我已经在白板上画了一张日程表，我们最终会根据实施进度，在日程表上发布经过批准的变更。"我继续说，"那些是规定，又短又简单。"

韦斯拿起一叠卡片，怀疑地打量着："真要这样做？现在这年头，用纸质卡片？还是用你的那台笔记本电脑吧？它大概比纸张的历史还要久远。"

除了帕蒂，每个人都笑成一团。她看上去很愤怒，显然对事态的发展方向很不满意。

"我从未见过像这样的变更管理流程。"约翰说，"但我会把自己的变更卡片贴到白板上，比如马上就要进行的防火墙更新，还有过几天要实施的监控系统变更。"

约翰的自愿加入意外地激励了其他人，大家都开始在卡片上写下正在计划的变更。

最后，韦斯说："好吧，那就试试。总比用那个该死的变更管理工具好。"

一名主管举起一把卡片："我已经把我们准备实施的数据库变更都写下来了。"

我点头示意他继续，他快速念起其中一张卡片上的字："在 Octave 服务器 XZ577 上实施供应商推荐的数据库维护脚本，修复零售门店的 POS 机性能问题。这会影响订单输入数据库和订单输入应用程序。我们打算在下周五晚上 8:30 开展这项工作。"

我点点头，他提出的变更清晰明了，这一点我很满意。然而韦斯却说："那不是一个变更！那只是运行一下服务器脚本。如果你们要重新编辑脚本，那才另当别论。下一个。"

那个主管立刻回答："你错了，这当然是个变更。它会暂时改变一些服务器设置，我们也不清楚可能对生产造成什么样的影响。对我来说，它和数据库配置变更一样有风险。"

那究竟是不是一个变更呢？我觉得两边都有道理。

经过 30 分钟的争论，我们还是没弄清楚"变更"的定义。

重启一台服务器是不是变更？是的，因为我们不希望有人随意重启服务器，尤其是那些运行关键服务的服务器。

那么关闭一台服务器呢？基于同样的原因，这也是变更。

那么打开一台服务器呢？我们都认为那不算变更。也就是说，除非有人能拿出案例来，证明打开一台重复的 DHCP 服务器（duplicate DHCP server）会导致全公司网络瘫痪 24 小时。

半小时后,我们终于在白板上写道:"'变更'就是对应用程序、数据库、操作系统、网络或硬件进行的物理、逻辑或虚拟操作,并且这样的操作可能对相关服务产生影响。"

我看了看表,惊讶地发现我们已经在会议室里待了将近90分钟,却连一个变更都还没通过。我敦促大家加快行动,但是直到两小时的会议结束,我们也只通过了5个变更,并把它们贴在白板上。

出人意料的是,除我之外,其他人看起来都毫不沮丧。每个人都积极参与讨论,连帕蒂也是这样。大家都在讨论提出的变更可能存在哪些风险,甚至发现有一个变更是不必要的。

我深受鼓舞地说:"我们会在周一给出结果。大家尽快把所有卡片都交给帕蒂。帕蒂,处理这些卡片,最好的办法是什么?"

帕蒂简洁地说:"过会儿我会放个筐。现在,先把它们堆在桌子前边。"

休会时,好几个人在离开会议室前对我说:"这个会开得真棒。""希望有更多时间来讨论变更的事。""我对周一充满期待。"

只有帕蒂落在后头,交叉着胳膊。"我们付出了很多血汗和泪水,才创建了原来的变更管理政策,大家还是把它扔在一边。为什么你觉得这次会不一样?"

我耸了耸肩:"我也不知道。但是在建立一个有效系统之前,我们会不断尝试,而且我会让大家务必帮助我们达成目标。这不只是为了符合审计要求。我们需要一些方法来稳妥地计划、沟通、实施变更。我可以向你担保,要是不改进我们的工作方法,我很快就会丢了工作。"

她指着原来的政策文档说:"我们不应该把这些工作成果全部扔到一边。我们花了好几周时间设计政策,花了数十万美元聘请顾问、更改周边工具。"

她轻轻抽泣起来。我提醒自己,为了让这套流程融入整个公司,她坚持了那么久。

"我知道这套流程里包含着许多很好的工作内容。"我满怀同情地说,"但是,让我们面对现实吧。正如审计师们指出的,没有人真正遵守这套流程。我们也知道,大家为了完成自己的工作,一直在胡乱对付这套系统。"

我真诚地说:"我们恐怕得重新开始,但我们需要你的经验和技巧才能达成目标。这依然是你的流程,而且我知道,这对我们的成功至关紧要。"

"好吧。"她无可奈何地叹了口气,说,"我想我更关心公司的生存,而不是用不用原来的流程。"

她表情好多了,说:"我把会议结果和提交变更申请的新操作指南详细写下来,怎么样?"

那天下午晚些时候,我又回到了凤凰项目的作战室。帕蒂打来电话,我跑到走廊上接:"怎么了?"

她的声音听起来焦虑不安："我们遇到了一个问题。我本来以为会收到 50 个变更。但现在大家已经提交了 243 个变更。我不断收到电子邮件,说他们下周需要更多的卡片……我觉得我们得考虑好,下周有 400 多个变更要实施!"

天哪,400 个?这 400 个当中有多少是高风险的,可能会影响到凤凰项目、工资核算应用程序,甚至引发更糟糕的事?

我突然想起在海军陆战队担任靶场安全官的往事。作为一名靶场安全官,我要对靶场里每个人的安全负责。我想到一个可怕的场景,400 个无人监督的 18 岁少年跳下卡车,冲进靶场,边起哄边喊叫,拿着他们的步枪朝空中扫射……

"嗯,至少大家都遵守了流程。"我紧张地笑着说。

我听到她笑起来:"收到这么多变更申请,到周一我们怎么才能全部审批掉?要不要在全部审批完之前,临时停止提交变更?"

"绝对不行,"我立刻说,"再也没有比阻止人们去做他们理应做的事更能毁掉大家的热情和支持了。我不认为我们还能有第二次机会让事情走上正轨。"

"群发一封电子邮件,让大家在周一之前提交下周的所有变更。周一的变更不必经过审批,但其他几天的变更需要审批。没有例外。"

我隔着手机听到帕蒂打字的声音。"明白了。我可能要让一些手下的人在周末帮忙整理所有变更卡片。老实说,我被那么多的变更吓坏了。"

我也是。

"好极了。"我回答,没有吐露自己的忧虑。

第 7 章

9 月 5 日,星期五

我回到办公桌边,寻找一直放在桌上的止痛药布洛芬,这时我的手机响了。"我是帕尔默。"我一边说,一边把抽屉翻了个底朝天。

"你好,比尔。我是史黛茜——史蒂夫的助理。真高兴我找到你了。有一位名叫埃瑞克·里德的人在城里,他以后可能会成为公司董事会的新成员。他想和全体 IT 管理人员谈一谈,想知道你现在能不能抽出一小时的空。"

"稍等,我看看日程表。"我回答。

这台旧笔记本电脑的屏幕分辨率实在太低了,看不了每周视图。我切换到每日视图。笔记本电脑颤动着呼呼作响,屏幕上一片空白。

我放弃了等待,诚恳地说:"看,我知道这很重要,但是能不能等到周一再说?你绝对想象不到今天我是怎么过的。"

她很快回答:"我也希望能等,但他只有今天在城里。而且据我所知,鲍勃·斯特劳斯,也就是新任公司主席,还有史蒂夫,他们都有些紧张,因为他们担心埃瑞克可能不会接受加入董事会的邀请。他显然是那种技术高手,鲍勃和史蒂夫想方设法让他进了城,想把他争取过来。他坚持要在离开之前见一下 IT 领导团队。"

"好吧,我马上去。"我说,压下一声叹息。

"好。我们把他安排在我边上的那间会议室里。过来吧,这儿有很棒的咖啡和甜甜圈。"

我笑了,说:"好吧,这是我今天听到的第一个好消息。我这就来。"

我走进 2 号楼的会议室,朝史黛茜挥挥手,同时琢磨着自己怎么就被拖进了这个奇怪的世界。我还不习惯被卷入董事会的政治漩涡。

正如史黛茜所说,在窗边有一台很大的手推车,上面摆着四种口味的咖啡和六盒汪达尔甜甜圈。汪达尔是城里的名店，每天任何时段都排着长队。

有个人跪在手推车前，把甜甜圈从盒子里拿出来放到两个大盘子上。他穿着皱巴巴的卡其布裤子和散着下摆、领尖带扣的牛仔衬衣。我从来不知道汪达尔甜甜圈还提供外送服务。

我拿起杯子倒上咖啡，打量着所有的甜甜圈。我说："知道吗，我妻子和我都是你们店的忠实粉丝。当年我们谈恋爱的时候，几乎每周五晚上都会去排 20 分钟的队，只为买上一份。现在我们有了孩子，她就打发我出门买回去吃。也许我今晚就会给她带一只甜甜圈回家。"

我抓过一只覆盖着果脆圈的大号巧克力甜甜圈，还有一只撒满糖霜、缀着培根的巨型甜甜圈，又拿了另外三只看上去很美味的甜甜圈。

送货员站起身，微笑着看着我说："是啊，我明白。我特别喜欢这些甜甜圈。以前我从没吃过这样的东西。来这儿之后，我大概已经吃掉五只了。虽然这对我的低热量膳食计划不太好……"

他伸出手说："我是埃瑞克。"

该死。

我低下头，一只手拿着一杯咖啡，另一只手托着一只满满当当的盘子。

"哦，天啊。"我急忙说。我把所有东西都放到身后的桌子上，然后转过身来和他握手，说："很高兴见到你。我是比尔——比尔·帕尔默。"

我再次打量他。他留着一撮小胡子，身高大约 1.8 米，身材微胖，灰白色的头发长及肩膀。他站着的时候，看起来甚至更像是哪家快递公司的送货员了，根本不像个可能会成为公司董事会成员的人，更别说什么"技术高手"了。

我又看了他一眼，更正了自己的观点——一个送货员显然不会穿着皱成那样的衣服。

"别担心。"他快活地说，又从托盘里拿了一只甜甜圈，指了指桌子，"请坐。我本来想在这次进城的时候和每一位 IT 领导都谈谈的。当然啦，我一定得和史蒂夫还有……嗯……你们的 CFO 叫什么？达伦？戴尔？无所谓啦，他们看起来会是很好的同事。可能有一些盲目，不过……"

他做了个不屑的手势："我也和开发部的人谈过了。嗯，卡里？卡尔文？我接下来还要和安全部的吉米谈谈，还有零售部的西尔维亚。"

他居然把每个人的名字都弄错了，我努力掩饰住痛苦的神色。

"我知道了……那么到目前为止，你的印象如何？"我小心翼翼地问。

他停止咀嚼，把一些碎屑从胡子上掸下来，停下来想了想，说："看起来你们过得很糟糕。IT 运维部似乎和所有的主要工作都脱不了干系，包括公司的首要项目。所有高管都急疯了，于是他们不断向开发部门的人施加压力，尽一切可能让项目上线投产。"

他注视着我的眼睛："你遇到了难以根除的IT有效性问题，导致公司高管频频登上新闻头条。现在，审计师又对你们步步紧逼，这也意味着可能会出现更多的头条新闻，甚至有可能在季度财务报表上出现一条负面脚注。更何况，任何一个洞悉凤凰项目内情的人都知道，这方面有更多的坏消息……"

听着他的话，不知是由于愤怒还是窘迫，我感到自己的脸涨红了。

"你的情况看起来不太好，朋友。"他说，"至少在一个有可能成为董事会成员的人看来是这样的，他们希望我监督并评估你的表现。"

我噘起嘴唇，忍住想要说一些辩护之辞的冲动。我实事求是地说："三天前，史蒂夫要求我承担这项工作。尽管我百般推辞，他最终还是说服我接受了这个职位。然后就发生了很多意想不到的事……"

他看了我片刻，然后放声大笑。"是啊，我敢打赌！"他直率地说，"哈哈！意想不到的事。那么，要让一切重回正轨，你有什么行动计划？"

我抬头想了一会儿，思考着要怎样描述本周以来我推出的那几条整改措施。我回答："说实在的，我还在摸情况。我被一个又一个紧急状况追着跑。我所知道的是，我们需要在工作中进一步严明纪律。我正试着弄清楚在这儿完成工作的流程。据我了解，我们需要改进这些流程，不再手忙脚乱。"

我又想了想，说："那只是为了让我们从救火模式中解脱出来。我还在设法为一个从天而降的审计修正项目提供资源。据我所知，我们已经严重落后于进度了。今后我们显然需要更多人手或者大幅度提高效率，才能完成所有已经许诺的工作。"

埃瑞克皱起眉头，说："'严明纪律'，是吗？我猜你以前是个海军陆战队军官吧？上士。不对，你太年轻了。中士。"

我惊讶地眨着眼睛，说道："你说得对。美国海军陆战队中士。你怎么知道的？"

"碰巧猜着了。"他顺口说，"再说，你看起来显然也不像个化学工程师或者审计师。"

"什么？"我问。

"你说得对，只有掌握了战术，才能实现战略目标。"他说，略过了我的问题，"但是，鉴于他们运作公司的方式，你在海军陆战队的那一套在这儿不管用。海军陆战队的指挥系统里只有一个将军，但这儿有十个将军在发号施令，而且他们全都有公司每一个二等兵的直线电话。"

我缓缓地说："等一下。你是说严明纪律无关紧要？"

"它们当然很重要，"他严肃地说，"但你面临着更严峻的问题，而这个问题与你所说的'效率'和'流程'毫无关系。当前的问题是，你显然并不真正理解'工作'是什么。"

我注视着他。

这个跳梁小丑是谁？一时间，我想着能否让韦斯或帕蒂来打发这个家伙，但是史蒂夫显然希望我亲自处理这件事。

"我知道工作是什么。"我慢条斯理地说，"我们每天都在工作。如果我们无法持续运作，完成业务部门提出的工作需求，我就要下岗了。"

"那么，确切地说，你对'工作'的定义是什么？"他问，满脸好奇。

"好吧，我可以告诉你，史蒂夫不止一次明确告诉我，我们需要推出凤凰。我认为这就是我们的工作。"

他抬起头，似乎是在自言自语："是的，那的确是一项工作。但你还遗漏了IT运维部承担的另外3项工作。对我而言，那就意味着你对工作的理解程度还不足以解决关于项目交付成果、故障处理、审计合规等问题。"

他站起身来，说："拿好你的东西。我们出去兜兜风。"

我又困惑又恼怒地看了看手表。现在是下午4点17分。我有太多事情要做，不能再浪费更多时间和这个家伙在一起了。

然后他就离开了。我看了看走廊，但他也不在那里。我疑惑地看着史黛茜，她指了指电梯。我跑过去追上他。

他已经走进一部正好开着门的电梯。他转过身来，为我挡住门。"你可能都没见过工作是怎样完成并提交给公司的。如果你没有见过，那就没法去管理，更不用说组织、排序以及确保足额配备完成工作所需的资源了。"

我皱起眉头，回想起最近一次和韦斯、帕蒂开会的场景，他们好不容易列出了我们部门在公司中所涉及的所有工作任务的清单。我说："这是什么？一种智力测验吗？"

"是的，你可以这么说。"他回答，"不过别担心。不只是你，史蒂夫也得通过他的智力测验。迪克也一样。"

我跟着他坐上一辆租来的蓝色微型车，经过5分钟车程，来到MRP-8，那是我们公司的一个生产车间。它规模庞大，可能比我所在的办公楼还要大4倍，但这个车间状态完美，显然最近才进行过翻修和扩建。

一名年近六旬的女保安向我们打招呼："下午好，里德博士。见到你真高兴！你过得好吗？很久不见了。"

埃瑞克热情地和她握手，眨了下眼睛回答："很高兴再次见到你，多萝西。我们来这儿俯瞰一下车间。我们这次还能到连廊上去吗？"

她以调戏般的语气笑着回答："连廊一般是不对外开放的，不过既然是你想上去，我想应该是可以破例的。"

我疑惑地看着埃瑞克。之前他好像连一个正确的名字都记不住，但现在又能记起一个多年未见的保安的名字。而且从没有人提到过什么里德博士。

我们爬了五层楼梯，到达俯瞰整个工厂车间的连廊。它看起来至少有两个街区那么大，并向四面八方延伸。

"看下面，"他说，"这栋楼的两侧都是卸货道口。原材料从这边送进来，成品从另一边运出去。订单从那边的打印机里打出来。要是你在这儿站得足够久，就可以看到所有WIP逐步移向车间的另一侧，并在那里作为成品运送给客户。工厂新手可能不理解，WIP就是'半成品'，或者说'库存'。"

"几十年来，"他继续说，"这个厂房里到处都是成堆的半成品。在很多地方，通过大型叉车的帮助，它们可以堆得要多高有多高。有时候甚至都看不到建筑的另一侧。事后想来，我们现在知道半成品是引起长期性交货期限问题、质量问题以及导致督办员每天都得调整优先级的根源之一。这家公司居然没有因此而倒闭，真是不可思议。"

他伸出两条胳膊大幅度地比划着："在20世纪80年代，这家工厂是三场惊人的、有科学根据的管理运动的受益者。你也许听说过这些管理运动：约束理论、精益生产或者丰田生产系统，以及全面质量管理。虽然每个运动的起源地各不相同，但它们都赞同一点：半成品是个隐形杀手。因此，管理任何一家工厂最关键的机制之一，就是工作任务和原材料的发布。没有这个机制，就无法控制半成品。"

他指了指离我们最近的卸货道口边上的一张办公桌，说："看到那张桌子了吗？"

我点点头，同时也毫不避讳地看了看手表：下午4点45分。

他对我的不耐烦不以为意，说："我来给你讲个故事吧。几十年前，有个名叫马克的人。他曾经是那边第一个工作中心的主管，就是下面那张桌子边上的那个工作站。那些架子上放着新收到工作的文件夹，那些文件夹看上去就和当年的一模一样，是不是很神奇？"

"总而言之，"他继续说，"有一天我看到马克拿出一个文件夹开始干活。我问他：'你为什么选了那件工作任务，而不选别的？'"

"你知道他是怎么回答的吗？他说：'因为这是最先到达这个工作中心的工作呀，我们来者不拒。'"

他怀疑地摇摇头："我简直不敢相信。我告诉他：'你的工作站只是20个操作步骤中的第一个。你在做决定的时候，不考虑另外19个工作站的效率吗？'他回答：'好吧，我不考虑。20年来我都是这么干的。'"

他笑起来，说："我想对他而言，这种选择工作优先级的办法似乎是合情合理的。他一直让第一个工作站保持忙碌，这类似于先进先出的调度安排。但是现在大家显然都知道，不应该根据第一个工作站的效率来安排工作，而是根据瓶颈资源所能完成工作的速度来安排工作。"

我一脸茫然地看着他。

他继续说："由于马克是那样安排工作任务的，因此在瓶颈处的库存不断堆积，工作也从未能按时完成。每一天都有紧急事件。由于几乎每周我们都要把好几千斤的成品通宵运送给愤怒的客户，和我们合作的航空货运公司多年来一直授予我们年度最佳客户奖。"

他顿了一下，又着重强调："创建约束理论的艾利·高德拉特告诉我们，在瓶颈之外的任何地方做出的改进都是假象。难以置信，但千真万确！在瓶颈之后做出任何改进都是徒劳的，因为只能干等着瓶颈把工作传送过来。而在瓶颈之前做出的任何改进则只会导致瓶颈处堆积更多的库存。"

他继续说："就像高德拉特的小说《目标》里写的那样，我们在这个案例里的瓶颈是一台烘房。后来涂料固化节点也成了一种约束。在我们冻结所有新的工作任务之前，几乎已经看不见瓶颈工作站了，因为它们已经被大堆大堆的库存重重包围了，甚至堆到了我们站的地方这么高！"

我不由自主地和他一起笑起来。事后看来这是显而易见的，但我可以想象，对马克而言，当时并非如此。"谢谢你给我上了一堂历史课。但我已经在工商学院学过这些了。我不明白这些和管理IT运维部有什么关系，管理IT运维部和管理工厂是不一样的。"

"哦，真的吗？"他转向我，眉头紧蹙，"我来猜一下。你会说，IT完全是知识工作，你们的工作就像手艺人的工作一样。因此，工作标准、流程说明，以及其他所有你钟爱的'严明纪律'的条条框框都毫无用武之地。"

我皱了皱眉。我想不出他是想说服我相信一些我本已相信的事，还是想让我接受一个荒谬的结论。

"如果你认为IT运维部没有什么可向生产运维部学习的，那你就错了。大错特错。"他说，"作为IT运维部的副总裁，你的工作是确保形成一条迅速、可预测、持续不断的计划内工作流，从而向业务部门交付工作价值，同时尽可能降低计划外工作的影响和破坏，那样你才能提供稳定的、可预期的、安全的IT服务。"

我聆听着，犹豫是否该把这些话记下来。

他仔细打量着我。"好吧，我看得出来，我们还没做好讨论这个的准备。在你对工作的内涵有更好的理解之前，任何关于控制工作的讨论都会让你茫然无措。正所谓夏虫不可语冰。"

"不过请放心，"他指着工作任务发布台说，"为了达成目标，最终你们必须弄明白，在你们的部门里，等同于那张办公桌的角色是什么。你必须弄清楚如何控制IT运维部的工作导入量，而且更重要的是，确保绝大多数受约束的人力资源都只能投放在为整个系统的目标所服务的工作上，而不只是为一个部门的目标服务。"

"年轻人，一旦明白了这些，你就能踏上理解'三步工作法'的征途了。"他说，"第一步帮助我们理解在工作从开发部移向 IT 运维部时该如何建立快速工作流，因为那就是业务部门与客户之间的衔接。第二步告诉我们如何缩短及放大反馈环路，从而在源头上解决质量问题，避免返工。第三步告诉我们如何建立一种文化，既能鼓励探索、从失败中吸取教训，又能理解反复实践是精通工作的先决条件。"

尽管他现在一反常态，说话的口气像是电影《功夫熊猫》里的师父，我仍然聚精会神地听着。严明纪律的要求，以及反复练习和磨练我们的技能，是我在军旅生涯中学到并始终奉行的重要经验。在军队里，我所率士兵们的生命维系于此；在这里，我的工作维系于此。我最热衷于向 IT 团队灌输的理念，就是建立那样的可预测性。

埃瑞克递给我一张纸条，上面写着一个电话号码。"记住，有四种类型的工作。你已经说出了一种，就是业务项目工作。等你想出了另外三种，就给我打电话。"

他从口袋里掏出车钥匙问："你想搭车回办公室吗？"

下午 5 点 10 分，我终于回到了自己的小隔间。我重新登录那台破旧不堪的笔记本电脑，开始回复电子邮件，却无法集中注意力。

之前和埃瑞克共度的一小时就像是进入了一个奇异的平行宇宙，又像是被迫看了一场弥漫着毒品气息的迷幻电影。

埃瑞克说有四种类型的工作，那是什么意思？

我回想起和韦斯、帕蒂的会议。韦斯提到 IT 基础架构项目和业务项目各有一张清单。基础架构项目是另一种类型的工作吗？

正当我陷入沉思之时，屏幕上突然弹出一个电子邮件通知窗口，意味着又有一封电子邮件需要回复。

电子邮件是另一种类型的工作吗？

我觉得应该不是。

在厂房里，埃瑞克比划的是整个车间。当他提到"工作"时，似乎不是针对个人或管理者层面的，而是针对整个公司层面的。

我又好好思考了一番，然后摇了摇头，迅速向史蒂夫发了一封电子邮件，告诉他们我已经和埃瑞克联系过了。我敢肯定在今后十年里，我都会不断向朋友们提起，自己曾经在一间制造车间里和这个疯疯癫癫的神经病有过一次短暂的邂逅。

我得赶紧收拾东西了。如果周五晚上回家太迟，佩奇一定会大发脾气的。我从底座上取下笔记本电脑，刺耳的警报声突然响起。

"该死！"我大叫一声，意识到这声音是从我的笔记本电脑上发出来的。我手忙脚乱，试图调低音量，又想要关闭电源，但都没能让警报声停下来。

我发疯似地按遍了笔记本电脑上的各种按钮，又试图把电池取出来，但胶带把电池牢牢地粘在电脑上。我抓过一把开信刀，终于劈开胶带，把电池卸了下来。

笔记本电脑终于安静了。

第 8 章

9月8日，星期一

为了今天上午和史蒂夫的会面，我整个周末都忙着准备一份 PPT。尽管如此，我还是觉得自己准备得不够充分。

我强迫自己放松，设想自己将与他展开一场健康向上的业务讨论，并在结束时满意而归。我不断提醒自己，这件事对于公司和我的部门来说至关紧要。每个人都为这件事做了辛苦的准备工作，而现在，成败取决于我如何向史蒂夫沟通好这一切。

我到了史蒂夫办公室门口，史黛茜朝我微笑，热情地说："进去吧。很遗憾只能给你30分钟时间。"

我一进门就站住了，莎拉和史蒂夫一起坐在会议桌旁。莎拉正在对史蒂夫说："你说的那个关于我们将要怎样行动的故事，真是棒极了。这些人是这一带最多疑的分析师，但他们显然都兴奋不已。你还为凤凰上线时再次安排采访提供了很好的理由。看起来凤凰项目的路线图给他们也留下了很深刻的印象。"

他们对分析师们讲述了凤凰项目的路线图？在下一轮发布前，有那么多功能设置都延迟了，我真心怀疑这样给市场开空头支票是否明智。

史蒂夫点点头，愉快地回答："看看这样能否改变他们对我们的印象。这次通话安排得不错。待会儿下一轮通话时见。"

莎拉朝我笑了笑，说："嘿，比尔。你今天来得可真早，不是吗？"

我咬紧牙关，不理会她的话。"大家早上好。"我试图表现出感兴趣的样子，说，"听上去你们刚才打了一通不错的电话。"

莎拉笑得更加灿烂了："是的。他们对我们的愿景感到兴奋，并且认同我们将会颠覆过去的游戏规则。此举必能改观董事会和华尔街对我们的预估。"

我冷静地看着她，思考着：我们向外界所做的这些介绍，是否会对克里斯的团队施加巨大压力，以致他们会发布非常不成熟的成果。

我在史蒂夫对面坐下。我不能完全背对莎拉，但是尽力而为。

我不想在莎拉离开办公室之前把我准备的材料交给史蒂夫，但她继续和史蒂夫交谈，描述他们的会议，以及如何在下一次和分析师通话时改变谈话方向。

在他们谈话的时候，我能想到的只是，她正在不断蚕食我和史蒂夫在一起的时间。

11分钟后，莎拉说了个笑话，史蒂夫哈哈大笑，然后莎拉终于离开办公室，掩上了门。史蒂夫转向我说："抱歉刚才一直在忙，20分钟后要进行凤凰项目的下一次分析师吹风会。那么，你是怎么考虑的？"

"从一开始你就再三嘱咐，我应该尽可能帮助凤凰成功实现试运行。"我开始说，"经过上周的观察，我发现我们的压力实在太大了，因此我认为凤凰项目正处于相当危险的境地。"

"我让工作人员对我们目前真正的工作需求和效能做了分析评估。"我继续说，"我们已经着手对承担的所有工作开列清单，事无巨细。根据目前的分析，我很清楚地发现，对IT的工作需求远远超过了我们的交付能力。我已经让工作人员把工作的传递途径变得更加可视化，那样我们就能在更加知情的前提下，决定何人应该在何时开展何种工作。"

我用最为郑重的语调说："然而，有一点是非常清楚的：我们的人手绝对不足。我们无法完成并交付所有已经许诺的工作。如果不削减项目清单，就得增加人手。"

我设法复述那些缜密理性、条理分明的论点，它们是我花了整个周末的时间排练的。我继续说："另一个重要问题是，有太多不同的项目让我们分心。你一直明确要求，凤凰项目是最重要的，但我们似乎无法一以贯之地把资源集中到凤凰项目上。比方说，上周四，内部审计交给我们一套调查结果，让我们必须在一周内展开调查并形成答复函。这样做就会影响到凤凰项目。"

我一边说，一边不断观察史蒂夫，到目前为止，他一直面无表情。我平静地看着他说："通过这次会议，我希望了解，相对而言，凤凰项目和审计发现哪一个优先级更高，并讨论一下项目数量的问题，以及如何恰如其分地为这些项目配备人手。"

我觉得自己干得不错，自我感觉是一个有能力、有干劲的管理者，冷静而努力地抉择如何为公司提供最好的服务，而不是进行道德判断。

史蒂夫愤怒地回答："什么优先级高不高的狗屁问题？要是我跑去告诉董事会，我要在销售和市场营销之间二选一，然后问他们到底应该做哪个，我会被满屋子人笑死的。两件事我都得做，你也一样！生活是很艰难的。凤凰项目是公司的首要任务，但那并不意味着你就能不管SOX-404审计的麻烦事。"

我在心里默数三下才开口："当然，我表达得不够清楚。凤凰项目和合规项目都需要某些关键人力资源,比方说布伦特。单是合规项目就会占用这些人一年的时间,但我们需要他们专心从事凤凰项目。此外,我们的基础架构太过脆弱,每天都会发生故障,这方面也经常需要同一拨人去恢复正常运营。假如今天发生了和工资核算故障类似的服务中断,我们恐怕就必须让布伦特停下凤凰项目和合规工作,去查找故障了。"

我坚定地直视着他说:"我们也考虑过其他的资源选项,包括招聘新人、调动岗位等,但这些措施见效太慢。如果凤凰项目的确是首要任务,我们就得推迟一些合规工作。"

"不可能。"我话音未落,他就说,"我已经看到那一大堆审计发现了,如果不改正那些问题,我们一定会陷入水深火热之中。"

事情显然没有按照计划发展。"好吧……"我缓缓地说,"我们会尽最大努力,但我要郑重声明,我们的人手严重不足,无法高质量完成其中的任何一项工作,更别说全部了。"

我等着他同意我的观点。过了几秒钟,他终于点了点头。

我意识到这也许是我能够得到的最好答复,于是指了指我交给他的材料的第一页,说:"我们往大点的方向考虑,讨论一下项目需求和生产能力吧。目前,我们通过柯尔斯顿的项目管理办公室支持着超过35个业务项目。据目前统计,另有70多个较小的业务项目和内部活动。此外还有其他尚未统计的项目。IT运维部只有143名员工,什么事都没法按要求完成。"

我指给他看材料的第二页,说:"如你所见,我和我的团队申请增加六个人手最紧缺的职位。"

我直奔主题:"我的目标是提高我们的生产能力,避免再次陷入这样的困境,并且尽我们最大的能力完成这些项目。我希望你马上批准这些职位,那样我们就能开始招人了。类似布伦特那样的人才可不容易找,我们得赶早不赶晚。"

按照我的排练,史蒂夫这时应该会掐指算计,问我几个问题,然后我们会就如何达成最佳方案展开深入的讨论。也许他还会拍拍我的背,称赞我的分析质量。

但是,史蒂夫甚至没有拿起我的材料。他只是看着我说:"比尔,凤凰项目已经超支1000万美元,我们必须马上得到正向现金流。你拥有全公司最昂贵的人力资源。你只能好好利用现有的人手。"

他交叉双臂继续说:"去年,我们找来一些IT分析师,用基准问题测试我们公司和同行的差距。他们说,我们在IT方面的投入比竞争对手要高。"

"你可能认为,对于一家有3000名员工的企业来说,增加6名员工不会有太大影响。但是,相信我,每一笔开销都受到密切的关注。如果不能填补盈利缺口,我就必须进行新一轮裁员。要公司再多花200万美元的人力成本,这算盘是打不通的。"

他用一种比较有同情心的语调继续说:"我给你的建议是,去找你的同事,向他们提出充分的理由。如果你的理由确实合情合理，他们应该会愿意转让一部分预算给你。不过我要说清楚：增加任何预算都是不可能的。如果说会有什么调整的话，我们可能还得在你的部门里减掉几个人。"

在周末，我用了好几个小时来预演最坏的情况。显然，我今后应该多练习更加悲观的场景。

"史蒂夫，我不知道该怎样才能说得更明白。"我有些绝望地说，"这些工作不是变魔术。堆积在我们头上的所有工作，都是由活生生的人来完成的。诸如合规工作之类，他们在下达任务的时候根本不顾大家手头已经有哪些工作了，比方说凤凰项目。"

既然我已经输无可输了，索性浇盆冷水，希望他能恢复一些理智。我说："如果真的想通过凤凰的成功来追上竞争对手，你肯定不会像现在这样做。在我看来，你就像是傻乎乎地冲到枪战现场，不仅迟到了，还发现自己只带了把破刀。"

我期待他做出一些回应，但他只是靠在椅背上，两手交叉放在胸前："我们都在全力以赴。所以你最好回去做同样的事。"

就在这时，莎拉打开门走进来。"嗨，史蒂夫。抱歉打扰了，不过和下一位分析师的通话两分钟后就要开始了。我可以拨号了吗？"

该死。我低头看了看表：9点27分。

她甚至连我的最后三分钟时间都抢走了。

我被彻底打败了，最后说："好吧，知道了。继续努力吧。我会继续向你通报情况的。"

史蒂夫点头表示感谢，我离开房间带上门的时候，看到他转向了莎拉。离开的时候，我把花费整个周末时间准备的演示稿扔进了史黛茜的垃圾桶。

在前往 CAB 会议途中，我试图打消失败的恶气。在步入帕蒂命名为"变更协调室"的会议室时，我还在思考怎样把这个坏消息告诉韦斯和帕蒂。

我一看到变更协调室里的情形，所有关于史蒂夫的念头都烟消云散了。

现在，墙上几乎盖满了白板。有两面墙上的白板，几乎每一寸空间都覆盖着索引卡片。还不止这些——在一些地方，白板上加装了钩子，每个钩子上都悬挂着十张卡片。

在会议桌上，还有二三十堆卡片。

在桌子的另一侧，帕蒂手下的两个人背对我们，正在研究一张卡片。过了一会儿，他们用胶带把这张卡片粘在面前的另外两张卡片之间。

"天哪。"我说。

"我们遇到了一个问题。"帕蒂在我身后说。

"找不到地方放更多的白板吗？"我半开玩笑地说。

第 8 章　9月8日，星期一

帕蒂还没回答，我就听到韦斯走进了会议室。"见鬼！"他说，"这些卡片都是从哪里冒出来的？它们都是这个星期要做的？"

我转身问他："你很吃惊吗？大部分卡片是你们那组交来的。"

他环顾所有的白板以及桌上的卡片，说："我也知道我的手下真的很忙，但是，这里肯定得有几百个变更啊。"

帕蒂把她的笔记本电脑转过来，让我们看她打开的电子表格："从上周五下午开始，已经提交了437个要在本周进行的变更。"

难得看到韦斯哑口无言。他最终摇着头说："现在我们要检查并批准所有这些变更？这个会议只安排了一小时，而检查这些东西需要几天几夜！"

他看着我说："听着，我并不是说我们不应该这么做，但如果以后每周都要这样……"

韦斯再一次住了口，对眼前的任务感到不知所措。

说实在的，我深有同感。显然，让所有管理人员提交每周的变更项目只是第一步。我没有预料到，在我们跨过数据收集阶段，真正打算处理和批准变更时，流程竟然会土崩瓦解。

我强颜欢笑道："这是一个良好的开端。和很多事情一样，黎明之前总有黑暗。我们已经得到了技术经理们的热烈支持，现在就要想办法可持续地进行审查并做好时间安排。你们有什么建议？"

帕蒂首先发言："好吧，没人说过我们必须检查所有变更，也许我们可以把一部分变更审核委派给代理人。"

我听着韦斯和帕蒂来来回回地交换意见，然后说："让我们回到目标：让左手和右手知道彼此在干什么，在服务中断时可以及时掌握态势，并且给审计师一些证据，证明我们正在着手处理变更控制问题。"

"我们应该重点关注最有风险的变更。"我继续说，"80/20法则在这里似乎同样适用：80%的风险是由20%的变更造成的。"

我再次打量着面前成堆的卡片，随机抽出几张来寻找灵感。

我举起一张卡片，上面画了一个很大的皱眉表情，我问："PUCCAR是什么？"

"那是个没用的应用程序。"韦斯厌恶地说，"就是'无极限零部件公司支票清算及核对应用程序'，差不多二十年前装上的。我们叫它'蠢蛋'，因为每次只要对它做一点小变更，它就会崩溃，而且没人知道该怎么修。原来的供应商在网络泡沫中破产了，但我们一直没能争取到资金来把它替换掉。"

我问："既然知道它那么容易崩溃，干吗还要动它呢？"

韦斯迅速回答："我们也不想这样。但有时候业务规则变了，我们就得给它打补丁。

这是在运行一个不再维护的操作系统,所以总是前途未卜……"

"好!这是一个有风险的变更。我们还收到什么与PUCCAR类似的其他类型的变更吗?"

我们随后整理出一叠近五十张卡片,上面都是涉及"彩虹""土星""泰瑟枪"这样的应用程序变更,以及那些可能对公司业务产生很大影响甚至整体影响的网络和数据库变更。

"光是看着这些卡片就让我心跳加速了。"韦斯说,"这些是我们在这儿挑出的一部分危险变更。"

他是对的。我说:"好的,把这些定为'易损品'。它们具有高风险,必须由CAB批准。帕蒂,开会的时候,类似这样的变更应该放在卡片堆的最上面。"

帕蒂点点头,一边做笔记一边说:"知道了。我们要预先定义好高风险变更目录,在目录中的变更项目不仅必须提交变更申请,而且必须在通过审批后才能安排实施。"

我们很快列出了十大最脆弱的服务、应用程序和基础架构列表,可能会影响到其中任何一个的变更申请都将立刻标上记号,由CAB详细审查。

帕蒂补充道:"我们应该围绕这些变更建立一些标准流程,比如我们希望在什么时候实施这些变更,并要求关键人员不仅要关注这些变更,而且要随时待命,以防出岔子,甚至还要对供应商提出相应的要求。"

她似笑非笑地补充道:"你知道,这就好比是在机场跑道上安排好消防员和救护车,随时准备在飞机着陆失火时喷洒灭火泡沫。"

韦斯笑起来,嘲讽地加了一句:"是啊,对PUCCAR来说,还得让法医预备好一堆运尸袋。还需要一个公关人员,随时准备处理业务部门的愤怒来电,他们会说有些客户对我们使用的灭火泡沫过敏。"

我笑了,说:"这主意很有趣。我们还是让业务部门来决定使用哪种灭火泡沫吧,把所有责任都压在我们肩上是毫无道理的。我们可以提前向业务部门发出一封电子邮件,问他们什么时候实施变更最合适。如果我们能够提供数据来说明之前的变更所造成的后果,他们甚至有可能会撤回变更申请。"

帕蒂一边不停地打字,一边说:"明白了。我会让工作人员针对这几类变更形成一些报告,说明变更的成功概率以及相关联的故障时间。这将有助于业务部门在更全面掌握信息的情况下做出变更决定。"

我对帕蒂的想法感到非常高兴,并且确信我们走上了正轨。"好,现在还剩下四百张卡片要处理。有什么建议吗?"

韦斯已经有条不紊地检查了那些卡片,在身边堆起了两大摞。他从更厚的那摞中间抽出一张卡片,说:"这一堆是我们一直在做的变更。比如这个,把月度税表上传到POS系统。我不认为我们需要暂停其中任何一项变更。"

"另一方面,这堆变更是类似'增加 Java 应用程序服务器线程池容量''为金橘供应商应用程序安装热补丁以解决性能问题'以及'将肯塔基数据中心负载均衡器重置为默认双重化设置'之类的东西。"

"我怎么知道这都是些什么玩意儿?"韦斯说,"这些只言片语无法让我对整体情况做出判断并给出真正的意见。我不想像海鸥一样,飞过来在人们头上拉完屎就飞走了,你明白吗?"

帕蒂兴奋地说:"好极了!前一种是低风险变更,ITIL 称之为'标准变更'。对于之前已多次成功实施的变更,我们只需要提前批准就行。它们仍然需要提交,但可以不经过我们批准就安排操作日程。"

大家都点头赞同,她继续说:"还剩下大约两百个变更,我们还是得查看这些中等风险的变更。"

"我同意韦斯的观点,"我回应道,"对于这些变更,我们应该相信经理们知道自己在干什么。但我希望帕蒂去核实一下,人们是否恰当地通知了所有可能受到影响的人,并且那些人全都表示'可以继续'。"

我想了一会儿,然后说:"把约翰的标记化应用程序拿出来。我期待他在向我们提交变更申请之前,先得到应用程序和数据库所有者以及业务部门的认可。要是他做到了这件事,对我来说就已经够好的了。我觉得我们的职责就是要保证细节。现阶段,我更关心流程的完整性,而不是过多考虑实际的变更。"

帕蒂一边打字一边说:"让我看看这样理解对不对:对于'复杂的中等变更',我们决定,变更提交者有责任向可能受到影响的人员进行咨询并得到其认可。做完这些之后,他们就可以把变更卡片交给我们审核并安排操作日程。"

我微笑着说:"没错。你觉得可以吗,韦斯?"

他最终说:"我想应该可以。试试看吧。"

"很好。"我说。然后我对帕蒂说:"你能确保变更申请人都在实施操作之前完成这套流程吗?"

帕蒂微笑着说:"乐意效劳。"

她抬头看着白板,用一支笔轻轻敲打着桌沿,沉思着。她说:"今天是周一。我们已经说过,今天提出的变更需求都可以付诸实施。我建议把特赦时间延长至明天,并在周三召集一次 CAB 全体会议,这是为了安排剩下的变更。这样应该可以让每个人都有足够的准备时间。"

我看了看韦斯。他说:"这个建议很好,但我已经在考虑下一周的事了。我们应该告诉大家继续提交变更申请,并且从 19 日也就是周五开始,每周安排一次 CAB 会议。"

韦斯已经在提前计划第二周的工作，帕蒂显得和我一样高兴，她没有抱怨，而是说："我会在几小时内把指令发给大家的。"

她打完字后补充道："我还想说最后一件事，现在这靠手工的力气活占据了包括我在内的两个人的大部分精力，劳动强度实在太大了。我们终究得想出一些办法来自动处理这项工作。"

我点点头说："毫无疑问，现在这种方式是不可持续的。不过，还是再组织几次CAB会议，敲定确切的规则。我向你保证，我们会重新讨论这项工作的。"

会议结束，我们都满面春风地离开了。对我的团队来说，这可是第一次。

第9章

9月9日，星期二

我正在参加预算会议，这是我参加过的预算会议中最为残酷无情的一次。迪克坐在后排聚精会神地听着，偶尔出面主持一下大局。我们都对他言听计从，因为他会对年度计划做出第一轮削减。莎拉坐在他身边，在她的苹果手机上点来点去。

我终于拿起电话。这一定是十万火急的事，手机已经连续振动了一分钟之久。

手机上显示："1级严重级别事故：信用卡处理系统故障。所有门店都受到影响。"

该死。

我明白自己必须得离开这个会议了，尽管这样一来，每个人都会想方设法窃取我的预算。我站起来，和那台笨重的笔记本电脑作斗争，努力避免更多零件掉下来。我快要走出去的时候，莎拉说："又出事了吗，比尔？"

我做了个鬼脸："没有我们搞不定的事。"

实际上，任何一个1级严重级别的故障自然都称得上是"大问题"，但我不想让她有机可乘。

我赶到NOC，在帕蒂身边的一把椅子上坐下，她正在调整电话。"大家注意，比尔也来了。目前的进度是，我们已经确定订单输入系统无法使用，并且已经发布了一个1级严重级别的事故。我们正在设法查证开展过哪些变更。"

她顿了一下，看着我说："而且，我不敢肯定我们真能搞清楚。"

我提示大家："帕蒂刚才提出了一个很简单的问题。那么，在今天实施的所有变更当中，哪些可能导致这个服务中断？"

出现了一阵令人尴尬的沉默，大家不是低头不语，就是怀疑地左顾右盼。每个人都在躲避旁人的目光。

我正想开口，有人说："我是克里斯。我之前告诉过帕蒂，现在再对你说一遍，我手下的开发人员全部没做过任何变更。把我们从你的黑名单上划掉。故障可能是某个数据库变更引发的。"

一个坐在会议桌末端的人愤怒地说："什么？我们什么都没改，至少没改过任何可能影响订单输入系统的东西。你确定不是操作系统补丁又出错了？"

于是隔着两个座位上的人坐直了身子，气呼呼地说："绝对不是。近三周以来我们都没有安排过针对这些系统的更新。我赌 50 美元，故障一定是网络方面的变更引起的，他们的变更总是惹麻烦。"

韦斯在面前拍打着双手，大声说："搞什么名堂啊，伙计们！"

他看上去又恼火又无奈，冲着会议桌对面的一个人说："你也要为尊严而战？看来每个人都要轮一遍。"

坐在韦斯对面的显然是网络维护主管，他举起双手，显得既委屈又愤愤不平，他说："你知道，每次服务中断，总是网络维护组受到指责，这不公平。我们今天没有安排任何变更。"

"证明给我看。"数据库经理挑衅地说。

网络维护主管涨红了脸，用尖锐的声音说："胡说八道！你这是要让我证明我们没有做过任何事。你究竟怎样才能举出反证来？再说了，我估计问题出在防火墙变更上。过去几周以来，大部分服务中断都是这类变更造成的。"

我知道自己理应终止这种疯狂的状态。但是，我强迫自己靠在椅背上继续观察，用一只手遮着嘴掩盖怒容，同时也防止自己说出鲁莽的话来。

帕蒂显得很愤怒，她对我说："约翰的团队没人来参加这个电话会议。所有防火墙变更都是他的团队在处理的。我来想办法联系他。"

我听到扬声电话里传来一阵用力敲打键盘的声音，然后有人说："嗯，现在谁能试一下？"

响起一阵众人在笔记本电脑键盘上打字的声音，他们正在尝试进入订单输入系统。

"等一下！"我从椅子上跳起来，指着扬声电话大声说，"刚才是谁在说话？"

一阵尴尬的沉默。

"是我，布伦特。"

天哪。

我强迫自己再次坐下，做了一次深呼吸。"布伦特，谢谢你的提议。不过，面对一个 1 级严重级别的事故，我们得在行动之前先通告和讨论一下。我们最不愿意做的事，就是让情况变得更糟糕，让原因变得更复杂。"

第9章 9月9日，星期二

我还没说完，桌子另一端有人一边看着笔记本电脑一边打断我："嘿，系统重新启动了。干得好，布伦特。"

哦，拜托。

我沮丧地抿紧嘴唇。

显然，就连乌合之众也会有走运之时。

"帕蒂，结束会议。"我说，"我要马上和你还有韦斯碰头，在你的办公室。"我起身离去。

在帕蒂的办公室里，我一直站着，直到他们两人都把注意力集中到我的身上。"让我把话说清楚。针对1级严重级别的事故，我们不能凭感觉做事。帕蒂，从现在开始，作为1级事故的处理负责人，你必须首先弄清楚相关事件，尤其是相关变更的时间线。"

"我要求你负责收集这些信息，既然变更流程也归你管，这应该是很容易的。这些信息应该由你提出，而不是电话会议上的那帮家伙们。明白了吗？"

帕蒂回头看着我，她显然很沮丧。我忍住没有软化态度。我知道她一直在努力工作，而且最近我压给她的担子比以前更重了。

"是的，完全明白。"她疲惫地说，"我会写好流程文档，并且尽早实施这个流程。"

"这还不够，"我说，"我要你每两周组织一次排查故障的实战演练。我们得让每个人都养成运用合理的方式来解决问题的习惯，召开应急处置会议之前，就要把时间线搞清楚。如果我们不能在预先安排好的演习中做到这一点，又怎么能指望大家在紧急情况下这么做呢？"

看到她一脸沮丧，我把一只手搭在她的肩头，说："看，我非常欣赏你最近做的所有工作。这是一件很重要的工作，要是没有你，我都不知道我们该怎么办。"

然后我转向韦斯，说："马上就去叮嘱布伦特，在紧急情况下，每个人都必须把他们想到的变更提出来讨论，更不要说他们实际实施的变更了。虽然无从证明，但我估计是布伦特导致了这次服务中断，他意识到这一点之后，就撤消了变更。"

韦斯想要回答，但我打断了他。

"制止这样的行为。"我指着他，强有力地说，"不准再出现未经授权的变更，也不准在服务中断期间再出现未公开的变更。你能不能管住你的手下？"

韦斯显得有些吃惊，他对我审视了片刻，说："好吧，我这就去，老大。"

整个周二的晚上和周三的清晨，韦斯和我都呆在凤凰项目的作战室里。距离部署只有三天时间了。日子一天天过去，情况却越来越糟。

回到变更协调室是一种解脱。

我走进门，大部分 CAB 成员都在。索引卡片不再乱七八糟地放作一堆，它们有的挂在墙上的一块白板上，有的整齐地摆放在房间前方的桌子上，贴着"待定变更"的标签。

"欢迎参加变更管理会议。"帕蒂开始讲话，"正如你们在白板上看到的，标准变更已经全部安排好了。今天，我们要审核并安排所有的高风险变更和中等风险变更。我们还要查看变更安排表，做出必要的调整。我现在不会透露太多，不过我认为你们将会看到一些需要引起我们重视的问题。"

她拿起第一堆卡片，说："第一个高风险变更是由约翰提交的针对防火墙的变更，准备在周五实施。"随后她把接受过征询意见并签字的人名念了出来。

她提示韦斯和我："比尔、韦斯，你们同意把这作为周五的一个变更放到白板上去吗？"

看到这一变更已经得到充分的审查，我满意地点头同意。

韦斯说："我也一样。嘿，不赖啊。批准第一个变更用了 23 秒，比上一次的最短时间少了 59 分钟！"

响起了稀稀拉拉的掌声。帕蒂并不失望，她用更少的时间认真检查了剩下的 8 个高风险变更。她手下的一名员工把卡片贴到白板上时，掌声热烈了一些。

帕蒂拿起另一堆卡片，那些是中等风险变更。"一共提交了 147 个标准变更。我要表扬大家都遵守了流程，并且都和需要征询意见的人谈了话。这些变更中，有 90 个已经安排就绪，贴在白板上了。我已经把它们打印出来供大家审核。"

她转向韦斯和我，说："我从中抽取了 10% 的样本，大部分看起来不错。我会继续密切注意问题趋势，以防万一其中有一些需要进一步审查。如果没有异议的话，我想我们已经完成中等风险变更的审批了。实际上，我们得处理一个更加紧迫的问题。"

韦斯说："我没有反对意见。"我朝帕蒂点点头，示意她继续。但她只是朝白板做了个手势。

我认为自己看到了问题所在，但默不作声。一名主管指着一个表格框说："周五安排了多少个变更？"

答对了。

帕蒂脸上闪过一丝微笑，说："173 个。"

在白板上可以清楚地看到，将近一半变更都安排在周五，剩下的变更又有一半安排在周四，其他的零零散散地排在上半周。

她继续说："我不是说周五碰巧有 173 个变更不好，我担心的是变更冲突以及可用资源矛盾。周五也是部署凤凰的日子。"

"假如我是空中交通管制人员，"她继续说，"我就会说，空域太过拥挤，十分危险。

有人愿意更改飞行计划吗？"

有人说："如果大家不介意的话，我有三个变更今天就能做。我可不想在凤凰航班准备着陆的时候靠近飞机场。"

"是啊，好吧，你真走运。"韦斯喃喃自语，"有些人周五必须在场。我已经能看到火焰从机翼上蹿出来了……"

又有两个工程师要求把他们的变更往前挪几天。帕蒂让他们走到白板前移动自己的变更卡片，同时检验这不会干扰已经排定的其他变更。

15分钟后，变更板上的卡片分布更均衡了。每个人都尽可能让自己的变更离周五越远越好，就像生活在树林里的动物逃离森林大火一样，我有些高兴不起来。

看到变更卡片被移来移去，又有一件事开始让我烦恼。困扰我的不只是脑海中关于凤凰项目的惨烈状况，还有一些关于埃瑞克和MRP-8车间的事。我一直盯着那些卡片。

帕蒂打断了我的出神。"比尔，那是我们需要通过的最后一个变更。本周的变更都已经批准并安排好了。"

我试着调整自己，韦斯说："帕蒂，你把这件事组织得好极了。你也知道，我当时是吵得最凶的反对者之一。但是……"他指了指白板，"这些真是了不起。"

大家都低声表示赞同，帕蒂显然脸红了。"谢谢。执行真正的变更流程，这还是第一周，而且这是迄今为止参与面最广的一次。不过，我们先不要骄傲，下周继续努力，好吗？"

我说："当然。谢谢你为此付出那么多时间，帕蒂。再接再厉。"

休会期间，我留在会议室里，注视着变更板。

会议期间，总有什么在我脑海中一闪而过。这是否就是埃瑞克说我忽视的那部分？某些和工作相关的内容？

上周四，韦斯和帕蒂列出了目前我们所有项目的清单，提出了将近一百个项目。清单是通过访谈所有一线员工而手动生成的。那些项目显然代表着两种类型的工作：业务项目和内部IT项目。

我看着墙上的变更卡片，意识到眼前是我们又一个手动生成的工作类别。据帕蒂所说，这是我们本周所从事"工作"的437个离散片段。

我意识到变更正是第三种类型的工作。

当帕蒂的手下把变更卡片从周五移到本周早些时候，他们是在改变我们的工作日程。每一张变更卡片都界定了我的团队在那一天将要开展的工作。

当然，这些变更中的每一个都比一个完整的项目要小得多，但它仍然是一项工作。可是，变更和项目的关系是什么？它们是同等重要的吗？

还有，难道在今天之前，这些变更真的一个也没有在某个系统中被追踪到吗？进一步讲,这些变更都是从哪里冒出来的?

如果变更是一种不同于项目的工作,那是否意味着我们实际上要做的不只是一百个项目?这些变更中有多少是支持这一百个项目的?如果一个项目也不支持,那么这类变更是否确有必要?

假如我们所拥有的人力资源刚好能够承担所有的项目工作,这是否意味着我们可能没有足够的周期来实施全部变更?

我怀疑自己可能站到了某种宏大而深远的图景边缘。埃瑞克问过我,在我的部门里,哪部分相当于工厂车间的工作任务发布台。变更管理和这个有关系吗?

突然间,我为自己这一连串的荒唐问题而笑出声来。我感觉像是加入了一个单人辩论俱乐部。或者是埃瑞克诱骗我钻进了某种哲学牛角尖。

我想了一会儿,觉得自己明白了变更代表着另一种类型的工作,这是有价值的,只是不知其所以然。

现在,我已经找到了四类工作中的三类。一瞬间,我很想知道第四类工作是什么。

第10章

9月11日，星期四

次日早晨，阳光明媚，我又回到凤凰项目作战室。每天一早，柯尔斯顿都会给我们一份关于凤凰项目最重要任务的纲要。由于事关重大，提交的任务通常还要由负责此事的经理报告为"完成"。

没人愿意得罪柯尔斯顿，甚至得罪史蒂夫。

今天的坏消息来自于质量控制部总监威廉·梅森，他是克里斯的下属。显然，他们新发现的故障仍然比处理完的故障多一倍。

在汽车报交之际，零件七零八落地掉下来，这可不是好兆头。难怪我们所有人都为部署日而提心吊胆。

我思考着如何才能把一部分风险化解掉，同时听到柯尔斯顿第三次点了布伦特的名字。韦斯只能再一次解释为什么有些事情未能完成。

莎拉坐在会议室后方说："韦斯，你的手下又一次阻碍了我们的进度。你有什么人事方面的问题需要在这儿说明的吗？"

韦斯的脸涨得通红，他正要回答，我迅速插话："柯尔斯顿，我们还给布伦特下达了多少别的任务？"

柯尔斯顿立刻回答："截至今天，有五件尚待解决的任务。其中三件是上周三布置的，两件是上周五布置的。"

"好，交给我吧。"我说，"这里的会议一结束，我就去调查进展情况。今天中午之前我会提交一份进度报告和更新后的完成时间节点。如果我们有什么需要，我会告诉你的。"

我向7号楼布伦特的小隔间走去，一路上提醒自己，我的目标是观察并寻求理解。毕竟,从我接受这个新职位以来,每天都要谈到这个家伙。

可能布伦特实际上并不像我们认为的那样聪明绝顶。也可能他是个技术界的爱因斯坦,别指望能找到和他同等水平的员工。还可能他是故意让自己显得无可或缺,以免其他人抢了他的工作。

但布伦特看起来既专业又聪明,和我曾经共事过的很多高级工程师并没有太大差别。

我走近他的办公桌,听到他一边打电话一边在键盘上打字的声音。他坐在四台显示器前,戴着耳机,正在向一个终端应用程序输入着什么。

我继续站在他的小隔间外,侧耳细听。

他说:"不,不,不。数据库已经启动并运行了。对,我知道,它就在我面前呢……是的,我可以进行查询……对……对……不对……我告诉你,必须得是应用程序服务器……它启动了?好的,让我看看……等一下,让我试试手动同步。现在就试……"

他的手机响了。"稍等,我要接另一个电话。我过会儿就打给你。"

他在一张即时贴上写了些什么。他显示器上已经有另外两张即时贴,他把这一张贴在它们边上。他恼火地接起手机:"对,我是布伦特……什么服务关闭了?你重启过了吗?看,我现在正为凤凰的事焦头烂额呢,我今天晚些时候再答复你好吗?"

我正在心里默默地赞许他,只听他说:"嗯……我都不知道那个人是谁。分管什么的副总裁?好吧,我看一下。"

我叹了口气,在一个没人的小隔间里坐下,观看今天上演的连续剧"布伦特的一天"。他又打了五分钟电话,直到一些关键产品数据库完成备份并开始运行,才挂断了电话。

值得肯定的是,布伦特看起来确实是在真心诚意地帮助所有依靠 IT 系统的人解决问题。但让我失望的是,大家似乎都把他当作免费的私人极客电脑特工。这是以损害凤凰项目为代价的。

布伦特从显示器上扯下一张即时贴,拿起了电话。不等他拨号,我就站起来说:"你好,布伦特。"

"啊!"他吓了一跳,大叫一声,"你在那儿待了多久了?"

"也就几分钟,"我坐到他身边,带着最友善的笑容说,"足够看到你帮两个人解决问题啦。真是可敬可佩。不过,我刚参加完柯尔斯顿的凤凰项目每日碰头会。现在有五项布置给你的任务延误了。"

我把项目管理会议上提到的五项任务拿给他看。他迅速地说:"这些我都已经完成一半了。我只是需要有几个小时不受打扰,安安静静地完成它们。假如可以的话,我会在家里把这些做完,但是网络连接太慢了。"

"刚才给你打电话的人是谁?他们找你有什么事?"我皱着眉头问。

"通常是其他在维修过程中遇到问题的 IT 人。"他翻了个白眼说,"要是有什么东西坏掉了,我显然是唯一一个知道问题在哪儿的人。"

"我原以为韦斯已经招了很多人来替你处理其中的一部分问题呢。"我说。

布伦特又翻了个白眼,说:"本来是想这样的。但大多数人还有别的分工,而且在我们有需要的时候,他们永远都没空。其他人在裁员的时候被打发走了,因为他们不够忙。相信我,那算不上什么大损失。反正大部分故障最后也总是我来处理的。"

"你每天要接多少个电话?你有没有把它们都记录下来?"我问。

"你是说,记录在我们的报修系统里之类的?没有,为每个来电开一张单子,花的时间会比解决那些问题还要多。"布伦特不屑一顾地说,"每天的来电数量都不一样。上周比平时还要多一些。"

现在我明白了。我敢打赌,要是有人现在打电话来大吼大叫一通,或者打着某个大人物的吓人旗号,布伦特就会被拖过去,花上几个小时不停地帮其他人解决问题。

"你在接最后一个电话的时候,一开始是想推掉这个活儿的,为什么后来你又决定要帮忙处理那个问题,而不是让他们见鬼去呢?"我问。

他回答:"她告诉我,物流部副总裁在尖叫,说没办法创建补货订单,如果不能马上修好,门店的快销产品就有断货的风险。我可不想成为造成大面积缺货的罪魁祸首。"

我噘起嘴唇。公司高管强迫我的工程师执行他们的命令,这完全是胡闹。不管怎么说,损害凤凰项目可超出了他们的权限。

我站起身说:"好,从今往后,你只做凤凰项目的工作。史蒂夫·马斯特斯说过,这是每个人的头等大事。现在更是如此,这个项目需要你。不管是谁想要再给你指派什么别的任务,我都希望你拒绝。"

布伦特看起来喜忧参半。也许他是想到了那个物流部的副总裁。

我补充道:"如果有人为了凤凰项目之外的事和你联系,就把他们推给韦斯。让他去对付那帮笨蛋。"

他半信半疑地说:"多谢你了,但我可不认为这种做法能够长时间起作用。这里的其他人似乎还不太跟得上整个系统的工作节奏。最终,他们总是会来找我的。"

"好吧,他们得加强学习了。如果他们给你打电话,就让他们去找韦斯。要是谁对此有疑问,就让他来找我。总之,通过你的电子邮件发一条休假信息,就说除了凤凰项目,你不再回应其他任何事,让他们去找……"

在我的提示下,布伦特微笑了一下说:"韦斯。"

"看见没?你已经掌握诀窍了。"我微笑着回应。

我指了指他的座机:"无论如何都要想办法改正大家直接来找你帮忙的坏习惯。我允许你把电话设成静音,把留言提示音改成你没空,请和韦斯联系。随便怎么样都行。"

意识到自己站这儿本身也会让布伦特从凤凰项目上分心,我很快地说:"不,我会让我的助理艾伦帮你把留言提示音改掉。"

布伦特又笑了,他说:"不,不,不。我自己就能改。不过还是谢谢你的提议。"

我把自己的手机号码写在一张即时贴上递给他,"这件事就让艾伦办。我们需要你处理那些凤凰项目的任务。如果需要我帮忙,就给我打电话。"

他点头同意,我准备返回9号楼,但又回头问他:"嘿,下周找个时间,我请你喝啤酒吧?"

他答应了,面露喜色。

我一离开这栋楼,就给帕蒂打电话。她接起电话,我说:"去找韦斯,在凤凰项目作战室外和我碰头。我们必须改变工作流转到布伦特那里的方式。现在就去。"

我们三人坐在凤凰项目作战室走廊对面的会议室里。

"和布伦特谈得怎么样?"韦斯问。

我告诉他,由于那些故障修理的事,布伦特无法从事凤凰项目的工作,他的脸色发白了。"他参加了所有的紧急会议!他怎么可能认为有什么事儿比凤凰项目还重要!"

我说:"问得好。布伦特为什么会丢下凤凰项目,而去做其他事情呢?"

韦斯沉默了片刻。"大概是因为有哪个像我这样的人对着他大吼大叫,说我一定得有他帮忙才能完成手头最重要的活计。而且这很可能是真的:有太多事情,布伦特似乎是唯一知道他们实际上是怎样工作的人。"

"如果换作是我,我会想方设法辩解说这活儿只需要短短几分钟……"帕蒂说,"也许确实如此,但每个人的请求积少成多,这就要了命了。"

"流程是用来保护人的。我们得想出保护布伦特的办法。"我说。然后我讲了自己已经让布伦特把每个向他求助的人都转给韦斯的事。

"什么?你要我事无巨细地帮他管理时间?我可没空去当布伦特的秘书,或者去做什么客服人员!"他喊道。

"好吧,对你来说,还有什么比确保你的人力资源完成凤凰项目的关键工作更加重要?"我问。

韦斯面无表情地回头看了我好一会儿,然后他笑了,说:"好吧,你问倒我了。看,布伦特是个聪明人。但他也是我见过的最不擅长写东西的人。让我告诉你一件真人真事吧,让你知道这有多么不可思议:好几个月前,我们处理一个1级严重级别的服务中断,我们已经忙活了3个小时,尽量不去惊动布伦特,但最终还是一筹莫展,而且把事情越弄越糟。

所以我们还是把布伦特拖了进来。"

他摇摇头，开始回忆："他坐在键盘前，好像进入了恍惚状态。十分钟后，问题解决了。系统重启，大家都感到轻松愉快。但是，随后有人问他：'你怎么做到的？'我对天发誓，布伦特只是茫然地回头看着他说：'我不知道。我就是那么做了。'"

韦斯捶了一下桌子说："那就是布伦特的问题所在。你究竟怎么才能记录那件事？'闭上眼睛，变得恍惚'？"

帕蒂笑了，显然想起了这件事。她说："我不认为布伦特是故意这么做的，但我在想，是不是布伦特把他的知识看作一种权力。也许他身上的某些部分不愿意把那些知识交出来。这也确实让他成为了几乎难以取代的人。"

"也许是，也许不是。"我说，"不过，我来告诉你们我的看法。每一次我们让布伦特处理某个别人谁都无法处理的修复工作，他就变得更加聪明，而整个系统则变得更加蠢笨。我们得终止这种状态。"

"也许我们可以建立一个3级工程师的人力资源库，由他们处理流转过来的工作，但是得把布伦特屏蔽在资源库之外。这些3级工程师要负责完成所有故障的处理，而且他们应该是唯一能够接近布伦特的人——在规定条件下。"

"如果想和布伦特讨论，他们必须先得到韦斯或我的批准。"我说，"他们要负责记录学到的东西，永远不准布伦特反复解决同一个问题。我每周都会逐项检查这些问题，如果我发现布伦特就同一个问题出手了两次，3级工程师和布伦特都要受罚。"

我补充道："根据韦斯讲的故事，我们甚至都不该让布伦特碰到键盘。他可以告诉大家应该输入什么，然后在别人身后看着，但在任何情况下，都不准他做那些我们无法在事后记录的事。听清楚了吗？"

"好极了。"帕蒂说，"每解决一个问题，我们的知识库里就会多一篇关于如何解决某个疑难杂症的文章，而且能够实施修复的人会越来越多。"

韦斯看上去并不完全信服，但他最终还是笑了，说："我也喜欢这个主意。我们要像对待汉尼拔·莱克特一样对待他——需要他的时候，就给他穿上拘束衣，绑在轮椅上推出来。"

我笑了。

帕蒂补充道："为了防止再次发生由于布伦特而导致的变故，我们应该记录每一次按键输入，并记录终端会话。也许甚至得找个人拿着摄像机贴身跟着他，还要打开审查记录，那样我们就能确切地知道他做了哪些变更。"

我喜欢这个主意，虽然听上去有点儿极端。然而我感到，为了摆脱困境，是得采取一些极端措施了。

我试探地说："也许我们可以取消他的产品访问权限，那样的话，他要想完成工作，唯一方法就是告诉3级工程师们该怎么做。"

韦斯放声大笑："要是我们现在就这么干,恐怕他会辞职的。"

"那么,我们可以把哪些人放进这个3级人力资源库?"我问。

他犹豫了一下,说:"嗯,我们在一年前招了两个人,原本是打算给布伦特当帮手的。有一个人现在在创建服务器建立标准,但我们可以暂时让她放下那块工作。还有两个工程师,我们几年前就决定要对他们轮岗培训,但一直没时间继续推进。那样的话,就有三个人了。"

"我会定义布伦特的新流程。"帕蒂说,"我很乐意通过你和韦斯去找布伦特解决问题。但我们怎么才能劝阻物流部副总裁之类的人不再直接去找布伦特呢?"

我立刻回答:"谁要那么做了,我们就把他们的名单收集起来,我还会给他们的上司打电话,让他们不准再犯。然后我会让史蒂夫知道,这些人都是怎么干扰凤凰项目的。"

"好吧,让我们试试。"她说,"你知道,我们已经有了'大棒'政策,那么'胡萝卜'又该怎么说呢?我们怎么才能鼓励布伦特和那些工程师遵守新的流程?"

"也许我们可以送他们去参加各种他们想要参加的会议和培训。等高级工程师们达到了布伦特的级别,或者立志成为布伦特那样的人,他们就会希望加强学习,并分享自己的成就。至于布伦特,我们让他休假一周,摆脱所有的工作,怎么样?"韦斯提议。

"天啊!"韦斯摇着头继续说,"我想近三年来,布伦特都没有彻彻底底地放下工作休过一天完整假。你知道,我们主动提出让他休假,他会泪流满面的。"

"就这么干,伙计们。"我说,微笑着想象那样的场景。

趁还没忘记,我补充道:"韦斯,我希望布伦特每天提交他的时间表,也希望他通过报修系统来实施每一次升级。我们需要把那些内容记录在案,以便今后分析。任何占用布伦特时间的人都要向我解释说明。如果不是合情合理的,我就会向史蒂夫上报,然后那个人以及他的经理就得向史蒂夫解释,为什么他们认为自己的项目、自己的任务如此重要。"

"太棒了。"帕蒂说,"上周我们收到的变更、事故和升级流程,比过去五年收到的还要多!"

"也许正是时候。"韦斯如释重负地说,"帮个忙,别告诉任何人这是我说的。我得维护自己的名誉。"

第 11 章

9月11日，星期四

那天晚些时候，我一边吃午餐一边大声咒骂。我本想趁着午休，利用几分钟宝贵的空闲时间来处理一下电子邮件。但我忘了，那台破笔记本电脑接在扩展坞上的时候开机，立马就会崩溃。本周以来我已经第三次这么干了。

我的午餐时间已经晚了，等到我可以登录的时候，午休时间都要过去一半了。

我环顾四周，发现办公桌上有一张即时贴，上面写着几行大字："不要在开机前把电脑插上扩展坞！！！"。为了防止自己再次做出浪费时间的蠢事，我把这张即时贴直接贴在了底座上。

我正为自己的妙计沾沾自喜，帕蒂打来电话："你有空谈谈吗？我在变更日程表上看到一些非常奇怪的内容。你得来看看。"

我走进会议室，看到墙上挂着变更卡片，现在我对它们已经很熟悉了。收件篮里满是卡片，桌上还有更多的卡片，整齐地叠放成好几堆。帕蒂正咬着手指甲，在笔记本电脑上仔细研究。

她疲惫不堪地说："我开始觉得，这一整套变更流程全都是浪费时间。组织这些变更并与相关人员进行沟通，需要搭上整整三个人的全部工作时间。现在依我所见，这可能是毫无用处的。"

多年来，她一直捍卫着这个流程。看到她突然开始贬低它，真是令人担忧。

"哇哦，"我说，在她面前挥舞着双手，"跟我聊聊，因为我觉得你已经做得很出色了，我也不希望我们又回到老路上去。你为什么这么忧心忡忡？"

她指了指周一和周二的变更箱，说："每天结束时，我手下的人都会结清已排定的变更。我们原本是想确保给所有未完成的变更都打上标记，以便重新安排时间，并保证变更日程表能够及时反映实际发生的情况。"

她指着一张卡片的一角，说："我们在已验证为完成的变更卡片上打钩，然后指出它是否导致了服务事故或服务中断。从上周五开始，在已排定的变更中，有60%都没有实施！也就是说，我们辛辛苦苦做了那么多审批和安排变更的工作，到头来却发现它们根本就没法完成！"

我能明白帕蒂为何如此惊惶。

"它们为什么没能完成？你们怎么处理那些未完成的变更卡片？"我问。

她挠着头。"我给一帮申请变更的人打了电话，他们的理由五花八门。一些人说，他们没法找齐执行变更所需要的人员。另一个人在变更中途发现，管理存储器的人没有按照之前的承诺完成SAN扩展，因此他只能花两个小时撤回了变更。"

想到付出的时间和努力都打了水漂，我叹了口气，继续听帕蒂说下去。"还有一个人说，因为在进行变更的时候发生了一个服务中断，所以她无法实施变更。还有其他很多人说，呃……"

她看上去有些不自在，于是我鼓励她继续说下去。"好吧，他们说，他们需要布伦特参与一部分变更，但他没空。"她不情不愿地说，"有些情况下，布伦特的参与是本来就计划好的。但在另一些情况下，他们直到开始实施变更才发现自己需要布伦特帮忙，可是布伦特没空，他们只好放弃了变更。"

帕蒂还没说完，我已经发怒了。

"什么？又是布伦特？怎么回事？布伦特是怎么做到在每个人的事情里都插上一脚的？"

"该死！"我突然想到发生了什么，大声说道，"是不是我们让布伦特专心做凤凰项目，才酿成了现在这样的后果？这个新策略是个错误吗？"

过了一会儿，她说："你知道，这个问题很有意思。要是你坚信布伦特应该只为最重要的项目工作，那么我认为新策略是正确的，我们不该把它改回去。"

"同样应该注意的是，直到最近为止，布伦特都还在帮助别人实施变更，但这些都没有记录在案。更确切地说，他努力想要这么做。但他一直都太忙了，没法去帮助每一个人，所以即使是在以前，很多变更也都无法完成。"

我拿起电话按下韦斯的快捷键，叫他过来参与讨论。

过了一会儿，他来了。他坐下来看着我的破笔记本电脑说："老天。你还在把那玩意儿搬进搬出？我相信我们还有不少八年机龄的笔记本电脑可以给你用，它们起码比你的这台要新。"

帕蒂没有理会他的议论，很快地向他说明了情况。对于她的意外发现，韦斯的反应和我差不多。

"你一定是在开玩笑吧!"他愤怒地说,用手掌拍着额头,"也许我们应该允许布伦特帮别人实施变更?"

我迅速说:"不,那不是解决问题的办法。我也提出过那样的建议。但是帕蒂指出,这样做就意味着,遇到障碍的变更比凤凰项目更加重要。而事实并非如此。"

我自言自语:"不知怎的,就和我们打破了大家在修复故障时请布伦特帮忙的习惯一样,我们也需要对实施变更做同样的事。我们必须把这些知识全都交到真正从事这项工作的人手上。如果他们对此无法心领神会,恐怕就是那些团队的技术能力有问题了。"

没人搭话,我试探性地补充:"我们让那些原先帮助布伦特处理故障的 3 级工程师参与解决这些变更问题怎么样?"

韦斯立刻回答:"也许可以。但这不是长久之计。我们得让从事这些工作的人明白他们究竟在干些什么,而不是让更多人去囤积知识。"

我听着韦斯和帕蒂集思广益,设法降低对布伦特的又一种依赖。此时我开始感到困扰。埃瑞克把半成品称为"沉默的杀手",车间控制半成品的能力不足,是造成长期性延误和质量问题的根源之一。

我们刚才发现,60%的变更没有按期完成。

埃瑞克认为,车间里不断增长、堆积如山的工作,说明工厂经理没能控制好半成品。

我看着日程表,在今天的日程上,变更卡片堆积如山,好似有一辆巨型铲雪车把它们不断朝前推去。突然之间,它看起来就像是埃瑞克在车间里描绘的景象,怪异地描述了我所在部门的状态。

IT 的工作真的可以和车间里的工作相类比吗?

帕蒂打断了我的沉思,问:"你在想什么?"

我回头看着她。"在过去的几天里,排定的变更只完成了 40%,其余的都结转到了下一轮。我们可以假定,在想出如何传播布伦特的知识之前,这样的情况还要持续更长一段时间。"

"本周我们有 240 个变更没有完成。如果下周再进来 400 个新变更,下周的安排表上就会有 640 个变更!"

"我们这儿就像是变更的贝兹汽车旅馆。"我怀疑地说,"变更跑进来,但永远出不去。不出一个月,我们就会拖着几千个争先恐后等待完成的变更。"

帕蒂点头同意。"那正是困扰我的事。用不了一个月就会有上千个变更——我们已经追踪到 942 个变更了。到下周,待定变更就将达到 1000 个。我们快要没有张贴和存放这些变更卡片的地方了。所以说,既然这些变更都不会实施,我们为什么还要自找那么多麻烦!"

我盯着那些卡片,希望它们告诉我答案。

不断增长的库存困在车间里，一直堆到叉车能够堆放的最高处。

不断增长的变更困在IT运维部里，直到我们没有地方张贴变更卡片。

工作在烘房前不断堆积，因为马克坐在工作发布台前面派发工作单。

工作在布伦特跟前不断堆积，因为……

因为什么呢？

好，假如说布伦特是我们的烘房，那么谁是我们的马克？是谁批准了所有这些工作进入系统？

好吧，是我们。更确切地说，是CAB。

该死。那是否意味着，我们是自作自受？

然而变更总是需要完成的，不是吗？所以它们才被称为"变更"。再说了，怎么可以对汹涌而来的工作说"不"呢？

眼看着卡片堆积而起，我们如果不接受这些工作，能承受得起后果吗？

但是，我们何曾问过，是否应该接受这些工作？我们又是凭什么做出了决定？

我依然不知道答案。但更糟的是，我感到埃瑞克恐怕不是一个语无伦次的疯子。也许他是对的。也许在工厂管理和IT运维之间存在某种联系。也许工厂管理和IT运维实际上面对着类似的挑战和问题。

我站起身走向变更板，开始自言自语："超过一半的变更没有按期完成，帕蒂惊慌失措，都开始怀疑整个变更流程是否值得我们投入那么多时间了。"

"而且，"我继续说，"她指出，由于布伦特不知何故挡在途中，很大一部分变更无法完成。这多少是因为我们指示布伦特拒绝了所有与凤凰无关的工作。我们认为，撤消这一策略是错误的。"

我的思维愈发活跃，跟随着自己的直觉。"我愿意赌上100万美元，这恰恰是错误的做法。正因为有了这个流程，我们才第一次意识到有多少已经排定的工作没有完成！扔掉这个流程只会让我们丧失对情况的了解。"

我觉得自己进入了状态，坚定地说："帕蒂，我们需要更好地理解，什么工作将会成为布伦特的头号任务。我们得知道哪些变更卡片涉及布伦特，甚至可以把这个作为大家提交卡片的又一项必填信息。或者使用其他颜色的卡片。你自己想吧。你得列出一张清单，表明有哪些变更需要布伦特做哪些事，并设法让那些3级工程师满足清单上的要求。如果做不到这一点，那就试着确定它们的优先级，分类交给布伦特处理。"

我越说越相信我们正沿着正确的道路前进。此时此刻，也许我们还没能解决问题，但至少我们将收获一些数据。

帕蒂点点头，忧虑失望的表情一扫而空。"你要我把涌向布伦特的变更任务先揽下来，过滤处理，并在变更卡片上表示出来，甚至可以要求在所有新卡片上都标注这一信息。等我们知道和布伦特相关的变更是什么、有多少，就把结果反馈给你，还要确定它们的优先级。我说得对吗？"

我点头微笑。

她在笔记本电脑上打着字。"好，我明白了。我不确定我们会得到什么成果，但这已经比我之前想到的都要好得多了。"

我看了看韦斯："你看起来很担心。你有什么想说的吗？"

"唔……"韦斯终于说，"实际上我没什么要说的。只不过，这种工作方式和我在IT部见过的任何事儿都不太一样。我无意冒犯，但是最近你是不是吃错药了？"

我微微一笑："没有，不过我的确和一个语无伦次的疯子谈过话，在俯瞰制造车间的连廊上。"

可是，如果埃瑞克关于IT运维部内半成品的说法是正确的，那么他还说对了哪些事儿？

第 12 章

9 月 12 日，星期五

周五晚上 7 点 30 分，凤凰部署工作如期启动后的两小时。进展并不顺利。我开始觉得屋里的比萨味儿就像是徒劳无功的死亡进行曲。

IT 运维团队下午 4 点就在这里全体集合，严阵以待。但我们无事可做，因为克里斯的团队没有发出任何指令；他们一直调试到最后一刻。

在发射的当口，他们还在往太空飞船上安装零件，这可不是个好兆头。

下午 4 点 30 分，威廉一阵风似地冲进了凤凰作战室，他暴跳如雷，因为没人能在测试环境下运行所有的凤凰代码。更糟糕的是，凤凰为数不多正在运行的部分也没能通过各项关键检测。

威廉把重要的软件缺陷报告发回给程序开发人员，而他们大多已经回家了。克里斯只得打电话把他们叫回来，而威廉的团队只能干等着开发人员把新版本发给他们。

我的团队可没有无所事事地干坐着。相反，我们一直在为配合威廉的团队而忙碌，想方设法让凤凰在测试环境下运行起来。这是因为，假如他们无法在测试环境下运行应用程序，我们就别指望能在实际生产中部署和运行程序。

我看了看表，然后把目光转向会议桌。布伦特以及另外三个工程师正和 QA 部的同行挤作一堆。他们从下午 4 点开始就在拼命工作，现在已经显得很疲倦了。很多人在笔记本电脑上打开了谷歌搜索，另一些人则按部就班地鼓捣着服务器、操作系统、数据库以及凤凰应用程序的各种设置，试图想办法把事情都弄妥当。开发人员向他们保证过，这是可以办到的。

几分钟前，有个开发人员居然走进来说："看，在我的笔记本电脑上，它已经在运行了。这能有多难？"

韦斯开始骂脏话,两个我们的工程师和三个威廉的工程师则开始仔细研究那个开发人员的笔记本电脑,设法弄明白它和测试环境有什么不一样。

在会议室的另一边,一个工程师正在打电话,他激烈地说:"是的,我们复制了你给的那个文件……是的,就是 1.0.13 版……你说那个版本是错的,这话什么意思……什么?你什么时候把它改了?现在再复制一下,重新试试……好吧,看,可是这不起作用……我认为是网络的问题……你说我们得打开一个防火墙端口是什么意思?见鬼,两小时前你干嘛不告诉我们?"

他砰的一声挂上电话,用拳头猛砸了一下桌子,大吼道:"白痴!"

布伦特从开发人员的笔记本电脑上抬起头来,疲惫地揉着眼睛说:"让我猜猜。前端程序无法与数据库服务器对话,是因为有人没告诉我们需要打开一个防火墙端口?"

那个工程师余怒未息,点头说道:"我简直都不能相信。我和那蠢货足足打了二十分钟电话,他一点都没觉得那不是代码的问题。真是乱成一团!"

我继续安静地聆听,但我同意他的判断。在海军陆战队里,我们经常使用"乱成一团"(FUBAR)这个字眼。

眼看着大家的脾气越来越暴躁,我看了看表:晚上 7 点 37 分。

是时候对我的团队进行一次全面管理检查了。我找来韦斯和帕蒂,并四处寻找威廉。我发现他的视线正越过手下一名工程师的肩膀,凝视着什么。我叫他和我们一起来。

他看起来有片刻困惑,因为我们平时很少交流,但随后他点点头,跟随我们来到我的办公室。

"好吧,伙计们,告诉我,你们对目前的形势有什么看法。"我说。

韦斯率先大声说:"那些人说得对。这就是乱成一团。我们从开发人员那里得到的仍然是不完善的版本。之前两小时里,我已经两次看到,他们忘记把很多关键文件交给我们,没有那些文件,代码肯定不能运行。正如你们所见,我们仍然不知道如何配置测试环境,让凤凰干净利落地上线。"

他再次摇头。"根据我在之前半小时里看到的情况,我认为我们实际上已经在开倒车了。"

帕蒂只是反感地摇摇头、摆摆手,没作补充。

我对威廉说:"我知道我们以前合作不多,但我真的很想知道你的看法。从你的角度看,事情进展得怎么样?"

他垂下眼,缓缓吁了一口气,然后说:"我真的毫无头绪。代码改得太快了,我们跟不上。如果让我打赌,我会说凤凰将在投产中炸毁。我和克里斯谈过好几次停止发布的事,但他和莎拉完全压我一头。"

我问他:"你说你们'跟不上'是什么意思?"

"一旦在测试中发现问题,我们就把问题发回开发部,让他们去解决。"他解释道,"然后他们会发回一个新版本。问题是,把所有东西都设置好并运行起来,大约需要半小时,然后执行冒烟测试又需要三小时。在那段时间里,我们可能会从开发部那边收到另外三个版本。"

我对冒烟测试的说法报以假笑。这是电路设计师使用的一个术语。行内有个说法:"打开电路板,只要没冒烟,那基本上就能用。"

他摇着头说:"我们目前还没通过冒烟测试。我担心的是,面对层出不穷的版本,我们已经混乱了——我们在记录整个发布的版本编号方面做得太马虎了。他们经常在解决一些问题的同时,又弄坏了别的东西。所以,他们现在发来的都是单个文件,而不是整个软件包。"

他继续说:"目前的情况太混乱了,即使出现奇迹,凤凰当真通过了冒烟测试,我也敢肯定我们没法再做一次,变化的部分太多了。"

他摘下眼镜,坚定地说:"恐怕每个人都得通宵加班了。我认为真正的风险是,明天上午 8 点门店开始营业时,我们恐怕无法让凤凰运转起来。那是个大问题。"

这是很保守的说法。如果上午 8 点没有完成发布,门店里用来与客户结账的销售系统节点就无法工作。那就意味着我们无法完成客户交易。

韦斯点头说:"威廉说得对。我们整晚都得呆在这儿了。而且性能比我原来预想的还要差。我们至少还需要二十台服务器来分摊负载,我不知道在这么短的时间里去哪儿找那么多服务器。我已经叫人赶紧去找备用硬件了。也许我们还得把生产线上用的服务器抢过来。"

"现在停止部署还来得及吗?"我问,"到哪个时间点之后就再也没有回头路了?"

"这个问题问得好,"韦斯缓缓回答,"我得和布伦特商量一下。不过我认为现在停止部署是没有问题的。但是,等我们开始转换数据库,让它同时接受店内 POS 系统和凤凰的指令时,事情就板上钉钉了。按照现在的速度,我想这不是几个小时就能完结的。"

我点点头。我已经得到了足够多的必要信息。

"伙计们,我要给史蒂夫、克里斯和莎拉发一封电子邮件,看看能否推迟部署时间。然后我要去找史蒂夫当面谈。也许我能为大家多争取一周的时间。不过,见鬼,哪怕多争取一天也是胜利。有意见吗?"

韦斯、帕蒂和威廉一言不发,只是忧郁地摇摇头。

我转向帕蒂:"和威廉一起想想办法,在发布过程中更好地统筹协调。去开发人员那里,扮演空中交通管制员的角色,确保在每件东西上都贴好标签,注明版本。然后让韦斯和团队知道哪些事情发生了变化。我们需要更清楚地掌握情况,并且要有人在里头维持秩序,确保大家按流程办事。我希望不论是交付新代码、可控的每小时例行发布,还是文档记录等工作,都只能是单一入口的。明白我的意思吗?"

她说:"乐意效劳。我会先从凤凰作战室开始。必要的话,我会一脚踹开门,然后说'我们是来帮忙的……'。"

我朝他们点头致谢,然后来到笔记本电脑前写电子邮件。

> 发件人:比尔·帕尔默
>
> 收件人:史蒂夫·马斯特斯
>
> 抄送:克里斯·阿勒斯、韦斯·戴维斯、帕蒂·麦基、莎拉·莫尔顿、威廉·梅森
>
> 日期:9月12日,晚7:45
>
> 优先级:最高
>
> 主题:紧急:凤凰部署遇到大麻烦——我的建议:推迟一周
>
> 史蒂夫,
>
> 我首先要说明,我和其他人一样盼望凤凰投入使用。我明白这件事对公司来说至关重要。
>
> 但是,根据我所看到的情况,我相信在明天上午8点的最后时限到来时,我们还不能启动凤凰。重大风险是,这甚至可能会影响到店内POS系统。
>
> 我和威廉进行了讨论,我建议把凤凰的上线时间推迟一周,以便提高其达成目标的可能性,并阻止一场在我看来几乎注定会发生的灾难。
>
> 我认为,我们目前面临的问题,其严重程度就和"1999年11月感恩节玩具反斗城"列车事故相当,也就是说,各种故障和性能问题将让我们流失顾客,丢掉订单。
>
> 史蒂夫,几分钟后我就给你打电话。
>
> 此致
>
> 比尔

我花了点时间整理思绪,然后给史蒂夫打电话,他立刻接起了电话。

"史蒂夫,我是比尔。我刚才给你、莎拉和克里斯发了封电子邮件。毫不夸张地说,这次试运行的进展情况已经糟糕透顶。这会让我们搬起石头砸自己的脚。就连威廉也同意我的观点。现在,我的团队极其担心,试运行不能在东部时间明天上午8点门店开始营业前及时完成。那可能会破坏门店的销售能力,并可能导致网站出现多重服务中断。"

"现在阻止这场列车事故还为时不晚。"我苦苦央求,"失败就意味着我们无论从实体

商店还是互联网上都难以获得订单。失败也可能意味着危及并损坏订单数据和客户记录，也就是说会丢失客户。推迟一周只不过会让客户感到失望，但至少他们还是会回来的！"

电话里传来史蒂夫的呼吸声，然后他回答："听起来很糟糕，但事已至此，我们别无选择，只能继续下去。市场营销部已经买下了周末报纸的广告位，宣布凤凰正式上线。这些广告已经买好并付了钱，并且正在寄往全国各地千家万户的路上。我们的合作伙伴都已经整装待发了。"

我惊讶得目瞪口呆，说："史蒂夫，情况得有多糟糕，你才肯推迟这次发布？我告诉你，这次试运行将是非常鲁莽的冒险！"

他沉默了一会儿，说："跟你说吧，要是你能说服莎拉推迟试运行，那我们就谈谈。否则的话，继续努力吧。"

"开什么玩笑？她正是造成这场自杀式混乱的始作俑者。"

我想都没想，就挂断了史蒂夫的电话。有那么片刻，我想到要回电致歉。

虽然很不情愿，但我还是觉得自己欠公司最后一搏，去阻止这疯狂的行动。也就是说，我要去和莎拉当面谈。

回到凤凰作战室，这里闷热异常，挤满了人，由于紧张和恐惧，大家都不停地冒汗。莎拉独自端坐，在笔记本电脑上打字。

我大声招呼她："莎拉，我们能谈谈吗？"

她指了指身边的椅子说："当然。怎么了？"

我压低声音说："我们去走廊上谈吧。"

我们沉默着走到屋外，我问她："从这儿看，发布工作进行得怎么样？"

她含糊地说："你也知道，为了行事高效，总得经历些曲折，对不对？在技术层面，总会有些始料不及的事情发生。要是你想做煎蛋卷，那总得打破一些鸡蛋才成。"

"我想，和你们平时的试运行相比，这次情况要差一些。我相信你已经看到我的电子邮件了，对不对？"

她只是说："对，当然了。那你看到我的回复了吗？"

该死。

我说："没有。但是，在你解释之前，我要确认一下你是否充分理解这次发布将给公司带来多大的副作用和风险。"然后，我几乎是逐字逐句地重复了几分钟前对史蒂夫说的话。

毫不奇怪，莎拉不为所动。我话音刚落，她就说："长久以来，我们都为了凤凰而卖力工作。市场营销部已经准备好了，开发部也准备好了。除你之外，所有人都已经准备好了。我以前就告诉过你,追求完美是成事的大敌,但你显然当成了耳旁风。我们必须继续前进。"

我居然浪费了那么多时间来对牛弹琴,连我自己都感到诧异了。我只能摇着头说:"不,缺乏竞争力才是成事的大敌。记住我的话。由于你的愚蠢决定,我们将要用好几天甚至好几周的时间来收拾残局。"

我冲回 NOC,读了莎拉的电子邮件,愈加恼火了。我强压住立刻回信、火上浇油的冲动,同时抑制住删掉这封邮件的冲动——说不定今后我还要用它来自证清白呢。

> 发件人:莎拉·莫尔顿
>
> 收件人:比尔·帕尔默、史蒂夫·马斯特斯
>
> 抄送:克里斯·阿勒斯、韦斯·戴维斯、帕蒂·麦基、威廉·梅森
>
> 日期:9月12日,晚8:15
>
> 优先级:最高
>
> 主题:回复:紧急:凤凰部署遇到大麻烦——我的建议:推迟一周
>
> 每个人都做好了准备,唯独你没有。市场营销、开发、项目管理等部门都全力以赴地扑在这个项目上。现在轮到你了。
>
> 我们必须继续!
>
> 莎拉

我突然感到一阵恐慌,我都好几个小时没给过佩奇任何消息了。我给她发了一条短信:

> 晚上情况更糟了。我至少还得在这儿多呆几个小时。明早再和你联系。爱你。

亲爱的,祝我好运吧。

有人拍了拍我的肩膀,我回头一看,原来是韦斯。他说:"老大,我们遇到了一个非常严重的问题。"

他的神色让我心惊肉跳。我立刻站起身跟随他走向房间的另一侧。

"还记得我们说过,晚上 9 点就是再无回旋余地的时间点吗?我一直在跟踪凤凰数据库转换的进展情况,它比我们原先设想的要慢上几千倍。几小时前就应该完成转换,但现在只完成了 10%。也就是说,全部数据要到周二才能转换好。我们完全搞砸了。"

也许是我太累了,我没能理解他说的话。我说:"这有什么不妥吗?"

韦斯再次试着解释:"那个脚本得在 POS 系统启动之前完成。我们既不能停止脚本,也不能重启它。显然,我们没法让它加快速度。我认为可以黑进凤凰,那样它就能运行了,但我不了解店内 POS 系统——我们手头没有这个系统,无法在实验室里做测试。"

该死。

我在开口前想了又想，然后问："布伦特？"

他只是摇了摇头。"我已经叫他看了一会儿。他认为是有人过早打开了数据库索引，因此减慢了插入速度。不过，除非损坏数据，现在我们对此已经无能为力了。我让他回去部署凤凰了。"

"其他事情进展如何？"我问，想对形势有一个全面的了解，"性能有没有提高？数据库维护工具有没有更新？"

"性能还是那么差。"他说，"我认为有个很大的内存泄漏，而且还是在没有用户使用的情况下。我的手下怀疑，之后我们得每隔几小时就重启一大堆服务器，才能避免它炸毁。该死的开发人员……"

他继续说："我们四处搜刮，又找到了十五台服务器，有些是新的，有些是从公司的各个角落里拽出来的。信不信由你，现在数据中心的机架上没有足够空间安置这些服务器了。我们只得花大力气重新布线、重新搭架子，把各种垃圾移来移去。帕蒂刚才发出通知，把她的全部人马都叫过来帮忙。"

我大吃一惊，感到自己的眉毛都耸得快要碰到发际线了。然后我弯下腰，大笑起来。我说："哦，我的神啊。我们终于找到服务器了，现在又找不到地方放它们了。太神奇了。我们连喘口气的时间都没有！"

韦斯摇着头。"你知道，我从朋友那儿听说过类似的故事。但我们这次的部署失败简直是空前绝后。"

他继续说："最神奇的部分在这儿：我们对虚拟化投入巨资，这本该让我们避免此类麻烦。但是，开发部解决不了性能问题，却归咎于虚拟化。所以，我们只能把所有东西都挪回实体服务器！"

真没想到，克里斯提出这个激进的试运行日期，理由就是虚拟化可以救我们一命。

我擦了擦眼睛，强忍住笑："开发人员答应给我们的数据库支持工具怎么样了？"

韦斯的笑容立刻消失了，说："全是垃圾。我们的人很快就得手动编辑数据库，来修正凤凰产生的各种错误了。我们还得手动启动补货功能。我们仍在摸索，凤凰还会需要多少这样的手动工作。这样很容易出错，而且需要大量人手。"

我蹙着眉，盘算着这会占用我们更多的人手，而这些枯燥的工作本该是由那个破应用程序来做的。没有审计轨迹、没有恰当管制的直接数据修改，最让审计师担忧了。

"你在这儿干得很棒。我们的当务之急是弄明白未完成的数据库转换会对店内 POS 系统产生怎样的影响。找些彻底了解那些事情的人，问问他们的想法。如果有必要，从莎拉的团队里找个处理日常零售业务的人过来。要是能弄来一台可以登录的 POS 设备和服务器，看看我们对POS系统会有什么样的影响，那就更好了。"

"明白了。"韦斯点点头说，"我知道有个人能做这事儿。"

我目送他转身离开，四处环顾，想要弄清楚我自己应该置身何处。

窗户上开始透出晨光，照亮了堆积如山的咖啡杯、纸张及各种杂物。在墙角，一个开发人员在几张椅子底下打瞌睡。

我刚刚跑去卫生间洗了把脸、刷了下牙。我感到清醒了些，但我已经很多年没有通宵熬夜了。

玛姬·李是零售项目管理部高级总监，也是莎拉的下属。她正在召开早晨7点的紧急会议，会议室里挤进了近30人。她用疲倦的嗓音说："这是史诗般的一夜，我向每一位为完成凤凰任务而努力的人致敬。"

"大家知道，之所以召开这次紧急会议，是因为数据库转换出了问题。"她继续说，"也就是说，所有店内POS系统都会宕机，那就意味着门店的收银机将无法工作。也就是说，得手动收银，手动刷卡。"

她补充道："好消息是，凤凰网站已经上线并运行了。"她指了指我说，"我要感谢比尔和IT运维部全体员工，让此事成为现实。"

我烦躁不安地说："相比凤凰，我宁愿让那些POS系统上线。NOC里已经炸翻天了。过去一小时里，所有电话都响个不停，因为门店的人都在尖叫，说他们的系统没有响应。就像杰里·刘易斯（美国著名喜剧电影演员）在那儿录节目一样热闹。和你们大家一样，我的语音邮箱已经被120家门店员工的来电塞满了。单是为了守住电话，我们就得抽调更多人手。"

仿佛为了强调我的观点似的，桌上有一部手机应景地振动起来。

"我们得采取主动。"我对莎拉说，"我们得向门店的每个人都发一份摘要，尽可能快地概述发生的事情，并就如何在没有POS系统的情况下进行操作做出更加具体的指示。"

有一瞬间，莎拉看起来茫然若失，然后她说："那是个好主意。不如你来起草这封电子邮件，然后我们发给各家门店？"

我目瞪口呆地说："什么？我可不是门店经理！让你的团队来起草，克里斯和我可以检查一下它是否准确。"

克里斯点了点头。

莎拉环顾四周。"好吧。接下来几小时里我们会拿出点东西来。"

"开什么玩笑？"我大喊道，"东海岸的门店还有不到一小时就要开门了，我们现在就得拿出东西来！"

"我来处理这件事。"玛姬举起手说。她立刻打开笔记本电脑打起字来。

我用双手夹紧头部，想试试能否缓解头痛。不知道这次试运行还会变得多糟糕。

到了周六下午 2 点，事态愈发不可收拾，糟糕程度不断突破我原本以为的底线。

现在，所有门店都以手动备用模式运营。所有销售都通过手动信用卡刷卡器来处理，一叠叠的影印复写纸堆放在鞋盒里。

门店经理们已经叫店员跑去当地的办公用品店，为刷卡器搜寻更多的复写纸，还叫员工跑去银行换零钱。

使用凤凰网站的客户抱怨，网站不是宕机就是慢到无法使用。我们甚至上了推特热门话题榜。在看过我们的电视和报纸广告后，所有原本兴致勃勃尝试新服务的客户都开始抱怨 IT 大败笔。

而那些成功在线订购的客户则在去门店提货时才如梦初醒。那时我们发现，凤凰似乎会随机丢失交易，而在其他情况下，它又会从客户信用卡上划走两倍乃至三倍的费用。

因为我们可能已无法保证销售订单数据的完整性，财务部的安愤怒地驾车赶了过来。现在她的团队已经在走廊对面建立了另一间作战室，接听门店的来电，处理问题订单。中午时分，数百名愤怒客户的传真从各门店发来，已经堆成了小山。

为了支持安，韦斯带来了更多工程师，为安的员工创建了一些工具，以便处理失败交易不断累积的工作。

我第三次走过 NOC 会议桌时，觉得自己已经疲劳过度，帮不上任何人的忙了。此时差不多是下午 2 点 30 分。

韦斯正在和房间对面的一个人争论，等他结束后，我对他说："让我们面对现实吧，这将是场持久战。你撑了多久了？"

他打了个呵欠回答："我睡过一小时了。哇哦，你看上去糟透了。回家休息几小时吧。这里的事情我会处理的。如果有事我就给你打电话。"

我累得无力争辩，谢过他就离开了。

手机突然响起，我被惊醒，弯腰抓起手机。此时是下午 4 点 30 分。电话是韦斯打来的。

我甩甩头，让自己显得清醒一些，然后接起电话："怎么了？"

我听到他说："坏消息。简而言之，推特上疯传凤凰网站正在泄露客户的信用卡号。他们甚至贴出了截屏。显然，当你清空购物车时，会话崩溃，并显示出上一个成功订单的信用卡号。"

我已经跳下床，走向浴室冲澡。"给约翰打电话。他要忐忑不安了。关于这个，可能会有相关的协议，涉及大量文书工作，甚至可能还有法律规定。也许还有律师。"

韦斯回答："我已经和他通过电话了。他和团队正在赶过来。他已经气疯了。他的声音听起来活像是电影《低俗小说》里的那个家伙。他甚至还引用了电影里主人公为了报复，把人暴打一顿时的台词。"

我笑了。我喜欢约翰·特拉沃尔塔和塞缪尔·L.杰克逊主演的那场戏。我也不想把我们这位温和的 CISO 和暴力的混混角色联系在一起，但是常言道，总得提防着闷罐子。

我迅速冲了个澡，跑进厨房拿了几根儿子爱吃的奶酪棒，上了车，再次开车赶回办公室。

上了高速公路，我给佩奇打电话。她立刻接起电话："亲爱的，你上哪儿去了？我在上班，孩子们在我妈那里。"

我说："其实我刚才在家呆了一小时。我一爬上床就睡着了，但后来韦斯打来了电话。显然，凤凰应用程序正在显示全世界人民的信用卡号呢。这可是个严重的安全漏洞，所以我立马开车回办公室了。"

我听到她不以为然地叹了口气，说："你已经在那里工作十多年了，从来没有像现在这样加班加点过。我真的不清楚，对于你这次升职，我该高兴还是惋惜。"

"我也是，宝贝……"我说。

第 13 章

9月15日，星期一

到了周一，凤凰危机已经演变成了一场公关丑闻。它上了所有技术网站的头条新闻。有传言说，一个华尔街日报的人想对史蒂夫进行一次现场纪实采访。

我好像听见史蒂夫提到我的名字，不由得浑身一颤。

茫然四顾，我意识到自己正在上班，并且一定是在等待凤凰汇报会开始的时候睡着了。我悄悄瞄了一眼手表。上午11点04分。

我看了看手机，才弄明白今天是周一。

有那么一会儿，我回想着周日去了哪儿，但是看到史蒂夫正涨红着脸，对整个会议室的人发表演说，我又重新集中注意力。

"别管这是谁的错。我可以肯定，在我任内，绝对不会再发生这样的事。但现在，我可不想同时陷入两个该死的噩梦——我们大规模地欺骗了客户和股东。我只想听听，我们怎样才能摆脱困境，恢复正常的业务运营。"

他转向莎拉，指着她说："除非所有门店经理都说他们可以正常交易了，否则你难辞其咎。手动刷卡器？当我们是什么？第三世界国家吗？"

莎拉冷静地回答："我完全理解这有多么不可接受。我保证，我手下的全体员工都明白他们负有责任与义务。"

"不。"史蒂夫迅速而阴沉地回答，"说到底，你才是最应该行事可靠、认真负责的那个人。别忘了这一点。"

我心中着实感到一阵宽慰，也许史蒂夫已经挣脱了莎拉的魔咒。

他再次把注意力转向会议室，严肃地说："只要有门店经理提出总部没有做到实时支援，你们每个部门都必须在十五分钟内派出人来接手。希望你们空出时间来。别找借口。"

"我指的是你们这几个，莎拉、克里斯、比尔、柯尔斯顿、安，还有你，约翰。"他说，叫到谁的名字就指着谁。

干得好，约翰。你终于引起了史蒂夫的注意，不过选的时机可真够好的。

他继续说："我两小时后回来。现在我要和另一个记者通电话，就是为了这个烂摊子！"

他大力甩上门走了，墙都被震得晃了几下。

莎拉打破了沉默："好吧，你们都听到史蒂夫讲的话了。我们不仅要让POS系统启动，还必须解决凤凰的可用性问题。媒体正狂热地盯着我们的订单接口迟缓和延时问题呢。"

"你疯了吗？"我身体前倾，说道，"我们能让凤凰苟延残喘几乎已经算是奇迹了。韦斯说过，我们每小时都主动把所有前端服务器重启一遍，他可没有开玩笑。我们绝不能再引进新的不稳定因素了。我提议，代码试运行每天只能进行两次，并且限制所有影响性能的代码变更。"

让我惊讶的是，克里斯立刻附和："我同意。威廉，你怎么看？"

威廉点点头说："完全同意。我建议通知开发人员，提交的代码必须标注对应某个性能问题的缺陷编号。没有标注的都要退回。"

克里斯说："够好了吧，比尔？"

我对这个解决方案非常满意，于是说："好极了。"

尽管韦斯和帕蒂看起来也同样满意，对开发部突然表现得那么配合而受宠若惊，莎拉却不满意。她说："我不同意。我们必须对市场做出反应，而市场告诉我们，凤凰太难用了。我们不能搞砸这个。"

克里斯回答："看，关于可用性测试和校验的时间段是在几个月前。如果我们从一开始就没弄好可用性测试，到后面真枪实干的时候就没法再更正了。让你的产品经理们按照修订过的原型和方案工作。等这次危机告一段落，我们会立即加入进来的。"

我赞成他的立场，说："我同意。"

"你提出了一些很好的观点。我批准了。"她说，显然意识到自己无法赢得这场辩论。

我不确定莎拉是否有权在这儿批准什么。不过所幸的是，话题很快转到如何恢复POS的功能上。

我把自己对克里斯的评价提升了好几个等级。但我依然认为他曾是莎拉的帮凶，不过暂且先观其后效，再下定论。

离开凤凰作战室后，我看到走廊对面安及其团队处理问题订单的房间。我突然被好奇心战胜了，很想看看他们是怎么干的。

我敲门进去，嘴里还嚼着从会场上拿来的走了味的百吉圈。从周六开始，比萨、糕点、焦特可乐、咖啡就源源不断地送进来，让全体人马能够坚守岗位。

我面前是一副狂热行动的景象：从门店发来的传真在桌上堆积如山，12个人鱼贯而行。每份传真都是一个问题订单，等着交给一大群抽调来的财务人员和客户服务代表。他们的工作是对传真来的每一笔交易进行去重或撤销操作。

在我前方，四个财务人员坐在另一张桌子边上，在十键计算器和笔记本电脑上十指如飞。他们正通过手动方式把订单制成表格，设法测算出这场灾难究竟有多大规模，并做好对账工作，查找错误。

他们在墙上不断更新着汇总数据。到目前为止，重复付款或丢失订单的客户已经有5000人，此外还有大约25 000笔交易需要调查。

我难以相信地摇了摇头。史蒂夫说得对，这一次我们大规模地欺骗了客户。真是难堪透顶。

另外，我不得不佩服财务部的人处理这个烂摊子的手法。看上去有条不紊，每个人各司其职。

我身边有人说："又一次凤凰事故，啊哈？"

是约翰，他和我一样看着这幅景象。他没有说"我早就告诉过你了"，不过差不多就是这意思。当然啦，他拿着那个无处不在的黑色三孔活页夹。

约翰用手掌拍了拍脸。"假如这发生在我们的竞争对手头上，我一定笑翻了。我再三和克里斯说，存在这样的可能性，但他不听。我们现在正为此付出代价。"

他走近一张桌子，看上去很担心。当他拿起一叠文件时，我看到他骤然绷紧了身体。他翻了翻文件，面如土色。

他走回我身边，低声说："比尔，我们遇到了一个很严重的问题。出去说，现在就走。"

"看看这张订货单，"我们来到屋外，他哑声说道，"你看出上面的问题了吗？"

我看着那张纸。那是一张订货单的扫描件，歪歪扭扭的，而且分辨率很低。采购的是几种汽车零部件，金额为53美元，看上去合情合理。

我说："你为什么不直接告诉我呢？"

约翰指向扫描的信用卡和客户签名边上一个潦草的手写数字。"那个三位数字是信用卡背面的CVV2码。那是用来防止信用卡诈骗的。根据支付卡行业规范，不允许我们存储或提交磁卡磁条第二磁道上的任何信息。哪怕只是获得这个信息，都自动视为持卡人数据泄露，并要加以处罚，甚至可能会上新闻头条。"

哦，不。又来了。

他好像读懂了我的想法，继续说："对，不过这次更糟。不只是上本地新闻，想象一下，史蒂夫将出现在各地各家媒体的头条，我们每一个顾客、每一家门店所在的地方都能看到。然后他要飞到华盛顿特区，参议员们将代表所有义愤填膺的选民对他展开拷问。"

他继续说："这件事真的很严重。比尔，我们必须立刻把这些信息全部销毁。"

我摇头说："不行。我们得把那些订单处理完，那样才不会从客户那里多收钱，甚至收双倍的钱。这是我们的义务，否则我们就会从客户那儿收取不该收的钱，最终还得退还给他们。"

约翰按住我的肩膀，说："也许那看上去很重要，但它只是冰山一角。因为凤凰泄露了持卡人数据，我们已经有大麻烦了。恐怕这件事也同样严重。罚款金额是根据受影响持卡人的数量确定的。"

他指着那些文件说："这可能会让我们的罚金翻倍，甚至更糟。你以为我们的审计师都是吃素的？这件事将会让他们比现在还要难缠十倍，因为今后他们会永远把我们归类为1级商家。他们甚至还会把我们的手续费从百分之三提高到……天晓得会提高到多少？那样的话，我们零售门店的毛利可能会减半，而且……"

他说到一半，打开黑色三孔活页夹，翻到一页日程。"哦，该死！PCI审计师今天就在这里演练业务流程。他们正在二楼向订单管理人员了解我们的运作情况。他们还要用这间会议室呢！"

"开什么玩笑。"我说，恐惧感开始袭来。我很惊讶，经过三天持续不断的刺激，我居然还能感到慌张。

我转过头，透过会议室大门的玻璃，清清楚楚地看到全体财务人员都在处理客户问题订单。该死。

"听着，"我说，"我知道，有时候大家觉得你不是我们这边的人，但我真的需要你帮忙。你要想办法阻止审计师到这层楼来。最好不要让他们踏进这栋楼。我会给窗户挂上窗帘，也许还得挡住门。"

约翰注视着我，然后点点头。"好，我来应付审计师。不过我还是觉得，你没有完全理解问题的严重性。我们作为持卡人数据的保管者，不应该让几百个人都能接触到这些数据。失窃和诈骗的风险太高了。我们必须立刻销毁数据。"

问题源源不断，我忍不住苦笑起来。

我强迫自己集中注意力，缓缓地说："好，我会确保财务人员理解并处理好这件事。也许我们可以扫描所有单据，然后装船送去一家离岸公司。"

"不，不，不。那样更糟！"他说，"记住，我们不准传送它，更别说送去第三方了。明白吗？看，就是这样，我们可以发出似是而非的否认声明，我会假装刚才什么也没听见。你得想出销毁所有违禁数据的办法来！"

约翰提到似是而非的否认，我对此感到火冒三丈，不管那是出于好心还是恶意。我深吸一口气,对他说:"别让那些审计师来这层楼,我会操心信用卡痕迹的事儿。好不好?"

他点头说:"明白。等我把那些审计师安置到安全的地方,就给你打电话。"

我望着他沿走廊快步走向楼梯,不断对自己说:"他只是在履行职责。他只是在履行职责。"

我低声咒骂,然后转身望向会议室。现在我看见了门上悬挂的打印标牌,上面写着:"凤凰POS恢复作战室"。

我突然觉得自己像是在电影《老板度假去》的场景里,在职业杀手的眼皮底下,一群十几岁的小男孩要想方设法藏匿一具尸体。然后我又想,这是否更像是传说中安达信办公室里发生过的那次规模巨大、通宵达旦的销毁证据事件,这家审计事务所在安然公司倒闭后受到调查。我是不是变成了销毁重要证据的同谋?

真是一团糟。我摇摇头,走回会议室传达这个坏消息。

我终于在下午2点30分回到了NOC,并在回办公室的路上调查了这场大屠杀。为了有更多开会的地方,七张桌子又被添置进来,每张桌子周围都聚着一些人。很多桌子上和房间一角都堆放着空比萨盒。

我在办公桌边坐下,如释重负地叹了口气。我花了将近一小时和安的团队一起研究持卡人数据问题,又花了半小时和他们争辩,证明这的确是他们的问题,而不是我的问题。我告诉他们我可以帮忙,但我的团队为了保持凤凰运行已经分身乏术,无法再承担更多的责任了。

我惊奇地发现,这可能是我担任这个职务以来,第一次能够对公司里的人说"不"。要不是我们几乎单枪匹马地维持着门店订单输入系统正常运行,我怀疑自己是否还能做到这一点。

我正在沉思,手机响了。是约翰打来的。我快速接起电话,希望在审计师的事情上有所进展。"嘿,约翰。事情进展得怎么样?"

约翰回答:"不算糟。我让那些审计师呆在我身边了,就在7号楼。我已经重新作了安排,因此所有访谈都将在这里进行。他们不会走近凤凰作战室了,而且我已经明确告诉9号楼的安保人员,不要让他们跨过前台。"

看到约翰几乎破坏了所有规矩,我哑然失笑。"太好了。谢谢你把事情都处理好了。而且,我想你可以帮助安搞清楚怎样才能遵守关于持卡人数据的规定。我已经尽我所能帮忙了,但是……"

约翰说:"没问题。我很乐意帮忙。"

他迟疑片刻,说:"有件事我本不想现在提的,不过,今天你本该向内部审计提交

SOX-404答复函的。这件事进行得怎么样了？"

我大笑起来："约翰，我们本来计划，完成凤凰部署后，用周末的时间完成那份报告的。但是，如你所知，事情没有完全按照计划进行。我想周五开始就没人有空理会这件事了。"

约翰用非常关切的语调说："你知道，全审计委员会都盯着这个，对不对？如果没能按时完成，我们每个人都会因为严重的失控问题而得到红牌。这可能也会延长外部审计。"

我尽可能通情达理地说："相信我，假如有什么我能做的，我一定会去做。但是现在，我的整个团队都在没日没夜地支持凤凰的恢复工作。即使他们已经完成了那份报告，而我只需弯腰把它捡起来，我也做不到。我们已经忙成这样了。"

当我说出我们团队已经在满负荷运作，没有任何余力再接新的任务，而且别人确实相信了我的时候，我感到轻松极了。

我听到约翰说："你知道，我可以腾出两个工程师。也许他们可以帮忙，给评估整改工作做些跑腿的活儿？或者，如果你需要的话，我们还可以把他们放进技术资源库，帮助开展恢复工作。他们的技术都很好，而且很有经验。"

我的耳朵竖了起来。我们已经把所有人都分配出去，从事这次紧急事件处理所需要的各种工作了，他们大多至少熬了一个通宵。有些人在监控脆弱的服务器和系统，有些人在帮忙接听门店经理的来电，有些人在帮QA构建系统和写入测试，还有一些人在帮开发部重现问题。

我立刻说："那会非常有帮助的。给韦斯发一封邮件，挨个介绍一下你的工程师。如果他不急着用他们的技术，我会给他们分派一些撰写整改评估的任务，只要这不会打断凤凰的工作。"

"好，棒极了。"约翰说，"我等一下就给韦斯发消息，我会把他和我的决定告诉你的。"

他离开了，我开始在想，说不定运气好的话，我们可以找个人来做回应审计报告的工作。

然后我怀疑自己是否真是累过头了，我居然在一天之内同时找到了感谢开发部和安全部的理由，世界真奇妙。

第 14 章

9月16日，星期二

周一深夜，我们稳定了局面。与克里斯的团队同心协力，门店终于又能使用收银机了，但是大家都知道这只是临时性的解决方案。但至少我们不用再保留敏感的持卡人数据了，这让约翰松了一大口气。

上午10点37分，我和克里斯一起站在史蒂夫的办公室外。他倚着墙，闷闷不乐地看着地板。安、约翰和柯尔斯顿也在这里排队等待，就像一群犯了错的小学生等在校长室门口。

通向史蒂夫办公室的门打开了，莎拉走了出来。她脸色铁青，都快哭出来了。她是第一个进去的，而且不到十分钟就出来了。

她带上门，吁了口气，对克里斯和我说："轮到你们了。"

"管他的呢……"我说着打开门。

史蒂夫站在窗边，俯视着企业园区。"先生们，坐吧。"

我们坐下来，史蒂夫在我们面前来回踱步。"我已经和莎拉谈过了。作为项目主管，我认为她应对凤凰的成败负责。我不知道是我的领导力出了问题，还是莎拉用错了人。"

我差点惊掉了下巴。难道在这次灾难中，莎拉不知怎么的又想办法逃脱了责任？整件事可都是她的错！

史蒂夫对克里斯说："我们为这个项目投入了2000万美元，其中大部分都用在你的团队里。从我的立场来看，入不敷出的部门就该趁早关门。然而，由于你造成的损害，半个公司都被弄得鸡飞狗跳，帮你收拾残局。"

他又转向我们两个人说："在年景好的时候，我们公司的净利润曾经达到5%。也就是说，要想赚到100万美元，我们就得卖出2000万美元的产品。天晓得上个周末，我们损失了多少销售额，又永远失去了多少忠实的客户。"

他又开始踱步了。"我们对客户造成了严重的伤害。他们都是需要修好汽车去上班的人。他们是和孩子一起动手完成项目的父亲们。我们还欺骗了一些最好的供应商和公司客户。"

"为了安抚那些实际使用凤凰的人,市场营销部正在发放面值 100 美元的优惠券,我们会为此花费几百万美元。得了吧!我们本该从客户那里赚来钱,而不是给客户发钱!"

作为一名前军官,我知道在有些时候、有些场合,需要叱责一些人。但这也太过了。"恕我冒犯,先生。难道这些我都不知道吗?我给你打了电话,解释过将会发生的事,恳求你推迟发布。你不仅充耳不闻,还告诉我应该相信莎拉。你对整件事又该负什么责任?还是说你让她来代替自己思考了?"

我边说边意识到,这样说出真实的想法可能会犯下大错。也许是连续几周的危机让我肝火过旺,但是激怒史蒂夫的感觉可真好。真的很好。

史蒂夫停下脚步,用手指着我的前额说:"我对责任的理解,比你一辈子能学到的还要多。我受够了你玩电影《四眼田鸡》里的那一套,整天嚷嚷着天要塌了,事后再高高兴兴地说'我早就告诉过你了'。你得带着实际解决方案来找我。"

我冲着他说:"差不多两周前,你的跟班莎拉提出这个疯狂的计划后,我就确确实实地告诉过你会发生什么事了。我向你提出过一个时间线,本可以避免之后的事情发生。你现在说我理应做得更好?我洗耳恭听。"我又故意毕恭毕敬地加上一句,"先生。"

"我来告诉你,我需要你做些什么。"他冷静地回答,"我需要业务部门告诉我,他们不再受你们 IT 部门的钳制。我担任 CEO 以来,一直都听到这样的投诉。IT 拖累了每一项重要举措。与此同时,竞争对手们却把我们远远甩在身后,让我们备受羞辱。该死的,我们做屁大点事儿都有 IT 的人在那里碍手碍脚。"

他深吸一口气,继续说:"这些都不是我今天找你们的原因。我叫你们来,是要告诉你们两件事。第一,托这次最新 IT 失败的福,董事会坚决要求我们就拆分公司展开调研。他们认为,把这家公司分开出售会更值钱。我反对这么做,但他们已经安排了顾问,开始在公司内部进行可行性调查。我对此已经无能为力了。"

"第二,我不想再和 IT 玩俄罗斯轮盘赌了。凤凰恰恰告诉我,IT 部门也许无法胜任我们这里的发展需求。也许它就不在我们的 DNA 里。我已经给迪克开绿灯,让他研究一下外包所有 IT 业务的事,并要求他在九十天内选好供应商。"

外包所有 IT 业务。天哪。

那就意味着,在我部门中的每个人都可能会失业。

那就意味着,我也可能会失业。

我立刻冷静下来,意识到刚才激怒史蒂夫时所感受到的得意和自信都只是幻觉。他大权在握,只要大笔一挥,就能把我们统统外包给不知从地球上哪个角落里冒出来的报价最低的投标人。

我打量了克里斯一眼,他看起来和我一样震惊。

史蒂夫继续说:"我希望你们全力支持迪克。假如你们能在接下来的九十天里做出一些奇迹,我们会考虑保留 IT 部门。"

"谢谢,先生们。请把柯尔斯顿叫进来。"他最后说。

"对不起,我迟到了。"我说,跌坐在克里斯对面的座位上。

带着与史蒂夫面谈后的惊愕,我们决定一起吃午餐。他面前放着某种果味饮料,上头装饰着一把小伞。我以前一直以为他喝酒的风格是粗放型的,比如喝蓝带啤酒,而不是某种单身派对上喝的混合饮品。

他幽默地笑了:"相信我。我可没心思去计较你迟到十分钟这种小事儿。点杯饮料吧。"

佩奇多次告诫我,不能相信这个人。她对人有着敏锐的直觉,不过但凡涉及与我有关的人,她就会变得充满戒心,这让我觉得有些好笑。毕竟,我是个前海军陆战队员,而她只是个"好护士"。

"给我来杯皮尔森啤酒,随便哪种都成。"我对女服务员说,"再来一杯苏格兰威士忌加水。今天真是糟透了。"

"我也听说了。没问题,宝贝。"她笑着回答。她又问克里斯:"你要再来一杯迈泰鸡尾酒吗?"

他点点头,把空杯子递给她。那么说来,迈泰鸡尾酒就是长这样的。我从来没有尝过。我们海军陆战队出来的人总是很在意被人看到在喝哪种酒。

克里斯端起水杯说:"为共赴法场干杯。"

我无精打采地笑笑,端起我的杯子。我觉得应该显得乐观些,于是说:"祝我们早点找到办法争取缓期执行。"

我们碰了碰杯子。

"你知道,我一直在琢磨,"克里斯说,"也许把我们部门的业务全部外包出去,也不算太糟。我一直在从事软件开发工作。我已经习惯了,大家都要求出现奇迹,期盼那些不可能发生的事,人们在最后一刻改变需求,不过,经历了最近这次噩梦般的项目,我想,也许是时候做些改变了……"

简直难以置信。克里斯一直充满信心,甚至有些骄傲自大,看上去确实非常热爱自己所从事的工作。"什么样的改变?你想在佛罗里达开一家迈泰酒吧什么的?"

克里斯耸耸肩。他垂下眼帘,我能看到他眼睛下方的大眼袋,以及满脸疲惫的神态。"我曾经热爱这工作,但过去十年来,它变得困难多了。技术日新月异,变化之快让人几乎很难再跟上了。"

女服务员端着我们的饮品回来了。在工作午餐时喝酒，我感到有些内疚，但转念一想，又觉得自己完全有权利这么做。过去两周里，我奉献给公司的个人时间已经够多的了。克里斯痛饮一口，我也一样。

他继续说："程序员们，乃至像我这样的经理，每隔几年要学的东西都几近疯狂。有时候完全是全新的数据库技术，全新的编程或项目管理方法，或者全新的技术交付模型，比如云计算。"

"一个人可以有几次做到把自己原有的知识全部抛下，去迎合最新的趋势？隔一段时间我就会对着镜子问自己：'今年我该放弃吗？我今后的职业生涯会不会一直从事 COBOL 维护，或者变成另一个过气的中层经理？'"

我同情地笑了。我选择从事幕后的技术工作，我曾经乐此不疲。我是说，在史蒂夫把我扔回遍布鲨鱼的巨大水池之前。

他摇摇头继续说："要说服业务部门去做正确的事情越来越困难。他们就像走进糖果店的小孩子。他们在飞机杂志上读到，可以在云端管理整个供应链，每年只要 499 美元，然后这突然就成了公司的主要行动。当我们告诉他们，事实上没那么简单，并演示做好这个要付出什么样的代价时，他们就不见了。他们去哪儿了？去和维尼表兄或者其他推销外包服务的家伙谈了，那些人许诺，能用十分之一的时间和价格做成这件事。"

我笑了。"几年前，有个市场营销部的人要我的工作组为一个数据库报告工具提供支持，那个工具是他们的暑期实习生编写的。对一个只用了几个月时间就写出来的应用程序来说，那工具还算不错，然后它就开始用于日常工作了。你到底怎么才能保障支持一个用 Microsoft Access 写出来的玩意儿？然后审计师发现我们不能保证所有访问数据的安全性，我们花了几周时间才拼凑了些让他们满意的东西。"

"这就像是免费赠送的小狗。"我继续说，"搞死你的不是前期投入，而是后台的运行和维护。"

克里斯非常赞同："对，完全正确！他们会说，'这只小狗没法做到我们要求的所有事情。你能训练它开飞机吗？只要简单编个程就行，是吧？'"

点完食物后，我告诉他我接受这个新职位时有多么勉强，以及对我的部门所承接的所有工作职能感到多么力不从心。

"有意思。"克里斯说，"你知道，我们也在苦苦挣扎。我们以前从没在产品发布前出现那么多的问题。我们的工程师一直疲于应付各种故障带来的版本更新，根本无暇顾及功能开发。而且部署工作需要的时间越来越长。以前只要十分钟就能部署好的东西，现在需要一个小时。然后又变成一整天、一个周末，乃至整整四天。我甚至还经历过超过一周时间才能完成的部署工作。比如凤凰。"

他继续说："如果我们不能更快地进入市场，让那些离岸开发人员建构功能有什么用？为了每次能多部署一些功能，我们不断延长部署间隔。"

他笑了，说："我上周参加了一个会议，那个项目已经积压了很多待处理功能，产品经理们却还在讨论三年后哪个功能会更有用！我们连有效制定一年计划都做不到，更别说三年了！都有什么用？"

我用心听着。凤凰的情况是，它以多种需求为导向，并针对这些需求设置功能、投向市场，这就迫使我们去走捷径，而那些捷径导致了日益恶化的部署。他指出了一个非常重要的恶性循环，那是我们亟须打破的。

"听着，比尔，我知道现在说这个有些为时过晚，但是晚说总比不说的好。我对自己在凤凰大失败中所扮演的角色深感抱歉。在柯尔斯顿的项目管理会议前一周，莎拉找过我，问了各种各样的问题。她问我，最快什么时候可以完成代码。我完全没想到她会把那个时间理解为正式上线时间，更何况史蒂夫也在场。威廉预言这会是场灾难，我本该听他的话。这是我的判断失误。"

我久久注视着他的眼睛，终于决定要相信他。我点头说："谢谢你。不要为此感到不安。"

我补充道："不过别再这么干了。要是你再这么干，我就打断你的两条腿，然后让韦斯去参加你的每一次员工会议。我可说不好哪一个惩罚更加刺激。"

克里斯微笑起来，举起酒杯，说："为不再发生这样的事而干杯，嗯？"

好主意。我微笑着和他碰了碰杯。

我喝干了第二杯啤酒。"我真的很担心，莎拉可能会想方设法把所有责任都推给我们，你知道吗？"

克里斯从酒杯上方看着我说："她就像个不粘锅。什么都粘不到她身上。我们应该联合起来。我会支持你，如果我看到她又想要什么稀奇古怪的政治手腕，我会提醒你的。"

"我也一样。"我强调。

我看了看表。现在是下午1点20分，是时候回去工作了。于是我示意女服务员结账。"这顿饭吃得好极了。我们应该多聚聚。我们每周碰一次头怎么样？想一想我们得做些什么，来阻止外包所有IT业务这种愚蠢的主意。"

"当然。"他说，"我不知道你是怎么想的，不过我认为虽败犹荣，绝不会坐以待毙。"

说完，我们握了握手。

虽然吃了些东西，我还是感觉晕乎乎的。我想着能去哪里找些薄荷糖来，免得闻起来好像我整个上午都呆在酿酒厂一样。

我看了看手机上的日程表，把所有会议都挪到下半周。下午4点，我还在办公室里，收到一封克里斯发来的电子邮件。

发件人：克里斯·阿勒斯

收件人：比尔·帕尔默

日期：9月16日，下午4:07

主题：举办凤凰发布后的小型庆祝派对

嘿，比尔……

中午一起吃饭很不错，我过得很开心。

为了庆祝凤凰完成，我们要举办一场小小的即兴派对。没特别准备什么，不过我定了一大桶啤酒、一些葡萄酒和食品，我们现在到7号楼午餐室集合。

期待你们参加我们的派对。在我看来，这仍是我在公司见过的最棒的团队合作。我为你们部门的每个人都订好了酒。:-)

一会儿见。

克里斯

我非常欣赏克里斯的态度，我想我的团队也会如此。特别是韦斯。我把这封邮件转发给韦斯和帕蒂，叫他们鼓动每个人都去露个脸。这是他们应得的。

过了一会儿，我的手机响了。我看到韦斯发来的一封回信。

发件人：韦斯·戴维斯

收件人：比尔·帕尔默、帕蒂·麦基

日期：9月16日，下午4:09

主题：回复：转发：举办凤凰发布后的小型庆祝派对

真是混账。我手下的人大部分都没法去。我们还在忙着修复那些坏掉的交易数据呢，都是他们的破代码造成的。

有闲工夫庆祝一定很不错。"大功告成"之类的，对吧？

韦斯

我叹了口气。虽然对于身在高处的克里斯等人来说，这场危机可能已经过去了，但是像我们这样呆在地下室里的人依然水深火热。

尽管如此，我还是觉得我们部门的人都应该去派对上转一圈。为了成功，我们需要和克里斯的团队建立起这种人情往来。哪怕只有半小时。

我鼓起勇气给韦斯打电话。

第 15 章

9月17日，星期三

尽管无法请出一整天的假，我还是带佩奇出去吃了早餐。在我每天两眼一睁就投入工作的那段时间里，是她独自一人撑起了这个家。

我们去了"母亲之家"餐厅，这是我们最中意的早餐餐厅之一。八年前，这家店刚开张的时候，我们就来过了。店主一直大受欢迎。不仅她的餐厅在本地小有名气，而且她自己还写了一本烹饪书，在新书巡回签售期间，我们经常在电视上看到她。

见她大获成功，我们很是高兴。而且，即使是在店里人气很旺的时候，店主也能从人群中一眼认出我们来，我知道佩奇对此会很开心的。

佩奇坐在桌子对面，我注视着她的眼睛。周三早晨，这家餐厅居然也这么拥挤。人们在谈生意，时尚潮人在做各种潮人在早晨做的事儿。工作？玩乐？我完全没有头绪。

她手里拿着一杯含羞草鸡尾酒说："谢谢你抽出时间来。你真的不能一整天都陪着我吗？"

一开始，我本不打算给自己也点一杯的，因为我不想在工作日喝任何含酒精的饮品。但是，连续第二天，我听见自己说："管它呢。"

我喝着橙汁和香槟，悲哀地一笑，摇摇头说："我真希望可以，宝贝。假如我们是在开发部，我就会像克里斯那样，给全体员工放一天假。但是，我们运维部的人还在为凤凰大失败收拾残局。我不知道生活什么时候才能恢复正常。"

她缓缓地摇头，说："真不敢相信，这只是你上任的第三周。你变了。我不是发牢骚，但我从没见过你这样心力交瘁，自从……"

她抬起头沉思片刻，回忆着。她再次看着我说："从来没有！我们开车的时候，有一半时间你脸上都是这种心不在焉的神态。其余时间你又一直咬紧牙关，好像在脑海里重演某次可怕的会议。你从没听见我说了什么，因为你对工作太全神贯注了。"

我开始道歉，但她打断了我说："我不是在埋怨你。我们离开工作和孩子，享受一下自己的时间，我不想破坏这美好的时刻。但是，每当想到你在升职之前有多快乐，我就会想，你为什么要接受这个职位。"

我抿紧嘴唇。虽然在过去几周内经历了那么多痛苦，我还是觉得，由于我的贡献，公司情况有所好转。而且，虽然被外包出去的威胁迫在眉睫，我仍然为自己身为设法抵抗的一员而感到高兴。

然而，五年多来，我是极少数能够兼顾家庭和事业平衡的人。现在，这种平衡已经完全被打破了。

海军陆战队里的一个同僚曾经告诉我，他对自己的定位是：养家者，家长，伴侣，然后是突发事件的应变者。以此为序。

我思考着。首要的一点，我最大的责任就是养家糊口。加薪会帮我们减少债务，我们又可以开始为孩子的大学教育做储蓄了，我们以前一直想这样。所以我很难放弃现在这个职位，重新回到那种像是原地踏步般停滞不前的日子。

我们都觉得，与当初买房时相比，我们的房子已经贬值了。几年前，我们试过想把房子卖掉，搬去城市另一边离她父母近一点的地方。但九个月后，我们撤回了挂牌。

随着我的升迁，我们可以提早还清第二笔按揭贷款。而且有可能，只是有可能，如果一切进展顺利，也许几年后佩奇就不用再出去工作了。

但是，为此而不得不日复一日地应付史蒂夫提出的各种不可能完成的疯狂要求，这值得吗？

更糟糕的是：不得不应付那个疯子，莎拉。

"看见没？你又这样了。让我猜猜。"佩奇说，打断了我的思绪，"你在想着你和史蒂夫一起参加的某次会议，还有他怎么成了个十足的混蛋，没人能和他讲理。除了那个疯子，莎拉。"

我笑了，说："你怎么知道的？"

她也笑了："这太简单了。你开始转移视线，然后你的肩膀和下巴绷紧了，嘴唇也抿在一起。"

我又笑起来。

佩奇的表情变得忧郁。"我真希望他们当初选了别人来做这份工作。史蒂夫完全知道怎么让你点头。他不过是把话说得好像是你有责任拯救他的工作和整个公司一样。"

我缓缓点头道："但是，宝贝，现在这是千真万确的。如果他们把所有IT业务都外包出去，我的部门里就会有将近200人失业，或者丢尽颜面地去一些外包公司工作。克里斯的部门里也有 200 个人会这样。我真心觉得我可以阻止这种情况发生。"

她看上去半信半疑,说:"你真的觉得你和克里斯就能阻止他们?听你的口风,他们显然已经下定决心了。"

我把闷闷不乐的佩奇送回家,在开车去上班之前,花了点时间停在路边看手机。我很惊讶地看到韦斯发来一封乐观向上的电子邮件。

> 发件人:韦斯·戴维斯
> 收件人:比尔·帕尔默、帕蒂·麦基
> 日期:9月19日,上午9:45
> 主题:转发:咻!一个变更管理死里逃生!
>
> 看看这个,伙计们。今天早上,一个数据库管理员把这个发送给了所有其他的工程师。
>
> >>> 以下为转发的邮件:
>
> 伙计们,今天早上,新的变更流程保住了我们的饭碗。
>
> 今天,有两组人同时对物料管理数据库及应用程序服务器开展变更。他们都不知道对方的事。
>
> 拉吉夫在变更墙上看出了潜在的冲突。我们决定,先做我的变更,我们这边完成后再给他打电话。
>
> 我们原本会把事情搞得一塌糊涂的。
>
> 让那些变更卡片来得更猛烈些吧,伙计们!今天它救了我们的命!
>
> 感谢拉吉夫、汤姆、雪莉和布伦特!
>
> 罗伯特

终于来了些好消息。预防措施有个问题,就是你很少能知道自己究竟避开了哪些灾难。但这次我们知道了。很好。

更好的是,这个消息并非来自经理,而是来自一个工程师。

来到办公桌前,看到笔记本电脑底座上的即时贴,我笑了。我小心翼翼地打开笔记本电脑,耐心等了两分钟,直到登录界面出现才把电脑插到底座上。

没有刺耳的警报声。和即时贴写的一模一样。很好。

有人敲了敲门。

是帕蒂。"真高兴找到你了。你现在有空吗?我想我们又遇到了问题。"

"当然。"我说,"什么问题呢?让我猜猜……更多人在抱怨变更管理?"

帕蒂摇摇头,看起来很严肃。"比那个要严重一些。我们去变更协调室吧?"

我叹了口气。每次帕蒂把我传唤去那里,都是因为出现了一些棘手的新问题。但是问题故障就像留在雨中的狗屎,无视它们的存在是没法蒙混过关的。

我站起来说:"带路吧。"

我们来到会议室,我看着变更板。有些东西看起来很不一样。"啊哦。"我说。

帕蒂和我一起看着变更板,她说:"啊哈。显而易见,但是,仍有出乎意料的事,对不对?"

我只能哼了一声作为回应。

在变更板上,直到上周四,都和我记得的差不多。每天都有四十到五十个变更,每个都标记为"已完成"。但是在之后的几天,几乎完全没有变更。就像是有人把板上的所有卡片都擦掉了。

"卡片哪儿去了?"

她指了指房间一侧的另一块板,她称之为"待重新安排的变更"。下面放着一个篮子,装满了一堆又一堆的索引卡片。

估计有六百张。

我逐渐明白了,我问:"这些变更没有完成的原因是……"

帕蒂转了转眼珠。"发生了凤凰的事儿,就是这样。所有工作安排都无效了。几乎每一个会打字的人都被调去帮忙了。直到现在他们才被放回原来的岗位上。你可以从板上看到,今天是安排好的变更重新开始按计划进行的第一天。"

这看起来似乎很重要,但我一时又想不出是什么原因。

然后我突然想到了。

我之前给埃瑞克打了电话,告诉他我已经发现了四类工作中的三类:业务项目,内部项目,以及变更。他只是说,还有一种类型的工作,也许是最重要的一类,因为它的破坏性实在很强。

有那么电光火石的一瞬间,我觉得自己知道第四类工作是什么了。

然后,突然间我又不知道了。脆弱的认知一闪而过,又无影无踪。

我说:"该死!"

帕蒂疑惑地看着我,但我试图抓住那片刻之间的清醒认知,没有理会她。

我看着变更板上没有卡片的那部分。真的像是有一只巨手,把我们精心计划安排的变更卡片全部从板上一扫而空。我们也知道是什么把它们扫走了:是凤凰的失败。

但是,凤凰不是第四种类型的工作。

也许我正在寻找的东西类似暗物质。只有在它替换其他物质,或者与别的可见物质相互作用时，你才能感知它的存在。

帕蒂把那称为救火。我认为那也是工作。显然它让所有人都在通宵达旦地加班。而且它代替了所有计划好的变更。

我再次转向帕蒂，慢慢地说："让我猜猜。布伦特也没能完成他手头和凤凰无关的变更工作，对不对？"

"当然没有！你当时也在场啊，对不对？"她瞪着我说，好像我长了八颗脑袋似的，"布伦特没日没夜地扑在恢复工作上，为维持所有的系统和数据创建了各种新工具。其他所有事情都暂时搁到一边了。"

那些救火的事情代替了计划内的工作，不论是项目工作还是变更工作。

啊……现在我明白了。

什么可以代替计划内的工作？

计划外的工作。

当然了。

我放声大笑，帕蒂非常担心地看着我，她甚至还朝后退了一步。

所以埃瑞克说它是最具破坏性的一类工作。它不像其他类型的工作那样，是真正意义上的"工作"。其他三类工作都是出于需要而计划去做的。

计划外工作则阻止你去开展那三类工作。就像物质和反物质，在计划外工作面前，所有计划内工作都被炽热的怒火点燃，烧毁周围的一切。就像凤凰一样。

在我担任IT运维部副总裁为期不长的任职期间，我的很多工作都是在预防计划外工作的产生：更好地协调变更，以免它们失败；确保对事故和服务中断的有序处理，以免妨碍关键资源；不惜任何代价让布伦特不再成为……

我主要是凭直觉在做这些事。我知道必须得做这些事，因为大家都在错误的事情上花力气。我想方设法采取一切必要步骤，阻止大家去做错误的工作，更确切地说，计划外的工作。

我一边笑一边上下挥舞手臂，好像刚刚在六十码外射门，踢进了一个制胜球。我说："对！现在我明白了！的确是计划外工作！第四类工作是计划外工作！"

我看到了帕蒂，她显得很困惑，而且非常担忧。我兴高采烈的情绪稳定下来。

"我以后会向你解释的。"我说，"你刚才究竟想让我在变更板上看什么？"

她吓了一跳，但再次指了指上周"已完成变更"处的空白。"我知道，有60%的变更没完成的时候，你就显得很担心。所以我想，100%的变更都没完成的时候，你一定会发火的。对不对？"

"是啊。干得好，帕蒂。坚持下去！"我兴高采烈地说。

然后我转身朝门口走去，伸手去拿手机。我得和一个人打电话。

"喂！"帕蒂大声喊，"你不告诉我发生了什么事吗？"

我回头喊："以后再说！我保证！"

我回到办公桌前，到处寻找埃瑞克给我的那张纸条。我肯定没把它扔掉，但老实说，我当时并不认为自己还会用到它。

我听到艾伦在我身后说："要帮忙吗？"

很快，我们两人都在我的办公桌上四处搜寻那张小纸条。

"是这个吗？"她问，手里拿着一件从纸篓里找回来的东西。

我走近一看，是的！正是埃瑞克给我的那张皱巴巴的两寸长的纸条。看起来像是一张口香糖包装纸。

我从她手上拿过纸条，举起来说："太好了！你帮我找到了它，真是太感谢了！信不信由你，这可能是几年来我拿过的最重要的一张纸。"

我决定坐在室外说。在秋天明亮的阳光下，我发现停车场附近的一张长椅上有一块小斑点。我坐下来，天空中万里无云。

我给埃瑞克打电话，铃一响他就接了。"嘿，比尔。凤凰坠毁了，还烧得这么引人注目，那之后你们过得还好吗？"

"嗯，好吧……情况正在改善。"我说，"也许你已经听说了，我们的POS系统宕机了，还发生了小小的信用卡号外泄事故。"

"哈！'小小的信用卡号外泄事故'。我喜欢那个说法。就像是'小小的核反应炉熔毁事故'。我要把那句话记下来。"他哼了一声说。

他低声微笑，仿佛他预言过会发生这种级别的灾难，仔细想来，我认为他确实预言过，当我第一次在会议室里遇到他的时候。他说"为凤凰腾出你的所有时间"。

我意识到，那就和清空变更板一样。我为自己没能早点发现他提供的线索而懊恼不已。

"我相信，现在你能告诉我有哪四种类型的工作了吧？"我听到他提问。

"是的，我想我可以。"我说，"在工厂里，我告诉了你一种，也就是业务项目，比如凤凰。"我说，"后来我意识到，我没提到内部IT项目。一周后，我又意识到变更是另一种类型的工作。但是，直到凤凰大失败之后，我才明白了最后一种，因为它阻碍了所有其他类型工作的完成，那就是最后一种，不是吗？救火。计划外工作。"

"完全正确！"我听到埃瑞克说，"你甚至采用了我最喜欢用的字眼来描述它：计划外工作。救火是很形象的描述，但'计划外工作'更好。也许称之为'反工作'还要好，因为这个字眼进一步强调了它的破坏性以及可避免的本质。"

"与其他种类的工作不同，计划外工作是恢复性工作，几乎总是让你远离目标。因此，知道你的计划外工作从何而来就显得尤为重要。"

他肯定了我的正确答案，我笑了。我甚至很奇怪地感到高兴，因为他的话还证实了我关于计划外工作"反物质"特性的推论。

他说："你刚才提到的那个变更板是什么？"

我告诉他，我尝试设定了一些变更流程，并将变更会议商讨的内容从"变更表格里有多少个字段"提升为讨论变更的类型，然后大家商量出一个办法，把想要付诸实施的变更写在索引卡片上，而我们则对变更板上的卡片进行筛选和安排。

"非常好。"他说，"你开发出了可视化工作管理工具，并在整个系统中运行起来了。这是'第一工作法'的关键部分。在开发部和IT运维部之间建立快速工作流。看板上的索引卡片是做成这件事最好的机制之一，因为每个人都能看到半成品。现在根据'第二工作法'，你必须根除计划外工作的最大源头。"

到目前为止，我一直纠缠在对工作的定义上，已经忘记了埃瑞克和他的"三步工作法"。我以前对这些话不屑一顾，但现在我认真聆听着他说的每一个字。

在接下来的四十五分钟里，我发现自己把短暂任期内的全部历险都告诉了他。我一直滔滔不绝，只有在讲到接二连三的突发事件以及我试图平息它们所做的种种努力时，才会被埃瑞克的笑声打断。

我说完后，他说："你比我原来想的要走得更远：你已经开始着手稳定工作环境了，你已经开始可视化管理IT运维部里的半成品了，而且你已经开始保护你的约束点——布伦特。你还强化了一种严明纪律的工作氛围。干得好，比尔。"

我皱起眉头说："等一下。布伦特是我的约束点？你这话是什么意思？"

他回答："啊，好吧。如果我们要讨论你的下一步行动，你一定得了解约束点，因为你需要提高流量。现在，这是最重要的。"

埃瑞克把语调切换到演讲模式，开始说道："你说你在工商学院学习过工厂运营管理。我希望作为课程的一部分，你已经读过高德拉特博士的小说《目标》。要是你现在手头没有这本书，那就再去找一本。你会需要它的。"

我想我那本应该在家中书房里。我匆忙写下一个快速提示，要去把它找出来。他继续说："高德拉特教育我们，在大多数工厂里，总那么一小部分资源，不论是人、机器还是原材料，决定了整个系统的产出。我们称之为约束点或者瓶颈。任何一项团队工作都是如此。不管你怎么称呼它，在你建立起一个可信赖的系统用以管理通向约束点的工作流之前，约束点经常是被闲置的，也就是说，约束点可能在很大程度上未被充分利用。"

"那就意味着，你没有向业务部门交付全部的可用资源。也可能意味着，你没有还清技术债务，因此随着时间的推移，你遇到的问题和计划外工作量会不断增加。"他说。

他继续说："你已经确定，这个叫布伦特的人是恢复服务的一个约束点。相信我，你将会发现他还约束了其他很多重要的工作流。"

我想打断他问个问题，但他兀自滔滔不绝："高德拉特在《目标》里描述了五个聚焦步骤，第一步是确认约束点。你已经做完这件事了，恭喜你。继续给自己加压，直到确定那的确是整个部门层面的约束点，因为假如你弄错了，无论再做什么都无济于事。记住，对非约束点的任何改进都只是幻觉，是不是？"

"第二步是利用约束点。"他继续说，"换言之，确保不让约束点浪费任何时间。永远不要让约束点迁就别的资源而干等着，而是应该专注于 IT 运维部对当前所需完成工作中优先级最高的那一项。一直都要这样。"

我听见他用鼓励的语气说："你已经从几个方面开发了约束点的功能，做得很好。你已经减少了计划外工作和服务中断对布伦特的依赖。你甚至已经开始想办法利用布伦特来更好地开展另外三种工作：业务项目、IT 项目，以及变更。记住，计划外工作会让你丧失开展计划内工作的能力，因此必须不惜一切代价去消灭计划外工作，墨菲法则确实存在，因此总会有计划外工作，但你必须高效地处理它们。你还有很长的路要走。"

他用更为严厉的语调说："不过你已经准备开始思考第三步了，也就是把约束点置于次要地位。在约束理论中，这往往是由名为'限制驱导式排程法'（Drum-Buffer-Rope）的工具来实施的。《目标》中的主角亚历克斯发现，队伍里最慢的童子军赫比实际上决定了整支队伍的行军速度，于是他了解了这件事。亚历克斯把赫比调到队伍前头，防止孩子们超前太远。后来，亚历克斯开始在他的工厂里根据烘房的工作效率来控制所有工作的报修速度，那些烘房就是工厂的瓶颈。那就是他在现实世界里的赫比。"

"《目标》出版整整二十年后，"他继续说，"大卫·J.安德森创建了在软件开发和IT运维中使用看板来发布工作并控制半成品的技术。你可能会对此很感兴趣。你和佩内洛普最后也是用变更板的方式来解决管理流程问题的。"

"那么，这是你的家庭作业。"他说，"弄明白如何根据布伦特来设定工作节奏。一旦你把 IT 运维和工厂工作正确对应起来，情况就一清二楚了。你找到答案后给我打电话。"

"等一下，等一下。"我赶在他挂断电话前匆忙说，"我会完成家庭作业的，不过，我们是不是完全没抓住这件事的要领？是凤凰导致了所有的计划外工作。我们现在为什么要盯着布伦特？难道我们不应该先把凤凰的问题向开发部说一下吗？毕竟那才是所有计划外工作的真正源头。"

"你现在听上去和吉米一样，对你无法控制的事情怨天尤人。"他叹了口气，"当然是凤凰导致了所有的问题。在其位，谋其政。你在开发部的同僚切斯特，把他所有的工作周期都花在了功能开发上,而没有用在稳定性、安全性、可扩展性、可维护性、可操作性、持续性以及其他诸如此类的美好性能上。"

"在流水线的另一端,吉米总是在木已成舟之后还想方设法改进生产管理。"他嘲讽地说,"不可救药!徒劳无功!永不奏效!你们需要把一些人称之为'非功能性需求'的东西设计到产品当中。但你们的问题在于,那个最了解你们的技术债务欠在哪里以及如何构建那些为运营而设计的代码的人,他太忙了。你知道那个人是谁吧,对不对?"

我叹了口气道:"布伦特。"

"对。"他说,"布伦特的问题不解决,你就只能一直派他去参加开发部的设计和架构会议,但他从来不会出席会议,因为……"

我再次收到提示,回答说:"计划外工作。"

"很好!"他说,"你在这方面已经有进步了。但是在你感到得意之前,我还是要告诉你,你在'第一工作法'方面还缺失了一块。吉米在审计合规方面表现出的问题告诉我们,他无法区分与业务相关或无关的工作。顺便说一下,你也有同样的问题。记住,不仅仅是要减少半成品。相比于向系统中投入更多的工作,将无用的工作剔出系统更为重要。为此,你应该知道,与实现企业目标息息相关的是什么,不论它是项目、运营、战略、法律法规合规、安全性,还是其他别的什么。"

他继续说:"记住,重要的是结果,而非过程、管理,或者你完成了哪些工作。"

我叹了口气。正当我认为自己对约束点有了足够具体的认识时,埃瑞克又一次变得高深莫测了。

"别心烦意乱的。等你知道了怎样有效控制发往布伦特的工作量,就给我打电话。"他说,然后挂断了电话。

我无法相信。我又拨了两次电话,但一接通就转到了他的语音邮箱。

我坐在长椅上,身体后仰,做了个深呼吸,强迫自己享受这温暖的上午。我听见啁啾的鸟鸣,公路上传来车来车往的声音。

在之后的十分钟里,我把还记得的内容尽可能地记录在写字板上,试图把埃瑞克所讲的一切拼凑起来。

写完后,我走向办公楼,给韦斯和帕蒂打电话。我十分明确地知道自己该做什么了,并且兴奋得摩拳擦掌。

第 16 章

9月18日，星期四

我正在办公桌前整理一些零碎资料，艾伦跑了过来，手里拿着一份电子邮件的打印件。邮件是迪克发来的，向全体管理人员发出警告，公司发票系统发生了重大故障。今天早些时候，有职员发现，我们没有向客户开具发票，这种情况已经持续三天了。别的不说，这至少意味着客户一直没有按时付款，也就是说，到本季度末，公司在银行的现金存款将少于计划金额，那样就会在公布公司收益时产生各种令人不安的问题。

从电子邮件的措辞来看，迪克明显已经暴跳如雷了，而且显而易见，他的应收账款财务团队从上到下都像热锅上的蚂蚁一样忙着应对这个故障。

发件人：迪克·兰德里
收件人：史蒂夫·马斯特斯
抄送：比尔·帕尔默
日期：9月18日，下午 3:11
优先级：最高
主题：待处理：IT故障可能会造成5000万美元的现金短缺

所有的客户发票都卡在系统里或从系统里丢失了。我们甚至无法对它们进行检索，再通过电子邮件把发票手动发送出去！

我们正在想办法恢复正常业务运营。系统卡住了大约 5000 万美元的应收账款，本季度末，这些应收账款将不会出现在我们的现金账户里。

派你的IT人员来修好这个。这件事在我们季度数据中形成的漏洞是无法掩盖的，甚至可能是无法搪塞过去的。

> 史蒂夫，请给我打电话。我准备去跳楼了。
>
> 迪克

我们在 NOC 会议室全员集合。帕蒂一叙述完整个事件，就向大家演示了过去 72 小时里的全部相关变更，我对此非常满意。

她说完后，我坚定地对整个团队说："我首先想到的是丢失交易的风险。女士们、先生们，我在这里明确强调一下：**未经我的批准，什么都不准碰**。我们现在处理的不是一个服务中断。我们面临着有可能意外丢失订单输入或应收账款数据的处境。这让我心惊胆战。你们也完全应该感到战战兢兢。"

"正如帕蒂所说的，我们要弄清楚发票系统故障的时间线并推理可能的原因。"我说，"这是我们的'阿波罗 13 号时刻'，我就是休斯敦地面控制中心的金·克兰兹。我不要各种猜测。我要的是基于事实的推理。回到你们的屏幕前，把时间线和数据汇总起来，我希望听到你们关于前因后果的最好的见解。不许失败。"

下午 6 点，帕蒂的团队经过多方收集，列出了二十多个可能引发故障的原因。经过更深入的调查，有八个仍被视为可能的原因。

考虑到在他们完成调查之前，我们聚在一起开会也没有什么意义，于是大家商定在今晚 10 点再次开会。

一方面，我感到沮丧，我们又陷入了一场危机，我们的时间又被突发的计划外工作主导了。另一方面，我对井然有序的事故调查深感满意，并迅速给佩奇发了条短信，告诉她我很快就回家吃晚餐。

我和格兰特一起坐在床上，想哄他睡觉，并把服务中断的事抛到脑后。我听见他说："爸爸，为什么托马斯蒸汽小火车没有补给车厢？为什么？"

我微笑着低头看他，对三岁大的儿子想出的问题感到惊叹。我们正像往常一样共度晚间阅读时间。我很高兴又能做这件我每晚都会做的事了。或者说直到努力恢复凤凰之前，我曾经每晚都这样做。

大部分灯都关上了，但还有一盏小灯亮着。格兰特的床上有一大堆书，我们今晚已经读到第三本了。

因为一直在读书，我感到有些口渴。如果能稍事休息，在网上搜索一些关于火车补给车厢的信息，似乎很有趣。

我十分欣慰我的孩子们好奇心强并且热爱读书，但有时候我实在太累，结果在晚间阅读时睡着了。我妻子走进房间，会看到我脸上盖着一本格兰特的书睡着了，而格兰特也依偎在我身边睡着了。

虽然很累，但能够早点回家和大儿子重拾晚间阅读的乐趣，我还是感到很欣慰。

"对，我们要去查一查，爸爸。"格兰特要求。我对他微笑，从口袋里掏出手机，准备在 Google 上搜索"蒸汽火车头补给车厢"。

不过，我先迅速浏览了一下手机，看看有没有客户发票故障的最新情况。我很惊讶两周时间能有这么大的改变。

在上一次导致信用卡处理系统故障的 1 级严重级别事故中，电话会议上充斥着指责、否认，最重要的是在客户无法付款时，我们却在浪费时间。

后来，我们通过一系列不间断的事后调查，搞清楚了故障的来龙去脉，并拿出了防止再发生类似情况的办法。更好的是，帕蒂牵头开展了一系列全员参与的模拟事故呼叫，排演新的处理步骤。

那实在是太棒了。连韦斯都看出了其中的价值。

我很满意地看到，所有电子邮件都反映了很多好消息，以及故障处理团队的有效讨论。他们一直保持电话会议沟通，并为处理此事的人开了一间网络聊天室，我计划在晚上 10 点打进去，看看事情进展如何。

离 10 点还有 45 分钟。我还有大把时间可以陪伴格兰特，他应该很快就会睡着了。

他轻轻推了我一下，显然希望我在搜索蒸汽火车头方面能有更多进展。

"对不起，小格兰特。爸爸走神了。"我说着打开浏览器。我很惊讶，居然有那么多关于托马斯蒸汽小火车的搜索结果。托马斯蒸汽小火车是一套丛书，涵盖了玩具火车、服装、音像制品、绘本等价值几万亿美元的特许经营权。我们有两个儿子，似乎注定很快就得每样都来上两个。

我正在看维基百科上一条比较靠谱的关于火车的词条，手机振动起来，屏幕上显示"史蒂夫·马斯特斯来电"。

我叹了口气，又看了看手表。晚上 9 点 15 分。

我最近和史蒂夫的会面和通话次数实在是太多了。我脑中盘算，不知还能参加多少次这样的会议。

另一方面，在凤凰垮台之后，相比之下每一个服务中断和故障都显得微不足道了，不是吗？

我柔声说："等一下，格兰特。爸爸要接个电话，很快就回来。"我从他的小床上跳下来，走到黑暗的走廊上。

还好我几秒钟前刚浏览过关于这次服务中断的全部电子邮件往来。我深吸一口气，然后按下了接听键。

我说："我是比尔。"

史蒂夫的大嗓门在我耳中轰鸣："晚上好，比尔。很高兴你接了电话。迪克当然已经告诉过你客户发票故障的事啦？"

"是的，当然啦。"我回答，对他的语气感到吃惊，"今天下午早些时候，我的团队通报了一个重大故障，然后我们一直在处理这件事。我每小时都发出一份状态报告。今晚早些时候，迪克和我在电话里讨论了 20 分钟。我知道问题很严重，我的团队也在按照工资核算故障后制定的流程工作。流程正在运作，我对此非常满意。"

"好吧，我刚和迪克通过电话，他告诉我，你在拖时间。"史蒂夫说，显然非常愤怒，"我大晚上给你打电话，当然不是为了拉家常的。你明白这有多不可接受吗？又一次因为 IT 不给力而毁了全局。现金是公司的命脉，要是我们不能给客户开具发票，我们就收不到钱！"

我用以前训练出来的方法应付这么气急败坏的人。我冷静地重申了之前所说的话："如我所言，我今天早些时候和迪克谈过了。他已经把所有利害关系都强调得很清楚了。我们已经启动了新的事故处理流程，而且我们正在有条不紊地调查可能造成故障的原因。他们正在做我要求他们做的事，因为面对这么多不确定因素，妄下结论实在太容易把事情弄得更糟了。"

"你在办公室吗？"我话音未落，史蒂夫就厉声发问。

这个问题真是让我措手不及。

"呃……不在，我在家里。"我回答。

他担心我把处理故障的事委派给别人了？为了强调我在处理本次危机中的角色，以及我对团队的期望是什么，我说："十点钟我会打电话到作战室了解进展情况。和平时一样，我们在现场安排了值班人员，而且那些需要守在值班室的人也都已经各就各位了。"

最后，我坦率地问："史蒂夫，能告诉我你在想什么吗？局面在我掌控之中，你现在还需要什么？"

他愤怒地回答："我需要你有点紧迫感。迪克和他的团队正在挑灯夜战，为六个工作日后就要提交的季度报表拼尽全力。不过我想我已经知道结果会怎么样了。"

他继续说："我们将很可能无法完成向董事会承诺的每一项目标：营业收入、现金、应收账款——所有的一切。事实上，我们向董事会承诺的每一项指标都会出岔子！这次事故也许会证实董事会的猜测，那就是我们已经完全失去继续管理这家公司的控制力了！"

史蒂夫现在几乎是在咆哮了："所以，我需要你做的，比尔，就是最大程度控制局面，别让我的 CFO 说你在拖延时间。房子已经着火了，而我只听到你说些什么描绘场景和时间线。你到底是怎么回事？你不敢把人从床上叫起来？"

我再次说:"史蒂夫,假如我认为那会有帮助,我一定会让所有人今晚都在数据中心开夜车的。为了凤凰,有些人已经快一星期没有回过家了。相信我,我明白房子已经着火了,但现在最重要的是,我们得了解全局。在派遣队伍拿消防软管撞开大门之前,我们至少得找人在院子周围走一圈,否则,我们最终会把隔壁的房子也烧掉的!"

我意识到自己提高了嗓门,而现在已经到了哄孩子睡觉的时候了,屋子里本该非常安静。我压低声音接着说:"你别忘了,在工资核算故障期间,是我们自己的行动让服务中断更加恶化的。要不是有人弄坏了SAN,让我们对服务中断的处理又延长了六个小时,或许我们原本可以在工作日恢复工资核算运行的。而且我们差点丢失了工资核算数据!"

我希望冷静理智的话语能够打动他,但他一开口我的希望就落空了,他说:"哦,是吗?我可不认为你的团队会赞同你。你向我介绍过的那个聪明家伙叫什么名字来着?鲍勃?不对,布伦特。我今天早些时候和布伦特谈过了,他对你的工作方法可是心存怀疑。他认为你现在的工作方法,让实际从事一项工作的人员没法完成自己需要完成的工作。布伦特现在在干吗?"

该死。

我喜欢公开透明。我总是设法让我团队的全体人员都能接触到我的上司和业务部门。但这样做总是存在风险的。

比如让布伦特向CEO灌输他的疯狂见解。

"我希望布伦特在家里,因为那正是他应该呆的地方。"我回答,"在我们确切地知道哪里出错之前,我都希望他呆在家里。看,经常是他那样的高手首先导致了问题。每次只要让布伦特接手工作,就说明我们还是摆脱不了对他的依赖,少了他就修不好任何故障!"

我怀疑史蒂夫是否还在听,于是再次开口:"以我们当前这种混乱的工作方式,布伦特每天都必须修理千疮百孔的破船。然而,我很确定,布伦特正是船身一开始被凿破的主要原因之一。当然,我这样说没有恶意,但这就是我们用现在的方式开展工作和修理服务中断所产生的副作用。"

他沉默片刻,然后缓慢而决然地说:"很高兴你对此说得头头是道,但我们面对的是失控的野火。到目前为止,我们都在按照你的方法行事。从现在开始,要按照我的方法行事了。"

"我要你把布伦特召来,我要他卷起袖子帮忙修复这次服务中断。不只是布伦特。我要所有人的眼睛都盯着屏幕,所有人的手指都放在键盘上。我是柯克船长,你是斯科蒂(《星际迷航》中"进取号"轮机长斯科特的昵称)。我需要曲速推进,所以让你手下那帮懒骨头工程师们快点爬起来!你明白我的意思了吗?"

史蒂夫发出巨大的吼声,我只好把手机拿得离耳朵远一点。

我突然感到怒不可遏。史蒂夫又要把事情搞砸了。

我回忆起自己的军旅生涯，终于说："先生，允许我自由发言吗？"

我听见史蒂夫在电话那端轻蔑地哼了一声作为回应："是的，该死的。"

"你觉得我太过小心谨慎，还觉得我在应该做的事情上犹豫不决。但你错了。大错特错。"我坚定地说，"要是按照你的提议去做，基本上就是'全员就位'，我敢说我们会把事情弄得更糟的。"

我继续说："我想告诉你，有些事和凤凰上线之前非常类似。到目前为止，我们还没有充分训练过如何处理服务中断。考虑到情况的复杂程度和各种不确定因素，引发其他问题的可能性太大了。也许我还不能确切地知道导致客户发票问题的原因，但根据我所了解的事可以完全断定，你的提议是非常糟糕的主意。我建议继续按照现在的方法进行。"

我屏住呼吸，等待他的回答。

他慢慢地说："你这么认为，我很遗憾，比尔。但是决定权在我这边。我告诉你，现在进入1级战备，去找那些最聪明的人来解决这个问题。在问题解决之前，我要你每两小时向我汇报一次排除这个IT故障的最新进展。明白了吗？"

我未加思索就脱口说道："我不明白你为什么要叫我去做这件事。你直接和我的下属交换意见，手里又握着决策大权，你自己去干吧。我不会为这次'乱成一团'情况的结果负责。"

在挂断电话前，我最后说了一句："明天一早我就递上辞呈。"

我擦去额上的汗水，抬头看到我的妻子佩奇睁大眼睛注视着我。

"你疯了吗？你辞职了？就那样？我们以后怎么付账单？"她问，声调越来越高。

我关掉手机铃声，把它放回口袋里，说："宝贝，我不清楚你听到了多少，不过让我解释一下……"

第二部分

第 17 章

9 月 22 日，星期一

我辞职四天来，佩奇没完没了地焦躁不安。另一方面，我惊讶地发现自己在晚上睡得安稳多了，就像是肩上卸下了某种无形的重担。

没有了电子邮件和紧急事件的打扰，整个周末非常宁静。直到上周四，我还在接收这些东西，但我已删除了电子邮件账户，还屏蔽了短信。

感觉好极了。

我叫佩奇别把格兰特带去岳母家。我要带他去探险。佩奇的反应是茫然地笑了笑，然后帮我收拾好格兰特的托马斯蒸汽小火车双肩包。

上午 8 点，我们走出家门，快乐地走向火车站，几个月前我就答应会带他去那里了。整整一小时，我们目送一辆辆火车离去，我对格兰特的欢欣雀跃不断地感到惊异。虽说前路未卜，但能够和他共享这一时刻，我觉得自己很幸运。

我拍下格兰特欢声尖叫、指着驶过的内燃机火车的照片，同时想到，在过去一个月里，我几乎没给两个孩子拍过照片。

正在我们看火车时，我的手机响了。是韦斯打来的。我没有接电话，让它转到了语音邮箱。

他又打了好几遍，每次都留下一条新的语音信息。

然后帕蒂打来了，我同样让它转到了语音邮箱。电话又响了三次之后，我气恼地咕哝："拜托，伙计们……"

"我是帕尔默。"我接通了电话。

"比尔，我们刚从史蒂夫那里听说这消息。"我听见帕蒂说，听起来她好像在用扬声电话。她的声音出人意料地带着愤怒，她继续说："我把韦斯接进来了，我们俩都非常震惊。

周五你没参加 CAB 例会，我们当时就知道事情不太对劲了。我实在不能相信，你居然在处理这次服务中断期间辞职了，而且是在我们取得了那么多成绩之后！"

"看，伙计们，这件事和你们无关。"我解释道，"史蒂夫和我对如何解决本次重大发票故障的问题产生了无法调和的分歧。我相信，没有我你们也会做得很出色的。"

说到最后，我感到有些言不由衷。

"好吧，你走后我们彻底搞砸了。"韦斯说，听上去十分窘迫，这证实了我最担心的事情，"史蒂夫坚持要我们把所有工程师都叫过来，包括布伦特。他说，他要每个人都有'紧迫感'，并且要'手不离键盘，不能有闲人'。显然，我们没能有效整合起每个人的力量，而且……"

韦斯没把话说完。帕蒂接着他的话说下去："我们不能肯定，但是最起码，现在库存管理系统也已经完全宕机了。没人知道工厂和仓库里的库存量了，他们也不知道我们需要补充哪些原材料。财务人员准备集体跳楼了，因为他们恐怕无法按时完成本季度的财务结算。由于这些系统都宕机了，没人能拿到计算销售成本、毛利和净利所需要的数据。"

"见鬼。"我一时无语，最终说，"真是难以置信。"

格兰特抓住我的手机不放，想借此引起我的注意。我说："看，伙计们，我正和儿子在一起，我们正在忙着做一些重要的事。我不能说太久。不过请放心，我对我们共同完成的每一件事都感到非常骄傲，而且我知道，你们一定可以在没有我的情况下度过这次危机的。"

"那就是个烂摊子，你也知道这一点。"帕蒂说，"你怎么能眼看着我们陷在这样的困境里？我们本来计划要一起做出很多改善，可你就这样一走了之，让所有这些事情都半途而废！我以前一直以为你不是这种会撂挑子的人！"

"我同意。依我看，现在离开实在太不厚道了。"韦斯附和道。

我叹了口气。我永远不会告诉他们，我和史蒂夫之间那些沮丧荒唐的会面。那是他和我之间的事。

"很抱歉让你们失望了，但我必须这么做。"我说，"你们能搞定的。只是别让史蒂夫或其他任何人把你们管得太死。你们是最了解 IT 系统的人，所以别让任何人企图发号施令，好吗？"

我听见韦斯咕哝了一句："太晚了。"

格兰特已经想来挂断我的手机了。"伙计们，我得挂了。我们以后再聊，好吗？边喝啤酒边聊。"

"好吧，当然。"韦斯说。

"哎，感谢你所做的一切。"帕蒂说，"回聊。"

说完,电话就挂断了。

我长叹一口气。然后我看着格兰特,放好手机,再次把注意力全都放到他的身上,想要重续我们刚才被打断的幸福时光。

在开车回家的路上,我的手机又响了。格兰特在后座上睡着了。这次的电话是史蒂夫打来的。

我现在还没兴趣和他谈话,于是让电话转到了语音信箱。一连三次都是这样。

我把车开进车库,下车,把格兰特从儿童安全座椅上抱下来,尽量不弄醒他。我抱着他来到屋前,看见佩奇。我指了指格兰特,无声地用口型告诉她:"睡着了。"我轻手轻脚地走上楼梯,最后把他放到小床上,脱下他的鞋子。

我松了口气,带上门,再次走下楼。

佩奇一见到我就说:"那个混蛋史蒂夫今天上午给我打了电话。我差点就把电话挂了,但他后来给我讲了一个很长的故事,关于他和一个名叫埃瑞克的家伙进行自我反省的前前后后。他说有些事想和你说。我告诉他,我会把话传给你的。"

我翻了个白眼,她突然用一种忧心忡忡的语调说:"看,我知道你辞职是因为你觉得那样做是对的。但你和我一样心知肚明,城里能开出和无极限零部件公司同等薪酬的公司并不多。特别是在你升职之后。我也不想搬家,离开我的家人。"

她平静地看着我说:"亲爱的,我知道他是个混蛋,但我们俩都还得赚钱维持生计。答应我,你会抛开成见,听听史蒂夫说些什么的,好不好?比尔?好不好?"

我点点头,走进餐厅,按下史蒂夫的快捷拨号键。

铃一响史蒂夫就接起了手机。"下午好,比尔。谢谢你给我回电。之前我有幸和你妻子谈了谈,告诉她我是怎样一个十足的混蛋。"

"对,她大致跟我说了。"我回答,"她说你真的很想和我聊聊。"

我听到他说:"看,我要向你道歉。在你大度地接受了我的要求,成为IT运维部副总裁之后,我却一直那样对待你。当我告诉迪克,我要让IT向我汇报时,他觉得我疯了。但我告诉他,几十年前,当我第一次成为工厂经理时,我在流水线上工作了一个月,就是为了真正理解每一个员工的日常细节。"

"我向迪克保证过,我会亲力亲为,不会把问题转手给别人。但我没有履行那个承诺,我很生自己的气。而且,把IT事务都委托给莎拉,完全是一团糟。"

"听着,我知道我之前对你不够公平,特别是在你信守诺言的时候。你是个坦率正直的人,而且一直在尽最大努力阻止糟糕的事情发生。"

他停了一会儿。"看,我刚刚被埃瑞克还有全审计委员会的人狠狠教训了一顿。他一直帮助我悬崖勒马，直到我最终认识到自己的问题。这让我意识到，多年以来，我一直在做一些非常错误的事情，而现在我想要纠正过来。"

"总而言之，我想请你从现在起，继续担任 IT 运维部副总裁。我愿意和你共事，就像埃瑞克提出的那样，像一场不和谐婚姻中的夫妻那样继续磨合。也许我们两人齐心协力，就能找出无极限零部件公司 IT 管理的问题究竟出在哪里。"

"我坚信，IT 是我们这里需要发展的一种能力。我只希望你能再和我一起工作九十天，给大家一个尝试的机会。要是 90 天后你仍然想离开，那就悉听尊便，而且能拿到一年的离职补偿。"

我想起自己对佩奇的承诺，于是慎重地措辞："就像你说的，过去一个月来，你一直都是个十足的混蛋。我一直向你反复提出我的分析和建议。但你每次都当我说的是废话。我现在为什么要相信你呢？"

史蒂夫不停地恳求我回心转意，45 分钟后，我挂断电话回到厨房里，佩奇正等着听发生了什么事。

第 18 章

9 月 23 日，星期二

第二天，早晨 6 点 30 分我就开车出门，去参加史蒂夫组织的 IT 领导班子外场会议。他说这是一次外场会议，尽管会议地点在 2 号楼内。

今天早些时候，我轻手轻脚地走进格兰特和帕克的房间，和他们道别。我看着熟睡的帕克，亲亲他，柔声低语："抱歉，爸爸今天不能带你去探险了。本来今天轮到你了，但是爸爸得回去工作了。这周末，我保证。"

但愿你信守承诺，史蒂夫。

会议地点在公司董事会会议室。上了第十五层楼，我依然不能相信这栋楼和其他办公楼有那么大的不同。

克里斯、韦斯和帕蒂已经在会场了，他们都拿着咖啡杯和满是油酥点心的盘子。帕蒂几乎不敢相信我回来了。

韦斯大声跟我打招呼，他嘲弄地说："嘿，比尔。很高兴见到你。希望今天你不会再辞职一次。"

谢啦，韦斯。

克里斯看到我，会心一笑，转了转眼珠，做了个喝啤酒的姿势。我点头微笑，然后走向会议室后侧。

我看到会议室后侧摆着汪达尔甜甜圈，立刻心情大好，然后就装了一大盘。我正在琢磨往盘子里放六个甜甜圈是否违反了社交礼节时，一只手拍了一下我的肩膀。

是史蒂夫。"再次见到你真好，比尔。我很高兴你来了。"他看看我手上满满当当的盘子，大声笑起来，"为什么不干脆把整个托盘带走呢？"

"好主意。很高兴来这里。"我回答。

埃瑞克在我正对面坐下，说："早上好，比尔。"他身后有一只巨大的行李箱，是他之前拖进来的。

我瞟了一眼行李箱。我上一次看到没轮子的行李箱，还是在我妈妈家的阁楼上，那都是二十年前的事了。

埃瑞克的头发滴着水，把他牛仔衬衫的肩部都弄湿了。

他是不是早上起晚了，只好没擦干头发就从宾馆里冲出来了？还是说他每天早上看起来都是这副尊容？

史蒂夫到底是从哪里找到这家伙的？

"早上好。"史蒂夫面向全场说，"首先，非常感谢大家都来得这么早。尤其是我知道，前两周，你们和你们的团队一直在加班加点地工作。"

"哈！"埃瑞克哼了一声，"这可能是本世纪以来最保守的说法了。"

大家都紧张地笑起来，笑的时间特别长，以免接触彼此的目光。

史蒂夫悲伤地笑了笑。"我知道，过去几周非常恐怖。我现在意识到，我本人对此应该承担多大的责任。不仅要对凤凰的灾难负责，还要对每一件引起审计问题的事情负责，还有前几天的客户发票和库存故障，以及我们现在在审计师那儿遇到的麻烦。"

他停了下来，显然心烦意乱，需要一些时间让自己平静一下。

他是在流泪吗？

现在史蒂夫露出了不常见的另一面。我离开后，他到底出什么事了？

他放下一张一直拿在手里的索引卡片，耸耸肩，向埃瑞克做了个手势。

"埃瑞克把 CEO 和 CIO 的关系描述为一场不和谐的婚姻。也就是说，双方都感到无能为力，并感到自己被另一方所挟持。"

他的手指在卡片上绕来绕去。"在过去一个月里，我学到了两件事。第一件事，IT 很重要。IT 不是一个可以轻易委托外包的部门。公司的每一项重大活动都有 IT 的参与，而且 IT 对日常运作的方方面面都起着关键作用。"

他说："我知道，目前，这个领导团队的表现对我们公司的成功是至关重要的，没有其他事比这更重要，绝对没有。"

"我学到的第二件事是，我的行动几乎让我们的所有 IT 问题都更加恶化。我否决了克里斯和比尔关于增加预算的请求，我拒绝了比尔提出的延长时间把凤凰做好的请求，在没有得到我想要的结果时，我还直接插手去管各种事情。"

然后史蒂夫看着我说："我最对不起的人是比尔。他告诉我那些我不想听的事，而我回绝了他。事后看来，他完全是正确的，而我则完全错了。比尔，我对此非常抱歉。"

我看到韦斯张大了嘴巴。

我尴尬透了，只好说："现在一切都过去啦。就像我昨天对你说的，史蒂夫，不用对我道歉。不过我对此深感欣慰。"

史蒂夫点点头，对着手上的卡片看了一会儿。"我们面对着巨大的挑战，需要一个杰出的团队发挥出最佳水平。然而，我们还不完全信赖彼此。我知道，对此我要负一部分责任，但现在是时候结束这种状况了。"

"整个周末，我都在回顾自己的职业生涯，你们可能也知道，我的职业生涯随时都可能终结，董事会已经说得很清楚了。我知道，我最值得骄傲的时刻都是在伟大的团队中经历的。不论是我的职场生活，还是我的个人生活，都是如此。"

"一个伟大的团队并不代表他们拥有最聪明的人。使团队变得伟大的因素，是每个人都互相信任。当那种神奇的动力出现，就会让整个团队充满力量。"

史蒂夫继续说："我最喜欢的一本关于团队动力学的书是帕特里克·兰西奥尼的著作《团队发展的五大障碍》。他在书中写道，想要在团队中达成相互信任，你需要展现出自己脆弱的一面。所以，我要告诉你们一些关于我个人的事情，以及是什么让我有动力走到今天。然后我会请你们也这样做。"

"这可能会让你们感到不舒服，但你们都是领导，这是我对你们的一项要求。如果你们不能为自己而做这件事，那就想想无极限零部件公司将近4000名员工和他们的家人吧，这是为了他们今后的生活福祉。我不会轻率地承担那个责任，你们也一样。"

哦，该死。那就是"领导班子外场会议"的另一项内容，我都把它忘了。人际互动之类的破事儿。

每个人都像我一样，穿上了他们的"护盾"，但史蒂夫毫不理会会议室里急剧增加的压力。"我出身于一个一贫如洗的家庭，但我是家里第一个成功进入大学的人，我对此无比自豪。在我之前，我们家没人读到高中毕业。我在得克萨斯的乡下长大，我的父母在一家棉纺织厂工作。放暑假的时候，我和兄弟们还没到去厂里工作的年龄，于是我们就在田野里摘棉花。"

上世纪的人需要在田里手工摘棉花吗？我在心里快速盘算，琢磨着这是不是真的。

"然后我进了亚利桑那大学，感觉自己来到了世界之巅。我的父母没钱付学费，于是我在一家矿场找了份工作。"

"我不知道那时候有没有职业安全与健康管理局，不过要是他们去过那家矿场，肯定会把它关闭的。那里又危险又肮脏。"他指着左耳说，"一些炸药在离我太近的地方爆炸，这只耳朵因此失去了大部分听力。"

"后来我在一家管道生产厂谋到一份差使,帮助维护设备,我终于迎来了第一次重大转机。这是我第一份需要开动脑筋的工作。"

"我学习了管理,更重要的是,我希望在大学毕业后从事销售工作。以我在工厂的见闻看来,那些销售人员拥有世界上最好的工作。他们和客户喝酒吃饭的钱都可以报销,他们在城市之间旅行,考察最顶尖的工厂都是怎么做的。"

史蒂夫伤感地摇摇头:"但结果并非如此。为了付学费,我参加了预备役军官训练团,在那里,我第一次看到来自美国中产阶级的孩子们都是什么样的。那也意味着,我在大学毕业后不能去公司工作,而要先服完兵役。在部队服役期间,我发现自己对物流充满兴趣。我能确保各项物资到达它们该到的地方。不久之后,大家需要什么东西都会来找我,我也凭着这一点而小有名气。"

我被吸引住了。史蒂夫是个讲故事的高手。

"然而,一个可怜的乡巴佬,身边全是来自上层家庭的人,这是很难熬的。我觉得必须向所有人证明我自己。我当年25岁,还有一些副官经常说我又笨又慢,因为我的口音和举止……"他说,声音突然变得有些沙哑。

"这让我进一步下定决心,一定要证明自己。9年后,经过一段卓越的军旅生涯,我准备离开部队。就在我退役之前,我的指挥官对我说了一席话,那些话改变了我的人生。"

"他说,虽然我一直保持着很高的绩效分数,但所有和我共事过的人都不想再和我一起工作。他告诉我,假如有一个'十年混蛋奖',我一定会以巨大优势稳拿。他还说,如果我想出人头地,就得改掉这个坏毛病。"

我用余光瞥到韦斯看了克里斯一眼,但克里斯完全不搭理他。

"我知道你们在想什么。"史蒂夫说,对韦斯点点头,"这是我人生中最受打击的时刻之一。我意识到自己在生活方式上犯了很大的错误,而这个错误也违背了自己的价值观。"

"之后的30年里,我不断学习如何建立起真正相互信任的伟大团队。一开始我是一名物料经理,然后成了工厂经理、市场总监,后来又成了销售运维部负责人。接着,12年前,我们公司当时的CEO鲍勃·斯特劳斯,聘用我成为新任首席运营官。"

史蒂夫缓缓吁了口气,搓了搓脸,突然之间显露出倦意和老态。"不知怎么的,就像在部队时那样,我又一次走错了路。我又成了自己当初发誓不会再成为的那种人。"

他不再讲话,环视四周。一阵长时间的沉默,我们看着他,他凝视着窗外。明亮的阳光透过会议室的窗户倾泻而下。

史蒂夫说:"我们面临着很多需要解决的重大问题。埃瑞克是对的。IT不只是一个部门。IT是我们在整个公司层面需要发展的一种能力。而且我知道,如果我们可以把自己重新打造成一个伟大的团队,在这个团队里大家都能彼此信任,那么我们就能成功。"

然后他说:"你们愿意不惜一切代价,帮助建立一个大家都能相互信任的团队吗?"

史蒂夫环顾会议桌。我发现每个人都全神贯注地回视着他。

克里斯首先发言:"我愿意。在一个糟糕的团队里工作太讨厌了,所以如果你愿意帮忙纠正它,我完全赞成。"

帕蒂和韦斯也在点头,然后每个人都转过头来看着我。

第 19 章

9月23日，星期二

最后，我也点了头。

帕蒂说："你知道，比尔，我认为你在过去几周里干得很出色。很抱歉我对你的辞职做出了那样的反应。我看到整个 IT 组织的运作已经出现了这么大的改变。这是一个抵制各类流程的组织，而且部门之间存在严重的信任问题。但是由于你的功劳，这里已经起了惊人的变化。"

"我的看法一样。我想我也很高兴你回来了，你这个大懦夫。"韦斯哈哈大笑，"不管我在第一天都说过些什么，我都不想要你的位子。我们这儿需要你。"

我很尴尬，只好微笑着接受他们的评价，但我又不希望他们喋喋不休，只好说："好吧。谢啦，伙计们。"

史蒂夫观察着我们的互动，点点头。最后，他说："让我们在座的各位挨个儿说说自己的个人经历吧。在哪里出生。有多少兄弟姐妹，和他们相处得怎么样。什么样的事件帮助你长大成人。"

史蒂夫继续说："这个练习是为了让我们以平常人的身份相互了解。你们已经了解了我的一些经历和弱点。但那还不够。我们需要更深入地了解彼此。那样才能建立起信任的基础。"

他环顾四周，说："谁想第一个说？"

哦，该死。

海军陆战队员可不喜欢这种公开表露感情的事情。我立刻移开视线，不想被第一个叫到。

克里斯自告奋勇了，我松了一大口气。

他开始说:"我出生在贝鲁特,是 3 个孩子中最小的一个。18 岁之前,我在八个不同的国家生活过。因此我会说四种语言。"

克里斯告诉我们,他和他的妻子用了 5 年时间尝试着想要一个孩子,不得不对妻子实施不孕不育注射治疗的苦恼,而且第三次仍以失败告终。

然后他说,奇迹发生了,他们有了一对一模一样的双胞胎男孩,可是孩子们有并发症,早产后的 3 个月里,都只能和他的妻子一起住在重症监护室里。他夜夜祈祷,希望他们会康复,不愿其中一个失去对方而独自生活,因为他们之间生来就有着常人所没有的那种相互理解。

他还说,这段经历让他明白,他曾经多么自私,而对孩子的愿望则是无私的。

我惊讶地发现自己强忍着泪水,感受到克里斯对孩子们的未来最真挚的热望。我暗自察觉,其他人也和我一样。

"感谢你的分享,克里斯。"过了一会儿,史蒂夫郑重地说。然后他四下扫视:"谁接着说?"

下一个是韦斯,我很惊讶,却又如释重负。

我了解到,他订过三次婚,每次都在最后一刻取消了婚约。等他终于结婚后,很快又离婚了,因为他妻子讨厌他疯狂赛车的爱好。

一个体重接近 110 公斤的家伙怎么能开赛车?

韦斯有四辆车,哪怕他不是无极限零部件公司的员工,也会跻身我们的狂热主顾之列。他的业余时间大部分都花在他的马自达米亚塔和旧款奥迪上,他几乎每周末都开它们出去飙车。显然他从儿童时期开始就要为了减肥事业而奋斗终身。他还谈到自己曾被逐出家门。

他依然在和体重作斗争。不是为了结交朋友或者为了健康,而是想方设法追上那些骨瘦如柴的亚裔青少年赛车手,他们的年龄比他小一半。他还参加过两次减肥训练营。

一阵长时间的沉默。

我紧张得笑不出来。

史蒂夫终于说:"感谢你的分享,韦斯。下一个是谁?"

我抿紧嘴唇,帕蒂举手了,我又松了口气。

我们了解到,她其实是主修艺术专业的。她居然是我嘲笑了大半辈子的那类人?可是她看起来那么理性!

她告诉了我们一个"聪明的大胸四眼妹"的成长过程,以及自己如何为了找到人生定位而不断尝试。她在大学里换了 5 个专业,然后退学去佐治亚州雅典城当了一名创作歌手,在两年时间里她和她的乐队一起去全国各地的俱乐部巡回演出。她回校取得了艺术硕士学位,但是,艺术家谋生不易,在面临生活窘迫的挫折之后,她申请来到无极限零部件公司工作。由于一条当时仍然记录在案的公民抗命拘留,她差点没被录用。

帕蒂说完,史蒂夫感谢了她。然后他带着让我不安的微笑说:"谢谢。那就只有你了,比尔……"

虽说早知道会有这一刻,我还是感到整个房间似乎渐行渐远了。

我对谈论自己感到深恶痛绝。在海军陆战队里,我能够树立起的形象就是简单粗暴地让手下去做份内的事儿。我的工作就是用多一点的智慧和大一点的嗓门,让手下的人都有口饭吃。

我不和同事分享自己的感受。

或者说,我几乎不和任何人分享自己的感受。

我看着面前的笔记本,上面被我写好了要分享的内容。我看到的全是紧张的涂鸦。

会议室内几乎鸦雀无声,每个人都满怀期待地看着我。我发现他们并没有不耐烦。相反,他们看起来既耐心又和善。

我看到帕蒂的表情变得充满同情。

有那么一会儿,我抿紧嘴唇,然后脱口而出:"对我影响最大的事?应该是我明白了我妈妈做的一切都是为了我们,而我爸爸则完全靠不住。他是个酒鬼,要是事情不顺,所有兄弟姐妹都躲着他。但是有一天,我终于受够了,离家出走了。我离开了他们。那时候我最小的妹妹只有八岁。"

我继续说:"要知道,被逮捕是我这辈子遇到过的最好的事情之一。另一种选择是只能回家去。所以,我加入了海军陆战队。那把我引入了一个全新的世界,我在那里学到,有另外一种完全不同的人生道路。军旅生涯让我明白,一个人可以通过做正确的事情、照顾好战友而获得奖励。"

"我学到了什么?那就是,我的主要目标是成为一个很好的父亲,不做一个像我父亲那样的烂人。我要成为儿子们眼中合格的男子汉。"我感到眼泪从脸上滑落,我擦掉泪水,觉得很愤怒,我的身体背叛了我。

"这样你该满意了吧,史蒂夫?"我说话时的怒意超出了自己的想象。

史蒂夫露出一丝笑容,点头缓缓说道:"谢谢你,比尔。我知道这个练习对你和大家来说都一样艰难。"

我缓缓呼了口气,又深吸一口气,试图重新找回某种我尚未意识到自己业已失去的平衡感。

令人不安的沉默继续蔓延。

"我知道我没资格说这话,比尔。"韦斯慢慢地说,"但我相信你爸一定非常为你感到骄傲。他也会明白,他自己曾经是个怎样的混蛋,和你比起来。"

我听到桌子周围爆发出一阵笑声,帕蒂平静地说:"我同意韦斯的说法。你的孩子们永远想不到他们有多走运。"

韦斯哼了一声表示同意,克里斯向我点头致意。我发现自己哭了,这是近三十年来的第一次。

我无地自容,重新振作起来看着大家。

我看到每个人都转移了思路,再次把注意力集中到史蒂夫身上,他正在四下环顾。我松了口气。

"首先,我想感谢在座各位的自我奉献,和我一起参与这个练习。"他说,"虽说更深入地了解你们每一位是件好事,但假如我不认为这很重要,我是不会这样做的。解决各种复杂的业务问题需要团队合作,而团队合作需要相互信任。兰西奥尼教导我们,展现自己脆弱的一面有助于建立起信任的基础。"

"我知道,要说通过今天这个会议,大家就能明确地知道下一步该干什么、分配好优先级别和各自的任务,那是不现实的。"他继续说,"但我希望我们能够达成共识,向着最终的解决方案更进一步。"

史蒂夫把双手放在身前,说:"开始吧,我想说的是,我们的一个主要问题是没有遵守自己提出的每一项承诺和工作计划。IT 部门以外的人总是抱怨,我们的每一个既定目标都没有完成。差得很远。"

"这让我觉得,"他环顾四周说,"在 IT 部门内部,我们可能不擅长对彼此做出承诺。有什么想法吗?"

令人不安的沉默。

"看,我不想斤斤计较。"终于,克里斯防范地说,"不过要是看一下实际指标,我们团队几乎每个重大项目都是按时完成并交付的。我们是遵守约定的。"

"对,就像你按时完成了凤凰那样,对不对?"韦斯嘲讽地说,"现在那成了一件大功劳了。我听说史蒂夫对你们上周的表现可是深以为荣。"

克里斯的脸涨红了,把双手都举到身前。"我不是那个意思。"他想了一会儿,补充道,"那完全是一场灾难。但是,严格说来,我们的确按时完成了。"

"如果那是真的,"我进一步说,"那我们关于'已完成项目'的定义就出了大问题。如果那是指'克里斯完成了他的各项凤凰任务吗?',那么它就是成功的。但如果我们希望凤凰投产后能够满足业务目标,不会把整个公司推进火坑,那我们就该说它完全失败了。"

"别再思前想后的了。"史蒂夫打断我,"我已经告诉莎拉,凤凰是本公司有史以来最糟糕的实施项目之一。关于成功还有什么更好的定义？"

我想了一会儿，最终说："我不知道。不过这是一种循环模式。克里斯的团队从来不把运维部需要做的工作列入考虑范畴。即使他们考虑了，也把工作计划里的所有时间都用光了，一点时间都不留给我们。而且我们总是被留下来，花很长时间收拾残局。"

克里斯理解地点点头，说："好吧，你和我正在修复其中的一些问题。一部分是计划和架构的问题，我们已经讨论过如何解决了。但你低估了你们团队的瓶颈问题。我们手上还有很多其他需要部署的应用程序，但因为你的团队忙得不可开交，其他所有排队等待的部署也都延误了。"

他补充道："不管哪一周，我们都有五到六个应用程序团队排队等候你的团队部署各种东西。要是出了什么故障，所有事情就堆积起来了。我无意冒犯，但是当你的人晚了，那就像是一个关闭的机场。在你知道这件事之前，已经有很多架飞机在空中盘旋，等待降落。"

韦斯大声抱怨："没错，好吧，那就是你们制造的飞机迫降时发生的事，完全摧毁了机场跑道。"

然后韦斯举起一只手表示和解。"听着，我不是在指责你，克里斯。我只是在陈述一个众所周知的事实。只要部署没有按计划进行，就会影响到其他所有人，不论计划是你的团队还是我的团队制定的。"

我点头同意韦斯的描述方法。令人惊讶的是，克里斯也点点头。

我回答："埃瑞克帮助我理解了，有四种类型的IT运维工作：业务项目，IT运维项目，变更，以及计划外工作。但是，我们只在讨论第一种类型的工作，当我们把这种工作做错了，计划外工作就随之产生了。我们只讨论了在IT运维部开展的一半工作。"

我转身看着史蒂夫说："我给你看过我们的项目清单。除了35个业务项目之外，我们另有约75个运维项目。我们已经积压了几千个变更，它们显然都有实施的必要。除此之外，我们的计划外工作越来越多，大多是由我们脆弱的应用程序故障导致的，包括凤凰。"

我斩钉截铁地说："鉴于眼前的工作量，我们现在可以说是大大超出了人力负荷。我们还没把审计发现修正的大项目合理地计算进去呢，史蒂夫说这仍是首要任务。"

我发现史蒂夫和克里斯渐渐开始明白了。

说到这个……

我环顾四周，感到有点困惑。"嘿，约翰在哪里？如果我们要讨论审计合规，难道他不应该在场吗？还有，难道他不是IT领导团队的一员吗？"

韦斯轻叹一口气，翻了个白眼说："哦，好极了，他正是我们需要的人。"

史蒂夫似乎吓了一跳。他看了看之前拿在手上的索引卡片。然后他的手指划过面前一份打印出来的日程表。"该死。我忘记邀请他了。"

克里斯咕哝着:"好吧,我们已经做完这么多事了。也许这是因祸得福,对不对?"不安的笑声更响了一些,但大家都显得很尴尬,我们在约翰不在场的情况下取笑了他。

"不,不,不,我不是那个意思。"史蒂夫立刻说,看上去最尴尬的就是他了。

"比尔说得对,我们需要他在场。大家都休息十五分钟。我去让史黛西找他。"

我决定散散步,整理一下思路。

十分钟后,我回到会议室,看到会议室里的垃圾又增加了不少:装了半杯咖啡的一次性杯子,放着剩余食物的盘子,揉皱的餐巾纸。

会议室对面,帕蒂、韦斯正和克里斯热烈地讨论着。在会议桌的另一头,史蒂夫正在打手机,埃瑞克看着墙上挂的汽车零部件图片。

我正想参与帕蒂和韦斯的讨论,却看到约翰走进会议室。当然,他胳膊下面夹着那个黑色三孔活页夹。

"史黛西说你找我,史蒂夫?"他说。他慢慢环顾四周,看到种种证据表明,在他到达之前会议早就已经开始了。"我错过会议通知了吗?还是说我又被漏掉了?"

几乎每个人都尽量避免接触他的眼神,他更大声地说:"嘿,闻起来像是有人刚在这里上过床一样。我错过了什么好事吗?"

克里斯、帕蒂和韦斯停止交谈,故作冷淡地返回原位。

"啊,很好,你来了。我很高兴你能来。"史蒂夫毫不介意地说,"请坐。我们继续开会吧。"

"约翰,我没给你发邀请函,对不起。都是我的错。"史蒂夫一边说一边走向桌首,"我昨天开完审计委员会会议后,拖到最后一刻才组织了这次会议。意识到我在让所有IT问题更加恶化方面的错误之后,我想召集IT领导团队,看看能否对我们在项目、运行稳定性和审计合规中存在问题的解决方案达成一致的大方向。"

约翰疑惑地看看我,挑了挑眉。

我很好奇,史蒂夫居然完全没提我们"弱点分享"的事,大概他也知道,要是这个练习不能重来一次的话,倒不如提也别提来得更好。

我向约翰点点头以示安慰。

史蒂夫对我说:"比尔,请继续说。"

"说到承诺这个词,让我想起了上周埃瑞克问我的一些事,它们让我很困惑。"我说,"他问我,我们决定是否接受一个新项目的依据是什么。我说不知道,他又带我去MRP-8制造车间转了一圈。他带我去见了制造资源计划协调员艾丽,问她是如何决定是否接受一个新订单的。"

我向前翻到那页笔记,"她说,她会先看订单,再看原材料和工艺清单。在此基础上,她还会看车间里相关工作中心的负荷量,然后决定接受这个订单是否会损害现有的工作承诺。"

"埃瑞克问我,在IT部是怎样做出相同类型的决定的。"我回忆着,"我当时告诉他,而且现在我也告诉你,我不知道。我确信,我们在接受工作之前,不对工作能力和工作要求作任何形式的分析。也就是说,我们总是在赶工,不得不走捷径,那就意味着在生产中出现更多脆弱的应用程序。也就意味着将来会出现更多的计划外工作和救火工作。因此,我们一直在原地打转。"

我很惊讶,埃瑞克居然插话了:"说得好,比尔。你刚才描述的是未偿还的'技术债务'。它来自于走捷径,那在短时间内也许行得通。但是就像金融债务一样,久而久之,利息成本会越滚越高。如果一个部门没有付清它的技术债务,公司的每一份努力都将以计划外工作的形式来偿还那些技术债务的利息。"

"正如你们所知,计划外工作可不是免费的。"他继续说,"恰恰相反。它非常昂贵,因为计划外工作的代价是牺牲……"

他像教授似的四处环顾,等待回答。

终于,韦斯开口说:"计划内工作?"

"对极了!"埃瑞克愉快地说,"是的,完全正确,切斯特。比尔提到了四种类型的工作:业务项目、IT运维项目、变更以及计划外工作。如果不加控制,技术债务必将导致公司里唯一能够完成的工作就是计划外工作!"

"听起来我们的确是这样的。"韦斯点头说道。然后他紧紧盯着埃瑞克说,"还有,我叫韦斯,不叫切斯特。我的名字是韦斯。"

"对,是韦斯。"埃瑞克欣然同意。

他用演讲的腔调对其他人说:"计划外工作还有一种副作用。当你把所有时间都用来救火,就没有时间和精力去制定计划了。当你们所做的只是被动应付,就没有足够时间开展繁重的脑力劳动,弄清楚是否可以接受新的工作。那么,盘子里塞进了越来越多的项目,每个项目的可用工作周期都变短了,那就意味着会有更多有害的多任务处理,劣质代码也会增加,也就是说会出现更多走捷径的情况。正如比尔所言,'我们一直在原地打转'。这是IT工作能力上的死循环。"

我对埃瑞克给韦斯乱起名字感到暗自好笑。我不清楚他在玩什么智力游戏,但看起来非常有趣。

我心里没底,于是问史蒂夫:"我们可以说'不'吗?每次我请你优先处理或者推迟一个项目工作,你就狠狠地教训我一顿。当每个人都习惯于相信,说'不'是不被接受的回答，我们就都成了百依百顺的接单员，盲目地按照既定路线办事。我不知道这是否也是我前任的遭遇。"

韦斯和帕蒂微微点了点头。

甚至连克里斯也点头了。

"你当然可以说'不'！"史蒂夫满脸怒容，气呼呼地回答。他深吸一口气，然后才说："我把话说清楚。我需要你们说'不'！我们不能让这个领导团队变成一群接单员。我们给你们付工资，是为了让你们思考，而不只是执行！"

史蒂夫看起来愈加愤怒，他说："最关键的是公司的生存！这些项目的结果决定着整个公司的生死存亡！"

他正视着我说："如果你，或者其他任何人，知道某个项目会失败，我需要你们说出来。而且，我需要你们的观点有数据支撑。就像那个车间协调员给你们看的数据，我就需要那样的数据，那样我们就能明白缘由。对不起，比尔，我很看好你，但只根据直觉说'不'是不够的。"

埃瑞克哼了一声，咕哝道："这样的花言巧语很不错，史蒂夫。非常动人。但你知道你的问题是什么吗？你那些业务部门的人被项目搞得晕头转向，不断承担着新的工作，却对成功不抱任何希望。为什么？因为你完全不知道你们的实际工作能力有多少。你就像个一直在开空头支票的家伙，因为你不知道自己有多少钱，而且从不费心打开邮件。"

"我给你们讲个故事吧。"他说，"我来告诉你们，在我没去之前，那个 MRP-8 工厂是什么样子的。那帮可怜虫会收下所有的牛皮纸信封，里面装着各种疯狂的订单。业务部门会做出一些不合理的承诺，保证在某个不可能的时间发送某些产品，无视系统中已有的全部工作。"

他继续说："每天都噩梦不断。库存一直堆到了天花板。有没有什么系统性的方法让半成品通过车间？见鬼，没有！完成哪些工作，要看谁的喉咙最响、叫得最多，谁能和督办员私底下搞好关系，或者谁和高层搭得上关系。"

我从未见过埃瑞克这样生气勃勃。"我们弄清楚约束点在哪里之后，就着手恢复理智。然后我们保护约束点，确保约束点从不浪费时间。而且我们竭尽全力确保工作流经约束点。"

然后埃瑞克平静下来，只是说："要解决你们的问题，除了学会如何说'不'，你们要做的还多着呢。那只是冰山一角。"

我们都看着他，等他继续说下去。但是他却站起身，走向他的行李箱，打开箱子，里面是乱糟糟的一堆东西，有衣服、一根浮潜呼吸管、一只垃圾袋，还有几条四角内裤。

他开始翻箱倒柜，最后拿出一袋燕麦棒，合上箱子走回会议桌。

我们眼睁睁看着他拆开燕麦棒的包装袋，吃了起来。

史蒂夫似乎和其他人一样迷惑不解，最后他说："埃瑞克，那是一个引人入胜的故事。请继续说下去。"

埃瑞克叹了口气道："不，我想说的就那么多。要是你们从中还不明白自己需要做些什么，那你们就真的没什么指望了。"

史蒂夫愤怒地拍了下桌子。

但我的脑子在飞速运转。

我们需要做的不只是更好地区分轻重缓急。虽然有些麻烦，但我已经知道优先事项是什么了：凤凰。让审计发现走开吧。同时让所有事情都保持正常运转。

我们认为，我们知道约束点在哪里。是布伦特。布伦特，布伦特，布伦特。而且我们已经开始采取措施保护布伦特不受计划外工作的影响。

我知道，我没法招募更多人手。

我也知道，我部门的工作负荷已经完全失控了。

经系统允许的工作如潮水般袭来时，我还没那么大的本事让它们大幅度减少。因为从来没人说过"不"。

我们的错误在我之前很久就已经铸成了。祸根在克里斯接下项目并在完成过程中不得不走捷径的时候就埋下了。

我们怎样才能扭转这种荒唐的情形？

然后有个奇怪的想法冒了出来。

我又思考了一会儿。听上去完全不合情理，但我还没发现逻辑上有什么缺陷。

我说："史蒂夫，我有个想法。不过请先让我把整个想法全部说完，然后你再做出回应。"

接着我把自己的想法告诉了他们。

史蒂夫第一个发话了："你一定是疯了。"史蒂夫说，他一开始只是怀疑，最终转为愤怒，"你想停下来不干活？你以为我们是谁？种马铃薯的农民吗？领了补助金不用去种地？"

我还来不及回答，约翰就大声说："我同意。你的想法似乎恰恰是错误的做法。我们正面临着最后一次做正确事情的生死关头。我们得趁热打铁。对我们来说，这是一场及时雨，我们终于能拿到所需的预算了，不仅可以做正确的事，还能把正确的事做好。"

他开始比划着手指，快速陈述观点："我们有惊动了董事会的审计发现，不能失败的高知名度项目，还有一个不能再次发生的运行故障。我们应该火力全开，解决掉安全控制问题，一劳永逸。"

韦斯突然大笑着打断了约翰："我太吃惊了！我以为你会爱死比尔的想法的。我是说，你喜欢阻挠事情完成，喜欢说'不'，对吧？这对你来说应该就像梦想成真一样！"

约翰的脸涨得通红，显然准备要猛烈反击了。但是韦斯用巨大肥厚的手按住了他的肩膀，微笑着说："嘿，我是开玩笑的，行了吧？只是开个玩笑。"

每个人都开始说话，埃瑞克突然站起来，把燕麦棒包装纸揉成一团，隔空扔向房间对面的废纸篓，却扔歪了。他把身子靠回椅背，说："比尔，我认为你的提议很精明。"

他看着约翰，继续说道："记住，吉米，我们的目标是提高整个系统的生产能力，不只是提高任务的完成数量。要是你们连一个可靠的工作系统都没有，我为什么还要信任你们的安全控制系统？呸。完全是浪费时间。"

约翰困惑地回头看着埃瑞克："什么？"

埃瑞克叹了口气，翻了个白眼。他没有回答约翰，而是把目光转向了史蒂夫。"你曾是一位工厂经理。可以把这件事想成是在足够多的半成品完成并离开工厂之前，先冻结原材料的发布。为了控制这个系统，我们需要减少移动件的数量。"

史蒂夫似乎没有被说服，埃瑞克在座位上倾身向前，直率地问他："假设由你管理MRP-8工厂，库存已经堆到了天花板。如果你停止向车间发布工作和原材料，会发生什么事？"

史蒂夫对自己变成了问题的目标感到有些惊讶，他考虑了一会儿，说："工厂里的半成品数量会下降，因为工作将会开始以成品的形式离开工厂。"

"正确。"埃瑞克说，赞许地点点头，"那么交期性能可能会怎样？"

"交期性能会提升，因为半成品降低了。"史蒂夫说，他看上去越来越疑惑和不情愿，不知道艾瑞克要把他引导到哪里去。

"是的，非常好。"埃瑞克鼓励他，"但另一方面，如果你允许工厂继续接受订单并发布新的工作，库存水平会怎么样？"

过了一会儿，他说："半成品会增加。"

"好极了。"埃瑞克说，"那么交期性能会怎样？"

史蒂夫看起来活像是刚吞下了什么不合胃口的东西似的，最终他说："每个人都知道，在生产中，半成品增加，交期性能就会下降。"

"稍等一下，"他瞥了埃瑞克一眼说，"你该不是真的说这对IT也同样适用吧？你是说中止除凤凰外的其他一切工作，我们就能减少IT部门的半成品数量，而且还会提高交期性能？你真是这样认为的？"

埃瑞克把身子靠回椅背，看起来很高兴。"是的。"

韦斯说："难道那不会让我们中的大部分人闲得无聊、无事可干吗？那就是130个IT运维部的人干坐着。那听起来不是有点儿……浪费吗？"

埃瑞克嘲讽地笑了笑，说："我来告诉你什么是浪费。超过1000个变更卡在系统里，看不到完成它们的方法，这听起来怎么样？"

韦斯皱起眉头。然后他点头说："的确如此。在帕蒂的变更板上，卡片数量一直在增加。如果那就是半成品，显然增加的速度已经失控了。恐怕用不了几周，我们也会让那些卡片堆到天花板了。"

我点点头。他是对的。

我的想法是，IT运维部和开发部在两周内不再接受新项目，并且除了与凤凰相关的工作之外，停止IT运维部的其他所有工作。

我环顾四周。"要是我们在两周内只扑在一个最重要的项目上，还不能产生重大影响的话，那我想我们就都该去找新工作了。"

克里斯点头说道："我认为我们应该试一试。我们将继续开展其他正在进行的项目，但我们会冻结除凤凰外的所有部署工作。根据比尔的观点，我们现在只能这么做了。毫无疑问，凤凰会是每个人的头等大事。"

帕蒂和韦斯都点头赞同。

约翰双臂交叉，说："我不确定是否可以支持这种疯狂的提议。首先，我从没见过哪家公司做过任何类似这样的事情。其次，我担心的是如果这样做，我们就会失去修复各项审计问题的机会。史蒂夫之前也说过，那些审计发现同样可能会毁了公司。"

"知道你的问题是什么吗？"埃瑞克指着约翰说，"你从来没有彻头彻尾地了解过公司的整个流程，我向你保证，你想实施的控制大部分都是没有必要的。"

约翰说："什么？"

埃瑞克又没回答他的问题。"目前别担心这个。就让不可避免的事情发生吧，看看我们能从中学到些什么。"

史蒂夫对约翰说："我理解你对安全问题的关注。但尚未解决的审计发现并不是我们公司面临的最大危险。公司面临的最大危险是无法生存下去。我们需要通过凤凰，重获竞争优势。"

他顿了一下，然后说："我们把审计项目冻结一周，看看是否会让凤凰的工作产生变化。如果没有，那就把审计修复工作重新摆到首位。好吗？"

约翰勉强地点点头。然后他把三孔活页夹翻到某一页，作了一些笔记。也许他是在记录史蒂夫的许诺。

"史蒂夫，想要实现这件事，我们肯定需要你的帮助。"我说，"我手下的人常常要全副武装地应付公司几乎每个经理手头所谓最要紧的活儿。我认为，我们需要你向全公司的人发一封电子邮件，不仅解释清楚这样做的理由，还要告诉大家，如果擅自把未经授权的工作传入系统，将会面临什么样的后果。"

埃瑞克发出赞同的声音。

"没问题。"史蒂夫马上回答，"会议结束后，我会给你们每个人发一份草稿。大家修改后，我就把它发给全体公司经理。满意了吗？"

我尽量不流露出难以置信之情，说："满意。"

接下来一小时中我们达成的一致意见令人惊讶。IT 运维部将会冻结所有和凤凰无关的工作。开发部不能让他们的二十多个与凤凰无关的项目空转，但他们会冻结所有部署工作。换句话说，接下来两周内，不会有工作从开发部流向 IT 运维部了。

此外，我们将确认最主要的技术债务，开发部会对其进行处理，以减少问题应用程序所产生的计划外工作量。这些都会让我团队的工作负荷变得截然不同。

此外，克里斯和柯尔斯顿将会检查所有尚未开展的凤凰任务，从其他项目里悄悄地挪一些人力资源过来，继续开展这些任务。

每个人看起来都精力充沛、兴奋不已，准备把计划落实到位，连约翰也是如此。

大家离开前，史蒂夫说："感谢大家今天出了这么多好主意，也感谢你们分享了一些关于自己的事。我觉得现在我更加了解你们了。而且，虽然比尔的项目冻结计划很疯狂，但我想它会起作用的。我期待，今后这个团队还会做出更多伟大的决策。"

"正如我说的那样，我的目标之一，是让我们建立起一个能够互相信任的团队。"他继续说，"大有希望的是，我们已经朝这个方向前进了一小步，我希望大家今后继续保持坦率真诚的交流。"

他环顾四周，问道："在此期间，你们还有什么需要我做的吗？"

没人提出要求，于是就散会了。

我们都站起身准备离开，埃瑞克大声说："干得好，比尔。我自己都不会做得这么好。"

第20章

9月26日,星期五

三天后,我坐在办公桌前,尝试在笔记本电脑上打开一份柯尔斯顿发来的凤凰进度报告。电脑发出嗡嗡的喘息声,我心里计算着,自从约翰的安全补丁锁死了我原来的笔记本电脑后,已经过去多少个星期了。

拿到替代笔记本电脑就像抽奖。有个市场部经理建议我去买通一下客服人员,这听起来很有吸引力,但我不愿意插队。既然我是负责制定和执行这些规则的人,我就得按规则行事。我写了条笔记,要和帕蒂谈谈,我们亟须缩短更换这些笔记本电脑的交付时间。

那封电子邮件终于显示出来了:

发件人:柯尔斯顿·芬格尔

收件人:史蒂夫·马斯特斯

抄送:比尔·帕尔默、克里斯·阿勒斯、莎拉·莫尔顿

日期:9月26日,上午 10:33

主题:项目前线传来的好消息!

史蒂夫,

我们终于有了一些进展。项目冻结行动让 IT 得以把力量聚焦到凤凰上,这帮助我们打破了僵局。我们在之前七天里完成的工作比以往整个月完成的工作还要多。

感谢团队中的每一位!

还要注意:很多项目主管对其项目被叫停感到非常失望。尤其是莎拉·莫尔顿,她认定她的几个项目应该免于冻结。我把她的诉求提交给你了。

附件里是正式状态报告。如有任何问题,请告诉我。

柯尔斯顿

尽管关于莎拉又在捣乱的内容让我咬牙切齿,但这封邮件绝对是个极好的消息。

我们一直在期盼着冻结行动的成效,但不管怎样,好消息总是受欢迎的,尤其是在这周早些时候发生的事情之后。由于一个1级严重级别事故,我们遇到过一次很大的挫折,那个事故影响了所有的内线电话和语音邮箱系统,让销售和制造部门在季度的最后一天陷入了瘫痪。

那个服务中断发生后两小时,我们发现它是我们的一个网络服务供应商造成的,他本来应该对我们的生产电话系统进行热备份,却意外对系统作了一个变更。

这个服务中断将影响到我们的季度收入,但我们不知道影响会有多大。为了避免再次发生这样的事,我们正在发起一个项目,以便监控关键系统是否出现未经批准的变更。

韦斯、帕蒂和约翰正围坐在帕蒂的会议桌边,讨论这个监控项目。

我说:"抱歉打断一下,不过我想和你们分享这个好消息。"我给他们看了柯尔斯顿的电子邮件。

韦斯把身子往后一靠,说:"好吧,这可以说是官方认可了。你的项目冻结行动正在起作用了。"

帕蒂看着他,显得很惊讶:"你竟然怀疑这件事?拜托,我们俩都说过,以前从没见过大家这样专注地干一件事。项目冻结行动在减少优先级冲突以及有害的多任务处理方面效果惊人。我们知道,它已经让生产效率大为改观。"

韦斯耸耸肩,微笑着说:"在柯尔斯顿表扬我们之前,这些都还只是我们自己的想法。"

他说到点子上了。柯尔斯顿认可了我们所取得的进展,这实在是太棒了。

"顺便说一下,"帕蒂说,"关于业务经理都在大发脾气的事,她可不是开玩笑。我已经接到越来越多副总裁的电话,要求豁免他们的种种得意项目,或者请求私下里帮他们完成一些工作。不只是莎拉,只不过她最明目张胆、说得最直接。"

我皱起眉头:"好吧,那是我们工作的一部分,而且是意料之中的事。不过,我不希望有人把这种压力施加到我们的员工头上。韦斯?"

"我已经告诉团队里每一个人,把那些经理的抱怨都转到我这儿来。相信我,我给那些家伙挨个儿回了电话,把他们都训了一顿。"他说。

帕蒂说:"我已经开始担心了,项目冻结解除后我们该怎么办?会不会像打开防洪闸一样?"

她又一次指出了一些重要的事。我说:"我会给埃瑞克打电话,但在那之前,我们现在怎样来区分工作的轻重缓急？当我们投入某个项目、变更、服务请求或别的什么工作时，如何确定在某个给定时间要做什么事？如果同时有相同优先级的工作怎么办？"

"这些该死的事儿每天都在发生！"韦斯一脸怀疑地说，"那就是只留一个项目而冻结所有其他项目了不起的地方。大家都不用决定到底应该做哪件事。不准一心多用。"

"我问的不是这个。"我说，"当多条工作流同时进行时，如何决定在某个给定时间里应该做什么事？"

"好吧，"韦斯说，"我们相信他们会根据手头的数据做出正确的决定。那就是我们聘用聪明人的原因。"

这样不好。

我回想起项目冻结前，自己对布伦特的20分钟观察，我问："那么，我们那些聪明的员工是根据什么数据来决定优先级的？"

韦斯戒备地说："我们都尽可能同时把几件优先级相同的事处理好。那就是生活，对不对？优先级会变。"

帕蒂说："老实说，第1优先级是谁喊得最响，决定因素是谁能搬出最大的领导来。除非他们更加狡猾。我见过很多员工总是优先为某个经理服务，因为他每月带他们出去吃一次午餐。"

哦，好极了。除了一些被恐吓的工程师，我手下还有一些像连续剧《陆军野战医院》里的马克斯·克林格下士那样的工程师，在IT工作中经营着自己的黑市生意。

"如果这是真的，那我们就不应该解除项目冻结。难道你们没发现，我们完全没有向IT发布工作的可信有效的方法吗？"

我竭力控制住无奈的语气，说："帕蒂是对的。在项目冻结终止前，我们还得弄清楚很多事。也就是在一星期之内。"

我决定去外面快走一会儿。离下一场会议还有30分钟，我需要思考一下。

我从未如此心烦意乱。当系统里同时有不止一个项目时，我们如何避免从凤凰上分心，抑或如何保住它最优先的级别，不被业务部门的项目或者IT部门其他人的项目所取代。

阳光洒在我身上。此时是上午11点，我嗅到了秋天的气息。树上的叶子逐渐转成橘色与褐色，停车场上，落叶开始堆积。

尽管烦躁不安，但我依然发现，能够细细考虑我们需要做哪些工作、如何确定工作的优先级并发布工作，这件事让人神清气爽。少了那些不间断的应急事故，我一时间竟感到十分新奇，要知道，它们曾经占据了我的大部分IT生涯。

我们近来需要解决的问题是如此地需要智慧。

拿到MBA学位时我就认为，所谓管理，要做的就是这个。

我坚信，如果我们好好思考，就能做出真正的改变。那一刻，我决定给埃瑞克打电话。

"喂？"我听到他说。

"你好，我是比尔。你有时间聊聊吗？我对项目冻结有一些疑问。"我顿了顿，又补充道，"更确切地说，对解除项目冻结后会发生什么事有一些疑问。"

"好吧，是时候了。我还在想，你什么时候才会想到，有个巨大的新问题在等着你呢。"

我向他快速通报了柯尔斯顿发来的好消息，并概述了我们在考虑监控项目以及如何保护系统内的工作时偶然发现的那些问题。

"不赖啊，小子！"埃瑞克说，"显然，你已经把我们关于约束点的讨论内容付诸实践，并在尽量保护约束点不受计划外工作的打扰。你提出了关于'第一工作法'以及如何管理计划内工作流的问题，这些问题非常重要。除非你能做到这些事，否则就没法真正管理什么东西，对不对？"

"你感到困惑，因为你认识到，自己不懂得工作是如何运行的。"他继续说。

我压住一声恼怒的叹息。

"我想是时候再去MRP-8走走了。你多久能到那里？"他问。

我惊讶地问："你在城里？"

"对，"他说，"今天下午我要和审计师还有财务人员开个会，我决不会错过这个会的。你一定也要去啊。我们准备把约翰的脑袋砍下来。"

我告诉他，我能在十五分钟内到达MRP-8。

埃瑞克在大堂中央等我。

我被埃瑞克的装束吓了一跳。他穿了一件褪色的T恤和一件拉链连帽运动衫，上面的联盟标志也已经褪了色。他已经拿了一张访客证，正不耐烦地抖着腿。

"我是用最快速度赶过来的。"我说。

埃瑞克只是哼了一声，做了个手势叫我跟上他。我们再次爬上楼梯，站在连廊上俯瞰整个车间。

"告诉我你看到了什么。"他指着车间说。

我困惑地朝下看，不明白他想听什么。我从最明显的地方开始说："和上次一样，我看到原材料从左边的卸货道口运进来。在右边，我看到成品通过另一边的卸货道口离开。"

令人惊讶的是，埃瑞克居然赞同地点点头。"很好。那么在它们之间有什么？"

我俯视现场，感到有些傻，担心自己看上去像是被宫城先生盘问的龙威小子。但是，是我要求会面的，因此我只能说："我看到材料和半成品从左边流向右边，不过显然，它们移动得非常缓慢。"

埃瑞克从连廊上看过去,说:"哦,真的吗?就像是一条河流?"

他转向我,厌恶地摇着头说:"你以为这是什么,诗歌阅读课吗?突然之间,半成品像是流经光滑石头的河水?说正经的。一个工厂经理会怎么回答这个问题?工作是从哪里到哪里的,为什么?"

我再次尝试,说:"好吧,好吧。半成品按照材料和工艺的命令,从一个工作中心移到另一个工作中心。它们都在工作订单上,工作订单是在那边的办公桌上发布的。"

"这还差不多。"埃瑞克说,"你能找出这家工厂的约束点在哪几个工作中心吗?"

我知道,第一次踏上来这家工厂的奇异旅途时,埃瑞克就告诉过我了。

"烘房和涂料固化站。"我突然说。

"那里。"我说,我把车间扫视了一遍,终于认出了远处墙边的一套大型机器,"还有那里。"我说,指着标有"涂料站#30-A"和"涂料站#30-B"的大房间。

"很好。理解工作流是成功实现'第一工作法'的关键。"埃瑞克说着点了点头。随后他更加严肃地问:"那么现在,再次告诉我,在你的部门里,确定为约束点的工作站是哪几个?"

我笑了,毫不费力地回答:"布伦特。我们上次谈过的。"

他嘲讽地冷笑一声,转回身看着车间。

"怎么了?"我几乎叫嚷起来,"怎么可能不是布伦特?几周前,我告诉你约束点是布伦特,你还祝贺了我!"

"布伦特突然变成了一个机械化的烘房?你是说,在你看来,下面那个涂料固化站等同于布伦特?"他带着轻蔑的怀疑说,"你知道,那可能是我听过的最愚蠢的事。"

他继续说:"那么,你把手下的两个经理置于何地,切斯特和佩内洛普?让我猜猜。也许他们相当于那边的那个钻床站和那台冲压机?或者是那台金属粉碎机?"

埃瑞克严厉地看着我。"说正经的。我问的是,你们的约束点是哪个工作中心。想一想。"

我彻底糊涂了,再次朝下看着车间。

我知道,一部分答案是布伦特。但当我自信满满地脱口说出这个答案,埃瑞克又一次给了我当头一棒。

埃瑞克似乎对我把一个具体的人名作为答案十分恼火,看来布伦特只不过是其中的一个部分。

我再一次看着烘房。然后我看到了他们。两个穿着连身工作服、戴着安全帽和护目镜的人。一个人站在电脑屏幕前做记录,另一个在检查装车托盘上的一堆零件,用他的手持式计算机进行扫描。

"哦,"我自言自语,"烘房是一个工作中心,它和工人相联系。你问我,什么工作中心是我们的约束点,我告诉你那是布伦特,这是不正确的,因为布伦特不是一个工作中心。"

"布伦特是一个工人,不是一个工作中心。"我重复道,"而且我敢打赌,布伦特可能是个支持了太多个工作中心的工人。因此他也是一个约束点。"

"你总算听明白了!"埃瑞克微笑着说。他大幅度地比划着底下的车间,说:"想象一下,假如下面那些工作中心,有25%都只能由一个名叫布伦特的人来操作,工作流会变成什么样?"

我闭上眼睛开始思考。

"工作将无法按时完成,因为布伦特在同一时间只能呆在一个工作中心。"我说。我激动地继续说下去,"那正是我们这里发生的事。我知道,我们有很多计划好的变更,如果布伦特不在场,工作甚至都无法启动。一旦发生那样的事,我们就得去找布伦特,叫他扔下手上的活,那样另一个工作中心又不能运行了。要是他能在那儿待上足够长的时间,在不受旁人干扰的情况下完成变更,那就算我们走运了。"

"完全正确!"他说。

埃瑞克对我的回答报以如此热情的肯定,我有点儿局促不安。

"显然,"他继续说,"每个工作中心都由四种东西组成:机器、人员、方法,以及测评。比方说机器,我们以那个烘房为例。人员是被要求执行预定义步骤的那两个人,显然,我们还需要根据依照工作方法所执行步骤的结果,来进行测评。"

我皱起眉头。这些工厂术语似乎在我读MBA期间留下过模糊的印象。但我从没想过它们会适用于IT领域。

我想找东西把这些记下来,却发现自己把写字夹板落在了车里。我拍遍了口袋,在裤子后袋里找到一张皱巴巴的索引小卡片。

我匆忙写下:"工作中心:机器,人员,方法,测评。"

埃瑞克继续说:"当然,在这个车间,不会有四分之一的工作中心依靠一个人。那很荒唐。不幸的是,你们却那样做了。因此一旦布伦特休假,各种工作就会陷入停顿状态,因为只有布伦特知道如何完成特定的步骤——也许那些步骤只有布伦特才知道,对不对?"

我点点头,忍不住叹了口气。"你说得对。我听到手下的经理们抱怨过,假如哪天布伦特突然不在了,我们就会完全陷入困境。没人知道布伦特的脑子里在想些什么。这也是我创建3级工程师人力资源库的一个原因。"

我简要地告诉他,我如何通过更改工作流转的方式来避免布伦特被计划外工作打扰,以及我在计划内变更方面是如何做同样打算的。

"很好，"他说，"你在把布伦特的工作标准化，让其他人能够执行。而且，因为你最终把那些步骤记录下来了，所以能在一定程度上保证稳定性和质量。你不仅减少了需要布伦特的工作中心数量，还生成了一些将来能够让其中一些工作中心自动化运行的文档。"

他继续说："顺便提一句，在你这样做之前，不论再聘用多少个像布伦特一样的人，布伦特都一直会继续成为你们的约束点。任何一个新聘的人最后都只能干坐着。"

我心领神会地点点头。这和韦斯描述过的情形完全一样。尽管他弄到了额外的职数，聘用了更多像布伦特那样的人，但从没能真正提高吞吐率。

各种碎片在脑海中逐渐清晰起来，我突然感到一阵兴奋。他认可了我的一些根深蒂固的直觉，并为我相信这些直觉提供了一种理论支撑。

我的欣喜转瞬即逝。他不以为然地看着我，说："你问我如何解除项目冻结。你的问题是一直把两件事混淆了。除非你能在脑子里把它们区分开来，否则你只是原地打转。"

他迈开步子，我匆忙跟上他。很快，我们来到了车间中央的正上方。

"你看到那边那个闪着黄灯的工作中心了吗？"他边指边问。

我点点头，他说："告诉我你看到了什么。"

思考着怎样才能和他进行正常的交谈，我继续扮演傻傻的见习生的角色。"机械设备的一些部件显然已经坏了，我猜这就是指示灯闪烁的原因。边上挤着五个人，其中两个看起来像是经理。他们都很担心。另外还有三个人蹲在地上，我猜是在检查机器检修面板。他们拿着手电筒和螺丝刀。肯定有台机器出故障了……"

"猜对了。"他说，"也许是一台计算机化磨床出故障了，维修小组正在尽力让它重新上线。假如那里的每一件设备发生故障时都需要布伦特去修理，会发生什么事？"

我大笑起来："每一个服务中断都立刻转到了布伦特手上。"

"是的。"他继续说，"我们先从你的第一个问题开始。项目冻结解除后，发布哪些项目是安全的？知道了工作如何流经某些工作中心，以及哪些工作中心需要布伦特，哪些工作中心不需要他，你认为答案是什么？"

我把埃瑞克刚才说的话慢慢地重复了一遍，设法拼凑出答案。

"我知道了。"我微笑着说，"发布那些不需要布伦特的备选项目是安全的。"

听见他回答"答对了。很简单，是不是？"，我笑得更灿烂了。

但仔细考虑了其中的含意后，我的笑容消失了。"等一下，我怎么知道哪些项目不需要布伦特？我们总是做到一半，才发现实际上需要布伦特！"

埃瑞克对我怒目而视，我立刻后悔自己问了这个问题。"你自己一团乱麻，搞不清楚状况，还指望我把答案都告诉你？"

"对不起。我会弄清楚的。"我很快地说，"你知道，等我们最后明白，所有工作实际上都需要布伦特，我会感到很欣慰的。"

"没错。"他说，"你们正在创建 IT 运维部开展的所有工作的物料清单。但是，这不是一张诸如塑模、螺丝钉、脚轮之类的部件和组件清单，你们在完成工作之前，要先分类列出工作所需的全部前提条件，比如笔记本电脑型号、用户信息参数、软件及其许可证，以及它们的配置、版本信息、安全性、生产能力及持续性需求……"

他话题一转，说道："好吧，更确切地说，你其实是在构建一份资源清单。也就是材料清单以及所需工作中心和工艺的清单。一旦有了这个，再加上工作订单和你的资源，你最终就能够理解你的生产能力和需求是什么。这将让你最终明白，是否可以接受一个新工作并对其做出实际安排。"

不可思议。我想我差不多懂了。

我正要提几个问题，埃瑞克却说："你的第二个问题是，启动监控项目是否安全。你已经确定这个项目不需要布伦特。而且，你说这个项目是为了防止服务中断，从而防止布伦特介入。更重要的是，一旦真的发生服务中断，布伦特查找和解决故障的时间也会短很多。你已经确认了约束点，尽可能地用足它，而且你已经让工作流服从于约束点。那么，这个监控项目有多重要？"

我想了一会儿。答案显而易见，我叹了口气。

我用手指理了理头发，说："你说过，我们经常需要寻找提升约束点的方法，也就是说我得采取一切必要手段，让工作经过更多环节才能到达布伦特那里。那正是监控项目所做的事！"

我以前居然没有发现这一点，真是难以置信。"监控项目可能是我们最重要的改进项目。我们应该立刻启动这个项目。"

"正是如此。"埃瑞克说，"适当提高预防性工作是全面生产维护等计划的关键。全面生产维护主要是由琳恩社区公司承包的，它提倡我们要不惜一切代价加强维护，从而保证机器的可用率。正如我的一位老师所说：'改进日常工作比开展日常工作更重要'。'第三工作法'就是要让我们不断给系统施加压力，从而不断强化习惯并加以改进。弹性工程学告诉我们，系统里要经常出些故障，长此以往，再遇到困难就没有原来那么痛苦了。"

"迈克·罗瑟说，改进的内容几乎是无关紧要的，关键是你要不断改进。为什么？因为如果没有改进，无序状态必将使情况恶化，也就不可能达到零失误、零工作相关事故以及零损失的状态。"

一切豁然开朗。我觉得应该马上给帕蒂打电话，叫她立刻启动监控项目。

埃瑞克继续说："罗瑟将此称为'改进形'。"他接着说，"他之所以称之为'形'，是因为他明白，不断重复可以形成习惯，而有了习惯才能变得精通。不论是运动训练、乐器学习还是特种部队训练,只有通过实践和操练才能达到精通的地步。研究表明,每天训练5分钟比每周开展一次为期3小时的训练更有效。如果你想要营造一种真正的改进文化,就必须把那些习惯建立起来。"

他再次转向车间,继续说:"在我们离开之前,把你的注意力从工作中心转到工作中心之间的那些空间上。与控制工作发布同等重要的是管理好工作交接。一个给定资源的等待时间,是那个资源忙碌时间的百分比除以空闲时间的百分比。因此,如果一个资源使用了50%,等待时间就是50/50,或者说1个单位。如果这个资源使用了90%,那么等待时间就是90/10,或者说9倍时长。那么如果这个资源使用了99%呢?"

尽管还不太理解其中的关联,我还是在心里计算着:99/1。我说:"99。"

"正确。"他说,"当一个资源使用了99%,那么等待时间就是该资源使用50%时的99倍。"

他大幅度地做了个手势,说:"'第二工作法'的一个关键部分是让等待时间可视化,那样就能知道你的工作何时在某人那里排了几天的队,或者还有更糟的情况,工作必须往后退,因为没有完成所有的部件,或者需要返工。"

"记住,我们的目标是使流量最大化。在MRP-8这里,多年前我们遇到过这样的情况,某些部件在总装时总不能按时出现。这是因为我们没有足够的资源,或者因为某些任务执行的时间过长吗?"

"不!我们在车间里对这些部件实际跟踪了一圈,发现它们大部分时间都只是在排队等待。换句话说,'实际加工时间'只占了'总加工时间'的一小部分。我们的稽查员只能在堆积如山的工作中搜寻这些部件,让它们快点通过工作中心。"他怀疑地说。

"你的工厂里也在发生同样的事,你要注意。"他说。

我点头说:"埃瑞克,我还在想着发布监控项目的事。人们总是认定自己的特殊项目是紧急的,应该牺牲一切其他事情来做这件事。约翰强烈要求的那些紧急审计和安全性修正项目怎么办?"

埃瑞克专注地看着我的脸,最终说:"你记得这两周来我一直讲的一句话吗?"

他看看表,说:"我得走了。"

我大惊失色,眼睁睁地看着他快步走向连廊出口。我只能跑过去追他。他长得人高马大,大约50出头,尽管有点胖,但是行动迅速。

我终于追上他,说:"等一下。你是说审计问题不算重要,不必解决?"

"我从没那样说过。"他说着停下脚步,转身面向我,"假如你搞砸了什么事情,让公司无法遵守相关法律法规,那你最好修复它,否则你就该被解雇了。"

他转身继续刚才的步伐,头也不回地说:"告诉我,你们的CISO吉米推行的所有那些项目有没有提高项目工作通过 IT 部门的流量？"

"没有。"我立刻回答，再次冲过去跟上他。

"它们有没有提高运行稳定性，或者降低检测修复服务中断或安全漏洞所需要的时间？"

我多思考了一会儿，然后说："也许没有。其中很多都只是琐碎的事，而且在大多数情况下，他们想做的工作很有风险，实际上可能会导致服务中断。"

"这些项目有没有提高布伦特的生产能力？"

我苦笑起来："没有，恰恰相反。单单审计问题就足够让布伦特接下来忙活一整年了。"

"那么吉米的那些项目会对半成品数量产生什么影响呢？"他一边问一边打开门，我们回到了楼梯间。

我们走下两层楼，我恼火地说："半成品会再一次堆到天花板的。"

我们走到底楼，埃瑞克突然停下来问："好吧。这些'安全性'项目降低了你们的项目吞吐量，而你们的项目吞吐量是整个公司的约束点。它们还让你的部门里最受约束的资源疲于奔命。而且它们不会对公司的可扩展性、有效性、存活性、持续性、安全性、保障性以及防御性有任何帮助。"

他面无表情地发问："那么，天才：你觉得吉米的那些项目听起来是在充分利用时间吗？"

我正准备回答，他却打开安全门走了出去。这显然只是一句反诘。

第 21 章

9月26日，星期五

　　我赶到2号楼参加审计会议，尽管一路超速，我还是迟到了20分钟。步入会场，我惊呆了，居然坐了这么多人。

　　显而易见，这是一场风险很高的会议，充满了微妙的政治分歧。迪克和我们公司的法律顾问坐在桌首。

　　坐在他们对面的是外部审计师，他们对发现财务报告中的错误和欺诈负有法律责任，但他们仍想留住我们这个客户。

　　迪克及其团队将要想方设法地证明，审计师所发现的问题完全都是误会。他们的目标是表现得既诚恳，但又对浪费了自己的宝贵时间而感到愤愤不平。

　　全都是政治表演，但这样高风险的政治表演绝对超过了我的职级。

　　安和南希也在场，她们和韦斯以及其他一些看上去很眼熟的人坐在一起。

　　然后我看到了约翰，他的样子让我大吃一惊。

　　天啊，他看起来糟透了，活像是个刚戒了三天毒的人。他看起来像是觉得只要一声令下，全会议室的人就会翻脸攻击他，把他撕成碎片，而事实可能也差不了多少。

　　坐在约翰身边的是埃瑞克，一副淡定的样子。

　　他怎么这么快就到这儿了？还有，他是在哪里换上卡其裤和牛仔衬衫的？在车里？边走边换？

　　我在韦斯身边坐下，他朝我这边靠了靠，朝一套装订好的文件做了个手势，小声说："这次会议的议程是仔细检查这两个重大缺陷和十六个重要缺点。约翰看起来活像是站在行刑队面前，等着被枪决。"

　　我看到约翰的腋下渗出了汗渍，心里自言自语，天啊，约翰。打起精神来。我是运营经理，所有这些IT缺陷都算在我的头上，所以我才是那个冲在最前线的人，不是你。

但和约翰不同，我有个优势，那就是埃瑞克一直安慰我说一切都会顺利的。

埃瑞克又一次做出袖手旁观的样子，有那么一会儿，我怀疑自己是否也该像约翰一样感到紧张。

5小时后，会议桌上满是涂改过的纸张和空的咖啡杯，由于紧张激烈的争论，房间里的气味有些难闻。

我听到审计合伙人合上公文包的声音，抬起头来。

他对迪克说："考虑到这些新的数据，看来IT控制的确可以排除在这两个潜在重大缺陷的范围之外，很快就能解决。谢谢你提前为我们准备好了这些文件资料，我们需要这些文件资料，以便尽快把这些问题处理完。"

"我们会好好考虑的，并在一两天里给你们答复。"他继续说，"最大的可能是，我们希望对这些新近记录的下游控制安排进一步的测试，以确保它们到位并运行，这是为了支持你们写的财务报告声明。"

他站起来，我充满疑惑地盯着那个审计合伙人。我们真的躲过了这一劫。我看了看桌子周围，无极限零部件公司的人看上去都同样惊讶。

一个例外是埃瑞克，他只是赞同地点点头，显然对花了这么长时间才送走审计师感到生气。

另一个例外是约翰。他看起来完全是心烦意乱的，耷拉着肩膀坐在那里，我突然很担心他的身体状况。

我正想站起来去看看约翰，审计合伙人和迪克握了握手，然后，让我惊讶的是，埃瑞克站起来和他拥抱了一下。

"埃瑞克，自从在GAIT和奥兰多见过面之后，很久不见了。"审计合伙人热情地说，"我确信我们会再碰面的，但我从未想过会是在一个审计客户这儿！你最近在忙些什么？"

埃瑞克笑着说："大部分时候，我都在快乐地驾船航行。有个朋友请我加入无极限零部件公司董事会，一部分原因是，外部审计师一直在找公司内部审计师的麻烦，那些内审都是年轻的新手，难免打点儿擦边球。我早就该知道你也参与了这件事。"

审计合伙人看起来非常尴尬，他们凑到一起窃窃私语。

之前的5小时里，约翰、韦斯和我被晾到一边，业务部门的经理们和审计师展开了一丝不苟的讨论，说明IT控制问题不会导致未被发现的财务报告错误。他们拿出了一份名为《GAIT准则》的文件，引用了其中的一些流程图。

就像是观看一场网球比赛，球在我们的团队和审计师之间来来去去，不时冒出"连锁"

"重要性""控制依赖"等字眼。迪克不时引用一些相关业界的专家观点来说明,即使有人蓄意让某个IT控制功能失灵,这种欺诈行为仍然会被下游的另一个控制功能抓住。

物料管理、订单输入、仓库和人力资源等部门的经理都指出,即使应用程序、数据库、操作系统和防火墙都遍布安全漏洞并遭到彻底破坏,每日或每周存货调节报告依然可以发现欺诈交易。

他们一遍又一遍地演示,假定所有的IT基础架构都是瑞士奶酪糊起来的,心怀不满、违法乱纪的员工,或者来自外部的恶意电脑黑客,都能登录实施诈骗而逃脱惩罚。

但是,他们还是会查出财务报表中的实质性错误。

迪克有一次指出,有一个二十人的部门专职负责发现错误订单,更不用说欺诈订单了。他们不是一种IT控制,其作用是充当业务的安全网。

每一次,审计师往往都勉强地同意,财务部的协调工作才是安全控制的关键所在。关键不在于IT系统,或者是否有IT控制。

我是第一次听说这件事。但我肯定不会和他们持不同意见。事实上,假如闭上嘴巴一声不吭就能让无极限零部件公司逃过所有的审计发现,我一定会很乐意装疯卖傻。

"你有空谈谈吗?"我听到约翰在我身边用沙哑的声音问。

他仍然萎靡不振,用手抱着头。

"当然。"我说着看了看四周,人基本上都走完了,只有约翰和我坐在偌大的会议桌旁。在远处的一个角落里,埃瑞克还在继续和那个审计合伙人低声交谈。

约翰看起来很糟糕。要是他的衬衫再皱一点,前面再沾上一两块污渍,他就能去冒充流浪汉了。

"约翰,你不舒服吗?你看起来不太好。"我说。

他的脸色变得很难看。"你知道过去两年来,我花了多少政治资本,想让每个人都去做正确的事?十年来,这家公司一直在信息安全方面踢皮球。我只能背水一战。我告诉过他们,如果他们只是口头上开空头支票,就会大难临头的,我还说,至少要试着修复一些系统性的IT安全问题……我是说,我们至少应该装装样子,显得我们很在乎这件事。"

我看到埃瑞克从房间的另一头转过身来看着我们。审计合伙人似乎没有听到约翰说的话。尽管如此,埃瑞克还是勾着那个审计员,一边亲密地交谈,一边走到了走廊上,重重地带上了门。

约翰并未察觉,继续说:"你知道,有时候我觉得,整个公司里只有我一个人真正关心系统和数据的安全性。整个开发部的人都对我隐瞒他们的活动,我还不得不央求别人告诉我在哪里开会,你知道这是什么感觉吗?这里是什么地方,小学吗?我只是想帮助他们做好他们的工作！"

我一言不发，他讽刺地说："别那样看着我。我知道你看不起我，比尔。"

我震惊地看着他。

"我知道，你从来不看我的电子邮件。我只好给你打电话，让你点开邮件看一看。我之所以知道，是因为我总是在我们通电话的时候收到已读回执，你这个混蛋。"

啊。

可是有好多次我都是在他给我打电话之前就看了他的电子邮件呀。然而，我还没回答，他就连珠炮似地说："你们都看不起我。你知道，我管理过服务器，就像你一样。但我对从事信息安全工作抱有强烈的使命感。我想帮忙抓住坏人。我希望保护公司，不被外面的坏人伤害。这是出于让世界更加美好的责任感和使命感。"

"但是，自从我来到这里，我所做的一切就是和公司的官僚主义以及业务部门作斗争，尽管我是想保护他们不被他们自己所伤害。"他冷笑着说，"审计师本该给我们施加压力才对。他们本该因为我们的不虔诚而惩罚我们这些罪人。你知道吗？整个下午，我们只看到审计合伙人心慈手软地纵容我们。弄出个信息安全计划到底有什么意义？甚至连审计师都不在乎！只要打一场高尔夫球，所有问题就都烟消云散了。"

约翰几乎是在咆哮了："我们的审计师应该因为渎职而受审！他们撂在一边的审计发现都是最基本的安全环境问题！我们简直就像泡在满是风险的化粪池里。我很惊讶，这地方这样疏于照料，居然还没被自己的重量压垮。我已经等了很多年了，就等着所有东西都砸到我们头上！"

他停下来，低声说："可是，一切依然如故……"

就在那时，埃瑞克又走了进来，大力关上门。他在最靠近门口的椅子上坐下来，严厉地看着约翰。

"你知道你的问题是什么吗，吉米？"埃瑞克指着他说，"你就像个政委似的，走进车间，向所有的流水线工人耀武扬威，像个虐待狂一样管大家的闲事，还威胁他们按照你的命令行事，就是为了提高你自己微不足道的存在感。大部分时候，你弄坏的东西比你修好的东西还要多。更糟糕的是，你打乱了别人的工作安排，他们可是实际从事重要工作的人。"

这样说太极端了。

约翰气急败坏地说："你以为你是谁？我在努力保持这家公司的安全，让那些审计师离得远远的！我……"

"得了吧，只会帮倒忙的 CISO 先生。"埃瑞克打断他说，"正如你刚才看到的，不用你出手，这家公司就能让审计师离得远远的。你就像个管道工，不知道自己正在为一架飞机服务，更别说了解飞行路线，或者航空公司的营业状况了。"

现在，约翰已经面白如纸了，他张大了嘴。

我正想帮约翰说上几句，埃瑞克站起来冲着约翰大喊："我想对你说的就这些，除非你向我证明，你理解刚才这间会议室里发生的事。在没有你们团队帮助的情况下，业务部门成功躲过了 SOX-404 审计的子弹。如果你弄不清楚这是怎么发生的、为什么会发生，你就无法对公司的日常运行产生任何影响。这句话应该成为你的指导原则：可以不对 IT 系统做过多无用功就保护公司，这才是你的胜利。如果你能把那些无用功剔出 IT 系统，你的胜利就更进一步。"

然后他对我说："比尔，你可能是对的。你们这里的人似乎确实已经把信息安全完全搞砸了。"

我从没讲过这样的话。我转头去看约翰，想要表示出我不知道他在说些什么，但约翰没有理会我。他盯着埃瑞克，一脸刻骨的仇恨。

埃瑞克用大拇指指了指约翰，对我说："这家伙就和那个 QA 经理一样，那个经理让他的团队为一个我们已经不再上市的产品写了几百万条新测试，然后对一些不复存在的性能提交了几百万个故障报告。显然，你和我会说，他犯了'眼界的错误'。"

约翰愤怒地颤抖起来。他说："你好大的胆子！我不敢相信，作为可能会成为董事会成员的人，你居然要我们眼睁睁地看着客户数据和财务报表有外泄的风险而坐视不管！"

埃瑞克平静地回头看着约翰，说："你真的不明白，是不是？无极限零部件公司最大的风险是停业破产。而你似乎一心想用你那些不周全的考虑和无关紧要的技术细节，让它加速倒闭。怪不得你会被边缘化！其他人至少都在想方设法帮助公司存活下去。假如这是一台'幸存者'真人秀节目，你肯定早就被投票淘汰了！"

现在，埃瑞克是在威吓约翰了："吉米，无极限零部件公司的系统里至少有我家的四个信用卡卡号。我要你保护好那些数据。可是，一旦工作产品已经投产，你就再也没法妥善地防控其安全性了，你必须在产品的制作过程中就实施防控措施。"

他把双手插进口袋，语调温和了一些："你想要点提示吗？去 MRP-8 工厂，找工厂安全管理员聊聊，弄清楚她想实现的目标是什么，她又是怎么做的。"

埃瑞克的脸色明朗了一些，补充道："还有，请向她转达我的问候。等到迪克说他真的需要你的时候，我会准备好再和你谈谈的。"

说罢，他走出了门。

约翰看着我说："到底怎么回事？"

我从椅子上站起身来，说："别放在心上。他也对我说了类似的话。我累坏了，要回家了。我建议你也这么做。"

约翰一言不发地站起来。他一脸平静地把三孔活页夹推下桌子。砰的一声巨响，它撞到了地上，里面的东西撒了一地。现在，几百张纸散落在地板上。

他看着我，冷笑一声，然后说："我会回家的。我不知道明天会不会来公司，也许永远不来了也说不准。说真的，到底有什么意义？"

随后他走出了会议室。

我盯着约翰的活页夹，不太相信他就这样漫不经心地抛弃了它。两年多来，他一直带着它。在他刚才坐的地方有一张纸，上面几乎是空白的，只潦草地涂了几笔。我怀疑这是不是一封遗书或者辞职信，于是偷偷地看了一眼，那似乎是一首诗。

一首俳句？

  独坐此身缚
  吾力本可平众怒
  奈何众顽愚

第22章

9月29日，星期一

审计会议后的那个周一，约翰消失了。在 NOC，大家开始打赌，猜测他是精神崩溃了、被解雇了，还是只是躲起来了，或者发生了更糟糕的事。

我看见韦斯和他手下的一些工程师正在哈哈大笑，大概是在拿约翰开涮。

我清了清喉咙，以引起韦斯的注意。他走过来，我转过身，背向 NOC，不让别人听到我向韦斯说的话。"帮个忙好吗？别对那些关于约翰的谣言瞎起哄。还记得在外场会议上，史蒂夫想让我们记住的事吗？我们应该和他建立起相互尊重、相互信任的工作关系。"

韦斯的笑容消失了，过了一会儿，他终于说："没错，我知道了。我刚才只是开个玩笑，好了吧？"

"很好。"我点点头说，"好了，这件事就这样。跟我来。我要跟你还有帕蒂讨论一下监控项目的事。"我们来到帕蒂的办公室，她正坐在办公桌前，在一个项目管理软件上打字，屏幕上全是甘特图。

"你有半小时的时间吗？"我问她。

她点点头，我们在她的会议桌边坐下。我说："上周五审计会议之前，我和埃瑞克谈了一下。以下就是我所了解到的。"

我告诉他们，埃瑞克认为我们可以发布监控项目，而且这个项目对于进一步优化工作流转至布伦特的流程非常重要。然后我设法解释了自己的想法，就是根据项目对布伦特的依赖程度来决定哪些项目能够安全重启。

"等一下。资源和工艺清单？"韦斯说，突然显得半信半疑，"比尔，我们不是在这里经营一家工厂，这一点用不着我来提醒你吧。这是 IT 工作。我们是靠脑子来完成工作的，不是靠手。我知道埃瑞克零零碎碎地说过一些聪明话，可是拜托……这听起来就像是那种咨询顾问的江湖把戏。"

"看，我也还没把这件事想清楚。"我说，"不过，你真的敢说，我们根据他的想法所得出的结论是错的吗？你认为发布监控项目是不安全的吗？"

帕蒂皱了皱眉头，说："我们知道，IT 工作可能是项目，也可能是变更。而在很多项目中，许多任务或子项目不断重复出现。比方说设置一台服务器。这是经常性工作。我猜你也许会把它称为一个'组件'。"

她站起来，走向白板，画了几个方框。"我们以配置服务器为例吧。它牵涉到采购，根据参数安装操作系统和应用程序，然后安放到机架上。接着，我们会确认它安装完毕。每一个步骤通常都是由不同的人完成的。也许，每个步骤就好比是一个工作中心，每个工作中心都有自己的机器、方法、人员和测评。"

她有些犹豫地继续说："但是，我也不能确定，机器对应的是什么。"

帕蒂在白板上潦草地涂画，我微笑起来。她正在完成一些我自己尚未完成的飞跃。我不知道她最后会得出什么结论，但我想她的方向是正确的。

我推测："也许，机器是指开展工作所需要的工具？虚拟化管理控制台、终端会话，也许还有相连接的虚拟磁盘空间？"

帕蒂摇摇头，说："可能吧。控制台和终端听起来可能会是机器。我认为磁盘空间、应用程序、许可证密钥等，实际上都是输入物，或者是创建产出物所需的原材料。"

她凝视着白板，终于说："我怀疑，除非实际操作几次，否则我们只是在黑暗中摸索。我开始认为，这一整套工作中心的概念确实很好地描述了 IT 工作。在这个服务器设置的例子里，我们知道几乎每个业务项目和 IT 项目都要经过这个工作中心。如果明确了这一点，就完全可以向柯尔斯顿和她手下的项目经理提供更好的估算。"

"别逗我了，伙计们。"韦斯说，"首先，我们的工作不是重复性劳动。其次，和那些只是安装部件或者拧螺丝的人不同，从事我们的工作需要非常多的知识。我们招聘的都是头脑灵活、经验丰富的人。相信我，我们没法像制造部门那样，把各项工作标准化。"

我考虑着韦斯的观点，说："如果是在上一周，我想我会赞同你的观点，韦斯。但上周，我用了十五分钟时间，考察了生产车间的一个总装工作中心。我被那里所进行的一切征服了。老实说，我几乎跟不上它。尽管他们已经尽可能地让每件工作都可复制、可重复，但是为了达成每日生产目标，他们仍然担负着很大的应变处置和故障处理的工作量。他们做的事比拧螺丝多得多。他们用点点滴滴的经验和智慧，每一天都在谱写着传奇。"

我坚定地说："他们的确赢得了我的尊敬。要不是他们，我们这些人连工作都不会有。我认为车间管理有很多地方值得我们学习。"

我停了一下，说："尽快启动监控项目。启动得越早，获利就越早。我们要像保护布伦特一样保护我们的每一个资源,所以,一起搞定这件事吧。"

"还有一件事。"帕蒂说,"我一直在思考我们想要建立的那些工作路径。我想通过来电服务请求,对其中一些概念做些测试,比方说账户添加/变更/删除、密码重置,还有……你知道……笔记本电脑更换。"

她不安地看着我那台庞大的笔记本电脑,它看起来比三周前我刚刚拿到手的时候更加糟糕了。我用车钥匙把它撬开过,给它造成了进一步的损坏,因此为了防止它四分五裂,我只得绑上了更多的强力胶带。而且现在屏幕盖板上一半的涂料已经剥落了。

"哦,搞什么名堂啊。"韦斯叹了口气,非常尴尬地看着它,"我不敢相信,我们居然还没给你换一台。我们的情况还不至于糟糕到这个程度。帕蒂,我会帮你找个人,专门处理积压的笔记本电脑和台式电脑。"

"太妙了。"帕蒂回答,"我想到了一个小实验,我想试试。"

我不想碍事,于是说:"试试吧。"

周一来到办公室时,帕蒂已经在等我了。"你有空吗?"她急切地问,显然想要向我展示什么东西。

接着,我们来到了帕蒂的变更协调室。我立刻发现,在后面那堵墙上出现了一块新板,在这块板上,索引卡片排成了四行。

那几行上标注着"改换办公室""添加/变更/删除账户""提供新的台式电脑/笔记本电脑"以及"重置密码"。

每一行都划分成三列,标注着"待办""在办""已办"。

有意思。这看上去有些眼熟。"这是什么?又一块变更板?"

帕蒂露齿而笑,说:"这是一张看板。上次会面后,我自己去了一次MRP-8工厂。我对这个工作中心的概念感到太好奇了,一定得去实地看一看。我找到了一个以前共事过的主管,他陪了我一小时,向我展示他们是如何管理工作流的。"

帕蒂解释道,看板,以及其他很多东西,是我们的制造工厂在系统中安排和推进工作的基本方法之一。它让需求和半成品可视化,并且用来表示上游和下游的站点。

"我正在尝试,把看板引入我们的关键资源之中。这些关键资源所从事的任何活动都必须通过看板。不可以通过电子邮件、即时消息、电话,诸如此类的渠道。"

"如果工作不在看板上,就不能开展。"她说,"更重要的是,如果它在看板上,就要迅速完成。你会感到很惊讶的,工作居然完成得这么快,因为我们限定了半成品。根据目前的试验,我认为我们将可以预测工作的交货时间,并达到比以前更高的生产能力。"

帕蒂现在听起来有点像埃瑞克了,这让我既兴奋又不安。

"我所做的事,"她继续说,"就是拿出一些最常见的服务请求,明确写下操作步骤以及哪些人力资源可以执行这些步骤,并且测定每个操作所需的时间。结果在这里。"

她信心满满地递给我一张纸。

标题是"笔记本电脑替换队列"。纸上列着所有申请新电脑或者要更换电脑的人,以及他们递交申请的时间以及预计收到电脑的时间。最早的请求排在最前面,以此为序。

一目了然,我排在第十四个,我的笔记本电脑预计会在从现在算起的四天内到达。

"你真的相信这张时间表吗?"我试图显得半信半疑地说。然而,要是我们真能把这个印发给每一个人,并且能够按照那些日期完成工作,那可真是妙极了。

"我们整个周末都在加班弄这个。"她回答,"根据从周五开始进行的测试,我们明白从开始到结束一共需要多少时间,我们对此充满信心。我们甚至还弄清楚了,在做磁盘镜像的时候作些改动,就能节省一些步骤。偷偷跟你说吧,根据我们节省的时间,我认为我们可以按照上面的日期完成。"

她摇摇头。"你知道,我对已经分配过笔记本电脑的人作了一个快速调查。通常需要经过十五次反复才能最终把笔记本电脑正确地配置好。我现在正在跟踪这件事,想把反复次数降低到三次。我们在各处都使用了这份清单,尤其是在团队成员间需要交接工作的时候。的确大为改观。错误率正在下降。"

我微笑着说:"这很重要。让管理人员和工人获得他们开展工作所需要的工具,是我们的基本职能之一。我不是不相信你,不过我们先把这些时间预估暂时保密吧。你再继续跟踪记录一个星期的准时完工情况,到时候我们再向申请人和他们的经理公布这张清单,好吗?"

帕蒂也报以微笑:"我也是这样想的。想象一下,如果在用户提出需求的时候,我们能告诉他们还要排多长的队,告诉他们哪一天能满足需求,而且确实按时做到了,这会对用户满意度产生什么样的影响。因为我们不会让员工一心多用或者被打断!"

"我的工厂主管朋友也跟我介绍了他们所采纳的'改进形'。信不信由你,那是埃瑞克多年前帮他们建立的。他们有持续不断的两周改进周期,每个周期都要实施一个小型的'计划-执行-审核-落实'项目,让他们不断向着目标迈进。你不会介意我擅自把这种方法引进我们的团队,让我们也不断朝着我们的目标迈进吧,是不是?"

埃瑞克之前提到过这种"改进形"和持续不断的两周改进周期。帕蒂又一次走在了我前头。

"做得太好了,帕蒂。真的,确实很棒。"

"谢谢你。"她谦虚地回答,但已笑得合不拢嘴,"我对自己学到的东西感到由衷的兴奋。生平第一次,我明白了我们应该怎样管理工作,即使是对这些简单的服务台任务也一样，我知道，一切都会大有改观的。"

她指着房间前方的变更板说："我真正期待的是把这些技术用于更加复杂的工作。一旦弄清楚最经常出现的任务是什么，我们就需要建立起工作中心和工作路径，就像我对服务请求所做的那样。也许我们还能把一些这样的日程安排表换成看板。那样我们的工程师就能把卡片从'待办栏'移到'在办栏'，再到'已办栏'！"

可惜，我无法形象地设想这种情形。"继续干。不过你得确保和韦斯一起处理这件事，要和他同舟共济，好吗？"

"已经这样做了。"她立刻回答，"其实，过会儿我就要和他开个会，讨论在布伦特周围设置看板的事，进一步把布伦特和我们的日常危机隔离开来。我想规范布伦特接手工作的方式，并提高我们把他的工作标准化的能力。这将为我们指出一条明路，从上下游两个方面弄清楚布伦特的工作都是从哪儿来的。当然，这也会为我们阻挡那些想打布伦特主意的人筑起又一道防线。"

我对她翘起了大拇指，然后准备离开。"等一等，变更板看起来有点儿不一样。为什么卡片都是不同颜色的？"

她看着变更板说："哦，我没告诉过你吗？我们在用不同的颜色区分不同种类的卡片，一旦项目冻结解除，这能帮助我们做好准备。我们必须想办法确保大家都在做最重要的工作。因此，紫色卡片是支持五大最重要业务项目的变更，支持其他项目的变更卡片则是黄色的。绿色卡片是内部 IT 改进项目，我们正在尝试，划拨 20% 的工作周期专门用于这些项目，就像埃瑞克建议我们做的那样。只要看一眼，就能确认工作中紫色和绿色卡片取得了正确的平衡。"

她继续说："粉色的即时贴表示一些卡片由于种种原因卡住了，因此我们会每天检查两次。我们还把所有这些卡片都放回变更跟踪工具里，这样就能给每张卡片也都设置变更标识（ID）。这件事有点儿繁琐，但至少现在有一部分跟踪是自动化的。"

"哇，那真是……不可思议。"我满心敬畏地说。

那天晚些时候，我和韦斯、帕蒂坐在另一张会议桌边，讨论要如何缓慢地拧开项目的水龙头，让我们可以喝到水，但又不至于最后被淹死。

"埃瑞克指出，我们实际上有两个项目队列需要排序：业务项目和内部项目。"帕蒂指着我们面前一套薄薄的装订好的文件说，"我们先讨论业务项目吧，因为这比较容易。我们根据全体项目主管的排序，确定了最重要的五大项目。其中四个项目需要布伦特参与一些工作。解除冻结时，我们建议只发布这五个项目。"

"这好办。"韦斯笑了，"我不敢相信，确定这五大项目时，到底发生过多少争论、讨价还价和暗中捣鬼。这可比芝加哥的黑帮政治还要乱！"

他说得对。但我们最终确定了优先级清单。

"现在讨论困难的部分。我们还在苦苦思索，如何对我们自己的 73 个内部项目确定优先级。"她说，表情变得忧郁了，"73 个项目已经很多了。我们和团队主管花了几个星期的时间，想要建立某种相对的重要性等级，但我们所做的只是不停争论。"

她翻到第二页，说："那些项目看起来可以分为以下几类：替换脆弱的基础架构，供应商升级，或者支持某些内部业务需求。剩下的就是大杂烩，包括审计和安全工作、数据中心升级工作等。"

我看着第二张清单，挠着头。帕蒂说得对。谁能客观地决定，到底是"整合并升级电子邮件服务器"更重要，还是"升级 35 个 SQL 数据库实例"更重要？

我用手指扫过页面，想看看有什么能让我灵光闪现。这张清单和我担任 IT 运维部副总裁第一周时看到的清单一模一样，而且上面的内容仍然显得全都很重要。

我想到韦斯和帕蒂已经为这份清单忙了将近一个星期，于是设法提升我的思考境界。一定能找到一种简单的方法来确定这份清单的优先级，而不是像把一堆盒子搬来搬去似的毫无头绪。

我突然记起埃瑞克关于监控项目等预防性工作的重要性的论述。我说："我不管每个人觉得自己的项目有多重要。我们要知道的是，项目能否提高我们在约束点上的工作能力，这个约束点指的还是布伦特。除非一个项目能够减少他的工作量，或者可以让其他人接手，否则的话，我们也许就不应该开展这个项目。另一方面，如果一个项目并不需要布伦特参与，那我们就没有理由不开展它。"

我肯定地说："给我三份清单。第一份是需要布伦特参与的项目清单，第二份是可以提高布伦特生产能力的项目清单，还有一份是其他项目的清单。在每一份清单里，都确定最重要的几个项目。别花太多时间给它们排序，我不希望我们成天只是争论。最重要的是第二份清单。我们需要通过减少压到布伦特身上的计划外工作量，来不断提升他的工作效率。"

"这听起来很耳熟。"帕蒂说。她找出了我们当时为变更管理流程创建的易损服务清单，"我们应该确保拥有一个替代项目，或者把它们逐一标准化。也许我们可以无限期暂停对那些非脆弱系统进行基础架构更新的项目。"

"现在等一下。"韦斯说，"比尔，你自己说过的，预防性工作很重要，但总是一拖再拖。多年来，我们一直想要开展一些这样的项目！现在是我们迎头赶上的机会。"

帕蒂立刻说："你没听见埃瑞克对比尔说的话吗？所有在非约束点所做的改进都是假象。你知道吗，我无意冒犯，不过你现在讲话有点儿像约翰了。"

尽管我努力绷住，还是忍不住大笑起来。

有那么一会儿，韦斯涨红了脸，然后他也大声笑起来。"哎呀。好吧，你问住我了。不过我只是想要做正确的事情。"

"哎！"他打断自己的话，"我又像约翰那样说话了。"

我们都笑起来。这让我想起，不知约翰在干什么。据我所知，一整天都没人见过他。

韦斯和帕蒂正在匆忙写笔记，我再次浏览内部项目清单。"嘿，为什么有一个升级BART数据库的项目？这个数据库明年就要停用了。"

帕蒂低头看了看她的清单，然后有点尴尬地说："哦，天啊。我没看到那个，因为我们从不协调业务项目和 IT 项目。我们得把清单再过一遍，找出类似这样的关联性。肯定还有其他的。"

帕蒂想了一会儿，说："真奇怪。尽管我们有那么多项目、变更和报修的数据，却从来没有以这种方式把它们组织和联系起来过。"

"我想，这又是一件我们可以向制造部门学习的事。"她继续说，"我们正在做工业生产控制部所做的事。他们安排并监督所有的生产过程，以确保能够符合客户的需求。在接受一个订单时，他们会确认，每一个需要的工作中心都有足够的生产能力和必要的投入，可以在必要时加快工作进度。他们和销售经理、工厂经理一起排定生产计划，因此能够兑现他们做出的承诺。"

帕蒂再一次超越了我。我辞职前，埃瑞克向我提出过几个问题，帕蒂说的话回答了其中的第一个问题。我做了条笔记，我们要去 MRP-8 考察他们的生产管理流程。

我开始怀疑，"管理 IT 运维生产计划"应该出现在我的岗位职责里。

两天后，我惊讶地发现办公室里出现了一台新的笔记本电脑。那台旧电脑已经断开连接，移到了一边。

我看看写字板，往回翻到这周早些时候帕蒂给我的那张笔记本电脑/台式电脑替换时间表。

天哪。

帕蒂答应过会在周五把笔记本电脑交给我，而我居然提早两天就收到了。

我登录电脑，确认它已经完全配置好了。所有应用程序似乎都在，数据全部转移好了，电子邮件收发正常，网络驱动器看起来也和以前一样，而且我还能安装新的应用程序。

我看到这台新笔记本电脑的运行速度这么快，几乎流下了感激的泪水。我抓起帕蒂的时间表走到隔壁。"我爱死这台新的笔记本电脑了。居然还比计划的时间提前了两天。排在我前面的人也都拿到他们的电脑了吧，对不对？"

帕蒂咧开嘴笑了:"没错。他们每个人都拿到了。最早拿到电脑的几个人遇到了一些配置错误,或者缺了些东西。我们已经在工作指南里改正了,这两天,我们的电脑正确送达率好像已经达到100%了。"

"干得好,帕蒂!"我兴奋地说,"继续做下去,而且可以公布时间表了。我要把这个好好秀一下!"

第 23 章

10 月 7 日，星期二

一周过去了，周二早晨，我在开车上班途中，接到了柯尔斯顿的紧急来电。

显然，现在布伦特已经延误了将近一周时间，还没有完成并交付另一个凤凰任务。据说，布伦特说过完成这件事只需要一小时。整个凤凰测试进度又一次岌岌可危。

除此之外，我的团队还有好几个别的关键任务也延误了，对截止期限造成了更大的压力。听到这样的事真是让人气馁。我原本以为，最近取得的那些突破可以解决这些准时交货率的问题。

如果我们现在就跟不上了，怎么还能解冻更多的工作呢？

我给帕蒂留了一条语音信息。让我惊讶的是，她足足过了 3 个小时才给我回电。她告诉我，我们的进度估算出现了严重问题，我们必须马上碰头。

我再次来到一间会议室里，帕蒂站在白板前，韦斯仔细查阅着她装订好的打印稿。

"到目前为止，我了解到的情况是这样的。"帕蒂指着一页纸说，"柯尔斯顿电话里提到的任务是为 QA 搭建一个测试环境。她说，布伦特预计那只需要 45 分钟。"

"听起来没错。"韦斯说，"只要创建一个新的虚拟服务器，然后在上面安装操作系统和几个应用程序包。为了安全起见，他恐怕还把预估时间多说了一倍。"

"我也是这么想的。"帕蒂说，但她摇了摇头，"只不过，这不只是一个任务。布伦特预备的更像是一个小型项目，有 20 多个步骤，至少涉及 6 个团队！你需要操作系统和所有软件包、许可证密钥、专用 IP 地址、特殊用户帐号设置、配置好的加载点，然后还要把 IP 地址添加到某台文件服务器的 ACL 列表上。在这个特定的案例中，需求方说我们需要一台物理服务器，因此我们还要一个路由器端口、布线，还得有一个足够大的服务器机架。"

"哦……"韦斯恼火地说，看着帕蒂指的那页纸。他咕哝着："物理服务器简直是一塌糊涂。"

"你没有弄清重点。即便那是一台虚拟服务器，这件事还是会发生的。"帕蒂说，"首先，布伦特的'任务'原来远不止是一个任务。其次，我们发现那是涉及多个人员的多个任务，而相关人员都有自己的紧急工作要做。每一次工作交接都是在损失我们的时间。按照这样的速度，如果没有大规模的干预，QA就得等上好几周才能拿到需要的东西。"

"至少我们不需要防火墙变更。"韦斯讽刺地说，"上次我们需要一个防火墙变更，约翰的团队几乎花了一个月时间才弄好。一个30秒的变更花了整整四个星期！"

我点头同意，完全明白韦斯指的是什么。那次防火墙变更的交付周期之长已经成为一个传奇了。

等一下。难道埃瑞克没有提到过类似的情况吗？防火墙变更虽然只需要短短30秒的实际操作时间，却需要四个星期的等待时间。

那正是布伦特身上所发生事件的缩影。可是，我们遇到的事情更加糟糕，因为存在工作交接。

我叹了口气，把头靠在会议桌上。

"你还好吗？"帕蒂问。

"给我点儿时间。"我说。我走向白板，拿起一支马克笔，努力想画出一张图表来。经过几次尝试后，我终于画出了这样一张图表：

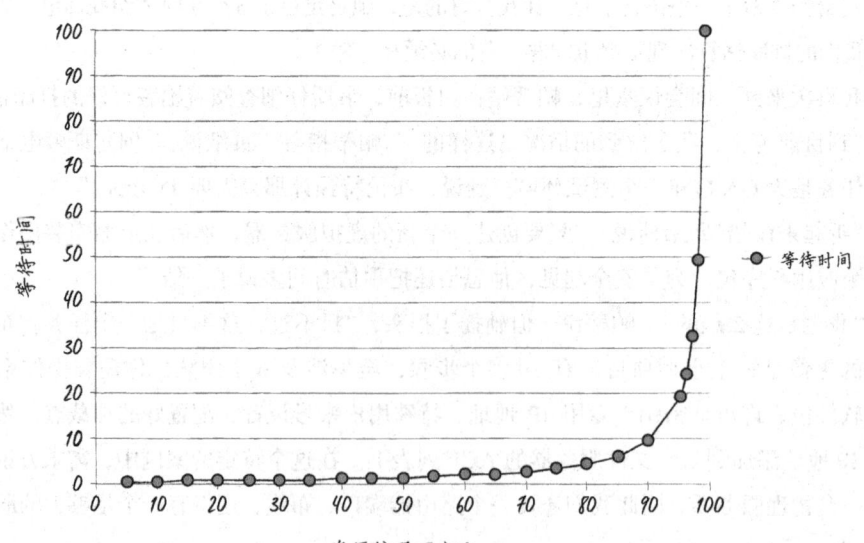

我告诉他们，埃瑞克在 MRP-8 对我说过，等待时间取决于资源使用率。"等待时间是'忙碌时间百分比'除以'空闲时间百分比'。也就是说，如果一个资源的忙碌时间是 50%，那么它的空闲时间也是 50%。等待时间就是 50%除以 50%，也就是一个时间单位。就说是一个小时吧。所以平均来说，一个任务在处理前的排队等待时间为一个小时。"

"另一方面，如果一个资源 90%的时间是忙碌的，等待时间就是'90%除以 10%'，也就是 9 个小时。换言之，我们的任务排队等待的时间，将是资源有 50%空闲时的 9 倍。"

我得出结论："因此，对这个凤凰任务来说，假设我们有 7 个交接步骤，而且每一个资源都有 90%的时间是忙碌的，那么任务排队等待的总时间就是 9 小时乘以 7 个步骤……"

"什么？只是排队等待的时间就要 63 个小时？"韦斯充满疑惑地说，"这不可能！"

帕蒂似笑非笑地说："哦，当然了。因为输入字符只需要 30 秒，对不对？"

"该死。"韦斯盯着那张图表说。

我突然回忆起，就在莎拉和克里斯在柯尔斯顿的会议上决定要部署凤凰之前，我和韦斯之间有过一次谈话。韦斯当时抱怨，和凤凰相关的工作单搁置了几个星期都没人搭理，也就延误了之后的部署工作。

当时，也发生了这样的事。那不是 IT 运维部内部人员之间的工作交接。那是开发部和 IT 运维部两个部门之间的工作交接，远比内部交接更为复杂。

在一个部门内创建工作并确定其优先级就很难，而管理多个部门之间的工作则是难上加难。

帕蒂说："那张图表显示的是，每个人都需要空闲时间，或者说松弛时间。如果大家都没有松弛时间，半成品就会卡在系统里。或者更确切地说，卡在队列里，只是干等着。"

我们领会了这一点，帕蒂继续说："板上的每一张纸都像是这个凤凰'任务'。"她说，双手在空中比划着，"看起来似乎是一个单独人员的任务，但其实不是。实际上，它是需要在多个人员之间进行多次交接的多个步骤。难怪柯尔斯顿的项目时间预排都没能兑现。"

"我们得在柯尔斯顿的日程表上修正这一点，还要修正她的任务分解结构，也就是 WBS。据我了解，我们向柯尔斯顿做出的承诺当中，足足有三分之一都属于这一类。"

"真不错。"韦斯说，"就像是'盖里甘的岛'。我们不断送人去参加三小时旅游，几个月后，我们奇怪为什么一个人也没回来。"

帕蒂说："我在想，能否为每一项这样的'任务'都设置一条看板追踪路径？"

"没错，就是那样。"我说，"埃瑞克说得对。你才刚刚发现一大堆经常性工作！如果我们能把这些经常性工作记录在案，将其标准化，并且熟练掌握，就像你开展的笔记本电脑替换工作那样，我相信我们一定能提高流量！"

我补充道："如果我们能够把所有的经常性部署工作标准化，最终就能达到产品配置的一致性。我们现在的基础架构过于多样化，就像雪花一样，没有两片重样的。布伦特之所以会成为布伦特，是因为我们允许他建立起只有他能理解的基础架构。我们不能再让这样的事情发生。"

"说得好。"韦斯哼了一声，"这真是奇怪。是我们自己做出的种种决定，导致了我们一直以来面对的种种问题。我们已经遇到了敌人，而敌人就是我们自己。"

帕蒂说："你知道，部署就像是制造工厂里的总装配。每一条工作流都要经过它，而且缺了它你就不能发出产品。我突然完全明白这个看板应该是什么样的了。"

接下来的四十五分钟里，我们制定了计划。帕蒂将和韦斯的团队一起，收集出现最频繁的二十个经常性任务。

她还要弄清楚，在任务排队时，如何更好地管理和控制它们。帕蒂提出了一个新角色，兼有项目经理和稽查员的职能。他们要提供的不是每日监督，而是每一分钟的控制。她说："我们需要让所有已完成的工作都快速有效地交接到下一个工作中心。必要时，这个人要在工作中心等待，直到工作完成并运往下一个工作中心。我们再也不会让关键工作丢失在一堆工作单当中了。"

"什么？派人把任务从一个人那里送去给另一个人，就像服务员一样？"韦斯怀疑地问。

"在MRP-8，他们有'水蜘蛛'的角色，就是做这个的。"她反驳道，"最近这次凤凰延误几乎都是由于任务在队列里或交接时的等待造成的。这样做可以保证类似情况不再发生。"

她补充道："最终我要撤掉所有看板，那样就不必再找人来充当工作交接的信号传递机制。别担心。我会在几天之内想出办法来的。"

韦斯和我都不敢怀疑她。

第 24 章

10 月 11 日，星期六

之后的那个周末比较宁静。事实上，自从我换了工作岗位以来，这是我和家人度过的最轻松的一个周末。再过几周就是万圣节了，因此佩奇坚持要带全家人去南瓜园。

周六早晨，天气阴冷，光是给孩子们穿上暖和的衣服，再把他们弄进汽车，就已经把我们累坏了。我们来到附近的农场，佩奇和我看到帕克的样子，忍不住大笑起来，他裹在蓝色的风雪大衣里，看起来就像一根愤怒的巨型香肠。格兰特兴奋地绕着我们转圈，用他的相机拍照片，佩奇也忍不住不停地按快门。

然后，我们去了一家当地的小型酿酒厂，在午后温暖的阳光下，坐在院子里享用午餐。"真高兴我们能来。"佩奇说，"真是太好了。你最近看起来不那么紧张了。我能看得出来，情况正在好转。"

她说得对。感觉就像在工作中不知怎么地转了个弯。就和我不再浪费大把时间同那台旧笔记本电脑搏斗一样，我的团队似乎也开始把越来越多的时间花在生产性工作上，救火的时间越来越少。

尽管我也知道，我们的部门业绩与我换了一台新笔记本电脑完全不相干，但是摆脱那台破机器，就好像是在我游泳穿越海洋时，摆脱了别人套在我脖子上重达 900 斤的铁锚一样。

我们仍然在努力解决逐步解除项目冻结的问题。我猜测，我们或许能够解冻全部项目的 25%，以及其他一些为进一步优化工作流转至布伦特的流程而设计的新项目。

变数依然很多。但和之前不同的是，我们现在能够理解并战胜这些挑战了。我们的目标终于有望实现，我也不再觉得自己摇摇欲坠，被越来越多的人紧追不放，好像随时要被推下去一样。

除了莎拉以外,各个业务部门都对优先级达成了一致,因而我的工作似乎颇为顺当。我们好像有了主动性,开始解决问题,而不是不断回避。

我喜欢这样。

我抬起头,看到佩奇回头对我微笑,然后帕克弄翻了她的啤酒杯,我发出一声惊叫。下午的时间转眼即逝,但这是我今年以来度过的最美好的日子之一。

那天晚上,佩奇和我依偎在长沙发上。我们在看克林特·伊斯特伍德的电影《苍白骑士》。孩子们已经睡着了,几个月来,这是我们第一次一起看电影。

我看到伊斯特伍德扮演的主角"传道士",不慌不忙地干掉了九个恶势力的打手,禁不住大笑起来。佩奇又好气又好笑地看着我。

"这到底有什么好笑的?"她问。

听到这句话,我笑得更厉害了。又有一个代理人从身后被击中了,我说:"看那个!你知道会发生什么事,但那个元帅只是站在路当中,看着这场杀戮!看看他外套被风吹起来的样子!他连枪都没拔出来!我爱死这个了!"

"我永远没法理解你。"佩奇说,她微笑着摇摇头。

就在那时,我的手机响了。我下意识地伸手把它拿起来。

天哪。是约翰打来的。自从两周前的那次审计会议后,没人见过他或者听到过他的消息。我们非常确定他还没被解雇,但也没人知道更多的情况了。我一直打算去各家医院查一查,以免他独自一人呆在医院里等待康复。

虽然我很想和他谈谈,但我不想撇下佩奇和电影。我看了看表,发现离电影结束只剩十五分钟左右了。我不想错过最后的枪战场面,于是按掉了电话。电影放完后我会给他打回去的。

过了几秒钟,我的手机又响了,我再次按掉电话。

我的手机再次响起。我第三次按掉电话,但迅速给他发了一条短信:有你的消息真是太好了。我现在不方便讲话。20分钟后打给你。

难以置信的是,我的手机又一次嗡嗡地响了起来,于是我把手机调成静音,塞到沙发的靠垫底下。

佩奇问:"是谁不停地打电话?"

我说:"约翰。"她转了转眼珠,我们接着看剩下的十分钟电影。

"真不敢相信,今晚之前我居然没看过这部电影!"我说着抱了抱佩奇,"这真是个好主意,亲爱的。"

"今天过得真开心。再次过上正常的生活可真好。"她说,她也拥抱了我,然后微笑着站起身，拿走了空的啤酒瓶。

我同意她的话。我拿起手机，看到"15个未接来电"，心里咯噔一下。

我突然间唯恐自己真的错过了什么灾难性的事，急忙去看来电人。全都是约翰打来的。我立刻打给他。

"比利，又听到你的声音真是太好了，我的朋友，我亲……亲爱的老……亲爱的老朋友。"他含混不清地说。我的天。他完全醉了。

"抱歉，我刚才没法立刻给你回电。我刚刚和佩奇出去了。"我说着，对自己撒的小谎感到有些内疚。

"没关系。看，我就是想最后再看你一眼，在我离开……将要离开的时候。"他说。

"离开？你说'离开'是什么意思？你要去哪里？"我惊慌地说，琢磨着他已经喝了多久了。也许我本该早一点给他回电。我突然想到这样的景象，他在电话的另一端，手上拿着一瓶打开的安眠药，而且已经吃了一大半。

我听到他大笑起来，多少有点儿歇斯底里。"别担心，比利。我不会自杀的。我还没喝够……还没有。哈哈！我只不过想在今晚出城前和你见一面。我最后请你喝一杯吧。"

"呃，就不能等到明天吗？都快半夜了。"我说，略微松了一口气。

他告诉我，明天他就远走高飞了，并说服我去市区的锤头鲨酒吧跟他见面。

我把车开进停车场，立马认出了约翰的沃尔沃旅行车。他的车后面拖着一个U-Haul搬家公司的挂车，驾驶员那侧的车门外有一堆空啤酒罐。

在拥挤的酒吧，我在后面的一个小包厢里找到了他，很明显他已经在这里呆了一整天了。自从我上次见过他以后，他好像就没洗过澡，也没换过衣服。他的头发油腻凌乱，像是刚刚睡醒，满脸胡茬，衬衫上还沾着食物的残渍。他的钥匙和钱包随手扔在调料瓶边上。

约翰急不可耐地招手叫来服务员，他用了点时间组织句子，但说话的时候仍然含混不清："我要两杯双份威士忌，不加水，给我和我的这个朋友。再来些美味的墨西哥玉米片……谢谢。"

女服务员有些拿不定主意地看着我，显然她已经帮约翰上过很多酒了。我点点头，但是轻声说："请先来两杯咖啡吧。我会照顾他的。"我一边说着，一边伸手把他的钥匙从桌上拿开。

她看起来有些怀疑，不过片刻之后，她朝我淡淡地笑了笑，走开了。

"伙计，你看起来糟透了。"我坦率地说。

"谢谢，哥们儿。你也一样。"他回答，然后哈哈大笑。

"很好。你到底去哪儿了？大家都在找你。"我说。

"我一直呆在家里。"他说，从桌上抓过一把爆米花，"大部分时间我都在读书和看电视。哇哦，这几天电视里在放一些疯狂的玩意儿。太疯狂了！不过我随后开始想，是时候继续前进了，于是今天我花了大半天时间收拾行李。在我走之前，我只想问你一个小问题。"

"你在电话里说起过。"我说，女服务员端来了两杯咖啡和墨西哥玉米片。约翰困惑地看着桌上的马克杯，于是我说："别担心。我们的酒就快来了。"

我让他喝了一小口咖啡，他说："你就直接告诉我吧。我真的从来没有为你们做过什么有价值的事情吗？在我们共事的整整三年里，我就从来没有帮过你的忙吗？"

我深吸一口气，想要决定对他说什么。多年前，有个朋友告诉我："告知真相是一种爱的表现。隐瞒真相是一种恨的表现。甚至更糟，是一种冷漠的表现。"

当时，我对这些话报之一笑，但是，经过这么些年，我已经意识到，可以得到他人诚实的反馈也是一种恩赐。我看着坐在对面的约翰，尽管他看起来已经完全绝望潦倒，我还是怀疑，顺着他的意思说几句他想听的话，是否是正确的做法。

终于，我说："看，约翰。你是个好人，我也知道你心地善良，但是直到你在凤凰危机中帮助我们躲过了PCI审计师之前，我只能说你没有帮上过什么忙。我知道这不是你想要听到的回答，但是……我不想用废话来敷衍你。"

让人惊讶的是，约翰比之前看起来更加垂头丧气了。"该死的威士忌怎么还没来？"他喊道。他又转过头来看着我说："你是说真的吗？我们一起工作了该死的三年之后，你现在告诉我，我从没帮过你，连一点点帮助都没有过？"

"好吧，这些年里，我大部分时间都在负责中型机工作组，你不太参与这方面的事。"我冷静地解释，"我们在网上找到了自己的安全指南。当我们和你沟通的时候，你只想把一大堆工作压给我。看，我很在乎安全性，我们一直在查找系统和数据的风险，但我们总是忙于先解决最紧急的事情，勉强维持生存。而我的新使命，就是要帮助公司生存下去。"

约翰说："可是，难道你没发现，那也是我一直想要做的事吗！我只是想尽量帮助你和公司生存下去！"

我回答："我知道。但是，在我的世界里，我要负责让我们所有的服务启动、运行，并部署凤凰等新的服务。安全性只能靠后站。相信我，我很清楚安全性太差的风险，我也知道，如果在我任内出现大规模安全漏洞，我的职业生涯就会终结。"

我耸耸肩，继续说："我根据自己对风险的认知，做出了可行的最佳决定。我只是认为，你想要我做的那些玩意儿不像我要做的其他事情那样对公司有帮助。"

"振作点。"我继续说，"你心里是不是很介意，业务部门不用你的帮助就通过了SOX-404审计？是不是这件事让你怀疑自己建议的重要性和有效性了？"

约翰只是瞪着我。

就在这时候，服务员把两杯威士忌端来了。约翰拿起他的那杯一饮而尽。"请再来一轮。"

她看着我，我摇摇头，低声说："请结账好吗？再叫一辆出租车。"

她点点头走开了。我抿了一口威士忌，又看了看约翰。他的脑袋朝后耷拉着，嘴里喃喃自语。现在，他已经完全不知所云了。

我为他感到难过。

我从桌上拿起他的钱包。

"嘿！"他说。

"要给服务员小费了，我得付钱给她，但我把钱包落在家里了。"我说。

他对我大笑，睡眼惺忪地看着我说："没问题，老朋友。这次我买单。每次都是我买单，是不是？"

"谢谢。"我说着取出他的驾照，叫来服务员，把约翰的住址指给她看。

我把约翰的钱包还给他，又掏出自己的钱包付了钱。

我帮约翰站起身，把他塞进出租车，又确认了一遍钱包和钥匙都在他的口袋里。我不想让约翰和出租车司机打交道，于是把车钱也付了。

我目送他离去，又看着他的旅行车和塞满东西的 U-Haul 挂车，挂车里装的只是他的一小部分物品。我摇摇头，回到自己的车上，想着下次再见到他会是什么时候。

第二天，我打了好几次约翰的手机，但他都没有接听。最后，我给他留了一条语音信息，告诉他，我希望他已顺利到家，他的车在哪里，以及如果需要什么就给我打电话。

谣言四起。有人说他被送进医院了，被逮捕了，被外星人绑架了，或者被关进了一家精神病院。

我不清楚这些流言蜚语都是怎么传出来的，我也没有对任何人说起昨晚我和他见面的事，今后我也不打算说。

周一晚上，我刚把格兰特放上床，就收到约翰发来的一条短信。我迅速读了一下：谢谢你那天把我送回家。我一直在思考。我跟迪克说了，你也会参加明天上午 8 点我们的会议。应该很有趣。

和迪克一起开什么会？

我盯着手机发愣。一方面，约翰还活着，好像还能上班。这很好。

另一方面，约翰现在说的是和公司的二把手迪克碰头，明天上午，可能是在某种精神错乱的状态下，而且他已经广而告之，说我是他的同谋。

这就不太好了。我迅速向他发送回复：很高兴听到你的消息。希望你一切都好？迪克的会议是关于什么的？也许我没法参加。

他立刻回复：一直以来我都太自负了。现在才发现我其实不太了解迪克。必须得改变这一点。我们一起。

我担心约翰可能完全失去理智了，立刻给他打电话。铃一响他就接起电话，听上去异常兴高采烈。我听到他说："晚上好，比尔。再次感谢周六晚上的事。怎么了？"

"你到底在干什么，约翰？"我说，"明天和迪克的会议是关于什么的？你又为什么把我也拉进去？"

他回答："昨天我大部分时间都躺在床上，因为我几乎不能自己走去浴室再走回来。我觉得自己的脑袋像是一颗被砖头砸碎的柠檬。那天晚上你帮我买了什么酒？"

不等我回答，他又继续说："我一直在思考我们上次在酒吧里的谈话。我意识到，如果我对你毫无用处，那我该和谁最有共同点呢，然后结论显然是，我几乎对所有人都没用处，和所有人都没有共同点。"

"必须改变这一点。"他坚决地说。

我保持沉默，想先听约翰说完，再劝他取消明天的会议。

他继续说："我一直在思考埃瑞克说的话，他说等到迪克说他真的需要我的时候，他就准备和我谈话。"

"呃，我可不认为一个30分钟的'增进了解'短会就能让你达成那个目标。"我十分怀疑地说。

他非常冷静地回答："你难道不同意，就像生活中的很多事情一样，和人打交道总要先从了解开始吗？能出什么岔子？我只是想更多地了解一下他的工作。"

我脑海里立刻浮现出这样的景象，约翰问了一些愚蠢的问题，或者说了一些愚蠢的话，彻底激怒了迪克，迪克当场解雇了他，为绝后患，就把我也解雇了。

然而，我发现自己说的是："好的，我会去的。"

第25章

10月14日，星期二

第二天早晨7点50分，我走向迪克的办公室。在转角处，我看到约翰已经到了，正和迪克的助理亲热地交谈着。我差点惊掉了下巴。约翰的形象完全变了。

他显然已经洗过澡，把自己收拾干净了。也剃了头，看上去像瘦了十几斤。他穿着一件我只能描述为"欧洲式样"的衬衫和一件马甲。和他平常穿的略为宽松的衬衫不同，他身上那件粉色衬衫非常修身。再加上那件马甲，他看起来像是个……时尚模特？伦敦夜店男？拉斯维加斯赌场发牌员？

剃过的头、平和友善的笑容以及那种完美的姿态，让他看起来多少有点儿像个得道的僧侣。

最关键的是，我注意到他的三孔活页夹已经不见了。他只带了一本崭新的黑白封面笔记本和一支笔。

"早上好，比尔。"约翰欢快而平静地说。

"你好。"我终于说，"呃，你看起来比我上次见到你时好多了。"

他只是笑了笑，然后对迪克的助理轻声说了几句，她用手捂着嘴巴笑出声来。然后她站起来走向迪克办公室的门口，示意我们俩跟上，她说："看看能不能让你们的会见早一点开始。那样你们就能和他多谈一会儿。"

我跟着约翰，走进了迪克的办公室。

"新发型不错。"迪克微笑着对约翰说，指了指自己的光头。然后他用公事公办的语气说，"我能为你们做些什么？我8点30分还有个安排，我们就别浪费时间了。"

约翰打开笔记本，翻到第一页，上面一片空白。"谢谢你在这么短的时间里答应抽出时间来和我们见面。我向你保证，我们不会浪费你的时间。为了确保我没有理解错误或者先入为主,可否先请你跟我们讲讲,你在无极限零部件公司到底是做什么的?你的确切职能是什么?"

听到约翰的提问,我惊恐地睁大了眼睛。这应该是"带孩子上班日"的时候小朋友提的问题,而不该是一个公司管理人员提出来的。

我立刻打量迪克的反应。有那么一会儿,他看起来很惊讶,但随后和蔼地回答:"这个问题很有意思。"

他停顿片刻,然后配合地说:"15年前,我开始在无极限零部件公司工作,担任CFO。那时候,CFO的定义是很传统的。我主要负责管理公司的财务风险,领导财务计划和运营流程。即使在当时,我们也有大量的合规性问题,这一点我本人也承认。"

"史蒂夫成为CEO之后不久,他对我说,我们需要一个高级管理人员在整个公司层面掌管计划和运营,然后他就把这些职责交给了我。为了帮助确保公司实现我们的目标,我对整个管理团队建立了具体目标和评估项目。我想让所有经管人员都保有责任感,确保他们掌握成功的必备技能,帮助保证让那些复杂的项目都有正确的利益相关方参与其中,等等。"

约翰在他的新笔记本首页上拼命记笔记,然后抬起头来:"我听到过这里的很多人称你为'事实上的COO',而且你基本上就是史蒂夫的左右手。"

迪克先花了点时间考虑他的评价,然后才开口:"我的正式头衔里完全没有'运营'的字眼,但运营是我最喜欢的工作内容。一个像我们这样规模庞大的公司,有这么多的业务流程,这么多的经管人员和工人,几乎每件事情都很复杂。即使是像史蒂夫这样的聪明人,也需要在别人的帮助下才能确定公司的战略和目标是否实事求是,并对我们的实际能力做出客观的评价。"

他微微一笑,补充道:"想听点儿搞笑的事吗?别人说我比史蒂夫更加平易近人!史蒂夫魅力非凡,让我们面对这个现实吧,而我则是个混蛋。可是当人们感到担心时,他们并不想改变自己的想法。他们希望有人倾听,并帮助他们把讯息传递到史蒂夫那里。"

我发现自己倾身向前。我很惊讶听到迪克对约翰,因而也是对我,给出这样坦诚详尽的回答。

"你怎样区分美好的一天和糟糕的一天?"约翰继续问。

迪克吃了一惊,然后哈哈大笑:"我来告诉你美好的一天是什么样的。那感觉应该就是到年底的时候,我们在竞争中大获全胜——我们还没关账,但每个人都知道本季度业绩疯长。所有销售人员都能完成销售指标,排在最前面的几个还会达到销售提成指数。美好的一天,感觉就是我们开给员工的佣金支票金额大到让他们惊慌失措。"

"我不会担心,因为那些巨额佣金支票意味着公司赚到了钱。"他笑得更加灿烂了,"史蒂夫会兴奋地向华尔街和分析师宣布，我们公司的表现有多好——一切皆有可能，因为我们有制胜的战略，也因为我们有正确的计划和运营、执行的能力。这意味着我们公司的每个部门都以团队的名义博得了满堂彩。"

"那对我来说就是快乐的一天。我们可以不停地计划下去，但是在执行并达成目标之前，都只是纸上谈兵。"他说着，笑容消失了，"当然了，我们已经四年多没有过这样的日子了……"

"糟糕的一天就像是我们两周前的那天。"他说，现在他看起来相当沮丧，甚至有些愤怒，"由于某个 IT 故障，我们没法完成季度报表，我们似乎不能执行最重要的项目来追上竞争对手，我们不断流失客户，审计师对一些不断重申的项目吵闹不休，董事会争论着是否要把我们全部解雇，因为我们表现得太烂了。"

迪克摇摇头，憔悴而疲惫地一笑。"在那样的时候，你会思考，问题是否在于经济、我们的战略、我们的管理团队、你们 IT 人员，或者坦率地说，可能全部问题都出在我身上。在那样的日子里，我只想退休。"

约翰看了看笔记，然后问：""你今年的远期目标、近期目标以及评估指标是什么？"

迪克站起身，从会客区走向办公桌，说："这里，我拿给你们看。"

他拿起摊在桌上的一本薄薄的黑色三孔活页夹，重新坐回到我们对面，把打开的活页夹拿给我们看。"我每天都要看这两张幻灯片。"

> CFO 的远期目标：
>
> 公司状况
>
> 收入
>
> 市场份额
>
> 平均订单金额
>
> 盈利能力
>
> 资产回报率
>
> 财务状况
>
> 从订单转化为现金的周期
>
> 应收帐款
>
> 准确及时的财务报告
>
> 借贷成本

"这些是我在财务方面设定的公司远期目标和近期目标。"他解释道，"我明白，财务目标很重要，但财务目标不是最重要的。即使财务完成了所有目标任务，公司仍然可能会倒闭。说到底，假如我们是在一个错误的市场里，我们的产品策略是错误的，我们的研发团队无法完成并交付成果，那么全世界最好的应收帐款团队也救不了我们。"

我惊讶地发现，他说的是埃瑞克的"第一工作法"。他谈论的是系统思维，始终确保整个企业达成其目标，而不只是其中的一部分。

我陷入了沉思。迪克又指着第二张幻灯片说："这是第二张幻灯片的内容，显示了我认为最重要的公司远期目标。我每天都看这一页。"

我们有竞争力吗？
了解客户的需求和期望：我们知道要创建什么吗？
产品系列：我们有合适的产品吗？
研发效能：我们能有效地创建产品吗？
上架时间：我们能尽快把产品推向市场并占有一席之地吗？
销售机会渠道：我们的产品能带来感兴趣的潜在客户吗？
我们的效率高吗？
按时交货：我们遵守了对客户的承诺吗？
客户保留：我们是在获得客户，还是在流失客户？
销售预测准确率：我们可以把销售预测准确率纳入销售计划流程吗？

约翰和我俯身研究这张幻灯片。通常情况下，像我这样的公司经理只会看到自己部门的近期目标。这张幻灯片则展示了更为宽广的图景。

我正在思考，约翰指着幻灯片问："这些评估指标中，哪些是风险最大的？"

迪克冷笑一声道："全部都是！从产品系列的角度看，竞争对手正把我们逼上绝路，他们每天都在抢走我们的市场份额。我们已经为凤凰项目投入了 2000 万美元和几年的时间，但在市场上依然缺乏竞争力。在公司的零售和制造方面，客户满意度正在下滑，尽管销售部门许诺说可以想办法把客户抢回来，但客户仍在不断流失。"

约翰在他的笔记上划了些重点。"我们能复印一份吗？比尔和我想进一步学习一下，确保我们的团队也能理解这些内容，那样我们就能保证所做的每一件事都有助于推进这些目标。"

迪克想了想，说："当然可以。我想这没有坏处。你们走的时候我会让助理给你们俩一人一份复印件。"

"还有一件事，"约翰说，"这里的每一个项目和评估指标，分别是由哪几位经理负责的？"

迪克上下打量着约翰，我也一样。以前，我也从没见过约翰的这一面。

迪克说："我的助理也会把这份名单的电子表格给你。"

约翰谢了他，然后看看表，说："我们的时间快到了。这次会面实在太棒了。谢谢你抽出时间，和我们谈了你的日常工作情况。有什么我们可以帮到你的吗？"

"当然有。"他回答，"聚焦重点，让凤凰运作起来。没有凤凰，我们就会深陷泥潭。"

我皱起眉头。我再次看着第二张幻灯片。我觉得凤凰不应该是迪克要我关注的东西。说不清这是为什么，我只是说："遵命，先生。月底之前，我们一定能告诉你一些好消息。"我不能完全确定会有什么好消息，但我早已明白，和高层打交道时，告诉他们坏消息要找适当的时机、适当的场合。现在的时机和场合都不对。

"很好。"他说，对我们抿嘴一笑。

我们相互道别，然后走出办公室。

电梯门打开时，约翰对我说："你知道，我觉得迪克的第二张幻灯片上有些和我们成功通过 SOX-404 合规审计相类似的内容。"他说，"我没法确切地指出来，但我认为这里面有些东西我们得更好地理解一下。"

"你说得对，"我说，"我认为迪克并不清楚他的评估指标中有多少需要依靠 IT。他向我提起了凤凰，但他理应问问我的所有目标任务。"

我们走进电梯。我继续说："过会儿你有空吗？让我们看看能否把这些点都连起来。我怀疑我们缺少了某个环节，这个环节也许可以解释公司不断错失目标以及 IT 始终不受重视的原因。"

"当然有空。"他兴奋地说。

我几乎无法抑制自己的兴奋之情。约翰和迪克的疯狂会面似乎揭示了某些至关重要的事。

我完全相信，不论我们想要弄清楚的是什么，它都是"第一工作法"的关键所在。他谈到了理解真实企业环境的必要性，而 IT 也身处企业大环境之中。

我确信，从没有人把迪克的重要评估指标同作为其前提条件的 IT 任务联系起来过。

难怪迪克只是隐约觉得 IT 把事情搞砸了，这是一种他无法找到痛点的抽搐的钝痛感。我们的下一步行动很清楚：我们必须让这种疼痛明确可见，让迪克相信，IT 不仅可以少惹祸，还能帮助所有业务部门取得胜利。

这件事至关重要，我们不能再盲目地瞎折腾了。我需要向埃瑞克打电话求教。我站在 2 号楼的大堂里，按下了他的电话快捷键。

"嗯？"我听到他接起电话。

我说："早上好，埃瑞克。我刚才和迪克开了一个了不起的会。你有时间帮我理一理思路吗？"

他哼了一声："好吧。"我向他描述了会议的情况，为什么会开这个会，以及我确信这次会见揭示了某些重要的内容。

"好吧，吉米干得好。也许我该叫他'约翰'。他终于把头从屁股上抬起来，开始正眼看这个世界了。"我听到埃瑞克边说边友善地笑起来，"在'第一工作法'里，你必须真正理解 IT 所参与的业务系统。W·爱德华兹·戴明称之为'对系统的鉴赏'。说到 IT，你面对着两个难题：一方面，在迪克的第二张幻灯片里，你现在知道了，IT 部门所负责帮助支撑及维护的公司业务，有些还没人能阐释清楚。另一方面，约翰已经发现，他紧抓不放的一些 IT 控制是多余的，因为公司的其他部门已经充分降低了那些风险。"

"这完全是关于界定哪些才是 IT 部门真正重要的事务的问题。就像《二维世界》里球体先生告诉众人的，你必须跳出 IT 领域，才能弄清公司需要依靠 IT 的哪些工作来达成目标。"我听到他继续说，"你的任务是双重的：你要弄清在哪些方面 IT 是被低估的——某些 IT 的流程或技术能够轻易破坏整个公司的目标实现——就像迪克归纳的那套评估方式里所说的那样。其次，约翰必须找出他在哪些方面高估了 IT 的作用，比如对于发现财务报告中的重大错误并无必要的 SOX-404 IT 控制。"

"你也许会认为，我们是在把两件完全不相关的事混为一谈，但我向你保证，我们没有。"他继续说，"一些最英明的审计师说，只有三种内部控制目标：确保财务报告的可靠性，符合法律法规，以及运营的效率和效果。就是这样。你和约翰所谈论的正是所谓'COSO 立方'（内部控制整合框架）的不同面。"

我强迫自己继续听，拼命记笔记，以便今后能在 Google 上搜索这些术语。

我听到他继续说："你和约翰需要做这几件事：去和业务流程负责人谈谈迪克第二张幻灯片上的目标任务，弄清楚他们的确切职责是什么，哪些业务流程是支持其目标的，然后列出对公司实现长期目标危害最大的几项内容。"

"你必须了解达成迪克的每一项目标所需的价值链，包括那些不太明显的内容，比如 IT 方面的。举例来说，如果你是一家跨国货运公司，你们用一百辆卡车组成的车队运送包裹，你们的一项公司目标就会是客户满意度和按时交货。"

我继续听他说："大家都知道，一个影响按时交货的因素是车辆故障。车辆故障的一个关键起因是没有更换机油。那么，为了降低这个风险，你就要为车辆运营建立一个服务等级协议（SLA），每行驶 8000 千米就要更换一次机油。"

他显然陶醉其中，接着解释道："我们公司的关键绩效指标（KPI）是按时交货。为了达到这个指标，你就会建立一个新的前瞻性 KPI，比如说，已经按要求更换机油的车辆百分比。"

"毕竟，如果只有 50%的车辆遵守了必需的保养策略，那么很有可能在不久的将来，卡车及其装载的包裹都会抛锚在路边，那么按时交货 KPI 就会大幅下跌。"

"大家认为，IT 不需要使用机油，不装载实体包裹，因此也就不需要预防性维护。"埃瑞克说着，忍不住笑了起来，"从某种程度上说，因为 IT 所承担的工作和负荷是无形的，所以你们只要在电脑上多撒些魔法粉末，就可以让电脑重新运行了。"

"更换机油之类的比喻可以帮助大家建立起这样的联系。预防性机油更换以及车辆保养策略就好比是预防性供应商补丁程序以及变更管理政策。你只要能说明 IT 风险会对业务绩效指标产生多大的影响，就能着手制定更好的业务决策。"

"好吧，我挂断电话前还要说最后一件事。"他说，"要保证约翰完成他的任务，他必须和 SOX-404 审计团队的财务人员谈谈。他必须确切地了解，业务部门是怎样躲过最后一颗审计子弹的，实际的控制环境是怎样的，安全的关键点到底落在哪里。然后他必须向你做出解释。"

"一旦你建立起价值链，把迪克的目标任务与 IT 对这些目标任务的影响关联起来，你就做好和迪克会面的准备了。收集以前 IT 问题如何影响那些目标的具体案例。确保你自己准备就绪。"

他又加上一句："其实，你可以尽管叫我去参加那个会议。我想看看，在你介绍你所了解到的情况时，迪克的脸色会是什么样。"接着他就挂断了电话。

第 26 章

10月17日，星期五

帕蒂走进会议室，看到约翰的新造型，深吸了一口气，说："我的天啊，约翰。你看起来太棒了！"

让人惊讶的是，韦斯来了以后，似乎没有注意到任何不同。

大家都到齐后，我快速分享了自己从埃瑞克那里学到的内容。我们决定，帕蒂和我将对业务流程负责人进行访谈，主题是"理解客户的需求与期望""产品系列""上市时间"以及"销售渠道"。与此同时，约翰将按照埃瑞克的指点，研究业务部门的 SOX-404 控制环境。

今天是星期五，我们计划访谈制造销售部副总裁罗恩·约翰逊。几年前，我在那个企业并购项目上和他共事过一段时间，而且我很惊讶他居然在城里。他通常都在东奔西走，周游世界，去谈生意或者处理有问题的账目。他被当之无愧地誉为全公司最有趣的出差搭档之一。他费用报告上的数字证明了这一点。

帕蒂和我来到 2 号楼，坐在他的办公桌前，听着他向开电话会议的同事咆哮。我看到墙上挂着很多他的照片：上高尔夫课的照片，和他手下的销售精英一起同历任总裁俱乐部的高层在充满异域风情的地方的合影，以及和客户握手的照片。墙角放着一棵假盆栽，完全被几百个会议徽章和吊牌盖住了。

这间办公室的主人一定很爱和人打交道。他是一个高大的、喜欢交际的人，他笑起来的声音洪亮。

我曾和他在芝加哥呆过一晚。很多杯威士忌下肚之后，我惊讶地发现，他的大部分行为举止都是精心制作的假面具。表面上看，他声音洪亮、说话直来直去，但其实本质上是个内向的人，非常善于分析，而且对销售纪律充满热情。听到他在电话里批评别人，我感到很奇怪。即便是在号称章法全无、阴晴不定的销售部，他们的规矩都比IT部更为可控。

从市场推广到成长预期，从潜在客户到合格客户，再到销售机会渠道，至少整个销售管道的流程是可控的。个别销售人员没有完成指标，几乎不会影响到整个部门。

相比之下，我手下的随便哪个工程师，只要做出一个看似无关紧要的小变更，都可能导致波及全公司的严重服务中断，甚至让我丢掉饭碗。

罗恩砰的一声挂断了电话。"对不起，伙计们。尽管我一直在训练员工，但有时候我的团队还是表现得像一群野生动物一样。"他说，依然气愤难平，把手上的文件撕成两半，扔进了垃圾桶。

"哦，罗恩。"我忍不住说，"回收桶就在你边上！"

"垃圾填埋场填满之前我早就死了。"他说着大笑起来。

他也许不久于人世，但我的孩子们还要活很久。我一边向他解释我们的来意，一边俯下身子，伸手把他刚才扔进垃圾桶的文件捡了出来，放进回收桶。"在迪克的电子表格里，你被列为'销售渠道'和'销售预测准确率'评估指标的负责人。你能跟我讲讲，达到这些指标有哪些困难吗？"

"看，我对IT不太了解。我叫个手下的人来和你们谈可能更好一些。"他回答。

"别担心，我不会问任何与IT相关的问题。只要谈谈你的评估指标就行。"我向他保证。

"好吧，你说了算……"他说，"如果要讨论销售预测准确率，首先你要了解的是，为什么它会这么不精确。一开始，史蒂夫和迪克给我定了一个疯狂的收入目标，让我自己去想办法实现。好几年来，我不得不给我的团队下达过高的指标任务，因此，我们当然一直完不成指标！我年复一年地对史蒂夫和迪克说这件事，但他们就是不听。可能是因为董事会也给他们下达了一些武断的收入目标，死死掐住了他们的脖子。"

"靠这种方式来经营公司太蹩脚了。我的团队士气低落，业绩最好的人大批辞职。当然，我们会找人顶上，但接替的人至少需要一年时间才能具备达到全额指标的能力。虽然现在经济不景气，但寻找合格的销售人员需要的时间还是太长了。"

"你知道什么事让我非常讨厌吗？"他继续说，"莎拉保证过，建立零售门店能够促进我们的销售。这件事实现了吗？该死的，没有！"

"我们的执行力糟透了。今天上午，一个区域经理尖叫着说他们需要几卡车的新款喷油器套件，因为他的所有门店都没有库存了。我们连最简单的生意都没做成！我们的客户想买东西，却空着手出了门，也许还会去某个竞争对手那里买些不如我们的东西！"

罗恩愤怒地说："我们完全不知道客户想要什么！我们的滞销产品太多，而畅销产品又总是缺货。"

他的话听起来很耳熟，我又低头看了看迪克的幻灯片。"你是说，差劲的'了解客户的需求和期望'影响了'销售预测准确率'？而且，如果知道门店里有哪些产品缺货，我们就能提升销售额？"

"你说得对。"他说，"在门店里做生意，是提高收入最快捷的方法。比起和那些反复无常的汽车大买家打交道，这要简单多了，这是一定的。"

我写了一条笔记，提醒自己弄清楚缺货数据是怎样产生的，我看到帕蒂也在拼命记笔记。

我问了罗恩关于销售渠道流程及其困难的问题，听到的是一顿牢骚。他详细地告诉我们，他手下的经理们想从我们的客户关系管理系统（CRM）中拿到他们需要的报告有多困难，而且要让他手下的全体销售人员都在日常工作中使用这个系统，简直是一场无止境的战争。

不过，当我问他，他觉得糟糕的一天是什么样的，他的话匣子真的打开了。

"糟糕的一天？"他重复了一遍，不以为然地盯着我，"这还用问吗，比尔，糟糕的一天就像是你们负责管理的物料需求计划（MRP）系统和电话系统都崩溃的时候，就像几个星期前那样。光是那次物料需求计划服务中断，客户就为订单延误的事向我们大喊大叫，有两个客户直接取消了 25 万美元的订单。我们好不容易才让一些最优质的客户没有把 150 万美元的合同取消掉重新招标。"

他身体前倾，继续说道："在季末最后几天电话不能用了，客户没法给我们下订单，或者做出临时变更！这件事又延误了另外 150 万美元的订单，十个客户重新评估了他们的合同，又有 500 万美元的订单岌岌可危。"

"你让我的工作变得非常非常困难，哥们儿。"他说，"许多销售人员由于极小的差距而没能完成配额，因为一些他们完全无法控制的事情。为了保持士气，我正在要求史蒂夫把那些由于我们自身错误而延误的订单也计入指标业绩。"

我做了个鬼脸。史蒂夫会"爱死"这个主意的，就像他"爱死"了莎拉提出的给心怀不满的凤凰用户发放代金券的主意一样。

"在我任内发生这样的事，我真的非常抱歉。我不会找借口的。"我真心实意地说。我对他说了供应商未经授权就对电话交换机进行变更后所发生的事，以及我们为防止此事重演而采取的措施。

我解释道："我们已经更改了控制策略，不过你也知道，培训的效果甚微，而光靠信任也不现实。有时候，我们必须通过监控来强制实行这些策略。困难在于，我们需要扩展信息安全部门已经设置的许可范围，而且如今很难获得紧急资金，对 IT 运维部来说更是如此。"

罗恩的脸涨红了，说："为什么？他们要把这钱省下来干吗用？再来一次轻率的收购吗？那可是莎拉梦寐以求的。"他冷笑一声，"做这件事需要花多少钱？"

我告诉了他，他露出反感的神情："每周给制造工厂的草坪浇水都花掉不止这些钱！我会跟迪克沟通这件事的。如果他不愿意花钱，我们就可能丢掉订单，哪怕你的项目只能保证我们销售团队的努力不至于白费。这是个很简单的问题！"

"我们当然也这么想。谢谢你的支持。"我说，"我们的时间快到了。还有什么我们能帮忙解决的困难或障碍吗？"

他看了看表说："没有，只要别再让那些供应商毁了我们的电话系统就成，你知道了吗？"

等电梯的时候，帕蒂翻看着她的笔记，看起来精神焕发。她说："罗恩提到了电话和MRP系统有多重要，不过我能肯定还有许多系统也很重要，比如库存管理系统。我会创建一份完整的清单，把所有支持罗恩的应用程序和基础架构都列出来。只要其中有任何脆弱的应用程序或系统，就要把它们添加到我们的替换清单里。这可是主动作为的大好机会。"

"你可真了解我。"我微笑着说，"这项预防性工作支持着全公司最重要的目标任务。我们是怎么知道这一点的？我们从迪克最在乎的评估指标开始。"

我很满意。现在我真的很期待我们的下一次访谈，下次的访谈对象是玛姬·李，她发起了凤凰项目。

接下来的星期一，帕蒂和我同玛姬见了面。莎拉在周末给我发了电子邮件，要求了解会见议程，还威胁说要取消这次会见。我在回复邮件里复制了迪克和史蒂夫的原话，她终于答应了，但还是警告我不要干涉她的部门。

我并不担心。帕蒂和我都经常和玛姬一起工作。她是超过一半IT项目的业务发起人。此外，玛姬还负责保证每一家门店的货品都尽可能地丰富多样，她还负责确定公司的售货类别和定价方针。

讲完她的工作职责后，她总结道："归根结底，我对'了解客户的需求和期望'的衡量标准是，客户是否会向朋友推荐我们。无论从哪个方面来讲，我们的指标都不太好。"

我问她原因，她叹了口气，说："大多数时候，我们都在盲目行动。理想情况下，销售数据会告诉我们客户想要什么。也许你认为，有了订单输入系统和库存管理系统中的数据，我们就能做到这一点。但其实不能，因为数据几乎总是错的。"

帕蒂意味深长地看了我一眼，玛姬继续说："我们的数据质量太差，因此无法凭借这些数据来进行各种预测。我们现有的最佳数据，来自于两月一次的门店经理访谈，以及一年两次的核心客户群访谈。你不能用这种方式经营一家规模数十亿美元的企业，还指望能成功！"

"在我工作的上一家公司，我们每天都收到销售和缺货报告。"她继续说，"在这里，财务部每月给我们一次销售和缺货报告，但是错误连篇。你指望拿到什么样的报告？这些报告是由一群大学实习生在 100 万张电子表格里复制粘贴各种数字捣鼓出来的。"

"假如你能挥舞魔杖，你会怎么做？"我问。

"多大的一根魔杖？"她问。

"你想做什么它就能做什么。"我微笑着回答。

"那是一根很大很大的魔杖了。"她笑着说，"我希望从门店和在线渠道得到准确及时的订单信息。我希望点一下按钮就能得到这些信息，而不用像现在这样杂乱无章地运用这些数据。我会运用那些数据来设计市场推广活动，不断推出"A 或 B"产品选择测试，以发现客户认可的报价。一旦我们发现了哪些方法有效，就能在全部客户中复制推广。这样做，我们就能为罗恩创建一个巨大的、可预测的销售漏斗。"

"我会运用那些信息来推进生产计划，那样我们就能管理供求曲线。我们会让正确的产品出现在正确的货架上，并一直备好库存。我们的平均每客户销售额将会一路冲高，平均订单金额也会上升。我们最终会提高市场份额，并再次打败竞争对手。"

她对我们描述着这番景象，显得兴致勃勃，兴奋不已。然后她的兴致消散了。她用落败的语气说："可是，我们无法摆脱现有的系统，太不幸了。"

"等一下。我以为凤凰正是准备用来修复这些问题的？"我问。

她厌恶地哼了一声，说："我们从凤凰那里得到的只是一堆承诺。它本该做出很多这样的报告，但是把产品推向市场会面临很多政治压力，他们不断地减少功能。猜猜他们把什么功能推迟到明年的某个时候了？"她翻了个白眼，露出不可思议的神态。

"报告？"我猜测，担心出现最坏的情况。

玛姬点点头。我试图保持乐观，说："现在，让我们假设魔杖生效了。我们现在有门店提交的很棒的数据。你在门店里安置了正确的产品，而且你梦寐以求的营销活动取得了超乎想象的成功。然后怎么样？"

"生活变得激动人心，就是这样！"她说，眼睛都发亮了，"去年，我们为一辆即将上市的新型跑车推出了一款自定义燃料喷射系统。从筹备到上市，我们只有六个月时间把它推向市场。我们成功了！设计师、研发人员、市场营销人员都太给力了。我们有合适的产品、恰当的场合、响当当的品牌、合理的价格以及优异的质量。那是当年的畅销产品之一。"

"我们冒了些风险，也成了大赢家。"她说，"假如我们对零售经营有更多的了解，加上我们惊人的研发和制造能力，我们每年都应该推出 50 个这样的产品。我相信其中能有 4 个产品成为业界热门！我们不仅有的赚，还能大赚特赚。"

帕蒂插话说："你们把产品推向市场的合理时间是多久？"

她立刻回答:"现在?产品需要在六个月内上市。最多九个月。否则,其他公司就会剽窃我们的想法,让产品出现在竞争对手的货架上,并抢走大部分市场份额。"

"在竞争的时代,游戏规则就是'快速上市,快速淘汰'。我们不能为推出一个产品而制定为期几年的工作计划,一直等到最后才弄清手上拿的牌是赢家还是输家。我们需要短而快的周期,不断整合来自市场的反馈。"

"但是,这还只是一部分的原因。"她继续说,"产品开发周期越长,公司资本锁定的时间也就越长,资金锁定期间是没有回报的。迪克希望,我们的研发投入可以平均回报超过十个百分点。那是内部最低预期资本收益率。如果达不到最低预期资本收益率,那还不如把公司资本拿去投资股票或者去赌马。"

"一旦研发资本以半成品的形式锁定超过一年而未向公司返还现金,它就几乎不可能再为公司产生回报了。"她继续说。

该死。现在连玛姬说起话来也十足像是埃瑞克了。不断降低周期时间的需求是"第一工作法"的内容。增强回收成本的能力,最好是从消费者那里直接回收成本,这是"第二工作法"的内容。

可是,九个月内向公司返回现金,这是最长时间了?我们已经在凤凰上花了将近三年时间,依然尚未创造出期望的商业价值。

我有一种可怕的感觉,也许我们致力于凤凰项目是完全走错了路……

我看了看表,时间已经差不多了。我把关于凤凰的想法放到一边,向玛姬询问 IT 还有哪些地方妨碍了她实现工作目标。

她脸色一沉,说:"好吧,还有一件事……"

接着,玛姬描述了围绕 IT 项目资源的激烈竞争。"我们的计划周期是 6~12 个月。谁能知道自己三年以后应该做什么项目?"她愤怒地说,我立刻想起了罗恩。

再没什么比吐槽 IT 更能让人团结一致的了。

"我完全理解你的困扰。"我泰然说道,"你有什么解决的办法吗?"

她说了一些想法,包括招聘更多 IT 人员,把一些 IT 人员专门划拨给她的团队,更多关注那些妨碍 IT 项目队列的项目,等等。

大部分想法都不新鲜,我只是对她提出的申请更多 IT 预算的看法抬了抬眉毛。史蒂夫和迪克是绝不会同意的。

"不可思议!"我们离开玛姬的办公室后,帕蒂欢呼道,"我无法相信玛姬和罗恩居然这么沮丧。你能相信吗,订单输入和库存管理系统中的不可靠数据又出现了?我也不能相信,按照当前的设计,凤凰实际上不能解决数据质量问题!"

我点点头,果断地说:"叫约翰和韦斯一起开个会。我们要向他们通报一下目前所了解到的情况。也请克里斯一起参加。这不只是 IT 运维部的事。也许这也会改变我们安排项目优先级别以及开发应用程序的方式。"

她离开后,我又看了看手上的凤凰项目。

三年多来,我们已经为凤凰投入了 2000 多万美元。这个项目锁住了那么多半成品和资金,恐怕再也不能达到 10% 的内部最低预期资本收益率。换句话说,凤凰原本就不该被批准。

第27章

10月21日，星期二

我和帕蒂、韦斯、克里斯还有约翰一起坐在会议室里，向他们介绍帕蒂和我取得的进展。

我首先说明："我们访谈了罗恩和玛姬，他们是迪克的公司评估指标幻灯片上列出的业务流程负责人。我已经花了些时间思考我们所了解的内容。"

我掏出笔记本，走向白板，在上面写道："无极限零部件公司期望得到的业务成果：增加收入，提升市场份额，提高平均订单额，恢复盈利，提高资产回报率。"

接着，我做了如下这张表格。

绩效指标	依赖IT的方面	IT导致的业务风险	所依赖的IT控制
1. 了解客户的需求和期望	订单输入和库存管理系统	数据不准确，报告不及时，并且需要返工	
2. 产品系列	订单输入系统	数据不准确	
3. 研发有效性			
4. 上市时间（研发）	凤凰	三年的研发周期使内部收益率（IRR）难以实现	
5. 销售渠道	CRM，市场营销活动，电话/语音邮件，MRP系统	销售管理无法查看/管理渠道，客户无法添加/更改订单	
6. 按时向客户交货	CRM，电话/语音邮件，MRP系统	客户无法添加/更改订单	
7. 客户保留	CRM，客户支持系统	销售无法为客户解除后顾之忧	
8. 销售预测准确率	（与#1相同）	（与#1相同）	

我指着白板说："第一列是达成迪克期望结果所需要的业务能力和流程；第二列列出了那些业务流程所依赖的IT系统；第三列列出了IT系统或数据可能会发生的故障；在第四列，我们要写下防范那些故障发生的应对措施，或者至少能够侦测并做出回应的措施。"

接下来的半小时，我对他们仔细讲解了表格的内容以及我们在访谈中听到的各种抱怨。"显然，IT 对于迪克最在乎的那些事情是很重要的。"我面无表情地说。韦斯说："得了吧。无论如何，我都不是在座最聪明的人。但是，如果我们这么重要，他们为什么还想把我们全都外包出去？面对现实吧，这些年来我们就像是没爹疼没娘爱的孩子，都被抛弃转手过好多次了。"

没人能给出合适的答案。

"你知道，我真的很喜欢比尔表格里的第三列：'IT 导致的业务风险'。"约翰说，"通过描述 IT 可能会出现哪些阻碍业务成果实现的问题，我们就能帮助业务流程负责人拿到他们的奖金。这应该会非常有说服力。业务部门也许还会为我们所做的事而感谢我们呢，那可是让人耳目一新的改变。"

"我同意。干得不错，比尔。"克里斯终于说，"但是，解决方案是什么？"

我说："大家有什么办法吗？"

令人惊讶的是，约翰首先大声说道："在我看来，显然，我们需要通过控制来缓解你的表格第三列所提到的那些风险。然后，我们要给罗恩和玛姬看这些内容，确保让他们相信，我们的应对措施有助于他们达成目标。如果他们对此买账，我们就和他们一起开展把 IT 融入其绩效指标的工作……"

"埃瑞克给你举的那个例子棒极了。他们把'遵守车辆保养程序'作为'按时交货'和'客户保留'的一个主要指标。我们也应该做同样的事。"

我们卷起袖子开始干活。

对于电话和 MRP 系统，我们很快确定，预测评估指标包括遵守变更管理流程、监督审核生产变更、完成定期维护，以及排除所有已知单点故障。

我们在处理"客户的需求和期望"时遇到了困难。

是约翰让我们继续推进。"在这里，目标不是系统可用性，而是数据完整性，它们很偶然地形成了'保密性、完整性、可用性三角型'或者称为 CIA（confidentiality、integrity 和 availability）的两条边。"他问克里斯："那么，导致数据完整性问题的原因是什么？"

克里斯厌恶地哼了一声说："凤凰修复了很多这方面的问题，但问题依然有一些。大部分问题是在上游产生的，因为市场营销人员不断输入格式不正确的库存量单位（Stock Keeping Unit，以下简称 SKU）。市场营销部也得解决他们的问题。"

同样，对于"市场营销的需求和期望"，我们提出的评估指标包括凤凰支持每周报告并且最终支持每日报告的能力，市场营销部生成的有效 SKU 比例，等等。

下班前，我们已经完成了一组幻灯片，帕蒂和我准备拿去给罗恩和玛姬，然后我们会向迪克作演示。

"我亲爱的朋友们,现在我们有了一个完备的方案。"韦斯骄傲地说。他大笑一声,说道:"哪怕是只猴子也可以把我们提出的线索给串起来!"

第二天,帕蒂和我从罗恩和玛姬那里得到了极好的反馈意见,他们承诺会向迪克说明支持我们的建议。当罗恩了解到我们那个监控项目的预算还没有批下来时,他当着我们的面就给迪克打了电话,给他留了一条言辞激烈的语音消息,要求知道他为什么要拖后腿。

有着这些热情的支持,我心里清楚,星期四和迪克的会面一定能稳操胜券。

"你们所说的一切不过是证明了你们一直都在玩忽职守!"迪克严厉地说,显然对我向他演示的内容无动于衷。我顿时想起,当我请求史蒂夫优先考虑凤凰和审计发现工作时,他连看都没看一眼我准备的电子表格。

但是迪克并非不屑一顾。他是真的怒了。"你对我说的这些事,连一只没脑子的猴子都明白。你以前不知道这些评估指标很重要?每一次全员大会上,史蒂夫都重复了一遍又一遍。公司简报里也有,莎拉在她的每一份战略简报里都谈到过它们。怎么能忽视了这么重要的事?"

我们坐在迪克对面,我看到克里斯和帕蒂在我两旁坐立不安。埃瑞克在窗边倚墙而立。

我脑海中突然闪现出这样的回忆,我当时是个海军陆战队中士,在阅兵时举着旗。不知从哪儿冒出来一个上校,在我的全队士兵面前冲我咆哮,'你的手表带不符合规定,帕尔默中士!'我差点儿当场羞愤而亡,因为我知道自己搞砸了。

可是今天,我确定我理解了任务,为了公司的成功,我需要迪克理解我所了解到的情况。但是,怎样才能让他理解呢?

埃瑞克清了清喉咙,对迪克说:"我同意,连一只没脑子的猴子也该明白这些事。那么,迪克,解释一下,为什么在你那张小小的评估指标电子表格上,你为每一个评估指标都列出了四个层级的管理,但其中连一个IT经理也没有。为什么?"

他不等迪克回答,就继续说:"每个星期,IT部门的人都在最后一刻被想要完成那些评估指标的经理拽过去,在紧要关头帮他们处理突发情况,就像布伦特,他被拉过去帮助推行莎拉的最新促销活动。"埃瑞克顿了顿,接着说,"老实说,我认为你和比尔一样是只没脑子的猴子。"

迪克咕哝了一声,但似乎并不慌乱。他最终说:"也许是这样,埃瑞克。你知道,五年前,我们曾经邀请CIO参加季度业务评审会,但是他只会说我们提出的每件事都是不可能的,其他时候从来不张嘴说话。这种情况持续了一年,然后史蒂夫就不再邀请他参会了。"

迪克又转向我说:"比尔,你是说,公司里每一个人都在做每一件正确的事,但因为这些IT问题,我们大家还是不能完成目标?"

"是的，先生。"我说，"和其他业务风险一样，由 IT 引起的运营风险也应该得到管理。换句说话，由 IT 引起的运营风险不是 IT 风险，而是业务风险。"

迪克又咕哝了一声。他跌坐到椅子上，揉揉眼睛。"该死。要是我们连业务部门需要什么都不知道，那还怎么写 IT 外包合同？"他说，重重地拍了下桌子。

然后他问："好吧，你有什么建议？我想你已经想好一个建议了吧？"

我坐直身子，开始推销自己的想法，我已经和我的团队排练过很多遍了。"我想用三个星期的时间，逐一会见那张电子表格上的每一位业务流程负责人。我们需要更好地定义由 IT 引发的业务风险，并且达成共识，然后向你提出把那些风险纳入主要业绩指标的办法。我们的目标不只是提高经营业绩，还要对能否达成目标提供前瞻性指标，那样我们就能采取适当的行动了。"

"此外，"我继续说，"我想就凤凰的事安排一次单主题会议，邀请你和克里斯参加。"然后我向他解释了我的顾虑，如果凤凰就是像现在所确定的那样，那么这个项目从一开始就不该被批准通过。

我继续说："我们的进展太慢了，还有那么多半成品和功能吊在半当中。我们应该把发布变小变短，更快地回笼资金，那样才能达到内部最低预期资本回收率。克里斯和我有一些想法，但是会和公司现行的既定计划大不相同。"

他沉默片刻，然后果断地宣布："你的两个提议我都同意。我会派安去帮助你。你需要公司里最优秀的人才。"

我从眼角的余光里看到克里斯和帕蒂的微笑。

"谢谢你，先生。我们会这么做的。"我说着站起身，催促众人离开房间，以免迪克改变主意。

我们走出他的办公室，埃瑞克拍了拍我的肩膀，说："还不赖，孩子。恭喜你在掌握'第一工作法'的道路上进展顺利。现在你要帮助约翰掌握'第一工作法'，因为你们将要忙于应付'第二工作法'了。"

我困惑地问："为什么？会发生什么事？"

"你很快就会明白的。"埃瑞克轻笑着说。

星期五，约翰召集韦斯、帕蒂和我开了个会，并且保证会有一些极好的消息。他热情洋溢地说："你们把 IT 同迪克的运营目标联系了起来，干得好极了。我终于明白了我们是怎样通过审计的，而且我非常肯定，我们可以做一些同样了不起的事，来减轻审计合规的工作量。"

"少做一些审计工作？"韦斯说着抬起头，放下了他的手机，"我洗耳恭听！"

他也引起了我的注意。如果不需要来一次巴丹死亡行军就能让我们卸下审计的重担，那就是个不折不扣的奇迹。

他对韦斯和帕蒂说："之前，我需要弄清楚，我们是怎么逃脱那些内部和外部审计师的审计发现的。一开始，我只以为是审计合伙人高抬贵手，想要留住我们这个客户。但其实并非如此……"

"我和无极限零部件公司里每一个参加过那次会议的人都见了面，想要弄清楚谁拥有解决这个问题的灵丹妙药。让我惊讶的是，这个人并不是迪克或者我们公司的法律顾问。见过十个人之后，我终于找到了费伊，在财务部为安工作的一个财务分析师。"

"费伊拥有技术背景。她在 IT 部门工作过四年。"他一边说，一边把讲义逐一分发给我们，"她为财务团队创建了这些 SOX-404 控制文档。这些文档显示了每一个财务方面的重要会计科目中的主要业务流程的端到端信息流。她记录了现金或资产是从哪里进入系统的，并全程追踪，直到总账。"

"这样做非常规范，但她更进了一步：在完全了解在流程中的哪些地方可能发生重大错误，以及在哪些地方能够检测出这些错误之前，她不看任何 IT 系统。她发现，大部分时候，我们会在一个人工对账步骤中检测到重大错误，在这个步骤中，来自一个源头的账户余额和账户值要和来自其他源头的逐一比对，一般是每周一次。"

"在这种情况下，"他满含敬畏和惊奇地说，"她知道了上游的 IT 系统应该被排除在审计范围之外。"

"这是她向审计师展示的内容。"约翰说着，兴奋地翻到第二页，"引用：'检测重大错误所依靠的控制手段是人工对账步骤，并非上游的 IT 系统。'我仔细查看了费伊提交的报告，每一次，审计师都同意了，撤回了他们的 IT 发现。"

"那就是埃瑞克说那一大堆审计发现是'界定错误'的原因。他是对的。假如一开始就正确界定审计测试计划的范围，就不会有什么 IT 发现了！"他总结道。

约翰环顾四周，帕蒂、韦斯和我呆若木鸡地瞪着他。

我说："我没听懂。这件事和减少审计工作量有什么关系？"

"基于我们对安全控制的真正着力点有了全新的清晰认识，我正在从头开始重建我们的合规项目，"约翰说，"那决定了什么才是至关重要的。这就像我们拥有了一副魔法眼镜，可以辨别出哪些事重于泰山而哪些事轻于鸿毛。"

"是的！"我说，"那副魔法眼镜帮助我们最终看到，为了公司运营，什么才是对迪克至关重要的事。多年来它就在我们面前，我们却从未看见。"

约翰点点头，咧开嘴笑了。他翻到讲义的最后一页，说："为了将我们与安全性相关的工作量减少 75%，我要提出五条建议。"

他提出的内容激动人心。他的第一条建议是大幅度缩减 SOX-404 合规项目的范围。他精准地描述了为何这样做是安全的，此时我意识到，约翰也掌握了"第一工作法"，真正做到了"对公司系统具备根本性的认识"。

他的第二条建议是，要求我们弄清楚生产薄弱点一开始是如何产生的，并要求我们调整部署流程，杜绝此类情况再次发生。

他的第三条建议是，要求我们在帕蒂的变更管理流程中，标记出所有列入合规审计范围的系统——那样就能避免可能危及审计工作的变更——并要求我们创建持续记录文档，今后审计师会要求我们提供这些文档的。

约翰看看四周，发现我们全都盯着他，由于震惊而陷入沉默。"我说错话了吗？"

"不是冒犯你哦，约翰……"韦斯缓缓说道，"不过……呃……你还好吧？"

我说："约翰，我不认为我的团队会对你的建议提出任何异议。我认为这些主意太棒了。"韦斯和帕蒂也一直点头表示赞同。

约翰看起来很满意，他继续说："我的第四条建议是，通过清除所有存储或处理持卡人数据的东西，来缩减 PCI 合规项目规模。这些东西就像有毒垃圾一样，一旦丢失或者处理不当，就可能是致命的，而且保护它们需要付出的代价太高了。"

"我们就从销售系统里那个该死的自助餐厅销售点着手吧，我再也不想对这摊垃圾作第二次安全检查了。老实说，我不在乎它是谁管的，哪怕是莎拉的表姐温妮在管也一样。一定要推行下去。"

帕蒂用一只手捂着嘴，连韦斯也张大了嘴，下巴差点碰到了桌面。约翰是完全失去理智了吗？这条建议似乎……有点儿不计后果。

韦斯想了一会儿，改变了主意。"我喜欢这条建议！我早就希望把它弄掉了。为了确保系统通过合规审计，我们花了好几个月的功夫。因为要和工资核算系统对话，它甚至被纳入了 SOX-404 的审计范围！"

帕蒂终于点头说："我想没人会不同意，自助餐厅 POS 是一个核心职能。虽然它对业务工作没有帮助，但绝对可以损害业务工作。况且它还会占用凤凰项目和店内 POS 系统的稀缺资源，凤凰和店内 POS 系统可绝对是核心职能的一部分。"

"好的，约翰，那就这么干吧。我们四人全票通过。"我果断地说，"不过，你真的认为我们能及时把它清除掉，改变现状？"

"对。"约翰说，自信满满地微笑着，"我已经和迪克以及律师团谈过了。我们只要找一个合适的外包商，并且确信他们在系统数据维护及安全保障方面值得信赖。我们可以把工作外包出去，但保留责任。"

韦斯满怀希望地插话："你能想办法把凤凰也划到审计范围外面去吗？"

"我死也不会答应的。"约翰叉起双手,一口回绝了他,"我的第五条也就是最后一条建议是,我们要用前几条建议所节省下来的时间,来偿还凤凰的所有技术债务。我们知道,凤凰存在大量风险:战略风险、运营风险、严重的安全与合规风险。迪克的关键评估指标几乎全都取决于它。"

"正如帕蒂所说,我们的订单输入和库存管理系统是一种核心职能。我们要依靠它们来获取竞争优势,但是由于我们在这些系统里走的那些捷径,它们就像是一碰就炸的火药桶。"

韦斯叹了口气,看起来有些恼火。他的神情似乎在说,以前的那个坏约翰又回来了。

我不同意这一点。现在的约翰比以前的那个约翰更加复杂,更加微妙。在短短几分钟时间里,他从提议外包自助餐厅POS系统,转变为不屈不挠、毫无保留地坚持对凤凰进行保护和加固,后一件事要冒更大的、几乎是不计后果的风险。

我喜欢这个全新的约翰。

"你说得完全正确,约翰。我们得偿还技术债务。"我坚定地说,"你建议我们怎么做?"

我们很快达成一致,让韦斯和克里斯团队里的人和约翰团队里的人结对,增加安全方面的专业力量。这样做,我们就能着手把安全工作融入所有的日常工作之中,不再等工作部署完毕后再对其展开保护。

约翰对大家表示感谢,并表示我们已经完成了他议程上所有内容的讨论。我看了看表。我们提早了30分钟。这一定刷新了就安全性问题达成一致所需最短时间的世界纪录。

第 28 章

10月27日,星期一

开车上班途中,我不得不比往年提早几个月就打开座椅加热器。

我希望今年冬天不会像去年的那样可怕。佩奇的亲戚们已经开始寻思,异常的天气状况究竟是否和全球气候变化有关。他们是我见过最疑神疑鬼的人。

我来到办公室,从包里拿出笔记本电脑。看到开机速度这么快,我露出了微笑。我给史蒂夫写了一份报告,汇报我们在过去六周内所取得的进展。我没有提到我的新笔记本电脑,但我很想对此写上一笔。

对我来说,这台笔记本电脑代表了我的团队共同实现的一切。我对他们感到无比骄傲。现在,生活焕然一新。本月1级严重级别的服务中断的数量下降了超过三分之二。应急恢复时间也在缩短,可能缩短了一多半。

首次和迪克、约翰的奇怪会面让我们领会到,我们很快就能理解如何真正帮助业务部门取得胜利了。

我打开电子邮件,看到一条柯尔斯顿发来的消息。她手下的项目经理全都在没完没了地谈论,各个项目的流转怎么快了这么多。等待布伦特以及IT运维部其他人处理的任务数量正在减少。实际上,要是我对这份报告的理解正确的话,布伦特差不多已经赶上进度了。

在项目的第一线,我们的状态非常出色,特别是对于凤凰。

星期五安排了又一次凤凰部署。这次只是一些缺陷修正,没有添加或更改主要功能,所以应该会比上一次的情况好得多。我们已经按时完成了所有的应交付成果,不过和往常一样,依然有数不清的细节问题需要研究。

我很感激我的团队如此专心地致力于凤凰的工作,因为我们已经稳定了基础架构。一旦真的发生难以避免的服务中断和事故,我们就像一台运行良好的机器一样运作起来。我们已建立起部落文化般的工作共识，这帮助我们比以往任何时候都能够更快地排除故障，而且，一旦真的需要把工作升级，也是可控而有序的。

由于我们不断提高对基础架构和应用程序的产品监控，我们常常在业务部门察觉之前就知道了事故的情况。

我们已经减少了项目积压，一部分是通过剔除序列中的无用项目来实现的。约翰已经完成了这件事。我们已经从审计准备和整改工作中削减了很多不必要的安全项目，代之以团队全员帮助实施的预防性安全项目。我们通过调整开发和部署流程，以一种有意义的、系统化的方式，加固并保护了应用程序和生产基础设施。而且，我们的信心不断增加，这些缺陷今后再也不会发生了。

我们的变更管理会议比以往更加顺利，也更有规律。我们不仅能了解团队正在做什么，还能了解工作确实在不断推进。

大家比以往更加明白，自己应该做哪些事。员工从故障修复中获得了成就感。我不断听说，大家都感到更加乐观向上了，因为他们终于可以干自己应该干的工作了。

真是奇怪，现在我对 IT 世界的观察如此清晰，而且在我看来，它和几个月前相比又是如此迥异。

帕蒂关于围绕布伦特建立看板的试验成功了。我们还发现了工作倒退回到布伦特手上的实例，因为我们不理解或者没能充分指定某些任务或成果，所以只能由布伦特去转换或修复它们。

现在，一旦发生这种情况，我们就立刻一拥而上，确保不会再犯。

我们改进的不只是布伦特的工作。通过减少悬而未定的项目数量，我们让工作流转的通路保持通畅，那样，工作就能从一个工作中心快速移到另一个工作中心，并以打破纪录的速度完成。

我们差一点清空了报修系统里的逾期工作。有一次，我们甚至发现了一张十多年前，韦斯还是个初级工程师的时候输入的派工单，内容是对一台机器执行某项任务，而那台机器老早就已经报废了。我们现在有信心认为，系统中的所有工作都是重要的，而且确实有机会全数完成。

我们再也不是工作的贝兹汽车旅馆了。

出乎大家的意料，我们不断增加我们认为能够并行处理的项目数量。因为我们对工作流有了更好的认识，并仔细地管理哪些工作流允许送达布伦特。我们发现，可以在不影响现有承诺的同时，持续发布更多的项目。

我不再觉得埃瑞克是个语无伦次的疯子了，但他显然是个怪人。既然我已经在自己的部门里亲眼见证了埃瑞克的那套成果，我明白了，IT 运维工作和工厂工作非常类似。但埃瑞克反复强调，我们迄今为止的改进只是冰山一角。

埃瑞克说，我们已经开始掌握"第一工作法"了：我们正在制止工作缺陷交接至下游工作中心，我们正在管理工作流，运用约束点来控制节奏，而且我们以审计部门和迪克那里拿到的结果为依据，比以往更好地理解了哪些是重要的工作，哪些不是。

最终，我主导发起了回顾小结环节，对我们自身的工作开展情况以及需要改进的方面进行自我评估。一次，有人提到，我们在召开服务中断根本原因分析会时，应该邀请开发部的人参加，我意识到，现在我们同样开始理解埃瑞克的"第三工作法"了。

就像埃瑞克一直提醒我的那样，训练让伟大的团队达成最优表现。对任何流程或技能来说，训练成习惯，习惯成精通。无论是健美操、运动训练、演奏乐器，还是以我的经验——海军陆战队里永无止境的训练，都是如此。不断重复可以建立起信任感和透明度，对需要团队合作的事情来说尤其如此。

上个星期，我耐心看完了最近一次双周服务中断演练，我完全刮目相看。我们越来越精于此道了。

我很确定，假如我上任第一天的那个工资核算故障现在发生，我们就能恢复全部工资核算运行——不只是薪水工，小时工的也能恢复。

约翰很快获得了迪克和史蒂夫的批准，找一个外包商接管自助餐厅 POS 系统，并将其替换成具有商业支撑的体系。

对于韦斯、帕蒂和我来说，和约翰一起拟定自助餐厅 POS 系统的外包条件是一件美差使。作为企业经营评估的一部分，我们将会从这些候选外包商口中听到各种条款，我们在和埃瑞克打交道之前，也曾对这些教条深信不疑。要是我们这次能调转头来对他们开展说教，一定会很有趣。

在我看来，如果有人从事着 IT 管理工作却不谈"三种工作法"，那就是在错误的假设基础上开展 IT 运维。

我正在思考这件事时，电话响了。是约翰打来的。

我接起电话，他说："今天我的团队发现了一些麻烦事。为了防止未经授权的 IT 幕后交易死灰复燃，我们已经开始对所有纳入柯尔斯顿项目管理办公室的拟办项目开展常规检查。我们还搜索了所有用来支付经常性费用的公司信用卡，它们可能是用来支付网络或者云服务的相关费用的——那也是未授权 IT 的另一种形式。有人正在绕开项目冻结。你有时间谈谈吗？"

"我们十分钟后见吧。"我说，"别吊我胃口。谁想走系统的后门？"

我听到约翰在电话另一端大笑起来："莎拉呗。还能有谁？"

我请韦斯和帕蒂一起来参加这次临时会议,但只有帕蒂有空来。

约翰开始演示他的发现。莎拉的团队有四个使用外部供应商和网络服务的实例。其中有两个是相对无害的,但另外两个比较严重:她和一个供应商签订了 20 万美元的项目合同,开展客户数据挖掘,并和另一个供应商签订了合同,接入我们的全部 POS 系统,以获取销售数据用于客户分析。

"第一个问题,这两个项目都违反了我们向客户提供的数据隐私政策。"约翰说,"我们反复承诺,不会与合作伙伴分享数据。当然,我们是否要更改这一策略,这是一个业务决策。但是毫无疑问,开展客户数据挖掘不符合我们自己的隐私政策。我们甚至可能会触犯好几条州立隐私条例,并为此承担责任。"

这听起来可不是件好事,但是约翰的语调流露出,他接着还要讲更糟的事。"第二个问题,莎拉的供应商采用的数据库技术和我们用于自助餐厅 POS 系统的数据库技术是一样的,我们知道,一旦它成为日常运营的一部分,它实际上是不可能提供保护并维持支持的。"

我感到脸上又红又热。这不只是因为我们需要改造另一个自助餐厅 POS 系统,还因为类似这样的应用程序会导致不正确的销售订单输入和库存管理数据。三个和尚没水喝,没人会为维持数据的完整性负责。

"听着,我不关心莎拉的项目管理和发票工具。如果这些能让他们更有成效,就让他们用吧。"我说,"只要它不连接现有的业务系统、门店涉密数据,不影响财务报告等,可能还是安全的。不过,如果会发生上述情况,那我们就要参与进去,至少要确认它不会影响任何现有功能。"

"我同意。"约翰说,"要我对那个外包 IT 服务政策文件首先采取行动吗?"

"很好。"我说。但我又底气不足地补充道,"不过,怎样才能妥善地应付莎拉?这完全不是我的强项。史蒂夫一直护着她。我们怎么才能让他明白,她那些未经授权的项目可能会造成多大的伤害?"

我确定约翰的办公室门已经关上了,然后对约翰和帕蒂说:"伙计们,帮帮我。史蒂夫到底看中她哪一点了?她怎么能侥幸逃过那么多破事儿?过去几个星期以来,我看到了史蒂夫有多么固执,但莎拉总是能逃过麻烦。为什么?"

帕蒂哼了一声,说:"假如史蒂夫是个女人,我就会说,他是被危险的男人吸引住了。我们很多人都对此猜疑多年了。我有个推测,我必须说,这个推测在上一次外场会议上显得很准。"

她看到约翰和我都心照不宣地凑了过去,微笑起来,说:"史蒂夫为自己成为一名运营者而感到骄傲,而且他多次在公司会议上承认,他不具备战略部署的天份。我认为,那就是他如此热衷于和他原来的上司,也就是我们的新主席鲍勃一起工作的原因。整整十年来，鲍勃都是一个战略者，史蒂夫只要按照愿景执行就行了。"

"多年来，史蒂夫一直在寻找一个战略者成为他的左膀右臂。他认真考察过一些人，甚至让一些高层管理人员为此开展了持久而难堪的竞争淘汰赛。相当地不择手段。"她继续说，"莎拉胜出了。小道消息说，她使了很多阴谋诡计和暗箭伤人的手段，不过我想，也只有这样才能出人头地吧。各种证据表明，她很擅长对他吹耳旁风，强化他的多疑心和抱负心。"

帕蒂的分析比我所能想到的更为缜密。实际上，当我在吃晚餐的时候流露出那种恍惚而愤怒的表情时，佩奇的推断和这番话惊人地相似。

约翰尴尬地说："呃，你不是说他们两人之间有点儿什么吧，是不是？比方说，一些……不正常的事？"

我抬起了眉毛。我对此也有怀疑。

帕蒂发出一阵大笑。"我看人可是很准的。我的父母都是心理医生。要是真有你说的事儿，我就把我父母的医师执照吃下去。"

她看到我脸上的表情，笑得更厉害了。"连韦斯都不会这么想。要说制造戏剧性，可没人比得上他。莎拉对史蒂夫怕得要命！你们有没有注意过，每当有人讲话的时候，莎拉总是一直看着史蒂夫，想要估摸他的反应？其实这是很反常的。"

她继续说："史蒂夫对莎拉的缺点视而不见，是因为她具有提出创新战略的能力，这是他需要并欣赏的，无论她所提的战略是好是坏。另一方面，因为莎拉这么缺乏安全感，所以她会不惜一切代价让事情看起来不坏。"

"她不在乎身后留下多少伤亡数字，因为她想成为无极限零部件公司的下一任CEO。"帕蒂说，"而且显然，史蒂夫也想这样。多年来，他一直在培养她成为自己的继任者。"

"什么？她会成为我们的下一任CEO？"我震惊地大喊一声，快速把泼在约翰会议桌上的咖啡擦干净。

"哇哦，老大。你不常去茶水间吧？"帕蒂说。

今天是凤凰部署日，我没能和孩子们共度万圣夜。

已经是晚上11点40分。我们再一次站在NOC会议桌边，我有一种似曾相识的不安感。我数了数，这里有十五个人，包括克里斯和威廉。

大部分人都在桌边紧张地挤作一堆，面前放着打开的笔记本电脑，身后堆着批萨盒子和糖果纸。另外有好几个人站在白板前，对着核对清单或图表指指划划。

把凤凰移入QA测试环境并通过所有测试，耗时比预定时间多了三个小时。虽然比前一次部署好了很多，但我原本以为，鉴于我们在优化部署流程方面付出了那么多努力，遇到的问题会少一些。

在晚上 9 点 30 分的时候,我们终于准备就绪,从转移阶段进入生产阶段。所有测试终于都通过了,克里斯和威廉对部署竖起了大拇指。韦斯、帕蒂和我看了测试报告,同意启动部署工作。

接着就天下大乱了。

一个关键数据库转移步骤失败了。当时只完成了部署步骤的 30%,我们又一次陷入绝境。由于数据库变更和已经开始运行的脚本,在明天上午门店开始营业前所剩下的时间里完成回滚是不可能的。

我们不得不又一次挣扎前行,想方设法进入下一个步骤,让部署继续开展。

我靠着墙,看着大家工作。我双臂交叉,尽量不来回踱步。我们再次为又一轮出问题的凤凰部署而奋力拼搏,可能还会发生灾难性的后果,真是让人沮丧。

另一方面,与上一次相比,事情从容多了。尽管有压力,有很多激烈的争辩,但每个人都紧紧围绕着解决问题的主线。我们已经向全体门店经理通报了我们的进程,他们都已经准备好了手动应急流程,以防万一在门店开始营业时 POS 系统宕机。

我看到韦斯对布伦特说了几句话,站起身疲倦地揉了揉额头,然后向我走来。克里斯和威廉也站起身跟着他走过来。

我迎上前去。"怎么了?"我问。

"好吧,"韦斯一直走到能够听清轻声说话的距离,才回答:"我们找到问题的证据了。我们刚发现,几星期前,为了支持一个凤凰商务智能模块,布伦特对产品数据库作了一个变更。没人知道这件事,更别提记录在案了。它和一些凤凰数据库变更产生了冲突,所以克里斯的人得去重新编写一些代码了。"

"该死。"我说,"等一下,是哪个凤凰模块?"

"是莎拉的一个项目,我们是在解除项目冻结后发布这个项目的。"他回答,"是在我们围绕布伦特设置看板之前。是一个数据库架构变更钻了空子。"

我暗自咒骂。又是莎拉?

克里斯满面愁容道:"这件事会很棘手的。我们得重命名一大堆数据库列,这会影响到……天晓得,也许会影响到几百个文件。还有所有的支持脚本。都是手动工作,而且很容易出错。"

他对威廉说:"我们能做些什么吗?至少在我们继续部署前,让一些基本测试执行起来。"

威廉看起来有些不舒服,他用手擦掉脸上的汗水。"这样做非常、非常……冒险……我们可以试一试,但在触及那些代码行之前,我们仍有可能找不出错误。那就意味着,我们将会在投产时失败，应用程序会毁掉。甚至可能会损坏店内 POS 系统，那就太糟了。"

他看了看表，说："我们只有六个小时的时间来完成这些工作。因为没有足够的时间来重新运行各项测试，只能走一些捷径了。"

接下来，我们用了十分钟时间草拟了修订计划，仍然在早晨 6 点完成，让各家门店在正常开门营业前能有一小时的余量时间。克里斯和威廉走开去通知他们的团队，我示意韦斯留步。

"等到我们脱离困境，"我说，"我们要想出办法来避免这样的事再次发生。开发和 QA 的环境与生产环境不匹配，绝对不应该发生这样的事。"

"你说得对。"韦斯说着，疑惑地摇了摇头，"我不知道要怎么样去做这件事。不过我肯定不会有不同意见。"

他回过头看了看布伦特，一副不敢相信的样子。"布伦特又变成一切的中心了，你能相信吗？"

过了很久，有人宣布部署完成，每个人都鼓掌欢呼。我看了看表。清晨 5 点 42 分。我们的团队工作了整整一个晚上，提前 20 分钟完成了部署。那是说，按照我们苦心想出的紧急方案，我们提前了 20 分钟。而按照原来的方案，我们则几乎延误了 6 个小时。

威廉确认，测试 POS 系统已经开始工作，电子商务网站和凤凰的所有相关模块也同样如此。

帕蒂开始向全体门店经理发送通知，告诉他们部署是"成功"的。她附上了一张清单，上面列出了需要提防的已知错误，一个可以获得凤凰最新状态的内部网页，以及如何报告新问题的指南。我们让服务台人员全体待命，克里斯和我的团队都随时待命，准备急救。基本上，我们全部处于待命状态，准备对业务提供支持。

韦斯和帕蒂在处理安排值班的事，我对大家说了声"干得好"，然后收拾好自己的东西。在开车回家的路上，我绞尽脑汁，试图想出办法来，防止每一次凤凰部署都导致紧急状况。

第 29 章

11 月 3 日，星期一

接下来的星期一早晨 7 点 10 分，克里斯、韦斯、帕蒂和约翰再度和我一起坐在董事会会议室里。我们一边等待史蒂夫，一边讨论第二次凤凰部署的结果。

埃瑞克坐在会议室后方。他面前摆着一只碗，一个空的速溶燕麦片包装袋，还有一把法式滤压壶，里面装满了浅绿色的液体，上面还漂浮着叶片。

他看到我困惑的表情，于是说："南非产的玛黛茶。这是我最喜欢的饮品。我出门从不忘记带上它。"

史蒂夫一边打电话一边走进门。"听着，罗恩，我再说最后一遍，不行！不能再给折扣了，哪怕他们是我们仅剩的客户也不行。我们得守住底线。明白了吗？"

他恼怒地挂断电话，终于在桌首坐定，咕哝了一句："抱歉我迟到了。"他打开文件夹，花了点时间细看里面放的一些文件。

"不管上周末凤凰部署的结果如何，我对你们在最近几周里所做的一切感到非常骄傲。很多人都告诉我，他们对 IT 十分满意。甚至连迪克都这么说。"他难以相信地说，"他告诉我你们是怎样帮助提高公司关键绩效指标的，他还认为，这将会改变游戏规则。"

他微笑着说："我为自己身处这个团队而感到自豪。显然，大家正在比以往更好地合作共事，相互信任，并取得了意想不到的成绩。"

他对约翰说："顺便说一下，迪克还告诉我，在你的帮助下，他们已经确定财务重述不是实质性的。"他笑逐颜开地说，"谢天谢地。至少我不会戴着手铐登上《财富》杂志封面了。"

就在那时，莎拉敲了敲门，走进会议室。

"早上好，史蒂夫。"她一边说一边拘谨地走进来，在埃瑞克身边坐下，"我想，你大概想见我，谈谈最新的市场营销行动。"

"你是说，你像个不择手段的经理那样，在IT部门里弄出来的那些未经授权的工作转变？"埃瑞克问。

莎拉上下打量着埃瑞克，显然在揣量他此话的用意。

史蒂夫示意约翰介绍他的发现。约翰说完后，史蒂夫严厉地说："莎拉，我发过一份清楚的声明。没有我的明确授权，谁也不准启动任何新的IT活动，不论是内部的还是外部的。请你解释一下你的行为。"

莎拉拿起她的苹果手机，愤怒地在屏幕上点来点去。过了一会儿，她放下手机，说道："竞争对手正在不停地打压我们。我们需要抓住每一点能够抓住的优势。为了完成你提出的那些既定目标，我不能干等着IT。我相信，他们工作得非常努力，已经在现有的条件和认知情况下，尽了最大的努力，但这样还不够。我们需要灵活一些，有时候得购买服务而非自行开发。"

韦斯翻了个白眼。

我回答："我知道，以前IT并不是每次都能完成并交付你所需要的东西，我也知道，市场营销和销售部门已经火烧眉毛了。我们和你一样希望公司能赢。问题是，你的一些创造性举措正在损害公司的另一些重要承诺，比方说遵守关于数据隐私的法律法规，还有聚焦凤凰项目的需要。"

"你所提议的事情，可能会导致我们的订单输入和库存管理系统出现更多的数据完整性问题。迪克、罗恩和玛姬已经明确，我们必须清理这些数据，并让其保持清晰。了解客户的需求和期望，拥有正确的产品系列，保留我们的客户，以及最终提高我们的营业收入和市场份额，没有什么比这些更重要了。"

我补充道："支持那些项目还需要极大的工作量。我们得向你的供应商开放我们的产品数据库，向他们解释这些数据库是如何构建的，开展众多防火墙变更，可能还有一百多个其他的步骤。这件事可不像开一张发票那样容易。"

她尖酸刻薄地看了我一眼。我是头一回见识到她这种一脸铁青的样子。

显然，她不喜欢我引用迪克的公司目标来否认她的初衷。

我想，我刚才可能已经树立了一个危险的敌人。

她向众人宣称："既然比尔对业务的了解似乎比我要深得多，那他为什么不告诉我们，他有什么建议呢？"

"莎拉，没人比你更了解你所在业务领域的需求。如果我们不能完成并交付你所需要的产品，你完全可以去公司外面找人来满足这些需求，只要我们做出决定，明白了这一行动可能会对公司的其他方面造成什么样的影响。"我尽量合情合理地说，"你、克里斯和我定期开会，研究一下我们能做些什么来帮助你的新商业推广，这样如何？"

"我很忙，"她说，"我可不能花上一整天的时间和你还有克里斯开会。你知道，我有整整一个部门要管理。"

让我感到欣慰的是，史蒂夫打断了她："莎拉，你得抽出时间来。我期待听到那些会议的进展，以及你如何解决那两个未授权IT行动的问题。听明白了吗？"

她怒气冲冲地说："是的。我只是想做一些对无极限零部件公司有用的事。我会全力以赴，但我对结果并不乐观。你们完全捆住了我的手脚。"

莎拉站身起来。"顺便说一句，昨天我和鲍勃·斯特劳斯谈了一次。我想你们的权力并没有你们自以为的那么大。鲍勃说，我们应该着眼于战略选择，比方说拆分公司。我认为他是对的。"

她大力甩上门，离开了。埃瑞克嘲弄地说："好吧，我想我们都受够她了……"

史蒂夫盯着那扇门看了一会儿，然后对我说："下面进行今天会议的最后一项议程。比尔，你担心我们在凤凰项目上走错了路，不仅事情会变得更加糟糕，而且我们可能永远无法达成预想的业务结果。那是极其令人不安的。"

我耸了耸肩，说："我所知道的事情，你现在也都知道了。我本来真心希望，埃瑞克会给我们一些启示。"

埃瑞克抬起头，用一张餐巾纸擦拭着他的小胡子。"启示？对我而言，要解决你们的问题，答案是显而易见的。'第一工作法'的内容就是控制从开发部到IT运维部的工作流。通过对项目发布进行冻结和节流，你们已经改进了工作流，但你们的批量规模还是太大了。星期五的部署失败就是证明。而且，你们仍然有太多半成品困在工厂里，这也是最糟糕的一种情况。你们的部署工作正在引发下游的计划外修复工作。"

他继续说："现在，你们必须证明，你们能够掌握'第二工作法'，建立起从IT运维部返回至开发部的不间断的反馈回路，在初始阶段就筹划产品的质量。为此，你们不能花九个月时间来发布一个项目。你们需要快很多的反馈。"

"如果每九个月才能打一发炮弹，就永远射不中你们瞄准的目标。别再去想那些内战时期的大炮了，想想高射机枪吧。"

他站起来，把那碗燕麦粥扔进了垃圾桶。然后他仔细端详着垃圾桶，又把勺子从里面掏了出来。

他转过身来，说道："在任何一个工作系统里，理论上的理想状态是单一工作流，这样能让生产能力最大化，同时让变化幅度最小化。通过持续不断地降低批量规模，就能达到这种状态。"

"你们所做的恰恰相反,延长凤凰发布间隔,并增加每一次发布的功能数量。你们甚至无法控制从一次发布到下一次发布的变化幅度。"

他停顿了一下,继续说:"考虑到你们在生产系统虚拟化方面的投入,这简直太荒唐了。你们仍然像面对物理服务器那样开展部署。高德拉特会说,你们已经部署了了不起的技术,却由于没有改变工作方式,并未真正减少工作上的桎梏。"

我看看大家,确定他们也都不明白埃瑞克在说些什么。我说:"最新的凤凰发布问题是由数据库服务器的一个产品变更引发的,它没有在上游环境中复制。我当时正想和克里斯达成一致。在弄清楚如何让所有环境保持同步之前,我们应该暂停部署。那就意味着放缓发布速度,对不对?"

埃瑞克依然站着,他哼了一声。"比尔,这句话是我这个月来听过的最聪明的一句,也是最愚蠢的一句。"

我没有作答。埃瑞克看着挂在董事会会议室墙上的一张图片。他指着那张图片问:"威尔伯,这是哪一种发动机?"

韦斯做了个鬼脸,说:"那是一台 2007 款铃木隼摩托赛车的 1300cc 发动机。顺便说一下,我叫'韦斯',不叫'威尔伯'。上次你就叫错了。"

"是的,当然啦。"埃瑞克回答,"观看摩托赛车太有趣了。这台发动机的时速也许能达到每小时 370 千米。这台赛车有几档?"

韦斯毫不停顿地回答:"六档。常啮合式变速器,有一根#532 驱动链。"

"它有倒档吗?"埃瑞克问。

"那个型号没有倒档。"韦斯迅速回答。

埃瑞克更加近距离地观察墙上的这幅图片,点了点头,他说:"真有意思,是不是?没有倒档。那么,你们的工作流为什么要有倒档?"

一阵沉默,最终史蒂夫说:"看,埃瑞克。你能直接把你的想法说出来吗?对你而言,也许这是个好玩的游戏,但我们需要拯救公司。"

埃瑞克走近史蒂夫,端详着他说:"像个工厂经理那样去思考。看到工作往上游移动,那对你来说意味着什么?"

他很快就回答:"理想状态下,工作流应该只朝一个方向移动:向前。一旦看到工作向后移动,我就会想到'浪费'。也许是由于不合格品、缺少规范,或者返工……无论是哪一种情况,我们都得开展修复工作。"

埃瑞克点头说道:"很好。我也这么认为。"

他从桌上拿起空壶和勺子,把它们放进行李箱,开始拉上箱子的拉链。"工作流只朝一个方向移动:向前。在 IT 部门创建一个向前的工作系统。记住,目标是单一工作流。"

第29章 11月3日，星期一

他对我说："顺便提一句，这样做还能解决你和迪克一直苦恼的问题。长发布周期有一个不可避免的结果，那就是一旦考虑到劳动力成本的因素，你们将永远达不到内部收益率目标。你们必须缩短周期时间。如果凤凰妨碍了你们这样做，那就要想出其他方法来完成并交付功能。"

"当然啦，不要用莎拉的方式。"他说着，微微一笑。他拿起行李箱，补充道："为此，你们需要把布伦特推到最前沿，就像《目标》里的赫比那样。布伦特应该在开发流程的最初阶段开展工作。在所有人之中，比尔，你最该弄清楚应该怎么做。"

"祝你们好运，伙计们。"他说，我们全都目送他带上门走了出去。

史蒂夫终于说："你们有什么建议或提议吗？"

克里斯首先回答："我之前就说过，就连次要的凤凰漏洞修复发布都问题重重，我们不能承受每月一次的发布。尽管埃瑞克说了那番话，但我还是认为我们应该放缓发布安排。我提议，改成每两个月发布一次。"

"这不太可行。"史蒂夫摇着头说，"上个季度，我们离自己设定的每一个目标几乎都差了十万八千里。这将是我们连续第五次没有达到季度目标——这还是在调低了华尔街的预期之后。我们的一切希望都取决于完成凤凰。你现在对我说，在竞争对手不断和我们拉开距离的当口，我们还得等待更长时间才能获得所需的功能？这是不可能的。"

"也许对你来说是'不可能'的，但是请从我的角度看一看。"克里斯冷静地说，"我得让开发人员创建新的功能。他们不能一直和比尔的团队搅和在一起，处理部署问题。"

史蒂夫回答："成败就看这个季度。我们向世人许诺过，会在上个月把凤凰弄出来，但是由于延迟了那么多功能，我们还没有获得预期的销售收益。现在这个季度已经过去一个多月了，离假期购物季还有不到30天。我们没有时间了。"

我彻底思考了一下，强迫自己接受这样的现实：克里斯讲述的是他所看到的现实，而且是有事实根据的，史蒂夫也一样。

我对克里斯说："如果你说凤凰团队应该放缓速度，我不会有异议。在海军陆战队里，一旦你率领的一个百人连队里有一个人负伤，你首先失去的就是移动能力。"

"但是，我们仍然需要想办法满足史蒂夫的要求。"我继续说，"正如埃瑞克所建议的，如果我们不能在凤凰的框架内做成这件事，也许可以在凤凰之外做到。我提议，我们可以从凤凰主团队里分出一小队人，组建一支特别行动队，叫他们去弄清楚哪些功能可以帮助我们尽快达到收入目标。时间不多了，所以我们得谨慎选择功能。我们要告诉他们，为了完成这项工作，他们可以打破各种规则。"

克里斯考虑了片刻，最终点头说道："凤凰归根结底就是为了帮助客户从我们这儿快速、大批量地买走东西。最近的两次发布都已经为此打下了基础，但是那些真正提升销售的功能仍然停滞不前。我们应该聚焦于生成良好的客户推荐，并让市场营销部门能够开展促销活动，把库存里现有的盈利产品卖掉。"

"我们拥有累积多年的客户采购数据，而且因为有品牌信用卡，我们也知道客户的结构和偏好。"史蒂夫身体前倾，插话道，"市场营销部向我保证，只要我们能推出那些功能，他们就可以向客户给出一些确实吸引人的报价。"

克里斯、韦斯和帕蒂全身心地投入进一步的讨论，而约翰看起来有些将信将疑。最终，韦斯说："你知道，这样做也许会奏效。"大家都点头同意，包括约翰也是如此，我感受到几分钟前还没有的兴奋和期待。

第三部分

第30章

11月3日，星期一

和史蒂夫的会议已经结束一个小时了，我还在琢磨埃瑞克的那些晦涩难懂的话。我感到，我们已步步逼近某个重大的领域，但仍存有诸多疑问。最终，我决定给埃瑞克打电话。

"嗯？"他接起电话。

"我是比尔。"我说，"关于我们究竟应该做些什么，我需要更多的线索……"

"待会楼外面见。"他说完就挂断了电话。

我走到室外，一阵阵大风猛烈地刮着。我四下张望了一会儿，听到一声喇叭声。埃瑞克坐在一辆看起来很昂贵的宝马敞篷车里，车篷是打开的。"上车。快！"

"真是一辆好车啊。"我说着，爬进副驾驶座。

"谢谢。"他说，"我朋友非要我在进城的时候借用这辆车。"

他踩下油门，我抓住座椅扶手，匆忙系上安全带。我看到车上有一只女式钱包，随即怀疑这位"朋友"是谁。

"我们调头去MRP-8。"他说。

我请他拉上车篷，他看了我一眼，说："我以前觉得没有'前海军陆战队员'这种事儿，一日为海军陆战队员，则终身为海军陆战队员。也许他们对你们的训练要比我们那时候温和些了。"

"你也服过役？"我问，想把不停打颤的牙齿藏起来。

他笑了，说："二十多年前的事啦。"

"我猜，你退役的时候是一位军官吧？"我问。

"美国陆军特种部队少校。"他看着我回答。车子开得这么快，我不停祈望他能一直看着路。然而，他继续看着我，说："我和史蒂夫是一个分部的，不过他参军的时候就是军官了。我是应召入伍的大兵，和你一样。"

他没再说下去，不过他所讲的已经足够让我了解他的军旅生涯了。显然，他曾是一名高级军官。以前，我每天都得和很多这样的军官打交道，现在，我认出了那些再熟悉不过的态度和举止。上司们一定认为他是个极有潜质的罕见人才，决定对他的未来投资，送他去上大学和候补军官学校，然后以全队最年长少尉的身份重归部队。他可能比其他人要年长十岁。

能够经受住这一切的绝非常人。

我们以破记录的时间来到工厂，此时，我们又站在了连廊上。埃瑞克开始了我期盼多时的演讲："一家制造工厂就是一个系统。原材料从一边启程，经过成千上万道正确的工序，才能变为成品，如期从另一边离开。所有事情都是共同完成的。如果一个工作中心和其他工作中心作对，尤其是如果制造部与工程部不和，那么每一点进展都会变得举步维艰。"

埃瑞克指着我说："你不能再像工作中心主管那样思考问题了。你应该想得更宏观一些，要像工厂经理那样去思考。或者，最好是像这家制造工厂及其赖以运作的全套流程的设计者那样去思考。他们着眼于整个工作流，确认约束点的位置，并且尽其所能地运用各种技术和流程知识来确保工作得到有效执行。他们可以驾驭'内心的阿尔斯帕瓦'。"

我正想问他"阿尔斯帕瓦"是什么，他却撇开了我的问题。"在制造业，有一个指标叫'节拍时间'，也就是跟上客户需求所需的周期时间。如果在工作流中有任何操作的时间比节拍时间要长，就无法跟上客户的需求了。"

"因此，当你们奔走呼号：'哦，不！凤凰的部署环境还没准备好！救命，救命！哦，不！我们不能部署，因为又有人破坏了凤凰的部署环境！'"他用一种尖细的、女孩子似的声音说，"那就意味着，在你负责的领域内，某些关键操作的周期时间比节拍时间要长。这就是你跟不上客户需求的原因。"

"在第二工作法中，你需要建立一条反馈环路，一直往回通向产品定义、设计及开发的最初环节。"他说，"考虑到你和迪克之间的谈话，你们也许还能把环路延伸到产品生产流程的更早阶段。"

他指着地面说："看看下面地上橙色带子之间的那一长列设备。那一列设备制造的是我们利润最高的一些产品。但这也注定，那条特定的工作流包含了准备和加工时间最长的两个操作步骤：粉末涂料喷涂，以及在烘房中烘干涂料。"

他抬起头，展开双臂。"想当年，那两个操作步骤的周期时间比节拍时间长得多，我们一直跟不上客户的需求。生活怎能如此不公？烘房和喷涂站是我们的两个约束点，可利润最高的产品都要用到它们！我们该怎么办？"

"客户甚至主动提出要送钱给我们,恳求我们提供更多这类小部件,但我们只能回绝他们。每一项工作的准备时间都需要几小时乃至几天。我们只能靠巨大的批量规模来满足需求。我们使用巨大无比的油漆托盘,每次把尽可能多的部件塞进烘房烘干。我们明白,要想提高生产能力,必须降低批量规模,但每个人都说那是不可能做到的。"

"丰田公司解决这个问题的办法富有传奇色彩。"他说,"在20世纪50年代,他们有一个引擎盖冲压工序,转换时间约为三天。这需要移动重达好几吨的巨大笨重的冲模。和我们一样,因为准备时间太长,他们只能用很大的批量规模来生产,这让他们无法用同一台冲压机在同一时间生产不同的车型。要是换模需要三天时间,就没法先造好一个普瑞斯的引擎盖,再去造一个凯美瑞的引擎盖了,对不对?"

"他们是怎么做的?"他煞有介事地问,"他们仔细观察了换模所需的全部步骤,然后提出了一系列预备和改进措施,把换模时间降至十分钟以内。当然啦,这就是富有传奇色彩的'快速换模'术语的由来。"

"我们研究了大野、斯皮尔和罗瑟的所有著作。我们知道,必须降低批量规模,但我们要处理的不是引擎盖冲压模具,而是喷涂以及烘干。"他继续说,"经过几个星期的头脑风暴、调查研究,并与工程部共同开展实验,我们有了个疯狂的主意:也许可以用同一台机器进行喷涂和烘干。我们用自行车的链条和齿轮对烘房进行了改造,使它兼具为零部件上漆的功能。"

"我们把四个工作中心合而为一,排除了三十多个容易出错的人工步骤,使整个工作周期完全实现了自动化,形成了单一工作流,并且去掉了所有的准备时间。生产能力一飞冲天。"

"成效非常显著。"他骄傲地说,"首先,一旦发现缺陷,就能立刻修复,而不必报废那个批次里的其他部件。其次,半成品数量下降了,因为每个工作中心都不会过度生产过剩产品,排队等候进入下一个工作中心。不过,最重要的成效是,订单交付期从一个月缩短到了一周内。不论客户想要什么、要多少,我们都能生产并交付产品,不会再成天往仓库里堆放只能用跳楼价清仓甩卖掉的垃圾。"

"那么,现在轮到你了。"他一本正经地说,伸出一根手指在我胸前戳了一下,"你得想出办法来降低转换时间,让部署周期时间加快。"

"我想,你的目标应该是……"他说着,停顿了片刻,"一天十个部署。为什么不呢?"

我张大了嘴巴,说:"那是不可能的。"

"哦,真的吗?"他冷着脸说,"给你讲个故事吧。2009年,我是一家科技公司的董事,我们公司的一个工程师参加了Velocity大会,一个由O'Reilly公司组织的Web性能与运营年度大会,回来后他像个疯子一样语无伦次,满脑子危险的、不切实际的想法。他目睹了约翰·阿尔斯帕瓦及其同事保罗·哈蒙德的那场震动世界的演讲。阿尔斯帕瓦和哈蒙德管理着相片分享网站 Flickr 的 IT 运维部和工程团队。他们并没有斗得不可开交,而是谈了如何协同工作,经常能每天完成十个部署!在当时的世道下,大部分 IT 部门大多是每季度或每年发布一个新部署。想象一下。他开展部署的速度比原先的技术水平快 1000 倍。"

"让我告诉你吧,"他继续说,"我们都认为这个工程师失去了理智。但我从中学到的是,阿尔斯帕瓦和哈蒙德所倡导的做法,是在 IT 价值流中应用三步工作法的必然结果。它完全颠覆了我们管理 IT 的方式,并且拯救了我们的公司。"

"他们是怎么做到的?"我目瞪口呆地问。

"好问题。"他回答,"阿尔斯帕瓦教导我们,只要开发部和运维部协同工作,连同 QA 和业务部门一起,这个'超级部落'就能够成就各种不可思议之事。他们也知道,在代码投产之前,实际上并未产生任何价值,因为那只是困在系统里的半成品。他不断缩减批量规模,实现快速功能流。从一定程度上说,他确保了部署环境时刻准备就绪,按需投产。他把创建和部署流程自动化,并且认识到,可以把基础架构当作代码一样对待,就像开发部推出的应用程序一样。这让他得以构建一步到位的生产环境和部署流程,就像我们想出一步到位的喷涂和烘干方法一样。"

"所以,我们现在知道了,归根结底,阿尔斯帕瓦和哈蒙德并不疯狂。杰兹·亨伯尔和戴夫·法利也自行得出了同样的结论,然后在他们的著作《持续交付》中归纳了能够在一天内完成多个部署的做法和原则。随后,埃里克·里斯在他的书《精益创业》中告诉我们,这种能力是如何帮助公司成长并取得成功的。"

埃瑞克说话时,一如既往地精力充沛。他摇了摇头,严厉地看着我。

"这样的话,下一步你该做什么应该很清楚了,小菜鸟。为了跟上客户需求,其中也包括开发部那些上游战友的需求,"他说,"你们应该创建亨伯尔和法利所说的'部署管道'。那是从代码签入到投产的整个价值流。那不是一种技术,而是生产。你们应该对所有东西都进行版本控制。所有东西,不只是代码,而是创建环境所需的每一样东西。然后,你们应该把整个环境创建流程自动化。你们需要一个部署管道,在其中创建测试和生产环境,然后彻底按照要求往里面部署代码。那样你们才能缩短准备时间并排除故障,才能随时跟上开发部的各种工作节奏。"

"等一下,"我说,"我究竟应该把什么东西自动化?"

埃瑞克严厉地看着我说:"去问布伦特。把他派到那个新的团队里去,确保他不会分心。此刻更是如此,在完成创建流程自动化之前,他一直都是你的瓶颈。把他脑子里的东西转换成编码,导入创建流程。把人从部署业务中解脱出来。想出一天完成十个部署的办法来。"

我无法克服自己的怀疑。"一天十个部署？我确信，没人要求这样做。你这不是设置了一个超越业务需求的目标吗？"

埃瑞克叹了口气，翻了个白眼，说："别再盯着部署目标速度了。业务敏捷度并不单看生产的净速度，而是要看你捕捉和适应市场变化并为此承担更大风险的能力。它关乎持续不断的尝试，就像斯科特·库克在《直觉》中所做的，他们在纳税申报高峰期开展了四十多次试验，才弄清楚如何将客户转化率最大化。在纳税申报高峰期！"

"如果你无法及时完成测试并在业务敏捷度上打败竞争对手，你就玩儿完了。功能总是要碰运气的。要是你走运，10%的功能会得到预期的收益。因此，越快把那些功能推向市场接受考验，对你就越好。顺便提一句，你也能更快地为公司收回成本，那就意味着，公司也开始更快地赚钱了。"

"史蒂夫把他的身家性命全都押在了你们能否提高执行和部署能力上。所以，去和克里斯一起想办法，如何才能保证在敏捷开发流程的每一个阶段，不仅有可推出的代码，还具备能够部署这些代码的工作环境！"

"好吧，好吧。"我说，"不过，你为什么要大老远把我拖到这里来？这多冷啊！在一块白板上讲解还不够吗？"

"你以为，和生产制造相比，IT运维是高深的学问？这完全是胡扯。"他不屑一顾地说，"在我看来，到现在为止，你们的所作所为都不过如此。这栋楼里的人可要比你们这些IT工作者更有创意，也更有胆量。

第 31 章

11月3日,星期一

中午12点13分,我步入了特别行动队启动会议的会场。我是坐埃瑞克的敞篷车回来的,头发湿透了,衬衫也皱了。克里斯正在讲话。"所以,史蒂夫已经授权这个小团队开发并交付这个促销功能,并且不惜一切代价,对假期购物季产生正面的影响。"

克里斯转向我,指了指会议室后方说:"我先把会开起来了,还为大家定了午餐。去吃吧。你怎么了?"

我摆了摆手,没有回答他的问题。顺着他指的方向望去,我又惊又喜地看到那里还留着一个火鸡三明治的午餐盒。我一把抓起午餐盒,找了个地方坐下来,打量着房间里的每一个人,尤其是布伦特。

布伦特回应道:"可以再解释一下为什么把我叫来开会吗?"

"那正是我们今天要弄明白的事情。"韦斯诚恳地说,"你和我们一样心知肚明。有个可能会成为董事会成员的人坚持要你加入这个团队。老实说,有那么多次他都是对的,所以哪怕不明白这是为什么,我还是信任他。"

帕蒂附和道:"好吧,他给了我们一些线索。他说,我们需要聚焦的问题是部署的流程以及构建环境的方法。他似乎认为,由于每一次凤凰部署都出现了混乱的结果,我们一定犯了一些根本性的错误。"

我拆开三明治的包装纸,说道:"我刚和他见过面。他给我看了一大堆东西,还解释了丰田公司是如何做到一分钟更换冲模的。他认为,我们需要具备一天开展十个部署的能力。他不仅坚持认为这是可行的,还说这样能支持业务所需的功能部署周期,不仅是生存下去,还要赢得市场。"

令人惊讶的是,克里斯的反应最为激烈。"什么?我们究竟为什么要一天开展十个部署？我们的部署冲刺周期是三个星期。我们拿不出那么多东西来一天部署10次！"

帕蒂摇着头说："你确定吗？那么故障修复呢？像前两次大规模发布时遇到的情况，网站停顿时的性能改进呢？难道你不喜欢在生产中定期开展这类变更，而不必为了开展某个紧急变更而打破所有规则吗？"

克里斯想了一会儿，然后才回答："有点意思。我通常把这类修复称作一个补丁或者一次小规模发布。不过你是对的，那些也是部署。如果我们能更快地推出修复，那就好极了，不过得了吧，一天10个部署？"

我回想着埃瑞克说的话，补充道："让市场营销部修改他们自己的内容或业务规则，或者启用更快速的试验和A/B对比测试，看看怎样对工作最有帮助，这怎么样？"

韦斯把双手放在桌上，说："各位，听我说。这是不可能完成的。我们面对的是物理定律。忘掉现在要花多长时间吧，现在需要超过一星期的准备时间和超过8小时的实际部署时间！往硬盘上写数据只能这么快了。"

要是我没和艾瑞克一起去工厂转悠，我一定也会这么说的。我恳切地说："看，也许你们说得对，不过请给我一点儿时间：在整个部署从头到尾的流程中，究竟有多少个步骤？我们现在讨论的是20个步骤、200个步骤，还是2000个步骤？"

韦斯挠了挠头，然后说："布伦特，你怎么看？我想大概有100来个步骤……"

"真的吗？"布伦特回答，"我想大概有20多个步骤。"

威廉插话道："我不知道你们是从哪里开始计算的，不过如果从开发部提交代码并将其标注为'候选版本'的时间点算起，即便是在我们把代码移交给IT运维部之前，我大概就能想出100个步骤。"

啊哦。

韦斯打断他："不，不，不。比尔说的是'部署步骤'。我们不要转移话题……"

韦斯正说着，我回想起埃瑞克一定要我像个工厂经理那样思考，而不是像个工作中心主管那样思考。我突然意识到，也许他的意思是我应该跨越开发部和IT运维部之间的部门界限。

"你们两个说得都对。"我打断韦斯和威廉，说道，"威廉，你介意把所有步骤都写在白板上吗？我建议从'代码提交'开始，写出移交给我们团队之前的所有步骤。"

他点点头，走到白板前开始画方框，一边画一边讲解那些步骤。接下来的10分钟里，他证明了一共有100多个步骤，包括在开发环境下运行的自动测试、创建与开发相吻合的QA环境、朝其中部署代码、运行所有测试、部署并移至与QA相吻合的新模拟环境、负载测试，最后再把接力棒传给IT运维部。

威廉弄完后，白板上有了30个方框。

我看了看韦斯，发现他并没有显得烦躁不安，反而看起来像是陷入了沉思，一边望着图表，一边摩挲着下巴。

我示意布伦特和韦斯顺着威廉的步骤继续写下去。

布伦特站起身来，开始画方框，这些方框表示要部署的代码包，准备新的服务器实例，载入并配置操作系统、数据库及应用程序，对网络、防火墙及负载均衡器开展各种变更，随后进行测试，确保部署大功告成。

我凝视着整个图表，令人惊讶的是，它让我想起了工厂车间。其中的一个个步骤就像是一个个工作中心，每个都有着不同的机器、人员、方法和测评。也许 IT 工作比生产制造**复杂得多**。IT 工作不仅是无形的，因此更难追踪，而且可能出错的地方也要多得多。

有无数的配置需要正确地设定，系统要有足够的内存，所有文件都要安装到正确的位置，所有代码和整个环境也需要正确地操作。

哪怕是一个小小的失误就能让一切崩塌。这显然意味着，我们应该比生产制造领域**更加严格，更守纪律，更有规划性**。

我等不及想把这些告诉埃瑞克。

意识到我们面临挑战的重要性和深远影响，我走向白板，拿起了红色记号笔。我说："我要对之前上线期间存在问题的步骤画上大大的红星。"

我一边开始在白板上作记号，一边解释："由于没有新的 QA 环境，我们使用了一个旧的版本；由于测试失败，我们对 QA 环境进行了代码和环境变更，而这从未回到开发或生产环境之中；由于我们从未把全部环境都同步，下一轮时又遇到了同样的问题。"

我画了一连串的红星，又走向布伦特的方框。"由于没有正确的部署指南，我们经过五个来回才拿到了正确的代码包和部署脚本。由于没有正确地搭建环境，在生产中又发生了崩溃。没有正确搭建环境的问题我之前已经提过了。"

尽管我并非有意为之，但完成后，威廉和布伦特的方框边上几乎全都标上了红星。

我转过身，当大家领会到我这么做的用意时，每个人脸上都写满了沮丧。我意识到自己犯了一个潜在的错误，急忙补充道："看，我不是为了责怪谁，或者说我们干得很糟。我只是想把我们做的事确切地写下来，对每个步骤有一些客观的考量。我们一起来攻克白板上的问题，而不要相互指责，好吗？"

帕蒂说："你知道，这让我想起了我以前见过工厂里的人一直使用的一件东西。要是现在有工厂里的人走进来，我猜他们会认为我们创建了一张'价值流图'。你介意我添加一些元素吗？"

我把记号笔递给她，坐回椅子上。

她询问了每个方框里操作步骤所需的时间，然后在方框上方简单记下数字。接着，她询问这个步骤是否通常是工作必须等待的地方，然后在方框前画上三角形，代表半成品。

天哪。对帕蒂来说，我们的部署和工厂生产线之间的相似性，并不是什么学术问题。她是真的把我们的部署当作一条工厂生产线了！

她用的是精益生产的工具和技巧，制造业的从业人员用其记录并改进流程。

突然之间，我明白了埃瑞克提到的"部署管道"指的是什么。尽管与在制造工厂里不同，你无法看到我们的工作，但它依然是一条价值流。

我更正了自己的观点。那是我们的价值流。我相信，我们即将找到办法，让通过其间的工作流明显增加。

帕蒂记录完各步骤的时长后，修改了方框，用短标签表示流程步骤。她在一块单独的白板上写下两个要点："环境"和"部署"。

她指着自己刚才写的内容说："在现有流程下，有两个问题不断出现：在部署流程的每个阶段，在我们需要的时候，部署环境却总是没有就绪，即使已经准备就绪了，也需要大量返工才能让它们彼此同步。对吗？"

韦斯哼了一声，说："没必要讲得**那么直白**吧，不过你是对的。"

她继续说："返工和准备时间过长问题的另一个显著来源是代码打包流程，在此阶段，IT运维部对经过开发部检查的内容进行版本控制，然后生成部署包。尽管克里斯和他的团队尽可能地记录代码和配置，总还有东西会遗漏，这些东西只有在部署之后，代码无法在环境中运行时才会被发现。对吗？"

这一次，韦斯没有立刻回答。布伦特抢在他前头说："完全正确。威廉大概能理解这些问题：发布指南从不更新，所以我们总要手忙脚乱地收拾残局，只好重写安装脚本，并且一次又一次地安装……"

"没错。"威廉说着，坚定地点点头。

"那么，我建议我们聚焦这两个方面。"她说着看了看白板，随后再次坐下，"有什么建议吗？"

布伦特说："也许威廉和我可以一起编一本关于部署运行的书，把我们从错误中吸取的各种教训都收集起来？"

我点点头，倾听每个人的想法，但是似乎没有人提出我们所需要的那种突破性建议。埃瑞克描述过如何减少车门冲压流程的准备时间。他似乎暗示过那很重要。但是，为什么？

"让每个项目团队都拼凑出一个生产环境是不可行的。我们要做的事，必须让我们向这个'一天十个部署'的目标迈进一大步。"我说，"这就意味着我们需要大量的自动化操作。布伦特，我们要怎么做才能建立一个通用环境创建流程，从而在同一时刻同时构建开发、QA和生产环境，并让它们保持同步？"

"有趣的想法。"布伦特看着白板说。他站起身来,画了三个方框,分别叫作"开发""QA"和"生产"。然后他在它们下方画了另一个叫作"构建过程"的方框,这个方框有三个箭头,分别指向上方的三个方框。

"那真是精彩万分,比尔。"他说,"如果我们有一个通用构建过程,每个人都使用自己的工具来创建自己的环境,开发人员至少就能真正在一个与生产环境相似的环境下编写代码了。单单这一点就是个巨大的改进。"

他从嘴里拿出记号笔盖,继续说道:"为了构建凤凰的环境,我们编写并使用了很多脚本。只要做些记录和梳理工作,我敢打赌,我们可以在几天内凑出一些有用的东西来。"

我对克里斯说:"这看起来很有希望。如果能把环境标准化,并把这些环境投入开发部、QA和IT运维部的日常使用,我们就能消除大部分在部署流程中因差异而导致的悲剧。"

克里斯看起来很兴奋。"布伦特,要是你和其他人都不介意,我想邀请你参加我们的团队冲刺,那样我们就能尽早把环境创建整合到开发流程之中。当前,我们最关注的是在项目结束时拿出可部署的代码。我提议我们改变这一需求。在每次为期三周的冲刺间隔里,我们不仅应该拿出可部署的代码,还应该拥有部署这些代码的确切环境,并在版本控制中一并检查部署环境的情况。"

布伦特对这个建议报以灿烂的笑容。没等韦斯回话,我就说:"我完全赞成。不过在我们继续深入之前,能研究一下刚才帕蒂强调的另一个问题吗?即使我们采纳了克里斯的建议,仍然存在部署脚本的问题。假如我们有一根魔法棒,一旦有一个新的QA环境,我们应该怎样部署代码?我们每次部署的时候,都像打乒乓球那样不断把代码、脚本以及天晓得其他什么东西来回传来传去。"

帕蒂附和道:"在生产车间里,一旦看到工作往回走,那就是返工。一旦发生此事,可以肯定,文档记录和信息流的数量将会变得很少,那就意味着没有可复制的东西,而且随着我们加快速度,久而久之,情况会继续恶化。他们把这个称为'非价值附加'活动或者'废料'。"

她看着画满方框的第一块白板说:"如果我们重新设计流程,就需要让正确的人员事先介入。这就像是制造工程组确保所有零部件都设计得有利于生产,而生产线也规划得有利于零部件的流转,理想状态下达到单一工作流。"

我点点头,想着帕蒂的介绍与今天早些时候埃瑞克的建议很类似,不禁微笑起来。

我对威廉和布伦特说:"好吧,伙计们,你们有魔法棒了。你们要身先士卒。告诉我,你们会怎样设计生产线,让工作永远不会往回走,让工作流快速高效地向前移动?"

他们俩都一脸茫然地看着我,我有些恼火地说:"你们有一根**魔法棒**!用它啊!"

"这根魔法棒有多强?"威廉问。

我重复了之前对玛姬说的话："这是一根非常强大的魔法棒。它能做任何事。"

威廉走到白板前，指着一个名叫"代码提交"的方框说："如果我能挥舞这根魔法棒，我就会改变这个步骤。不再通过源代码控制从开发部获得源代码或编译代码，而是希望拿到准备部署的打包好的代码。"

"你知道，"他继续说，"我迫切地想要这样的代码包，我很乐意主动接管创建包。我也完全知道应该派谁去做这件事。她将负责开发交接。一旦代码被标记为'准备测试'，我们就要生成并提交代码包，那会触发一个 QA 环境的自动部署。今后，也许连生产环境也能自动部署。"

"哇哦。你真的会这么做？"韦斯问，"那可真是太棒了。我们就那么做吧。除非布伦特真的很想继续打包？"

"开什么玩笑？"布伦特大笑着说，"不管这个人是谁，今年余下的时间里我都会请他喝啤酒！我喜欢这个主意。而且我希望能帮助构建新的部署工具。我说过，我写过一大堆工具，我们可以从这些工具入手。"

我能感受到会议室里涌动的活力和兴奋之情。我很惊讶，从我们认为"一天十个部署"的目标是一种妄想，到思考如何接近这个目标，转变过程是如此之快。

突然，帕蒂抬起头说："等一下。整个凤凰模块都要处理客户购买数据，这必须受到保护。难道约翰的团队不该也派个人加入进来吗？"

我们面面相觑，同意他也应该参与。我再一次惊叹，作为一个组织，我们的改变是如此之大。

第 32 章

11 月 10 日，星期一

接下来的两周飞逝而过，我的时间大部分都被特别行动队的活动占据了，韦斯和帕蒂也一样。

我有十多年未曾每天都和开发人员打交道了。我已经忘了他们有多古怪。对我而言，他们似乎更像是独立音乐人而不像工程师。

想当年，开发人员在衣兜里插着口袋保护套，而不像现在这样穿复古 T 恤和凉拖；手里拿着老式计算尺，而不像现在这样拿着时尚滑板。

从很多方面来看，开发人员简直就是我所青睐的性情的对立面。我喜欢创造并遵守流程的人，喜欢重视严谨与纪律的人。而这些人偏偏喜欢心血来潮、异想天开，跳开流程办事。

不过谢天谢地，有他们在。

我知道，用老眼光去看待整个行业是不公平的。我知道，如果我们想要成功，这种种技能全都是不可或缺的。挑战是如何让所有人同心协力，向着共同的目标迈进。

第一个挑战就是给特别行动队的项目命名。我们不能一直叫它"小凤凰"，因此最终还是花了一个小时讨论各种名字。

我的手下想给这个项目起名为"古卓"，电影《狂犬惊魂》里的一条极具杀伤力的圣伯纳犬的名字，或者"匕首"，但是开发人员想叫它"独角兽"。

独角兽？就像是彩虹和爱心小熊？

让我大跌眼镜的是，"独角兽"在投票中胜出了。

开发人员。我永远理解不了他们。

尽管我不喜欢这个名字，但独角兽项目的进展惊人地顺利。为了不惜一切代价完成并交付有效的客户建议和促销活动，我们从一个干净的代码基数（code base）入手，那是从庞大的凤凰项目中完全脱离出来的。

这个团队攻坚克难的能力令人称奇。首先碰到的挑战之一是启动客户购买数据分析，这是第一步。哪怕是碰一下产品数据库都要链接到它们的库，对其进行任何改动都需要说服基础架构团队，得到他们的批准。

由于对原有数据库的调整随时可能导致整个公司陷入瘫痪，于是开发人员和布伦特决定建立一个全新的数据库，使用开放源代码工具，不仅从凤凰复制数据，也从订单输入和库存管理系统复制数据。

这样做，我们就可以在不影响凤凰或其他关键业务应用的情况下开发、测试甚至是投入运行。通过把自身与其他项目相脱离，我们就能开展各种所需要的变更，而不会对其他项目产生风险。同时，我们也不会陷入不必要的麻烦之中。

我完全同意并赞成这个办法。然而，我仍有些怀疑，如果每个项目都能心血来潮地弄出一个新数据库来，我们将来要如何管理不可避免的无序扩张。我提醒自己，我们一定要把能够投产的数据库类型标准化，以确保我们具备长期支持它们的正确技能。

与此同时，布伦特和威廉的团队一起建立了可同时创建开发、QA 及生产环境的构建规程和自动化机制。我们都很惊讶，在三周的冲刺周期里，也许是记忆中首次，全体开发人员都使用了完全相同的操作系统、库版本、数据库、数据库设置等。

"真是难以置信。"其中一位开发人员在项目冲刺回顾小结会上说，每次项目冲刺结束后都要召开这样的会议，"在凤凰项目上，新的开发人员需要三四个星期才能在他们的机器上运行构建项目，因为我们永远无法集全编译和运行所需的大量的材料。但是现在，我们只要检查布伦特和团队构建的虚拟机就行了，而且它们全都准备好了。"

同样，我们都很惊讶，我们在项目早期就有了与开发相匹配的可用 QA 环境。这也是史无前例的。我们以前需要开展一大堆调整，这反映出开发系统比 QA 系统的内存和存储要少得多，而 QA 系统的内存和存储又比生产系统的要少。但是绝大多数环境是相同的，并且可以在几分钟内完成调整并恢复快速运转。

然而，自动化代码部署还是无法投入使用，环境之间的代码迁移也是如此，不过威廉的团队在这些领域已经积累了足够多的样品演示，我们都相信他们很快就能搞定。

此外，开发人员较原计划提前完成了项目冲刺目标。他们生成了显示"购买这一产品的客户也购买了其他这些产品"的报告。生成这些报告所用的时间比预期的长了几百倍，但他们承诺会提高性能。

由于进展很快，我们决定把冲刺间隔缩短至两个星期。这样，我们就能缩短规划周期，更频繁地做出决定并加以执行，而不是死盯着将近一个月前制定的计划不放。

凤凰一直在按照三年多前制定的计划推进着。我尽量不去多想。

看起来,我们的进展正以指数级提升。我们的计划制定和执行速度比以往任何时候都要快,独角兽和凤凰之间的速度差距越来越大。凤凰团队已经注意到这一点,开始从各个方面借鉴我们的做法,并收到了意想不到的成效。

独角兽似乎势不可挡,而且已经有了自己的生命。我怀疑,即使我们想要让他们停下来重回老路,也不一定能办得到。

我正在参加一个预算会议,韦斯打来电话:"我们遇到了一个大麻烦。"

我走出会议室,问道:"怎么了?"

"近两天来,没人能找到布伦特。你知道他在哪里吗?"他问。

"我不知道。"我回答,"等一下,你说找不到他是什么意思?他还好吗?你打过他的手机了吧,是不是?"

韦斯完全不想掩饰他的愤怒:"我当然打过他的手机了!我每小时都给他留一条语音邮件。每个人都在想方设法找他。我们有大量的工作要干,他的队友已经开始担心。天哪,布伦特来电话了……别挂电话……"

我听到他拿起座机听筒,说道:"你究竟去哪里了?大家都在找你!不……不……得梅因?你去那里干什么?没人跟我说过……迪克和莎拉的秘密任务?这到底算什么事儿……"

韦斯试图搞清楚布伦特那边的状况,我饶有兴味地听了一会儿。最后我听到他说:"等一下。让我了解一下比尔想怎么做……"他再次拿起了手机。

"好啦,你一定已经听到一些了,对吧?"他对我说。

"告诉他,我现在就给他打电话。"

我挂断电话,拨了布伦特的号码,琢磨着莎拉又在搞什么鬼。

"你好,比尔。"我听到他说。

"你能告诉我,发生了什么事,你又为什么在得梅因吗?"我客气地问。

"迪克办公室的人没有告诉你吗?"他问。我一言不发,他继续说:"昨天早上,迪克和财务团队催我出门,加入一个制定拆分公司方案的特别工作组。这显然是头等大事,他们还要研究拆分后对所有IT系统所造成的影响。"

"那么迪克为什么把你派进特别工作组?"我问道。

"我不知道。"他回答,"相信我,我也不想来这里。我讨厌飞机。他们应该派个业务分析员来做这件事,不过也许是因为我最了解主要系统是如何相互连接的,它们的位置在哪里,以及它们所依靠的服务……顺便说一下,我现在就能告诉你,拆分公司绝对是个噩梦。"

我记得当年收购那家大型零售商店的时候,我领导了企业并购团队。那可以说是一个非常庞大的项目,而拆分公司可能更为困难。

如果这对我们支持的数百个应用程序全都会造成影响，那么也许布伦特说得对，这会花上好几年时间。

IT无处不在，所以说，这可不像是截肢，这更像是剥离公司的神经系统。

想到迪克和莎拉连问都不问一声，就从我身边抽走了一个关键人员，我刻意放缓了语速说："布伦特，仔细听好了：你的头等大事是发现你那些独角兽队友的需求，并满足他们的需求。如果有必要，就错过航班。我要打几个电话，不过很有可能，我的助理艾伦会帮你预订今晚回来的航班。你懂了吗？"

"你希望我故意赶不上飞机。"他说。

"对。"

"我要怎么对迪克和莎拉说？"他迟疑地问。

我想了想说："告诉他们，我给你派了个紧急任务，而且你会赶上他们的。"

"好吧……"他说，"那么这里是什么情况？"

"很简单，布伦特。"我解释道，"独角兽是我们完成季度指标的最后希望。这个季度再玩儿完，董事会肯定就要把公司拆分掉，到那时候你就能帮助特别工作组了。不过，如果我们完成了指标，就有机会让公司保持完整。所以说，独角兽是我们的绝对头等大事。史蒂夫对此已经说得很清楚了。"

布伦特疑惑地说："好吧。你告诉我去哪里，我就去哪里。你去和那些大人物争论吧。"他显然已经被各方面下达的不同信号给惹恼了。

但是，我的火气比他还要大。

我给史蒂夫的助理史黛西打电话，告诉她我这就过去。

在我去2号楼找史蒂夫的途中，我给韦斯打了电话。

"你做了什么？"他哈哈大笑，"真是太棒了。你现在卷进一场政治斗争了，史蒂夫是一派，迪克和莎拉是另一派。还有，老实说，我可不敢确定你选择了胜利的一方。"

过了一会儿，他说："你真的认为史蒂夫会在这件事上支持我们？"

我忍住没有叹气。"我当然希望如此。如果我们不能让布伦特回来专心为我们工作，独角兽项目就完了。那也许意味着，我们会有一个新 CEO，会被外包出去，还会眼看着这家公司被拆分掉。你觉得这样比较有趣吗？"

我挂断电话，走进史蒂夫的办公室。他无精打采地笑了笑，说道："上午好。史黛西说，你要告诉我一些坏消息。"

当我把我和布伦特的通话内容告诉他时，我惊讶地发现他的脸色变得通红。既然他是CEO，我原本以为，他对此是完全知情的。

显然不是。

过了一会儿，他终于说："董事会向我保证过，在看到本季度的结果之前，不会继续推进公司的拆分行动。我想他们已经等不及了。"

他继续说："那么，告诉我，如果对布伦特另作安排，对独角兽会造成什么样的影响？"

"我已经和克里斯、韦斯还有帕蒂谈过了。"我回答，"那样的话，独角兽项目会全军覆没。我本质上是个多疑的人，但我真的认为独角兽会奏效的。离感恩节只有两个星期了，布伦特掌控着很大一部分我们需要构建的功能。顺便说一句，我们取得的很多突破，已开始被凤凰团队所借鉴，这太了不起了。"

为了强调我的观点，我最后说："没有布伦特，我们将无法完成与独角兽项目相关的任何销售及利润目标。没戏。"

史蒂夫撮起嘴唇，问道："那么，让能力仅次于布伦特的技术人员来填补他的空缺，会怎么样？"

我对史蒂夫转述了韦斯对我说的话，这些话也反映了我本人的想法。"布伦特是独一无二的。独角兽需要一个受到开发人员尊重，对我们所有类型的 IT 基础架构都有足够深入的经验，并能描述开发人员应该构建什么样的东西才能在投产后真正管理和操作的人。这些技能是罕见的，目前，没有第二个人能够胜任这个特殊的角色。"

"那么，如果你把第二优秀的人派去加入迪克的特别工作组，会怎么样？"他问。

"我猜想，拆分方案会不那么精确，但仍然可以顺利完成。"我回答。

史蒂夫靠在椅背上，一言不发。

最后，他说："把布伦特叫回来。其他事情让我来处理。"

第33章

11月11日，星期二

第二天，布伦特回归独角兽项目组，一名三级工程师加入了迪克驻扎在多雪的中西部某地的团队。几小时后，我收到一封莎拉发来的电子邮件：

> 发件人：莎拉·莫尔顿
>
> 收件人：鲍勃·斯特劳斯
>
> 抄送：迪克·兰德里、史蒂夫·马斯特斯、比尔·帕尔默
>
> 日期：11月11日，早晨7:24
>
> 主题：有人在破坏鹰爪项目
>
> 鲍勃，我发现IT运维部代理副总裁比尔·帕尔默窃取了鹰爪项目的关键资源。
>
> 比尔，我对你近期的行为深感不安。请向我们解释一下，你为什么命令布伦特回家？这是绝对不可忍受的。董事会已对我们做出指示，要我们探索战略选择。
>
> 我强烈要求布伦特尽快重返鹰爪团队。请确认你理解这一信息。
>
> 莎拉

一封电子邮件把我直接告到了公司董事会主席那儿，我万分警惕，于是给史蒂夫打电话，他显然对莎拉改换阵营的事大发雷霆。他低声咒骂了几句，然后向我保证，他会处理这件事，并让我继续按照计划行事。

在独角兽每日短会上，威廉看起来很不高兴。"好消息是，就在昨晚，我们生成了第一份客户促销报告，看起来工作正常。但是代码的运行速度是我们预期的五十分之一。我们原本以为一个聚类算法可以并行处理，但其实并没有，因此，即便是小规模的客户数据

设置测试，预测运行也已耗时超过 24 小时。"

一个开发人员说："我们就不能使用蛮力吗？投入更多硬件设备来解决这个问题。有了足够多的计算服务器，就能降低运行时间。"

"开什么玩笑？"韦斯愤怒地说，"我们只有这点预算，好不容易在我们能找到的服务器里弄来 20 台最快的。想把运行时间降低到我们需要的程度，需要超过 1000 台服务器，那就是 100 多万美元的预算外资金！"

我撅起嘴唇。韦斯说得对。凤凰已经严重超出了预算，我们现在讨论的是一大笔钱，根本不可能获得批准，尤其是在当前的财务状况下。

"我们不需要任何新硬件。"这个开发人员回答，"我们投入了很多精力来建立我们能够部署的计算机图像。为什么不把它们发送到云上？在我们需要的时候，可以运转成百上千个计算实例，完成后再销毁它们，成本只是我们所用的计算时间。"

韦斯看着布伦特，布伦特说："有可能。我们已经对大部分环境使用了虚拟化技术。转换它们应该不会太难，那样它们就能在某个云计算供应商那里运行了。"

过了一会儿，他补充道："你知道，那会很有趣。我一直想尝试这样做。"

布伦特的兴奋之情感染了其他人。

韦斯开始布置任务，研究其可行性。布伦特与提出这个想法的开发人员搭档，建立一个快速原型，看看它是否可行。

玛姬对独角兽非常感兴趣，总是来参加每日短会。她主动去调查定价，还给她的业界同行打电话，看看是否有人之前做过这样的事，并且打听是否有人能够推荐供应商。

约翰的一个安全工程师插话道："把我们的客户数据发送到云上可能会有一定的风险，比如意外泄露私人数据，或者有人擅自侵入那些计算服务器。"

"想得好。"我说，"你可以把我们应该考虑到的风险列出来吗？同时准备一份应对控制清单。"

他对我笑了笑，很高兴有人问他。一个开发人员主动提出和他一起做这件事。

在会议结束的时候，我感到很惊讶，把部署流程自动化以后，居然产生了意想不到的成效。开发人员可以快得多地扩展应用程序，而且需要我们开展的变更也可能会减少。

尽管如此，我对吹嘘得沸沸扬扬的云计算非常怀疑。人们觉得它是种神奇的灵丹妙药，可以即刻减少成本。我却认为，那只是另一种外包形式。

不过，如果它能解决我们面临的问题，我愿意试一试。我也提醒韦斯保持开放的心态。

一周之后，又到了演示时间。我们全都站在独角兽团队的区域。这是最后冲刺，开发组长迫不及待地想要展示团队取得的成果。

"我几乎不敢相信，我们居然做了这么多事。"他开始说，"部署已经实现了自动化，因此让计算实例在云上运行并不像我们之前认为的那样困难。事实上，此事进展非常顺利，我们正在考虑，把所有的内部独角兽生产系统转变成测试系统，并对所有生产系统使用云技术。"

"我们每天夜里启动推荐报告的运行，并启动几百个计算实例直到报告完成，然后再把它们关闭。过去四天来，我们都在这样做，运行良好——真的很好。"

布伦特的脸上浮现出灿烂的笑容，团队的其他人也一样。

接下来发言的通常是产品经理，但是这一次，换了玛姬作介绍。她显然对这个项目非常重视。

她用投影仪播放了一组 PPT。"这些是独角兽根据我的账户记录做出的推荐。如你们所见，它查看了我的历史购买记录，并通知我，雪地轮胎和电瓶正在打八五折。我真的上了我们的网站，把雪地轮胎和电瓶都买了，因为我需要它们。公司开始挣钱了，因为这些都是库存积压并且利润较高的物品。"

我笑了。现在有点儿意思了。

"还有，这是独角兽给韦斯的促销推荐。"她继续说，笑着翻到下一张幻灯片，"看来你拿到了赛车刹车片和燃油添加剂的折扣。你有没有兴趣？"

韦斯笑了，说："真不错！"

玛姬解释道，这些减价优惠都已经在凤凰系统里了，只是等着促销功能上线，最终把它们给到客户。

她继续说："我的提议是：我想对1%的客户开展一次电子邮件广告活动，看看情况如何。还有不到一个星期就是感恩节了。如果可以做一些测试，并且一切进展顺利，我们就能在黑色星期五全面铺开，黑色星期五可是一年里最繁忙的购物日。"

"听上去是个好计划。"我说，"韦斯，这么做的话，会有什么不妥之处吗？"

韦斯摇摇头说："从运营的角度看，我觉得没什么不妥的。所有艰巨的工作都已经完成了。如果克里斯、威廉以及市场营销部对代码运行有信心，我觉得可以放手去做。"

每个人都赞成。尽管还有一些问题，但是玛姬说她的团队愿意为这次促销计划通宵加班。

我发自内心地笑了。终于有一次，不只是我们在出现大问题的时候熬夜加班了。事实上，恰好相反。大家熬夜加班，因为每件事情都进展顺利。

接下来的星期一，我开车上班的时候气温接近冰点，但是阳光明媚。看来在即将到来的感恩节假期之前，我们将度过不错的一周。整个周末，我一看到画着圣诞老人的广告就有些发慌。

我来到办公室，把厚重的大衣扔到椅子上。我听到帕蒂走进我的办公室，于是转过身来，看到她脸上灿烂的笑容。她说："你听到市场营销部令人惊讶的消息了吗？"

我摇摇头，她只是说："看一下玛姬刚才发的电子邮件。"

我打开笔记本电脑，看到：

发件人：玛姬·李

收件人：克里斯·阿勒斯、比尔·帕尔默

抄送：史蒂夫·马斯特斯、韦斯·戴维斯、莎拉·莫尔顿

日期：11月24日，早晨7:47

主题：首次独角兽促销活动：难以置信！

市场营销团队整个周末都在挑灯夜战，并得以对1%的客户开展了测试活动。

结果大放异彩！超过20%的受访者访问了我们的网站，超过6%的人购买了商品。这个转化率高得令人难以置信，可能比我们之前开展过的所有活动都要高出五倍。

我们建议，在感恩节当天向所有客户进行独角兽促销。我正在着手安置一个指示盘，让每个人都能看到独角兽活动的实时结果。

还有，要记住，所有促销商品都是高利润产品，因此即便只达到我们最低的预期，也会是优异的成绩。

又及：比尔，根据这个结果，我们预计网站流量会激增。我们能确保网站不会宕掉吗？

干得好！

玛姬

"我喜欢这个消息。"我对帕蒂说，"和韦斯一起想想，我们该怎样应对流量激增。我们只有三天时间来搞定这件事，所以时间并不宽裕。我们可不想搞砸这件事，把潜在客户变成讨厌我们的人。"

她点点头，正想回答时，手机振动起来。片刻之后，我的手机也振动起来。她迅速看了一眼，说："母夜叉又找上门来了。"

"真希望我对她发来的电子邮件能有一个'取消订阅'的按钮。"帕蒂边走出去边说。

半小时后，史蒂夫给独角兽团队全体成员发出了一封贺信，每个人都喜闻乐见。更令人吃惊的是，他还对莎拉发出了一封公开回复邮件，要求她停止"搅浑水、添麻烦"，并且"尽早来见我"。

那些措辞并未制止莎拉、史蒂夫和鲍勃之间来来回回的公开电子邮件。目睹莎拉对我

们的新主席鲍勃大拍马屁真是件很尴尬、很不舒服的事。莎拉好像毫不在乎自己做得有多明显，丝毫不留后路。

我走进一间会议室，和约翰讨论 SOX-404 以及独角兽项目的安全问题解决方案。他穿了一件细条纹牛津布衬衫和一件马甲，还配了袖扣，看起来像是刚从《名利场》杂志硬照里走出来似的，而且我猜测，他每天都剃头。

"我很惊讶，独角兽的安全修复工作居然这么快就整合好了。"他说，"和凤凰的其余部分相比，修复独角兽的安全问题是小菜一碟。周期非常短，甚至有一次我们在一小时内就完成了一个修复。通常一到两天内也可以完成修复。与此相比，修复凤凰的问题就像是在没有麻醉的情况下自己给自己拔牙。我们通常要等一个季度才能做出一点儿有意义的改变，原本为了紧急变更订单，需要历经重重阻碍，现在也不那么困难了。"

"真的，"他继续说，"打补丁实在太容易了，因为我们可以一键重构生产中的任何情况。如果它崩溃了，我们可以从头开始再次构建。"

我点头说道："有了快速独角兽周期时间，我们居然可以做这么多事，对此我也很惊讶。关于凤凰，我们只是每季度演练并实践一次部署工作。仅仅最近五个星期以来，我们就已经完成了二十多个独角兽代码和环境部署。这几乎已成惯例。就像你说的，它和凤凰恰恰相反。"

约翰说："我这里关于独角兽的大部分保留意见似乎都不再有效了。我们已经实行了定期检查，确保对产品拥有日常访问权限的开发人员仅仅具备只读权限，我们在把安全测试融入开发过程的方面也取得了良好的进展。我很有信心，我们可以很快地逮住任何有可能影响数据安全或身份验证模块的变更。"

他往后一靠，交叉胳膊枕着头，说："我之前担心极了，不知道我们可以通过什么方式来保障独角兽的信息安全。这一部分是由于我们太过习惯于花上一个月时间来调整应用程序安全评估。在紧急情况下，比如回应一个高优先级的审计，我们有时候也能在一周内完成调整。"

"不过，想要跟上一天十个部署的节奏？"他继续说，"完全是疯了！但是集中精力把安全测试自动化，并把它整合到威廉用于他的自动化 QA 测试的同一套流程中以后，每当一个开发人员提交了代码，我们就进行一次测试。通过多种方法，我们现在的可见性和代码覆盖率比公司里的其他应用程序都要好！"

他补充道："你该知道，我们刚刚处理完了最后的 SOX-404 问题。我们得以向审计师证明，多亏了你提出的变更管理新流程，现行控制全部都很充分，处理完了为期三年的重复审计发现。"

他微笑着补充："恭喜你，比尔。你完成了你的前任们全都没能做到的事，那就是终于让我们甩掉了审计师!"

　　让我大为惊讶的是,这短短的一周一切顺利。在星期三大家离开公司去过感恩节假期之前,大规模的独角兽促销活动已经准备就绪。代码性能依然是我们所需要的十分之一,但现在一切正常,因为我们可以在云里运行几百个计算实例。

　　我们也遇到了个大问题,QA 发现当时正在推荐的是已经没有库存的物品。那本来会是灾难性的,因为客户会兴奋地点击促销商品,结果却发现它们都被列为"备货中"。不可思议的是,开发部在一天内开发了一个修复程序,并在一小时内部署到位。

　　傍晚 6 点,我收拾好自己的东西,期待着这个悠长的周末。这是大家的辛劳所得。

第 34 章

11 月 28 日，星期五

到了星期四中午，正在感恩节中途，我们得知遇到了麻烦。整夜的独角兽电子邮件促销取得了不可思议的成功。回应率空前高涨，我们网站的流量也飙升到了创纪录的水平，这下可拖垮了电子商务系统。

我们发起了一个 1 级严重级别紧急决定，运用各种应急措施来维持接受订单的能力，包括循环使用更多的服务器，以及关闭计算密集型功能，等等。

讽刺的是，一个开发人员提议关闭所有实时推荐，而那些实时推荐是我们千辛万苦才弄出来的。他认为，如果客户连完成交易都办不到，为什么还要推荐更多产品去让他们购买？

玛姬很快同意了，但是开发人员仍然花了两个小时进行变更和部署。现在，可以通过一个配置设定来禁用这个功能，因此下一次我们就能在几分钟内弄好，而不需要一整套代码上线了。

这才是 IT 运维友好型的研发设计嘛！在生产中管理代码变得越来越容易了。

我们还不断优化数据库查询功能，并把最大的网站图形都转移到一个第三方内容分发网络上，从我们的服务器上卸载更多流量。在感恩节下午晚些时候，客户体验有所改进，变得可以接受了。

真正的麻烦出现在第二天上午。尽管那天是法定公司假日，我还是把手下的每一个员工全都召回了办公室。

韦斯、帕蒂、布伦特和玛姬到场参加午会。克里斯也来了，不过，他显然觉得今天来加班应该有不一样的着装要求。他穿着花哨的夏威夷衬衫和牛仔裤，还给大家都带了咖啡和甜甜圈。

几分钟前，玛姬把大家召集起来开会。"今天上午，各门店的经理开门迎接黑色星期五。他们一打开店门，人们就冲了进来，四处挥舞着独角兽促销电子邮件的打印件。今天店里的客流量史无前例。但问题是，现在促销商品几乎彻底卖光了。门店经理开始惊慌失措，因为客户空着手，愤怒地离开了。"

"门店经理尝试向顾客开具领货凭券，事后再安排把缺货商品快递给他们，但这么做需要经理手动向仓库系统输入订单。他们每处理一个订单至少需要 15 分钟，结果店里大排长龙，越来越多的客户对我们感到不满。"

就在此时，桌上的扬声电话发出了蜂鸣声。"我是莎拉。谁在线上？"

玛姬翻了个白眼，另外好几个人开始窃窃私语。现在，莎拉想要破坏独角兽项目的企图已经人尽皆知了。玛姬只好花了 2 分钟时间来告诉莎拉有哪些人在场，并向她解释了事情的来龙去脉。

"谢谢你，"莎拉说，"我会继续参加电话会议。请继续。"

玛姬客气地向她致谢，开始就如何解决这些问题集思广益。

一小时后，我们确定了将要在周末期间处理的 20 个行动。我们将为门店工作人员建立一个网页，他们可以在这个网页上输入优惠券促销代码，这将自动启动仓库的分类配送。此外，我们还将在客户账户页面上创建一个新表单，通过这个表单，门店可以把客户订购的商品直接寄送到他们家里。

工作任务很多。

到了周一早晨，形势稳定下来。这是好事，因为正巧赶上我们每周和史蒂夫一起召开的独角兽项目例会。

克里斯、韦斯、帕蒂和约翰都来了。和之前的会议不同，莎拉也来了。她交叉双臂坐着，偶尔把手臂松开，在苹果手机上给别人发信息。

史蒂夫笑着对我们大家说："首先我要对你们辛勤工作的成果表示祝贺。成效超乎我的想象。多亏了独角兽项目，门店和网上销售都打破了记录，周收入创下了历史新高。按照当前的进展速度，市场营销部估计，我们将在本季度达到盈利目标。那将会是自去年年中以来，我们首个实现盈利的季度。"

"我要对大家表示最热烈的祝贺。"他说。

除了莎拉，每个人都对此报以微笑。

"你只说对了一半，史蒂夫。"克里斯说，"独角兽团队简直棒极了。他们已经从每两周开展一次部署过渡到每周开展一次部署，而且我们正在尝试每天开展部署。由于批量规模缩小了很多，我们可以很快做出小型变更。我们正在随时开展 A/B 测试。简而言之，我们从未这样迅速地响应市场，而且我相信，我们一定会大有可为。"

我用力点头道："我猜想，我们将会希望内部开发的各种新应用程序都遵循独角兽模式。这种模式比我们以前支持过的应用程序都更容易调整大小，也更便于管理。我们正在建立流程和步骤，从而能够用各种速度进行部署，以便快速响应客户。有些情况下，我们甚至能让开发人员来部署代码。今后，开发人员只要按下按键，几分钟后，代码就会进入测试环境或者进入生产。"

"我不敢相信，我们居然在这么短的时间里取得了这么多进展。我为你们大家感到骄傲。"史蒂夫说，"我要表扬你们，你们真正通力合作，并且无愧于彼此的信任。"

"我觉得，迟做总比不做要好。"莎拉说，"如果我们已经自我表扬完了，那我要对你敲一记业务警钟。本月早些时候，我们最大的零售业竞争对手开始和他们的制造商合作，允许定制按订单生产的装备。自从他们推出这项功能以来，一部分我们最畅销产品的销售额已经下降了20%。"

她愤怒地补充道："多年来，我一直想让IT打造出适用于这一功能的基础架构，但得到的回复只是'不行，做不到'。与此同时，我们的竞争对手却已经能够和说'可以'的制造商共事了。"

她补充道："那就是鲍勃关于拆分公司的想法有价值的原因。我们被这家公司的传统制造部分束缚住了。"

什么？收购那家零售公司是她的主意！要是她跑去为一个零售商工作，可能每个人都能好过一些。

史蒂夫皱起眉头。"这是下一个议题。莎拉作为零售业务的高级副总裁，有权把公司的需求和面临的风险告知项目团队。"

韦斯哼了一声。他对莎拉说："你是在开玩笑吧？你明白我们通过独角兽项目取得了哪些成效，以及我们的进展有多快吗？和我们刚刚搞定的东西相比，你说的事情没什么难度。"

第二天，韦斯一反常态，满面愁容地走了进来。"呃，老大。我也不想这么说，可是我觉得这件事做不到。"

我要他做出解释，他说："要想做到竞争对手所做的事，我们必须完全重写制造资源计划系统，这个系统支持着所有工厂。那是一个很老的大型机应用程序，我们已经用了几十年了。三年前，我们把它外包出去了。主要是因为，像你这样的老人家，快要退休了。"

"我不是要冒犯你。"他补充道，"多年前，我们就遣散了很多管理主机的人，他们的薪酬远高于一般水平。有个外包商说服了当时的CIO，说他们有位头发灰白的员工，足以在我们退休前为那个应用程序提供终身维护。我们当时的计划是，用一个比较新的 ERP

系统来代替,但显然,我们从没把它搞定。"

"该死的,我们是客户,而他们是我们的供应商。"我说,"告诉他们,我们付钱给他们,不只是要维护应用程序,还要开展各种必要的业务变更。根据莎拉的说法,我们需要这个变更。所以,去搞清楚他们想收我们多少钱,以及我们还要等多久。"

"我已经问过了。"韦斯说着,从胳膊底下抽出一叠纸,"我设法踢开了那个愚蠢的客户经理,才实际和一个技术分析师搭上话。然后他们终于发来了这个方案。"

"他们想用 6 个月时间收集需求,再用九个月时间进行开发和测试,如果我们走运,从现在算起一年后也许可以投产。"他继续说,"问题是,要等到六月份才能拿到我们需要的资源。所以,这意味着我们要等 18 个月,这还是最短时间。即使只是启动这件事,他们就要 5 万美元,开展可行性研究,并在他们的开发计划里排上号。"

现在,韦斯的脸涨得通红,他摇着头道:"那个没用的客户经理坚称,合同的规定不允许他帮助我们。混蛋。显然,他的工作就是要让每件东西都从我们这里收钱,并且劝我们不要做任何合同上没有的内容,比如开发。"

我深深地呼了口气,思考着其中的含义。现在,阻挠我们朝着既定方向前行的障碍来自于公司外部。但是,如果障碍在外部,我们还可以做些什么?我们无法像之前做过的那样,说服一个外包商改变他们的优先级或者管理方式。

我突然灵光一现。

"他们给我们的户头配备了几个人?"我问。

"我不知道。"韦斯说,"我想是配备了 6 个人,承担了 30%的工作量。可能要根据他们的职位而定。"

"叫帕蒂带着那份合同的复印件过来,我们来算笔账。你再看看能不能找个采购部的人一起过来。我有个大胆的新提议想要试试。"

"谁外包了 MRP 应用程序?"史蒂夫坐在办公桌前发问。

我正和克里斯、韦斯和帕蒂一起坐在史蒂夫的办公室里。莎拉站在一边,我试图不去理会她。

我再次向史蒂夫解释我们的想法:"多年以前,我们就认为这个应用程序不是业务的关键部分,所以我们把它外包出去以削减成本。显然,他们并不把它看作一项核心职能。"

"好吧,现在它显然是一项核心职能了!"史蒂夫回答,"现在,那个外包商劫持了我们,阻止我们去做应该要做的事情。他们不只是一块绊脚石,他们现在影响了我们的未来。"

我点点头。"简而言之,我们想先撕毁外包合同,把那些资源拿回公司。我们现在所说的涉及大约 6 个人,其中一些在工厂现场工作。提前两年买断剩余的合同大约需要

100 万美元，而我们则能够重新获得对 MRP 应用程序及底层基础架构的完全控制。我们团队里的人全都相信，这样做是正确的，我们还事先得到了迪克团队的认同。"

我屏住呼吸。我刚才抛出了一个非常大的数额，比我两个月前提出的预算增加额大得多，那时候我被赶出了这间办公室。

我很快说下去："克里斯相信，一旦把这个 MRP 应用程序交回公司，我们就能建立一个连到独角兽的接口。我们将得以重塑制造能力，从"库存型生产"转变为"订单型生产"，那样就有能力提供莎拉要求的那种定制装备。如果一切执行顺利，与订单输入和库存管理系统的整合按照计划进行，大约 90 天后，我们就能做到竞争对手现在所做的事。"

用眼角的余光，我都能看出莎拉正在挖空心思想着应对之策。

史蒂夫没有立刻驳回这个主意。"好吧，你说的有点儿意思。最主要的风险是什么？"

克里斯回答了这个问题。"外包商有可能已经对基本代码做出了重大改动，而我们对此一无所知，那将会减缓部署进度。但是我个人认为，这个风险的可能性很小。根据他们的行为，我觉得他们应该没有对功能进行过重大变更。"

"我不担心技术难题。"他继续说，"现有的 MRP 并非为大规模生产而设计，至少达不到我们现在所说的这个生产规模。但我肯定，我们可以找到短期解决这个问题的办法，并在推进过程中想出长期战略。"

克里斯说完后，帕蒂补充道："外包商也可能会在移交工作的时候给我们出难题，受影响的工程师也会对我们充满敌意。当年我们宣布那份合同时，很多人都满腹怨气，尤其是，从他们由无极限零部件公司员工转变为供应商的那一刻起，他们的工资就减少了。"

她继续说："我们应该马上让约翰也参与进来，因为对那些将要弃之不用的外包员工，我们得取消他们的访问权限。"

韦斯大笑着说："我想亲手删除那个混帐客户经理的登录证书。他是个混蛋。"

史蒂夫全神贯注地听着。然后他问莎拉："你对他们的提议有什么想法？"

她沉默了片刻，但最终断然说道："我认为，在着手开展这么冒险的重大项目之前，我们应该先和鲍勃·斯特劳斯商议，并获得董事会的全体批准。考虑到 IT 以前的表现，这件事有可能会危害到我们的所有制造运营，我认为我们不应该承担那样的风险。简而言之，我本人并不支持这个提议。"

史蒂夫审视着莎拉，嘴角带着一丝冷笑，他说："记住，我才是你的老板，不是鲍勃。如果你不能根据这一安排而工作，我会要求你立刻辞职。"

莎拉的脸色变得苍白，她张大了嘴，显然意识到自己犯了大错。

她竭力让自己镇定下来，对史蒂夫的批评报以不安的笑声，但是没人响应。我暗自看了看其他人，发现他们和我一样，睁大眼睛看着这出好戏开场。

史蒂夫继续说:"恰恰相反,多亏有了 IT,我们可能不用再考虑其他那些你和鲍勃正在准备的艰巨的战略选择了,不过你说的我都明白了。"

史蒂夫对我们这些人说:"我把迪克手下最好的一个人和我们公司的法律顾问派给你们。他们会帮助你们完美无缺地执行这个项目,并且一定能通过各种手段,让我们从外包商那里拿到我们需要的东西。我一定会让迪克亲自关注这个项目的。"

莎拉的眼睛瞪得更大了,并附和道:"这个主意好极了,史蒂夫。那样就能明显降低我们这里的风险。我觉得鲍勃会很喜欢的。"

从史蒂夫脸上的表情可以看出,他对莎拉的惺惺作态已经很不耐烦了。

他问我们,是否还有别的要求。没什么别的事情,他让大家都离开了,但唯独留下了莎拉。

我们离开时,我悄悄往后瞥了一眼。莎拉坐在我之前坐的位置,紧张地看着众人鱼贯而出。我和她对望一眼,朝她笑了笑,然后关上了门。

第 35 章

1 月 9 日，星期五

我紧张地握着方向盘，驱车前往史蒂夫家。他要为所有致力于凤凰和独角兽项目的员工举办一场派对，既邀请了业务部门的人，也邀请了 IT 部门的人。道路一反常态地结了冰，即便经过了几周的日晒，依然没有消融。佩奇和我决定呆在家里度过新年前夜，而不是像通常那样和她的家人一起庆祝，这本身就已经非同寻常了。

上次与史蒂夫和莎拉一起开会后，已经过去一个多月了。从那时起，我们就没怎么见过莎拉。

我一边开车，一边想着我怎么过得如此平静。我一直等着有人再发起一个 1 级严重级别的事故。然而，我的手机插在汽车杯座上，悄无声息，一如昨日，一如前日。

我不能说自己丧失了所有的激情，但现在有些时候，我确实无事可干。

幸亏，目前我正带领着全体下属经理们一起进行系统改进的第二个周期。根据"改善形"，这让我不会觉得自己完全无用武之地。让我尤为骄傲的是，整整一个月来，我的团队都达到了把 15%的时间用于预防性基础架构项目的目标，并且体现出了成果。

我们正在使用划拨给我们的全部预算。我们缩小了监管上的差距，重构或替换了最脆弱的十个构建，让它们变得更加稳定，而且计划内工作的流速比以往都要快。出乎我的意料，每个人都积极投入了"独角鲸"项目，或称为"人猿大军混世魔猴"项目。与最初的苹果 Mac 操作系统和网飞云交付基础架构的传奇故事一样，我们部署了经常产生大范围故障的代码，因而随时会弄垮各种流程或全体服务器。

当然，在整整一周的测试中，局面也经常会超出我们的控制。有时候，产品基础架构会像纸牌屋一样崩塌。但是，在接下来的几周内，开发部和 IT 运维部协同工作，让代码和基础架构更能应对故障，我们真的拥有了有适应力的、坚固的、经久耐用的 IT 服务。

约翰喜欢这样，他启动了一个名为"邪恶混世魔猴"的新项目。它并不会在生产中造成运行故障，而是不断设法探测安全漏洞，用大量畸形数据包干扰我们的应用程序，试图安装后门程序，访问机密数据，以及开展其他种种恶意攻击。

当然，韦斯想方设法阻止他这样做。他坚持认为，我们应该在预定的时间范围内开展渗透测试。然而，我让他相信，这是把埃瑞克的"第三工作法"制度化的最快途径。我们需要建立起一种文化，强调勇于冒险以及从失败中汲取教训的价值观，并强调通过反复实践以致炉火纯青的必要性。

我不希望张贴宣传质量与安全的海报。我希望我们的改进能够体现在日常工作的所需所用上：应用到日常工作之中。

约翰的团队开发了一些工具，通过持续不断和接二连三的攻击对每个测试和生产环境进行压力测试。在我们第一次发布混世魔猴的时候，一时间，一大半时间都用在修补安全漏洞和加固代码上了。好几个星期之后，开发团队成功防御了约翰团队设下的种种陷阱，他们理所当然十分骄傲。

在我开着车朝史蒂夫家一路飞驰的时候，满脑子尽想着这些。广阔的大地上覆满积雪，掩盖了精心修剪的草坪。

我按照史蒂夫的嘱咐，提前一小时按响了门铃。我听到响亮的犬吠声，然后听到一只大狗在硬木地板上疾走撞门的声响。

"快请进，比尔。再次见到你真是太好了。"史蒂夫说着，一只手抓住狗的颈圈，另一只手拿着一串蔬菜指了指厨房的方向。我们来到厨房，他指着面前的橱柜，那里放着一大桶冰块，里面插满了酒瓶。"你想喝点什么吗？啤酒？苏打水？苏格兰威士忌？"他四下看看，又加上一句，"玛格丽塔？"

我从冰桶里拿出一瓶啤酒，谢了他，然后在他带我去客厅的时候，简短地告诉他我怎样度过了无聊的一天。

史蒂夫笑了，说："谢谢你提早过来。这个季度我们将取得破纪录的好业绩。要是没有你和克里斯，我们不可能做到这一点。这些年来，我们的市场份额第一次提升了！我真想看看竞争对手脸上的表情。他们大概正在抓狂呢，想要搞清楚我们是怎么办到的。"

史蒂夫满面笑容道："前几天，我真的看到迪克笑了。好吧，至少他露出了牙齿。独角兽项目以及那个新项目，独角鲸，正在帮助我们理解客户的真正需求。上个星期，我们的平均订单额再创新高，而且迪克说，独角兽是我们近来完成的项目中资金回报最快的一个。"

他继续说："分析师又开始青睐我们了。上个星期，有个分析师告诉我，如果我们运营有方，未经整合的竞争对手们将很难追上我们。毫无疑问，他们会调高我们的目标股价，而且鲍勃终于撤回了他对于拆分公司的支持。"

"真的吗？"我说，惊讶地扬起眉毛，"我以为莎拉确信，拆分公司是我们唯一的生路。"

"啊，是的……"他说，"她已经决定另谋高就，而且已经请假了。"

我张大了嘴巴。要是我没听错，莎拉已成了公司的一枚弃子。我笑了。

"顺便提一句，"史蒂夫说，"独角鲸项目？独角兽项目？你们这帮人能不能想出好点儿的名字来？"

我大笑起来。"对项目的名字这件事，没人比玛姬更不安了。她坚信，她手下的产品经理都在嘲笑她。她已经告诉她丈夫，如果下一个项目叫'凯蒂猫'，她就辞职不干了。"

他也大笑起来。"不过，你也知道，我叫你提早来，不是为了批评那些项目名字的。坐吧。"

我坐进一把惬意的扶手椅，他开始解释："我们的 CIO 职位已经空缺几个月了。你也参加了那次面试过程。你对那些候选人有什么想法？"

"说真的？我当时很失望。"我慢慢地说，"他们都是高级人员，比我的经验要丰富得多。他们不断谈论着问题的细枝末节。他们提到的都是我们这几个月来在无极限零部件公司所作所为的很小部分。我觉得，如果录用他们，我们很可能面临重回坎坷旧路的风险。"

"我同意你的观点，比尔。因此我决定，应该由内部人员来担任这个职位。我们应该提拔谁，你对此有什么建议吗？"

我在脑海中把可能的人选都过了一遍。这个名单并不长。"我认为克里斯是当然之选。他是独角兽项目和独角鲸项目的幕后功臣。我敢肯定，要不是因为他的领导能力，我们依然无法摆脱困境。"

他笑了。"真有趣。每个人都知道你会这么说。不过，我可不会按照你的建议去做。"

他继续说："这件事一时半会儿解释不清楚。你是大家一致同意的 CIO 人选，不过非常坦率地说，我不希望你担任那个职位。"

我的苦恼溢于言表，他回应道："嘿，放松点。让我解释一下。董事会赋予我的责任是，最合理地利用公司资源，以达到股东价值最大化的目标。我最主要的工作就是带领管理团队实现这一点。"

他站起身走向窗边，望着积雪的庭院。"你帮助我认识到，IT 不只是一个部门。相反，它就像电力一样无处不在。IT 是一种技能，就像能读会算一样。在无极限零部件公司，我们没有一个集中的阅读或计算部门。我们希望每一个雇员都多少掌握这些技能。理解技术能够做什么、不能做什么，已经成为这家公司里每个部门必须具备的一种核心竞争力。要是业务经理领导了一个不具备这种技能的团队或项目，他们就会失败。"

他继续说："我要每一个业务经理都在权衡利弊后再去冒险，不要影响整个公司。业界的人到处都在使用技术，因此情况又像是狂野西部了，不论是好是坏。学不会在这个新世界里竞争的公司终将会消亡。"

他再次转向我，说道："为了让无极限零部件公司生存下去，业务部门和IT部门不能做出相互排斥的决定。我不知道将来会怎样，但我知道就目前来说，我们并未激发出所有动力。"

"过去几个月来，我一直在和董事会讨论这件事。"他说着坐下来，凝视着我。我明白这个表情，一如去年我第一次和他会面时那样。当他试图蛊惑某人，就会显出这副表情。"我对你的表现以及你在IT部门的业绩印象深刻。你所运用的技能，正是我希望一名大型制造部门的领导者所具备的。"

"现在，我希望看到你成长、学习，并掌握新的技能，对无极限零部件公司提供最好的帮助。要是你能做到，我就准备培养你。我想把你放上一个两年计划的快车道。你将在销售和市场营销部门轮岗，管理一家工厂，积累国际经验，维护关键供应商的客户关系，以及管理供应链。相信我，这可不像度假那么轻松。你需要帮助，很多很多帮助。埃瑞克很好心地答应会指导你，因为我们俩都相信，这将会是你做过的最困难的事。"

"不过，"他继续说，"要是你完成了我们布置给你的十五项特别绩效目标，我们就会在两年内让你担任临时COO的职位，在迪克准备退休期间与他紧密合作。要是你努力工作，做出成绩并且处事得当，你就会在三年内成为公司的下一任COO。"

我觉得自己的嘴巴一直张着，啤酒瓶上凝结的水滴落在我腿上。

"你不用现在就回答我。"他说，显然很满意他的话起到了预期的效果，"一半的董事会成员都认为我疯了。也许他们是对的，但我相信自己的直觉。我不知道这件事将会怎样发展，但我有信心，这样做对公司最好。我的直觉告诉我，不出十年，当我们把最后一个竞争者扫地出局之时，我们现在所走的这一步就是使其成真的关键一搏。"

"在我们坐在这里心怀高远的时候，我敢这样说，"他继续说，"不出十年，我很确定，每一个称职的COO都会是从IT部门出来的。任何尚未精通IT系统就负责管理公司运行的COO，都只会是金玉其外的傀儡，需要依靠别人来开展工作。"

史蒂夫的愿景让我无法呼吸。他说得对。我的团队，以及克里斯和约翰所学到的每件事，都证明一旦IT失败，业务就会失败。有理由推断，如果把IT组织好，让它能够成功，那么业务也能成功。

而且史蒂夫想让我成为这场运动的急先锋。

我，一个搞技术运维的人。

我突然想象到，当年埃瑞克的长官是如何把他从一名高级军士降至中尉来锤炼他，迫使他再次从军阶的最底层开始一步步往上爬的。显然，埃瑞克有勇气这么做，而此事对他

（以及他的家人，如果他有家庭的话）的回报似乎显而易见。他的生活似乎已经超脱我等凡夫俗子了。

史蒂夫就像是知道我在想什么一样，他说："在好几个月之前，埃瑞克和我第一次见面的时候，他说 IT 部门和业务部门之间的关系就像是一场不协调的婚姻，双方都感到无能为力，并且被对方所挟持。我对此思考了好几个月，终于想清楚了一些事。"

"所谓一场不协调的婚姻，是假定业务部门和 IT 部门是两个分离的实体。IT 要么融入到公司的日常运行之中，要么融入到公司的业务内容之中。瞧！就是这样。没有矛盾，没有婚姻，也许连 IT 部门也没有。"

我只是盯着史蒂夫看。他说话的样子就像埃瑞克那样，而他说的一些内容无疑是真的。就在那一刻，我决定了。我还是得和佩奇商量，但我非常肯定地知道，史蒂夫想要送我踏上的旅程非常重要，对我和我的家人，对我的整个职业生涯来说，都很重要。

"我会考虑这件事的。"我郑重地说。

史蒂夫开怀大笑，站起身来。我握住他伸过来的手，他用另一只手坚定地拍了拍我的肩膀说："很好。这会很有趣的。"

就在那时，门铃响了。几分钟后，全班人马都到齐了——韦斯、帕蒂、约翰和克里斯——还有玛姬、布伦特、安，还有，天哪，连迪克和罗恩都来了。

派对越来越热闹，他们每个人都手拿饮料，对我表示祝贺。很显然，他们已经提前知晓了一切，包括史蒂夫提出的那个惊人的下一任 COO 三年训练养成计划。

迪克手拿一杯苏格兰威士忌走近我，说："恭喜你，比尔。我期待着在今后几年里和你紧密合作。"

很快，我发现自己和大家一起大笑，接受他们的祝贺，并交流一路走来的有趣经历。

韦斯拍拍我的肩膀道："既然你升职了，"他说，声音比平常更为响亮急躁，"我们都觉得应该送你一样东西，庆祝我们的种种成就。这件东西得是你能带走的，而且能提醒你不要忘了我们这些小人物。"

他把手探进放在脚边的一只盒子，"到底应该送什么，我们争论了很久。不过最后，显然……"

我看到他从盒子里拿出来的东西，放声大笑。

"是你以前用的那台破笔记本电脑！"他宣布，把它举到半空中，"涂上青铜漆后它就没法用了，真是遗憾，不过你一定得承认，它可漂亮了，是不是？"

我简直无法相信，瞪着那台笔记本电脑。众人哄堂大笑，鼓掌欢呼。那真的是我那台旧笔记本电脑。我从韦斯手里接过它，看到断掉的转轴和我绑上去固定电池的胶带。如今，整台笔记本电脑都镀上了厚厚一层黄金色的漆，而且装在一个红木底座上。

在底座下方有一块铜牌。我大声念道："谨以此向离开我们的 IT 运维部副总裁比尔·帕尔默致以最诚挚的祝福。"括弧里写有去年的年份。

"天哪，伙计们。"我真的被他们的举动打动了，我说，"听上去像是我死了一样！"

大家都笑了，史蒂夫也是。那个夜晚过得很快，我在派对上度过了十分愉快的时光，这令我自己都感到吃惊。我平时不是一个社交达人，但今晚，我感到自己和我尊敬、信任并由衷喜爱的朋友和同事们在一起。

晚些时候，埃瑞克来了。他朝我走来，停下脚步仔细查看那台镀铜的笔记本电脑。"知道吗，尽管我认为你有 50% 的可能会被淘汰，但我仍然相信你。"他说着，站在我面前，痛饮一口啤酒，"恭喜你，孩子。这是你应得的。"

"谢谢你。"我说，开心地笑着，被他淡淡的赞美由衷地感动了。

"好啦，别让我失望。"他没好气地说，"我从来都不喜欢这座城市，因为你，我得在未来几年里搭乘该死的飞机飞来飞去。要是你搞砸了，一切就都白费了。"

"我会全力以赴的。"我信心爆棚地说，"等一下。我想无论如何，你总会到城里来参加我们的董事会议吧？"

"根据之前这段时间的所见所闻，我可不想留在这儿！"埃瑞克说着大声笑起来，"我认为，无极限零部件公司要赚大钱了。我们要看看，你们的竞争对手究竟有多强，不过我怀疑，他们完全没有头绪是什么打败了他们。对我来说，这不只是空洞的理论。如果一切按计划进行，在几周内，我就可能成为这家公司的最大投资人。我最不想要的就是一堆限制我购买和售出股票的内幕消息！"

我盯着埃瑞克看。他的钱多到足以成为我们最大的投资人之一，却还穿得像个生产线工人？我以前绝对猜不到，他对钱这么在意。

最终，我木然地问："你说的'内幕消息'是什么意思？"

"我一直认为，有效地管理 IT 不只是一种关键能力，也是公司业绩的重要预测指标。"他解释道，"这段时间，我会创办一家对冲基金公司，对那些 IT 运行良好的公司做多头，对那些事事受到 IT 拖累的公司做空头。我想我们会大赚一笔了。要让新一代 CEO 真正重视 IT，还有比这更好的方法吗？"

他继续说："如果我是那几家公司的董事，就会受到束缚，无法做成这件事。昏招。证监会、审计师等方面的潜在危险太大了。"

"啊。"我说。

"嘿，抱歉打断你，"约翰插话道，"不过我想对你表示祝贺，并且表达我的敬意。"然后他伸出手想和埃瑞克握手，说："您也一样，先生。"

埃瑞克没有看他的手，而是从头到脚打量了他好一会儿。然后他笑着握住了约翰伸出的手,说:"你已经走了很长一段路,约翰。干得好。顺便提一下,我喜欢你的新造型。很有欧洲夜店风格。"

"谢谢你,埃尔凯尔。"他不动声色地说,"要是没有你,我不可能完成这些事。我很感激。"

"不客气。"埃瑞克愉快地说,"只是别和审计师们交往过密,这对谁都没好处。"

约翰欣然摇了摇头,回去参加派对。埃瑞克转向我,悄声说:"这可是个非常引人注意的转变,难道你不同意吗?"

我转头去看约翰。他正大笑着和韦斯对骂。

"那么,"埃瑞克打断了我的思绪,说,"你对 IT 部门其他的人有什么打算?考虑到这次晋升,你的部门里有些职位空缺需要填补。"

我转回头对埃瑞克说:"我从没想过会有这样的事儿。"埃瑞克不屑一顾地哼了一声,我装作没听见,继续说,"韦斯、帕蒂和我曾经就此深入讨论过。我想我会提拔帕蒂担任 IT 运维部的副总裁。她是最接近 IT 运维部'厂长'角色的人选,她做得太棒了。"我微笑着说。

"很好的选择。"他回答,"不过,她看上去肯定不像是你们那些典型的 IT 运维经理……那么韦斯呢?"

"信不信由你,韦斯明确表示,他不想当 IT 运维部副总裁。"我回答。我又不太确定地说,"如果我应该在两年后腾出 CIO 的职位,我想韦斯就得做出一个重大决定了。假如我能挥舞一根魔法棒,他就要接替帕蒂成为 IT 运维部的领导,而帕蒂就会成为下一任 CIO。可是,如果史蒂夫不断地给我压担子,我要怎样才能让每个人都做好准备呢?"

埃瑞克转了转眼珠。"饶了我吧。你现在的工作很无聊。不过以后你就不会那么无聊了。很快。要记住,你身边有很多经验丰富的人,他们也踏上过同样的旅程,所以,你可别因为不去找人帮忙,而变成一个失败的傻瓜啊。"

他转身准备离开,但是又目光闪烁地看看我说:"说到帮助别人,我想,你欠我一些人情。"

"那当然。"我由衷地回答,突然开始怀疑,自己是不是一开始就被他算计了,"不论你想要什么,尽管说吧。"

"我希望你帮助我提升企业管理技术的实践水平。让我们面对这件事吧。当遭受到那么多的误解和管理不善的时候,IT 生涯实在是太烂了。当人们意识到自己对改变结果无能为力,就会觉得吃力不讨好,并且沮丧懊恼,就像是一场没有止境、不断上演的恐怖电影。如果这还称不上尊严尽毁,我就不知道该怎么说了。是时候做出改变了。"

他兴奋地说:"我希望在今后五年内改善百万 IT 从业者的生活。有个智者曾经告诉我,

'一时的救世主固然好，但普世的圣经则更有用'。"

他说："我希望你写一本书，讲述'三步工作法'以及别人应如何复制你们在无极限零部件公司做出的转变。书名就叫《开发运维指导书》，说明IT怎样才能重获业务部门的信任，终结几十年来的部门冲突。你能为我做这件事吗？"

写一本书？他肯定不是认真的。

我回答："我可不是作家。我以前从没写过书。事实上，近十年来，我就没写过比电子邮件更长的东西。"

他随即面带愠色，严厉地说："去学。"

有那么一会儿，我不停地摇头，最终我说："当然。在我经历职业生涯中估计是最具挑战性的三年时，为你撰写《开发运维指导书》将是我的荣幸。"

"非常好。那会是一本伟大的书。"他笑着说，然后再次拍了拍我的肩膀，"享受这个夜晚吧。这是你应得的。"

我目光所及，看到大家都发自内心地玩得开心，彼此也相处融洽。我手里拿着饮料，思考着我们已经走了多远。我怀疑，在凤凰上线时，这里的任何一个人都想不到将来会成为一个大集体的一部分，这个集体比开发部、运维部和安全部更加庞大。近来我们越来越频繁地听到这样一个词，即所谓的"开发运维"。也许参加这场派对的每一个人都是开发运维的一种形式，但我猜想，那是一个涵义更加丰富的东西。那是产品管理部门、开发部门、IT运维部门，甚至信息安全部门协同工作，并且相互支持。甚至连史蒂夫也是这个大集体的一份子。

在那一刻，我为在场的每一个人都感到由衷地骄傲。我们取得了非凡的成就，而且，尽管我的未来比职业生涯中的任何阶段都更加前途未卜，但我还是对接下来几年将要迎接的挑战感到无比兴奋。

我又抿了一口啤酒，有些东西吸引了我的视线。好几个我手下的人开始看手机。片刻之后，在房间的另一边，布伦特身边的一个开发人员也盯着自己的手机，大家都围在他边上。

熟悉的感觉又回来了，我焦急地四处寻找帕蒂，而她正径直走向我，手里拿着手机。

"首先，恭喜你，老大。"她面带微笑地说，"你想先听坏消息，还是先听好消息？"

我转向她，内心平和，沉着地问："发生了什么事，帕蒂？"

后记

过去——对目标的期待

当凯文·贝尔、乔治·斯帕福德和我第一次开始写《凤凰项目》时，我们就坚信DevOps会快速得到所有企业的技术人员的欢迎。《凤凰项目》英文版于2013年1月首次出版，彼时，DevOps尚处于起步阶段，距离约翰·奥斯鲍和保罗·哈蒙德发表著名的"每天部署不少于10次：Flickr的开发和运维"演讲已过去近4年，距离在美国举行的第一届DevOpsDays活动已过去近2年。

然而，几乎技术行业的每个人都非常熟悉瀑布流软件发布流程以及大型复杂的大爆炸式生产部署相关的各种问题。因为对现状不满，越来越多的人开始另寻解决方法，不单单DevOps得到了更多的采纳，敏捷和精益也焕发新彩。

亲身体验告诉我们，几乎所有现代企业及细分垂直领域都在面临这些问题，不论企业规模大小、是营利型企业还是非营利组织。

这一问题普遍存在，导致整个技术价值流，包括开发、运营和信息安全在内，长期表现欠佳。更糟糕的是，这会导致采纳这些技术的组织一直都不能正常运行。

我们写作《凤凰项目》是希望能捕捉到这一恶性循环是什么样、给人什么感受，并了解给人惊喜的解决方案是什么样。DevOps的很多做法都是反直觉的，与常规认知相悖，甚至有争议。如果生产部署有问题，到底该怎样做到更频繁地部署而不出问题？减少控件数量后如何切实提高应用和环境的安全性？技术行业真的能从制造业取到什么经吗？这类难以置信的问题多得数不过来。

因为想以一种可识别的、有关联的方式展示问题和解决方案，所以很早我们就达成了共识，能以足够的可信性来描述如此复杂问题的方式只能是小说，就像艾利·高德拉特博士 1984 年发表的重要著作《目标》一样。

《目标》一书帮助很多人历经了重要的、有意义的"啊哈"时刻，被认为帮助精益制造原则成为主流。自出版后，《目标》一书的中心思想已经被几乎所有主流 MBA 课程和运营管理课程所采纳，影响了下一代管理人员。

2000 年左右当我第一次阅读《目标》一书时，感触深刻。虽然我从未在制造业工作过，也没有工厂经理的职业体验，但毫无疑问，这本书里的内容与技术领域的日常工作息息相关。此后的 10 余年间，我的合著者们和我一直想写一本技术价值流版本的《目标》。显然，你此刻阅读的《凤凰项目》就是我们想写的这本书。

高德拉特博士于 2011 年去世，为后世留下了宝贵的精神财富。2004 年凯文·贝尔和我有幸与高德拉特博士有过一次谈话，这么多年过去了我一直为此心存感念，也惊喜地看到他继续帮忙扩充"制约法"理论体系。

推荐对高德拉特博士的作品感兴趣的读者去听听他的有声书《目标之外》（*Beyond the Goal*）。这一有声书是在《目标》出版 21 年后推出来的，生动介绍了他自己一生的学习轨迹，并将学习过程整理成了一个易于理解、全面的体系。

在《目标之外》中，高德拉特博士讲述了一个极富先见之明的故事。在《目标》首次出版后，高德拉特博士很快就收到了大量读者来信。信中说，作者一定是潜伏在他们的制造厂里写出这本书的，因为书里描述的所有问题都是他们日常工作中遇到的。信中还说了制约法如何帮助他们解决了问题。

要证明高德拉特博士对问题本源的理解有多深刻、对描述解决方案通用性的原则有多精辟，这就是最好的例子！

是的，我们的《凤凰项目》就是向《目标》致敬的一本书，希望证明高德拉特博士那些原本为制造行业制定的原则能同样适用于科技行业。

另外，跟修订《凤凰项目》的目的类似，《DevOps 实践指南》一书合作者约翰·威利斯和我还合作发布了有声书《凤凰项目之外》（*Beyond the Phoenix Project*），也是为了致敬高德拉特博士著作以及他的出版方式。这个有声书项目里会介绍 DevOps 运动的实践情况和理念部分，还有一整块关于高德拉特博士的内容。

我很开心，《凤凰项目》可以追寻《目标》的足迹。《凤凰项目》已经售出了 40 多万册，而且跟《目标》一样，其内容也被纳入了 MIS 程序、MBA 课程甚至计算机科学项目里。

有时，和《目标》的相似性简直不可思议，《凤凰项目》出版没多久，我们就开始收到读者邮件。很多内容都类似："天哪，你们写的就是我们组织呀，就像潜伏在我们办公楼里写出来的一样。我了解这些角色，实际上，书里描述的应用灾难我们刚刚经历过。"（还有个不可思议的事儿，居然有个部署的应用就叫"凤凰项目"。）

很开心看到这本书能被技术公司采纳。公司里通常以读书会的形式组织大家讨论当前这个系统如何给开发、运维和信息安全三个部门的人挖了个坑，让他们彼此对立，从而彻底无法实现最重要的组织目标。更重要的是，这会让大家彻底改变沟通的方式，探索一种更好的合作形式，效率也更高。

人们通过《凤凰项目》结交知己的事情也让我很感动。通常看完这本书的人都会把它推荐给很多人，甚至直接买书送人，然后留意是否有人回来给他反馈："哇噢，无极限零部件公司的情况跟我们一样啊，对不对？"有时候，看到这本书被放在书桌或者书架的显眼位置，就知道这是同路人，他也看到了各职能部门共同的问题，也是有想法的冒险家，愿意和大家共同努力结成联盟，改变现有的那个强大、根深蒂固的系统。

《凤凰项目》毕竟是一本关于转型的书，所以看到它能在实际工作中作为转型的工具，是非常欣慰的。

惊喜之旅

这一路走来，我们也有很多惊喜和收获，在这里我想跟大家分享两个适合放在后记里的。

关于《凤凰项目》的博文，我读过的最令人愉快也最让人吃惊的就是戴夫·鲁兹所写的。戴夫·鲁兹可是个名人，2011年山景城 DevOpsDays 活动上那首 Beatles 乐队的服务器机房版 Imagine 口水歌就是他的杰作。在文章中，鲁兹先生深刻剖析了布伦特，这个角色在运维中实在是太熟悉了。他是这么写的："我一直在思考，如果比尔的第一措施是开掉布伦特，项目结局会怎么样。这个项目还会提前结束吗？（想象开掉一个虚拟角色我可不会有啥负罪感。实际生活中我当然不会这么做！）"

鲁兹先生分析了布伦特的两面性：独食者和分享者。他写道：

"我也碰到过一些非常聪明的人，他们秉持这种错误理念，即只有他们自己知道解决方案，才能永葆职位。这些人就是知识独食者。

这个观念不对。没有人无可替代，无论这人有多优秀。当然可能特殊情况下解决问题需要的时间更长些，但缺了谁地球都能转。"

我觉得鲁兹所述引人入胜。《凤凰项目》已成为描述某类问题的代名词，也是讨论和引导关于流程效果以及人的思维实验的有效方式，鲁兹的话也一样。

另外，顺便跟鲁兹先生说一句，我保证，在写作过程中，我们一直把布伦特定位为分享者而非独食者。实际上，布伦特是我们写作过程中唯一一个一直未变更过定位的角色。毫无疑问，就像你推测的那样，布伦特的原型一直将公司利益置于首位，他只是流程的牺牲品而已。

另一件让我异常惊讶的事儿是，有些人觉得我们这些作者一定是恨透了信息安全，尤其是恨透了信息安全员。实际上我的一个朋友就是这么认为的。这个朋友是保罗·拉夫，跟我合著了 *Visible Ops Security* 一书。

我把他写给我的邮件公开在了一篇博文里。他邮件里是这么说的："当我第一次读《凤凰项目》时，CISO 约翰这个角色令我愤怒。约翰倚仗自己是从业 20 年的安全专家摆出来的那种'不听我的就滚蛋'的自私态度都把我气疯了。这家伙以为他自己是谁啊？吉恩为什么这么负面描述一个信息安全员呢？读完这本书后，我回顾了一下自己的职业生涯，想起了那些我曾经遇到过、共事过的像约翰这样的人，我才恐惧地意识到了我这么恨约翰的理由。在我开始研究可视化运维和开发运维之前，我就是约翰呐！"

我时不时会收到类似的反馈，这些人并不知道我职业生涯的大半时间都是在信息安全领域，我是 Tripwire（一个信息安全检测系统）的共同发明人，曾与人合创一家公司并任 CTO，主要负责安全和合规自动化。

常言道，爱之深责之切。从很多方面讲，CISO 约翰都是我最喜欢的角色，他的经历也几乎是我自己的翻版。就像我的朋友、《DevOps 实践指南》一书合作者杰兹·亨布尔给的结论一样："约翰就是一个凤凰项目。"一语中的啊，杰兹。

不管我们是约翰、布伦特，还是韦斯、帕蒂，抑或是比尔，一旦被困在阻止我们成功的流程里，我们的工作就会吃力不讨好，无能为力感也会被强化，感觉自己身处于注定失败的流程中。更糟糕的是，不会交付的技术债会随着时间的推移让流程越来越糟糕，我们再努力也无济于事。

现在我们知道了，DevOps 原则和模式就是通过整合企业文化、企业架构和技术实践，让下降式螺旋变成上升式螺旋。

因为《凤凰项目》成功了，所以我们又启动了《DevOps 实践指南》。在创作后面这本书的时候发生过一件有意思的事儿。这书的编辑安娜让我们每个人都描述一下自己关于 DevOps 的"啊哈时刻"。

结果，我们的答案居然几乎一样！每个人都描述了自己遇到工作困难时有多么沮丧，无论是辛劳还是折磨。我们也都分享了寻找到更好方法后的喜悦，这个万能大法就是 DevOps。

后文里我们分享了"啊哈时刻"。

展望未来

DevOps 解决的问题是每个现代组织都面临的核心问题。科技不再只是一个组织的神经系统，它实际上还构成了大部分肌肉系统。

GE 前 CEO 杰夫·伊梅尔特说过："不把软件当作核心业务的行业和公司都将以失败

告终。"微软技术专家杰弗里·斯诺沃尔也曾在解释尼古拉斯·尼葛洛庞帝的话时这么写过："以前的经济环境里，商业通过移动原子创造价值，如今则通过移动比特创造价值。"

2013年《凤凰项目》刚出版时，基本上只有互联网企业才会用DevOps，比如我们所熟悉的这几个互联网企业：Facebook、Amazon、Apple、Netflix和Google。当然，Flickr、LinkedIn、Microsoft、Yahoo、Twitter、GitHub等公司也用DevOps。

如今，短短几年时间，几乎每个垂直领域的结构复杂的大公司都在践行DevOps原则。这一现状令人振奋，践行DevOps无疑会将DevOps的经济价值最大化。

分析公司IDC声称，全球一共有1100万开发人员、700万运维人员。截至本书写作时，比较乐观估计的话，这些工程师中有100万已经在践行DevOps了。

如果是这样的话，DevOps拥有的市场份额是6.5%，待开发市场为93.5%。大多数DevOps践行者都来自大公司，都是每个垂直行业的最知名企业或者是政府部门和军队部门的合作企业。

现在面临的任务就是，如何提高生产力，让采纳DevOps的企业也能像行动高效的企业一样高产。Puppet发布《DevOps现状报告》已经四年多了，从中我们了解到行动高效的企业比对手的生产效率高两到三个数量级。我认为，帮助每个企业都能将生产效率提高到这个水平的话，每年将创造数万亿的经济价值，下一波生产率就是这样提高的。

我跟我的朋友、人送外号"IT怀疑论者"的劳勃·英格兰在十年前都是ITIL践行者。2016年的时候我俩有过一次谈话，他说到了自己对DevOps的态度如何有了极大的、明显的改变。起初他认为，所有提高部署频率和赋予开发人员更多自由的理念和方法都会不可避免产生灾难。这样的理念和方法确实不少。但是经过多次互动，他终于意识到DevOps确实非常有效果。如果你想对他的转变过程有更多了解，可以看我之前对他的访谈全文，题为"Face-to-Face DevOps: To Protect and Serve"。

在访谈中，我们一起探讨了DevOps的必然性、势不可挡的趋势及其残酷性，还讨论了DevOps对科技业、技术领域以及技术领域的每一个人所产生的振动。

毫无疑问，DevOps彻底改变了技术行业的工作方式。不践行DevOps的企业必定会在竞争中处于劣势。正如爱德华·戴明博士的名句所言："没人会强迫你学习……学习也并非生存必需。"

技术的美好年代在等着我们，而非已经走远。进入技术领域永远都不晚，成为终身学习者也永远都不晚。

谨代表我的合著者感谢所有读者，有了你们，我们的写作之旅才如此美妙，付出的辛苦也有所值。

——吉恩·金，2017年12月写于美国俄勒冈州波特兰市

致谢

首先,我要感谢我的爱妻玛格丽特,感谢她对我的支持和包容。感谢我的儿子里德、帕克和格兰特。

我还要感谢托德·萨德斯顿、蒂姆·格拉尔、马里多恩·德克勒以及凯特·桑治,感谢他们在本书的整个撰写过程中给了我极大的帮助和支持。同样,对于惠普公司的保罗·穆勒,高德纳公司的保罗·普罗克特,RSA 的布兰登·威廉姆斯,约翰·霍普金斯大学的汤姆·朗斯塔夫博士,卡内基–梅隆大学软件工程研究所的茱莉亚·艾伦,网飞公司的阿德里安·考克罗夫特,BMC 的克里斯托弗·里特,ITSM 学院的鲍勃·麦卡锡、丽莎·施瓦茨,Joyent 的詹妮弗·巴尤、本·洛克伍德,阿卡迈技术公司的乔什·科尔曼,Puppet Labs 的詹姆斯·特恩布尔,企业管理协会的查理·贝茨,普度大学信息保障与安全中心的吉恩·斯帕福德博士,Tripwire 公司的德维恩·米兰康,以及 Asuret 的迈克尔·克里格斯曼,我对他们源源不断的来稿和孜孜不倦的审读深表感谢。

感谢我的 *The DevOps Cookbook* 一书的合著者帕特里克·德布瓦、约翰·威尔斯以及麦克·奥尔岑对本书的贡献。他们帮助我明确了书中埃瑞克所谈的"三步工作法"的实践做法。

感谢约翰·奥斯鲍、保罗·哈蒙德和杰兹·亨布尔,他们在说明如何真正实现 IT 价值流的快速流动方面,做出了开创性的贡献。

我还要感谢其他各位审稿人,他们为本书初稿的形成出了力:戴维·艾伦、戴维·比尔斯、基普·博伊尔、谢恩·卡尔森、卡洛斯·卡萨诺瓦、斯科特·克劳福德、艾莉丝·卡尔佩波、麦克·达恩、克里斯·恩、保罗·法雷尔、丹尼尔·弗朗西斯科、凯文·胡德、马特·胡珀、汤姆·霍华斯、凯文·凯南、保罗·勒夫、诺曼·马克斯、汤姆·麦克安德鲁、阿里·米勒、戴维·莫特曼、温迪·兰舍、迈克尔·力加、约翰·皮尔斯、丹尼斯·拉文内尔、莎夏·罗曼诺斯基、苏珊·瑞恩、弗雷德·绍尔、"猛男"劳伦斯·希茨、比尔·辛恩、亚当·肖斯达克、艾丽尔·希尔弗斯通、丹·斯万森、"独行侠"乔·特拉费西、简·佛罗芒以及莱尼·策尔特西。

本书中，迪克用来创建"关键绩效指标"，将其与IT运维的表现联系起来并加以核算的那套方法论，是以高德纳咨询公司的保罗·普罗克特和迈克尔·史密斯开发的"风险调整后的价值管理"方法为依据的。

特定内部审计目标控制以及特定IT控制的监控工具叫作GAIT，是由内部审计师协会开发的。

衷心感谢我的助手汉娜·肯加尼，她让我得以专心写作并完成此书，还帮助我完成了最后的编辑工作。

我还要感谢蒂姆·菲利斯，以及"和服小组"其他队友的帮助，他们帮我了解了图书发行的理论和实践。

吉恩·金

2012年6月10日于俄勒冈州波特兰

我要感谢我的妻子艾瑞卡以及女儿艾米丽和蕾切尔，感谢她们对我选择的职业所给予的耐心和理解，我的工作需要经常出差。特别感谢我的两位充满正能量的合著者，感谢他们极高的配合度，并且容忍了我的喋喋不休。

这些年来，我有幸和一些极具创意、才华横溢的CXO们共事，比如部级健康公司CIO"普雷方丹"威尔·韦德、约翰C.林肯健康网络公司CIO罗伯特·史莱宾、Cognosec公司CEO奥利弗·埃克尔、Transdermal公司CFO罗布·莱希、Radiant Systems副总裁杰夫·休斯、柯兹纳国际公司CEO保罗·奥尼尔，以及柯兹纳国际公司COO奈奈·帕尔默。在勇于尝试以及从根本上优化IT生产能力方面，你们都教会了我许多。

最后，我要感谢我的好友兼搭档——Assemblage Pointe公司的高级专案经理约翰·邓宁，谢谢你陪我一起经历了许多改进性学习。

凯文·贝尔

2012年6月1日于宾夕法尼亚州兰开斯特

从 *Visible Ops* 到 *When IT Fails*，我越来越尊敬和欣赏吉恩和凯文。本书撰写过程中遇到的困难与进行的交流，考验了我们将IT产业的亲身经历转化为文字的集体智慧。

先生们，非常感谢你们！

最重要的是，感谢我的妻子罗威娜，感谢你给予我坚定不移的爱、鼓励、支持与耐心。感谢我的孩子保罗、艾丽莎和艾瑞卡，你们无私地容忍了我既混乱又满满的日程安排，甚至是在度假期间。感谢我的父母阿尔法和卡罗尔，感谢你们培养了我对学习的热情。你们帮助我在各方面不断提高自己，无尽求索。

乔治·斯帕福德
2012年6月1日于密苏里州圣约瑟夫

第四部分 三步工作法

节选自《DevOps 实践指南》

序言

许多工程领域在过去都经历了长足的发展，它们不断地"提高"对本学科的认知和理解。虽然土木、机械、电气、核能等工程领域都有对应的大学课程和专业机构，但事实上，现代社会需要的是各种形态的工程学科相互交叉影响并从中受益。

想一想高性能车辆的设计工作。机械工程师的工作是在哪个环节结束的？电气工程师的工作是从哪个环节开始的？拥有空气动力学领域知识的人（对车窗的形状、大小和位置有很好的发言权）在哪儿（如何以及何时）开始和人体工程学专家协作？在车辆整个使用寿命期间，燃料混合物和汽油对发动机和变速器材料有什么化学影响？针对汽车设计，我们还能提出很多其他方面的问题，但最终的结论是一样的：要想在现代技术上取得成功，必然需要多方向和多专业领域的协作。

任何一个领域或学科想要取得进步和成熟，就需要认真反思它的起源，在反思中寻求不同的观点，并把这些不同观点的来龙去脉思考清楚，这对预见未来发展是非常有帮助的。

本书代表了这样一种承前启后的观点，它应该被视为软件工程和运维领域（在我看来，它仍在发展和快速地演变）里一个具有开创性的观点。

无论你处在哪个行业，无论你的公司提供什么产品或服务，这种思维方式对于所有业务和技术领导者都是至关重要且必不可少的，因为它关乎着企业的存亡。

约翰·奥斯鲍
Etsy 首席技术官
2016 年 8 月于纽约布鲁克林

啊哈！

本书的写作由来已久。早在 2011 年 2 月，我们几位合著者就开始每周一次的 Skype 通话，准备写一本通用的 DevOps 参考指南，算作《凤凰项目：一个 IT 运维的传奇故事》的姊妹篇。

前后历时 5 年多，耗费 2000 多小时，本书终于呈现在你的面前。过程相当漫长，但也是一个非常有益且难得的学习过程，最终涉及的范围比我们早期预想的更广。在整个写作过程中，所有合著者都始终坚信 DevOps 的重要性。我们在早期的职业生涯中，都曾经历过"啊哈"的顿悟时刻，相信很多读者也都会与我们产生共鸣。

吉恩·金

从 1999 年以来，我有幸一直在研究高绩效技术组织，最早的一个发现是：IT 运维、信息安全和开发等不同职能部门之间的良好合作是成功的关键。我依然清楚地记得第一次看到由于这些部门目标相左导致恶性循环的场景。

那是在 2006 年，我跟某管理团队待了整整一星期，他们当时正在为一家大的机票预订公司提供外包 IT 运维的管理服务。他们给我描述了每年要做的软件升级的后果：每次发布都会让外包商和客户的服务中断；由于客户受到了影响，公司也会根据服务等级协议（SLA）受到处罚；公司利润下滑，不得不解雇一些很有才华和经验的员工；由于有大量计划外的工作和紧急任务，剩下的员工无法处理日益增长的客户服务请求；只好投入中层管理团队一道完成合同要求；所有人都认为 3 年后肯定得重新招标。

这种绝望和无助的感受使我加入了这场道义上的征程。开发似乎总是被视为战略性的，而 IT 运维则被视为战术性的，因此常常被委托甚至整个外包出去，结果是5年后的情形比当初交接时更加糟糕。

多年来,我们许多人都认为一定有更好的做法。在2009年的Velocity会议上,我听到了一篇演讲,它介绍了在架构、技术实践和文化方面并举的革新(我们现在称之为DevOps)所产生的惊人效果。当时,我非常兴奋,因为它就是我们一直在寻找的那个更好的方法。传播DevOps是我合著《凤凰项目》的动机之一。你可以想象,看到更广大的社群对那本书做出的反应,说它是如何帮助他们实现自己的"啊哈"时刻的,我是多么地欣慰!

杰兹·亨布尔

我的DevOps"啊哈"时刻发生在2000年,当时我就职于一家创业公司,那是我毕业后的第一份工作。有一段时间,我是公司仅有的两名技术人员之一。我包揽了网络、编程、支持、系统管理等一切工作。我们通过FTP直接从工作站往生产环境部署软件。

我在2004年加入了ThoughtWorks咨询公司,参与的第一个项目涉及大约70人。我所在的部署团队共8名工程师,团队的主要工作就是将软件部署到类生产环境中。刚开始的时候,工作非常紧张。但几个月后,我们就从需要花两个星期的手动部署,进步到了只用一个小时的自动化部署。在正常的工作时间段里,我们也可以使用蓝绿部署模式,以毫秒为单位来发布或者回滚业务的应用。

这个项目对《持续交付:发布可靠软件的系统方法》[①]和本书的诸多想法都很有启发意义。对于我和从事该领域工作的其他人而言,动力有两个:我们知道无论是什么限制,总能做得更好;我们热切希望帮助那些正在奋斗的人们。

帕特里克·德布瓦

对我来说,DevOps意味着一系列的回忆。2007年,我与几个敏捷团队一起,做一个数据中心迁移项目。我很嫉妒他们的高生产力——能够在很短的时间里做很多的工作。

在接下来的一个项目中,我便开始在运维工作中试验看板方法,并看到了团队的显著变化。后来,在2008年的多伦多敏捷大会上,我基于这个实践发表了一篇IEEE论文,不过当时它并没有在敏捷社区里引起广泛的共鸣。我们创建了敏捷系统管理组(Google Group),但忽视了人这一因素。

在2009年的Velocity会议上,我听了约翰·奥斯鲍和保罗·哈蒙德所分享的"每日10次部署"的演讲以后,确信其他人与我英雄所见略同。因此我决定

[①] 关于《持续交付》,详见 http://www.ituring.com.cn/book/758。——编者注

组织第一次 DevOpsDays 活动，误打误撞地创造了 DevOps 这个词。

DevOpsDays 活动体现了独特的魅力和感染力。当人们开始因 DevOps 改善了他们的工作而感谢我时，我才真正意识到它的影响力。从那以后，我就开始持续地推广 DevOps。

约翰·威利斯

2008 年，我第一次见到卢克·凯尼斯（Puppet Labs 的创始人）本人，那时我刚刚出售了专注于大型系统的配置管理和监控（Tivoli）实践的咨询业务。卢克在 O'Reilly 开源大会的配置管理分会场里介绍了 Puppet 软件。

演讲刚开始时，我在会场最后一排走来走去消磨时间，心想："关于配置管理，这个 20 岁的年轻人能讲些什么呢？"毕竟，我在整个职业生涯中，基本都在帮助世界上最大的那些企业构建配置管理和其他运维管理方案。然而，他大约讲了 5 分钟后，我就坐到了第一排，同时意识到在过去 20 年里，我真是一无是处。卢克所描述的就是现在我们所说的第二代配置管理。

在他演讲完之后，我找机会和他坐下来一起喝了杯咖啡。我完全被"基础设施即代码"（infrastructure as code）的理念所折服了。卢克一边喝着咖啡，一边更详细地向我阐述了他的想法。他告诉我，他相信运维人员的工作模式可能会变得像开发人员一样，他们必须在源代码控制系统里维护系统的配置，并在工作中使用持续集成/持续交付（CI/CD）的模式。作为一名 IT 运维的老兵，我当时的回应大概是"运维人员不会喜欢你这个想法的"。（显然是我错了。）

大约又过了一年，在 2009 年 O'Reilly 的 Velocity 会议上，我听了安德鲁·克雷·谢弗关于敏捷基础设施的演讲。在演讲中，安德鲁展示了一幅形象的插图，图中的开发部门和运维部门之间存在一堵高墙，以此隐喻工作被两个部门踢来踢去。他将此称为"混乱之墙"（the wall of confusion）。这个想法其实和一年前卢克的想法如出一辙，这让我眼前一亮。那年年底，我作为唯一受邀的美国人，参加了比利时根特市的首次 DevOpsDays 活动。在活动结束时，这个所谓 DevOps 的东西已然融入了我的血液。

显然，本书的合著者都有类似的顿悟，尽管他们来自完全不同的方向。有充分的证据表明，上述这些问题几乎在所有地方都发生过，而那些 DevOps 相关的解决方案也几乎是普遍适用的。

编写本书的目的是描述如何复制我们参与过的或观察到的 DevOps 转型的成功经验，驳斥那些说 DevOps 在某些场景里行不通的谬论。以下是我们听说过的关于 DevOps 的一些最常见的误区。

误区 1：DevOps 只适用于创业公司。虽然谷歌、亚马逊、网飞和 Etsy 等互联网"独角兽"公司是 DevOps 的先行者，但这些公司在过去都面临过巨大的风险，而且他们所遇到的问题和传统企业相比并无二致：软件的高风险代码容易导致灾难性故障，无法快速发布新功能来击败竞争对手，存在安全合规性问题，服务无法扩容，开发和运维彼此高度不信任等。

然而，这些公司都能够适时地改变它们的架构、技术实践和文化，如今他们都创造出了惊人的 DevOps 成果。正如信息安全高管布莱登·威廉姆斯博士所说："不要管 DevOps 是适合独角兽还是马，只要跑得快就能抵达目的地。"

误区 2：DevOps 将取代敏捷。DevOps 的原则和实践与敏捷方法一致，许多人认为 DevOps 是自 2001 年开始的敏捷之旅的合理延续。敏捷通常是 DevOps 效率的保障，因为它专注于让小团队向客户持续交付高品质的代码。

如果我们每次迭代的目标不限于"潜在可交付的代码"，而是扩展到让代码始终处于可发布状态，让开发人员每天都把代码提交到主干，并在类生产环境中做功能演示，那么许多 DevOps 相关的实践就会浮现。

误区 3：DevOps 与 ITIL 不兼容。许多人认为，DevOps 与 1989 年发布的 ITIL（Information Technology Infrastructure Library，IT 基础架构库）或 ITSM（IT Service Management，IT 服务管理）是背道而驰的。ITIL 广泛影响了好几代运维实践者，包括本书的一位合著者，并且它依然在演进，是一个不断发展的实践体系，旨在稳定地支撑世界级的 IT 运维，而且横跨服务战略、设计和支持等流程和实践。

DevOps 实践可以与 ITIL 流程兼容。然而，为了支持 DevOps 所追求的更短的发布周期和更频繁的部署，ITIL 流程的许多方面需要完全自动化，以解决配置和发布管理流程相关的许多问题，例如保持配置管理数据库和最终软件库是最新的。由于 DevOps 需要在服务事件发生时进行快速的定位和恢复，因此这些其实还是和 ITIL 的服务设计、事件和问题管理方面的原则相一致。

误区 4：DevOps 与信息安全及合规活动不兼容。传统控制手段（例如职责分离、变更审批流程、项目结束时的手动安全审查）的缺位，可能会令信息安全和合规审计人员感到失望。

然而，这并不意味着采用 DevOps 的公司里没有有效的控制，只是它并不一定体现在项目结束时的安全和合规性活动中，而是集成到了软件开发生命周期的每一项日常工作中，因此会得到更好的质量、安全性和合规性。

误区 5：DevOps 意味着消除 IT 运维，即"NoOps"。许多人错误地将 DevOps 解释为完全消除 IT 运维的职能，然而，这种情况是很少见的。虽然 IT 运维工作的性质可能会发生改变，但它仍然像以前一样重要。IT 运维团队要在软件生命周期的早期就与开发团队开展合作。在代码部署到生产环境中后，开发团队也要继续与运维团队合作。

IT 运维不只是工单驱动的手动操作，而是能够通过自助服务平台和 API 来提升开发人员的生产效率，让他们能自助地创建开发环境、测试和部署代码、监控和显示业务运行的状态等。通过这种方式，IT 运维人员变得更像是开发人员（或者 QA 和信息安全人员），融入到了产品开发过程中，而该产品则是开发人员在生产中用来安全快速地测试、部署和运行 IT 服务的平台。

误区 6：DevOps 只是"基础设施即代码"或自动化。 尽管本书所展示的许多 DevOps 模式都需要自动化，但是 DevOps 还需要文化规范和架构，以便在 IT 价值流中实现共同的目标。而这远远超越了自动化的范畴。DevOps 最早的拥护者之一克里斯托弗·利特尔也是一名技术主管，他写道："DevOps 不仅是自动化，就像天文学不只是望远镜一样。"

误区 7：DevOps 仅适用于开源软件。 尽管许多 DevOps 成功案例发生在使用 LAMP 栈（Linux、Apache、MySQL、PHP）等构建软件的公司，但实现 DevOps 与所使用的技术无关。在使用 Microsoft .NET、COBOL 和大型机汇编语言以及 SAP 甚至嵌入式系统（如惠普 LaserJet 打印机固件程序）等编写应用程序的公司，DevOps 也能取得成功。

传播"啊哈"时刻

本书的每一位作者都被 DevOps 社区里发生的惊人创新及成果深深地打动和启发：他们正在创建安全的工作系统，让小型团队能够快速独立地开发和验证能够为客户安全地部署的代码。我们相信，DevOps 是创建动态、学习型且强化高度信任的文化规范的公司的一种表现形式，这些公司一定会持续地在市场上创新并在竞争中脱颖而出。

我们真诚地希望本书能以多种方式为许多人提供价值，它可以是一个 DevOps 转型计划和实践指南，也可以是一组可供研究和学习的参考案例；可以是一部 DevOps 编年史，也可以是一种联结产品经理、架构师、开发人员、QA、IT 运维和信息安全团队以实现共同目标的方法；可以是一条为 DevOps 活动获取高层领导支持的途径，也可以是一种改变技术组织管理方式的道德使命，以帮助企业提高效率，创造更快乐和更人性化的工作环境，并帮助每个人成为终身学习者。这不但能帮助每个人实现他们个人的最高目标，而且还能帮助他们的公司取得更大的成功。

导言：展望 DevOps 新世界

想象有这样的一个世界：产品经理、开发人员、QA 人员、IT 运维人员和信息安全人员互相帮助，齐心协力，整个公司的业绩蒸蒸日上。他们朝着一个共同的目标努力奋斗，建立出从产品计划直至功能上线的端到端的快速服务交付流水线（例如每天执行几十次、数百次甚至上千次代码部署），在系统稳定性、可靠性、可用性和安全性方面均达到了世界一流的水平。

在那里，跨职能团队严谨地验证他们的假设：哪些功能最能取悦用户并能促进企业目标的实现。他们不仅关心用户特性的实现，而且还积极地保障交付能够顺畅、频繁地通过整个交付价值链，同时，IT 运维部门、其他内部或者外部客户的系统都不会出现任何混乱及中断。

在那里，QA 人员、IT 运维人员和信息安全人员也会共同投身于团队文化建设，致力于创造能使开发人员效率更高、产能更大的工作环境。通过将 QA、IT 运维和信息安全等方面的专业人员共同融入交付团队，来构建自动化的自助工具和平台，所有团队在日常工作中就能够随时利用他人的专业技能，而不用再依赖或等待其他团队。

在那里，小团队能够快速独立地开发、测试和部署代码，并且可以快速、安全、可靠地向客户交付价值。同时，公司能够有效地提高开发人员的生产力，建立学习型公司，提高员工满意度，并在市场竞争中取胜。

这就是 DevOps 产生的效果。但是，对于我们大多数人来说，这并不是我们所处的现实世界。在现实中，系统经常被破坏，服务和产品总是不尽如人意，团队的潜力无法得到正常发挥；在现实中，开发和 IT 运维是对立的，测试和信息安全活动总是在项目晚期才进行，这导致即使发现了问题也来不及修复；在现实中，产品和服务交付中的关键活动往往全都需要手动操作和互相交接，我们总是要等待其他人的工作完成才能进行自己的工作；在现实中，特性交付的周期一次次被拖延，质量也频频出现问题，特别是与生产环境部署相关的部分，进而对客户和业务造成了负面影响。

结果，不仅是我们的工作无法按预期完成，整个公司也对 IT 部门的业绩不满意，甚至导致预算被削减，IT 员工没有成就感，感觉无力改变流程及其结果[①]。怎么办？我们需要改变工作方式，没错，DevOps 能够给我们指引方向。

为了更好地理解 DevOps 革命的潜力，首先回顾一下 20 世纪 80 年代的制造业革命。通过采用精益原则和实践，很多制造厂不但大幅提高了生产效率，缩短了交货周期，而且还提高了产品质量及客户满意度，并在市场竞争中立于不败之地。

在制造业革命前，制造厂的平均交货周期为 6 周，能按时交货的订单不到总量的 70%。随着精益实践的广泛实施，到 2005 年，产品的平均交货周期缩短到 3 周以下，按时交货的订单超过总量的 95%。而那些没有实施精益实践的厂商，不但渐渐失去了市场，有的甚至破产了。

另一方面，技术产品和服务的交付标准也在不断提高，几十年前优秀的交付标准如今已然过时。过去的 40 年中，开发和部署战略型业务功能所需的成本和时间每十年就下降几个数量级。在 20 世纪七八十年代，新功能大都需要 1~5 年的开发和部署周期，动辄花费数千万美元。

到 21 世纪初，由于技术的快速发展以及敏捷原则和实践的应用，新功能开发所需的时间已经从几年缩短至几个月，但是部署到生产环境仍然需要几周甚至数月，而且部署过程中还总是伴随着大量不可预知的状况。

到 2010 年，随着 DevOps 的出现，以及硬件、软件和公有云的不断商品化，任何特性（甚至整个公司的创建）都可以在几个星期内完成，并在几小时或几分钟内部署到生产环境中。对于这些公司而言，部署最终进化成了日常的、低风险的工作（见表 0-1）。通过运用 DevOps，这些公司能够通过测试商业理念发现对客户和整个公司而言最有价值的想法，然后实施开发，并快速且安全地将其部署到生产环境中。

表 0-1　更快、更廉价、更低风险的软件交付趋势正加速发展

	1970~1989 年	1990~1999 年	2000 年至今
时代	主机	客户端/服务器	商品化和云计算
标志性技术	COBOL、运行在 MVS 上的 DB2 等	C++、Oracle、Solaris 等	Java、MySQL、Red Hat、Ruby on Rails、PHP 等

[①] 这只是在典型的 IT 公司中发现的众多小问题之一。

	1970 ~ 1989 年	1990 ~ 1999 年	2000 年至今
交付周期	1 ~ 5 年	3 ~ 12 个月	2 ~ 12 个星期
成本	100 万 ~ 1 亿美元	10 万 ~ 1000 万美元	1 万 ~ 100 万美元
风险级别	整个公司	产品线或者部门	产品特性
失败成本	破产、出售公司、大量裁员	业务亏损、CIO 革职	可忽略不计

来源：2013 年 11 月，阿德里安·科克罗夫特在加州旧金山 FlowCon 上发表的演讲 "Velocity and Volume (or Speed Wins)"

现在，大部分采用了 DevOps 原则和实践的公司，每天都能完成几百甚至上千次代码部署的变更。在这个竞争优势需要被快速验证和持续实验的时代，那些还不能应用 DevOps 实践的公司注定会在市场上败给敏捷的竞争对手，并可能会倒闭，和当年那些没有采取精益原则和实践的制造厂的后果类似。

今天，不管我们身处什么行业，想要获取客户并向客户交付价值的方式都要依赖于技术价值流。正如通用电气公司首席执行官伊梅尔特所说："没有将软件作为核心业务的每一个行业或公司都会受到影响。"微软技术院士杰弗里·斯诺弗也曾说过："在过去的经济时代，企业通过移动原子创造价值。而现在，他们必须通过数字创造价值。"

这个问题的严重性毋庸置疑。当今的技术影响着所有的企业，不论其行业、规模和盈利性质如何。与以往相比，技术工作的管理和有效执行，预示着企业能否在市场上取得优势，甚至能否生存下去。因此，尝试和采取一些新的原则和方法势在必行，虽然有些方法可能和过去几十年里曾指导我们成功的做法截然不同（见附录 1）。

我们现在已经明确了 DevOps 解决问题的重要性和紧迫性。接下来要花一些时间来详细探索问题的本质：这些问题为什么会发生？若不采取措施干预的话，随着时间的推移，这些问题为什么会更加严重？

问题：在你的公司中有些事情必须改进（否则你不会来翻这本书）

大多数公司都不能在几分钟或几小时内完成变更需要的所有部署，往往需要几周甚至几个月的时间。他们更不可能每天在生产环境中做到成百上千次的部署，而是在以月甚至以季度为单位进行部署。对他们而言，生产环境的部署并不是日常工作，因此服务中断和各种事故总是与部署如影随形，"填坑侠"们总是前赴后继。

目前，快速地切入市场、提供优质的服务以及持续的创新就是一种竞争实力，而上述公司显然会在这样的竞争中处于劣势。这很大程度上要归咎于技术团队无法解决根本的、长期的冲突。

根本的、长期的冲突

在几乎所有的 IT 公司中，开发部门和 IT 运维部门之间都存在一种固有冲突，这会让公司业绩下滑，进而导致新产品和新功能的上市时间拉长、质量下降、服务中断时间增加，甚至导致技术债务量与日俱增。

"技术债务"这个术语是沃德·坎宁安首次提出的。类似于金融债务，技术债务是指我们当前所做出的决定会导致一些问题，而这些问题随着时间的推移会越来越难解决，未来可采取的措施也越来越少。即使我们审慎地承担技术债务，也依然会产生利息。

开发部门和 IT 运维部门的目标是对立的，这通常是产生技术债务的一个因素。IT 公司需要负责的事情很多，其中包括下面两个必须实现的目标：

- 对变化莫测的市场做出反应；
- 为客户提供稳定、可靠和安全的服务。

开发部门通常负责对市场变化做出响应，以最快的速度将新功能或者变更上线。而 IT 运维部门则要以为客户提供稳定、可靠和安全的 IT 服务为己任，让任何人都很难甚至无法引入可能会危害生产环境的变更。这种配置方式让开发部门和 IT 运维部门的目标和动因之间存在巨大的冲突。

制造业管理运动的发起者之一艾利·高德拉特博士称这种配置为"根本的、长期的冲突"——公司对不同部门的考核和激励不同，阻碍了公司全局目标的实现。

这种冲突造成了一种恶性循环，阻碍了业务目标的实现，不但波及 IT 公司的内部，而且还会影响外部。这些长期冲突常常导致技术工作者交付出质量低劣的软件和服务，打造出糟糕的客户体验，每天都要采用临时解决方案、应对紧急情况。以上情景在产品管理、产品开发、QA、IT 运维和信息安全管理中不断上演（见附录 2）。

恶性循环三部曲

大多数的 IT 从业者可能都对恶性循环三部曲很熟悉。

第一部曲开始于 IT 运维，我们的目标是让应用程序和基础设施持续运行，以便公司向客户交付价值。我们日常工作中的很多问题源于应用程序和基础设施过于复杂、异常脆弱、文档不完备。这就是我们背负的技术债务，这就是我们每天所处的工作环境。我们总是承诺，一有时间，我们一定会处理这个烂摊子，但是这个时刻永远都不会到来。

更令人担忧的是，我们最脆弱的组件正支撑着最重要的业务系统或者最关键的项目。换句话说，那个最容易发生故障的系统就是我们最重要的系统，也是所有紧急变更的中心。当这些变更失败的时候，那些最重要的公司承诺，例如客户服务可用性、营收目标、客户数据的安全性和财务报告的精确性等,就会直接受到危害。

第二部曲始于有人必须去弥补最近未兑现的承诺——这可能是某个产品经理承诺了一个更大规模、更大胆的吸引客户的功能,或者是业务主管设置了一个更高的收益目标。然而,他们无视技术能实现什么不能实现什么,以及到底为何没能兑现之前的承诺,而是让技术组织按照新的承诺交付成果。

结果,开发团队被指派去做另一个紧急项目,这个项目必然需要解决新的技术难题,需要利用各种捷径以赶上承诺的发布日期,而这又导致了技术债务的增加。此时我们又承诺一有时间就处理这次产生的所有问题。

在这样的背景下,我们进入了第三部曲,也就是最后一部曲。在这里,所有事情变得更加困难,所有人都越来越忙,工作所消耗的时间越来越多,沟通变得更加缓慢,工作积压得越来越多。我们的工作耦合得更加紧密,即使是很小的行动也会导致较大的事故,我们更加害怕和拒绝做出变更。工作需要更多的沟通、协调和审批;团队必须等待更长的时间,等待相关的工作完成;我们的工作质量持续恶化。车轮开始嘎嘎作响地缓慢移动,要想使之继续转动,就需要付出更多的努力(见附录3)。

尽管当我们身处其中时很难察觉到,但是当你退后一步,就会发现这个恶性循环是显而易见的。你会注意到产品代码部署消耗的时间更长了,从几分钟到几个小时,再到几天或者几周。更糟的是,部署的效果越来越差,这导致客户服务中断的次数越来越多,需要运维部门来救急,而他们也因此无法偿还技术债务。

结果,我们的产品交付周期越来越长,做的项目越来越少,项目目标也越来越小。而且,对所有人工作(尤其是对来自客户的反馈信号)的反馈越来越慢,且越来越弱。不管我们做出怎样的尝试,事情似乎总是变得越来越糟糕——面对日新月异的市场竞争,我们不再能够快速响应,也无法为客户提供稳定、可靠的服务。我们最终因此失去了市场。

我们反复地看到,一个IT做得失败的公司,整个公司也都是失败的。正如史蒂文·斯皮尔在 *The High-Velocity Edge* 一书中指出的,无论破坏"像消耗性疾病一样慢慢地发展"还是迅速得"像大火焚毁般……其毁灭性都是一样彻底"。

为什么恶性循环无处不在

十多年以来,本书作者发现这种破坏性的恶性循环发生在各种类型、各种规模的公司里。这让我们更好地理解了发生这种恶性循环的原因,以及为什么需要用DevOps的原则去缓解这种状况。首先,如前所述,每个IT公司都有两个对立的目标;其次,每家公司都是一个科技公司,不论他们自己是否意识到。

正如软件开发高管和早期的DevOps记录者之一克里斯托弗·利特尔所说:"每个公司都

是科技公司，无论他们认为自己处在哪个行业。银行也只是拥有银行执照的 IT 公司而已。"①

要说服自己这是事实，考虑一下，绝大多数投资项目都在某种程度上依赖于信息技术。俗话说："想要做出一个不会带来任何 IT 变更的商业决策几乎不可能。"

在业务和财务方面，项目都是至关重要的，因为它们是企业内变革的主要机制。项目通常都需要管理层来审批、做预算和负责，因此，它们是实现企业目标和愿景的机制，无论是成长还是萎缩。②

项目通常是通过资本投入（即厂房、设备和重大项目，当预计要数年以后才有回报时，支出就资本化了）来供给资金的，其中 50%是和技术相关的。即便是技术支出最低的"低科技"行业，诸如能源、冶金、资源开采、汽车和建筑行业也是如此。换句话说，企业领导者想要实现业务目标，对有效 IT 管理的依赖程度远远超出了他们的预想。③

成本：人和经济

因于这种恶性循环中多年，特别是那些处于开发下游的人，经常感觉被困在一个注定失败的系统中，无力改变结果。伴随这种无力感的是倦怠感，还有疲劳、愤世嫉俗，甚至是无助和绝望。

许多心理学家认为，创建一个让人感觉无能为力的系统，是我们能对人类同胞做的最具破坏性的一件事——我们剥夺了他人控制自己成果的能力，甚至营造了一种文化，让人们因为害怕遭受惩罚、失败或危及生存而不敢做正确的事。这创造了"习得性无助"的环境，人们变得不愿或无法采取行动来避免未来遇到同样的问题。

对于我们的员工而言，这意味着长时间工作、周末加班、生活质量下降，而且影响的不仅仅是员工，还有所有依赖他们的人，包括他们的家人和朋友。当这种情况发生时，我们失去最好的员工（除了那些因为责任感和义务而觉得不能离开的人）也就不足为奇了。

除了人们在当前这种工作方式中受煎熬之外，我们能创造的价值的机会成本更令人震惊。作者认为，我们每年错失创造约 2.6 万亿美元价值的机会，在撰写本书时，那相当于世界上第六大经济体法国的年经济总产值。

考虑下面的估算：IDC 和高德纳公司都估计，2011 年，约 5%的全球 GDP（即 3.1 万

---

① 2003 年，欧洲的汇丰银行雇用的软件开发人员甚至比谷歌公司还多。
② 目前，我们暂且不讨论软件应该作为"项目"还是"产品"来资助。本书后面再讨论。
③ 例如，弗农·理查森博士及其同事发表了这个惊人的发现。他们研究了 184 个公共公司的 10-K SEC 申请（上市公司向美国证券交易委员会呈递的年度报告），并将其分为 3 组：(A) 公司有重大弱点，存在 IT 相关缺陷；(B) 公司有重大弱点，没有 IT 相关缺陷；(C) 没有重大弱点的"干净的公司"。A 组公司的 CEO 流动率比 C 组高出 8 倍，而 A 组的 CFO 流动率比 C 组高出 4 倍。显然，IT 的重要性可能远远超出了我们通常所想。

亿美元）用于 IT（含硬件、服务和电信）。如果我们估计这 3.1 万亿美元中的 50% 用于运营成本和维护现有系统，而且这 50% 的三分之一用于紧急和计划外工作或返工，也就是说大约 5200 亿美元被浪费了。

如果采用 DevOps 能使我们用更好的管理和卓越的运营减少一半的浪费，并且可以重新部署员工，让他们去做能产生 5 倍价值的事（不算很高），我们每年就能够创造 2.6 万亿美元的价值。

DevOps 的准则：总有更好的方法

前面描述了根本的、长期的冲突带来的问题和负面影响，从无法实现公司目标，到对人类同胞造成的损害。通过解决这些问题，DevOps 能够提高公司业绩，实现开发、QA、IT 运维、信息安全等各职能技术角色的目标，同时改善人们的境遇。

这个令人振奋的罕见组合可以解释为什么 DevOps 在这么短的时间内激发出了这么大的兴奋和热情，包括技术领导、工程师，以及我们所处的软件生态系统的大部分。

用 DevOps 打破恶性循环

理想情况下，小团队的开发人员独立地实现自己的功能，在类生产环境中验证其正确性，再把代码快速、安全、可靠地部署到生产环境里。代码部署是日常的且可预测的工作。部署工作不是选在周五的午夜开始、鏖战整个周末才完成，而是在每个人都在办公室的工作日进行，大多数时候甚至不会引起客户的注意（客户兴奋地看到出现了新功能或者旧缺陷被修复了的情况除外）。由于代码部署是在工作时间段内进行的，几十年来，IT 运维人员第一次可以像其他人一样在正常工作时间段工作了。

通过在流程中的每一个步骤创建快速反馈回路，每个人都可以立即看到工作效果。只要代码变更提交到了版本控制系统，就会在类生产环境中运行快速的自动测试，这持续地保证了代码和环境符合设计预期，并且总是处在安全的可部署状态。

自动化测试可以帮助开发人员快速发现错误（通常在几分钟之内），实现更快速的修复以及真正的学习。如果错误是在 6 个月后的集成测试中发现的，那时相关的记忆和因果关系早已消退，想从中学习是不可能的。自动化测试使技术债务不再积累，问题在发现之后就立即被修复了。如果需要，这还可以调动整个公司参与问题的处理，因为总体目标高于局部目标。

在我们的代码和生产环境中无处不在的遥测技术，保证了问题能被迅速地发现并纠正，确保一切都能按照预定的方式进行，并且客户能从我们创造的软件中获得价值。

在这样的场景下，每个人都感觉富有成效。这种架构使得小团队能够安全地工作，同时在架构上和其他团队的工作解耦，这些团队使用了集运维和信息安全最佳实践于一体的自服务平台。团队独立、高效地处理小批量工作，快速且频繁地为客户提供新的价值，而不是每个人都在等待，面对大量迟来和紧急的返工。

通过黑启动（dark launch）技术，即便是复杂的产品和功能发布，也变得稀松平常了。早在发布日期以前，我们就已经将所有功能的代码部署到了生产环境中，它只对内部员工和部分真实用户可见。这使得我们能够测试和改进其功能，直到达到预期的业务目标。

想要让新功能生效，我们只需要改变一个功能开关或者配置项即可，而不再需要经历数天或者数周的辛苦工作。这个小变更使新功能对更大规模的客户群可见，一旦出现错误，就会自动地回滚。因此，发布新功能变得可控、可预测、可逆，且压力也小了。

除了新功能的发布变得更加顺利外，各种问题都能在其规模小、修复容易且成本低的时候发现并修复。通过每次的问题修复，我们也让公司得到了经验和教训，能够防止问题复发，并且能在未来更快地定位和修复相似的问题。

此外，每个人都在不断地学习，从而营造出了一种假设驱动的文化，用科学的方法保证一切都得到了充分的验证——在对产品开发和流程改进进行有目的的衡量和实验之前不做任何工作。

因为我们珍惜大家的时间，所以不会花几年的时间去打造客户不想要的功能，不会部署根本就不能用的代码，也不会修复非问题根源的缺陷。

因为我们关心目标的实现，所以建立了长期的团队责任制，负责目标的实现。在一般的项目团队中，每次软件发布以后开发人员就被打散并重新分配了，他们没有机会得到自己工作的反馈；我们则保持团队的完整性，这样团队可以进行迭代和改进，用团队各成员所学到的经验来更好地实现目标。对于给外部客户解决问题的产品团队，以及帮助其他团队提高生产力、可靠性和安全性的内部平台团队来说，这一点同样重要。

我们的团队文化体现了高度的信任与合作，而不是指责，人们会因为冒险而获得回报。他们可以无所畏惧地讨论问题，而不是把问题隐藏起来或者往后拖延。毕竟，我们只有先认识到了问题，才能解决问题。

而且，因为所有人都需要对自己的工作质量负完全的责任，所以每个人在日常的工作中都创建自动化测试，并且使用同行评审的方式来保证在问题影响到客户之前就解决它。与从管理层向下授权审批的方式相反，上述过程降低了风险，让我们能快速、可靠、安全地交付价值，甚至可以在挑剔的评审人员面前证明我们拥有一个高效的内部控制系统。

在出现问题时，我们进行**不指责的事后分析**，这并不是要惩罚某人，而是为了更好地理解导致事故的原因，以及如何防止事故再次发生。这个方法强化了我们的学习文化。我们还通过举办内部技术研讨会来提高技能,保证所有人不是在教就是在学。

因为注重质量,所以我们甚至会故意在生产环境中注入故障,从而了解系统是怎样以预期方式发生故障的。我们按照计划做大规模的故障演练,随机结束生产环境中的进程,中断正在运行的服务器,同时还注入网络延迟以及其他恶意因素,以此来确保系统的可靠性。这样的方式为我们的系统带来了更高的可靠性,同时为整个公司提供了更好的学习和提高机会。

在这个世界里,不论处于科技公司的哪个岗位,每个人都是自己工作的主人。他们坚信自己的工作很重要,并为公司的目标出了一份力,低压力的工作环境以及公司在市场上的成功足以证明这一切。公司在市场上取得的业绩就是最好的证据。

DevOps 的业务价值

对于 DevOps 的业务价值,我们有确凿的证据。从 2013 年到 2016 年,在 Puppet Labs 的年度 DevOps 现状报告中(本书作者杰兹·亨布尔和吉恩·金为报告做出了贡献),我们对 25 000 多名技术专家进行了数据收集,目的是更好地了解企业应用 DevOps 不同阶段的运维状况和习惯。

这份数据第一个让人震惊的地方就是,应用了 DevOps 的高绩效公司在以下方面的表现远超低绩效同行:

- 吞吐量指标;
- 代码和变更部署次数(频繁 30 倍);
- 代码和变更部署前置时间(快 200 倍);
- 可靠性指标;
- 生产环境部署(变更成功率高 60 倍);
- 平均服务恢复时间(快 168 倍);
- 组织性能指标;
- 生产力、市场份额以及营业目标(大约 2 倍以上);
- 市值增长(3 年内高出 50%)。

换句话说,高绩效者要更加敏捷和可靠,这证明 DevOps 能够打破根本的、长期的冲突。高绩效者部署代码的频率要高出 30 多倍,从"代码提交"到"在生产环境中顺利运行"的速度要快 200 倍——高绩效者的交付周期是以分钟或小时来计量的,而低绩效者的交付周期则以周、月甚至季度来计量。

此外,高绩效者有两倍的利润率、市场份额、生产率目标。而且,对于那些已经上市的企业,我们发现高绩效者在 3 年内的股票市值增长率高出 50%。他们的员工满意度高,员工倦怠程度低，把公司推荐给朋友的可能性要高出 2.2 倍。①高绩效者信息安全成果也更好。通过将安全目标集成到开发和运维流程的所有阶段，他们用在安全问题修复上的时间减少了 50%。

DevOps 有助于提高开发人员的生产力

当我们增加开发人员的数量时，由于沟通、集成以及测试开销，单个开发人员的生产力通常会显著下降。弗雷德里克·布鲁克斯在其著名的《人月神话》一书中强调过这一点。他解释说，当项目延迟时，增加更多的开发人员不仅降低了单个开发人员的生产力，而且也降低了整体的生产力。

另一方面，DevOps 证明了在拥有正确的架构、技术实践和文化规范的情况下，小型开发团队能够快速、安全、独立地开发、集成、测试和部署变更到生产环境。前谷歌工程总监兰迪·舒普发现，使用 DevOps 的大型企业"拥有数千名开发人员，但小团队依然能受益于他们的组织架构和实践，具有像创业公司一般惊人的生产力"。

《2015 年 DevOps 现状报告》不仅调查了"每天的部署次数"，还调查了"每天每个开发人员的部署次数"。我们假设高绩效公司可以随着团队人员数量的增长而增加部署次数。

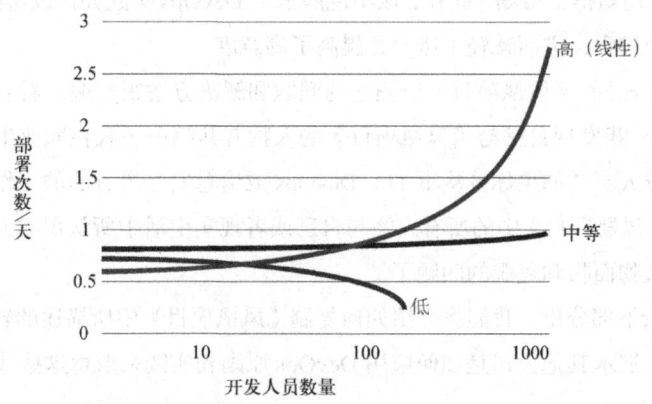

图 0-1　每日部署次数与开发者人数（另见彩插）
（来源：Puppet Labs 的《2015 年 DevOps 现状报告》）②

这就是我们的发现。图 0-1 展示了在团队人数增加时，低绩效公司每个开发人员每天的部署次数在降低，中等绩效公司维持不变，而高绩效公司则线性增加。

---

① 结果基于员工净推荐值（eNPS）。这是一个重大的发现，有研究已经证明："员工参与度较高的公司的收益增长是员工参与度较低的公司的 2.5 倍，拥有高度信任的工作环境的上市公司的股票在 1997～2011 年期间高出市场指数的 1/3。"
② 图上只展示了每天至少部署一次的企业数据。

换句话说，在应用了 DevOps 的企业中，在开发人员数量增加时，每天的部署次数呈线性增加趋势；谷歌、亚马逊以及 Netflix 已经做到了。①

解决方案的通用性

精益制造运动中最有影响力的图书之一是 1984 年由艾利·高德拉特博士写的《目标：简单而有效的常识管理》。它影响了世界各地整整一代的专业的工厂经理。这是一本关于工厂经理的小说，书中的主人公必须在 90 天内解决成本和产品交货时间的问题，否则他的工厂将被关闭。

在他的职业生涯后期，高德拉特博士提到了《目标》的读者反馈信件。这些信件通常写道："显然你曾经在我们工厂待过，因为你准确地描述了我作为工厂经理的生活……"最重要的是，这些信件表明，人们能够在自己的工作环境中重现书中描述的业绩突破。

《凤凰项目：一个 IT 运维的传奇故事》在很大程度上借鉴了《目标》的写法。这本小说的主人公是一位 IT 部门经理，他面对 IT 公司所特有的全部典型问题：项目预算超支，进度一再拖延，为了公司的存亡不得不上线。他经历了灾难般的部署，也面对过可用性、安全性、合规性等方面的问题。最终，他和他的团队采用 DevOps 的原则和实践战胜了以上困难，帮助公司赢得了市场。此外，该小说展示了 DevOps 实践如何改善团队工作环境，让员工参与整个过程，进而减轻了压力并提高了满意度。

和《目标》相同，《凤凰项目》所描述的问题和解决方案很普遍。看看亚马逊上对该书的部分评价："我发现自己与《凤凰项目》的人物有共鸣……我在职业生涯中可能遇到过其中的大部分人。""如果你曾从事 IT、DevOps 或信息安全等方面的工作，一定感同身受。""我能将《凤凰项目》中的所有人物与自己或者现实生活中所认识的人对应起来……更不要说那些人物面临和克服的问题了。"

在本书的余下部分里，我们将介绍如何复制《凤凰项目》中所描述的转型，并提供丰富的案例研究，展示其他公司是如何应用 DevOps 原则和实践来取得这些成果的。

阅读指南

本书的目标是向你提供从启动 DevOps 转型到实现目标成果所必需的理论、原则和实践。这本指南基于几十年优秀的管理理论、对高绩效科技组织的研究，我们帮助企业实现 DevOps 转型所做的工作、验证本书中 DevOps 实践的有效性的研究、对相关领域专家的访谈，以及对"DevOps 企业峰会"所分享的近 100 个案例的分析。

---

① 另一个更加极端的例子是亚马逊。2011 年，亚马逊每天部署近 7000 次；到 2015 年，他们每天要部署 130 000 次。

本书分为 6 个部分，使用"三步工作法"涵盖了 DevOps 理论及原则。"三步工作法"是《凤凰项目》一书中提出的，是看待基础理论的一种视角。本书不仅适用于从事或影响技术价值流（通常包括产品管理、开发、QA、IT 运维和信息安全）中工作的所有人，而且也适用于业务和市场领导者，大部分技术计划都源自他们。

读者并不需要具备这些领域的丰富知识，也不需要对 DevOps、敏捷、ITIL、精益或流程优化有全面的认识，因为这些主题会在书中需要的地方予以介绍。

我们的目的是建立起各个领域中核心概念的应用知识，并以此为基础来引入其他必要的内容，从而帮助实践者与所有同事在整个 IT 价值流中一起工作，并建立共享的目标。

本书对业务领导者和越来越依赖技术组织去实现目标的利益相关者而言将很有价值。

此外，本书也适合所在公司不存在本书中描述的所有问题（例如，部署周期长或部署过程痛苦）的人。这些幸运的读者也将因理解 DevOps 的原则而受益，特别是那些关于共同目标、反馈和持续学习的原则。

在第一部分中，我们将简要介绍 DevOps 的历史，并介绍几十年来相关知识体系的理论基础和关键主题，然后概要地介绍"三步工作法"的原则：流动、反馈和持续学习与实验。

第二部分将描述怎样开始以及从哪里开始，并介绍各种概念，如价值流、组织设计原则与模式、组织导入模式和案例研究。

第三部分将介绍如何通过构建部署流水线的基础来加速流动：实现快速有效的自动化测试、持续集成、持续交付和为低风险发布做架构。

第四部分将讨论如何通过建立有效的生产环境遥测来发现和解决问题，从而加速和增强反馈，更好地预测问题和实现目标，获得反馈以便开发人员和运维人员可以安全地部署变更，将 A/B 测试集成到日常工作中，以及创建审查和协调流程来提高我们的工作质量。

第五部分将描述如何通过建立公正的文化，将本地发现转化为全局性改进，预留出一定的时间来进行组织学习和提高，从而加速持续学习。

最后，第六部分将介绍如何通过把预防性安全控制集成到共享源代码库和服务中，将安全性集成到部署流程中，增强遥测以实现更好的检测和恢复，保护部署流水线，以及实现变更管理目标，从而将安全性和合规性正确集成到日常工作中。

通过整理这些实践，我们希望加速 DevOps 实践的导入和应用，提高 DevOps 计划的成功率，并降低激活 DevOps 转型所需的能量。

第一部分

DevOps 介绍

在本书的第一部分中，我们将回顾在管理和技术领域里所发生的几个重大事件，了解它们是怎样为 DevOps 的诞生奠定了基础的。同时，我们还将介绍"价值流"这个概念，解释为什么 DevOps 是把精益原则应用到技术价值流中的结果，并探讨 DevOps 的三步工作法：流动、反馈以及持续学习与实验。

第一部分包括以下内容。

- 流动原则：它加速了从开发、运维到交付给客户的流程。
- 反馈原则：它使我们能建立更加安全可靠的工作体系。
- 持续学习与实验原则：它打造出一种高度信任的文化和一种科学的工作方式，并将对组织的改进和创新作为日常工作的一部分。

简史

DevOps 和它所产生的技术、架构及文化实践，体现了哲学和管理学原则的融合。虽说这些原则是由不同组织独立发现的，但 DevOps 博采众长，形成了约翰·威利斯（本书作者之一）所说的"DevOps 的大融合"，展现了人们思想上的惊人进步和不可思议的相互关联。基于制造业实践了数十年的管理经验，它是将可靠性组织、信任度管理与 DevOps 实践相结合的产物。

DevOps 基于精益、约束理论、丰田生产系统、柔性工程、学习型组织、安全文化、人员优化因素等知识体系，并参考了高信任管理文化、服务型领导、组织变动管理等方法论。把所有这些最可信的原则综合地应用到 IT 价值流中，就产生出 DevOps 这样的成果。

将它贯彻于整个技术价值流中，涉及产品管理、开发、QA、IT 运维和信息安全专员等不同角色，在更低的成本和努力下，保障产品的高质量、可靠性、稳定性和安全性。

虽然 DevOps 是精益原则、约束理论和丰田套路运动的衍生物，但也被许多人视为始于 2001 年的敏捷运动的延续。

精益运动

价值流映射、看板和全面生产维护这些实践起源于 20 世纪 80 年代的丰田生产系统。1997 年，精益企业协会开始研究如何将精益理念应用于服务业和医疗行业等其他价值流中。

精益的两个主要原则包括：坚信**前置时间**（把原材料转换为成品所需的时间）是提升质量、客户满意度和员工幸福感的最佳度量指标之一；小批量任务的交付是缩短前置时间的一个关键因素。

精益原则聚焦在如何通过系统性思考为客户创造价值，系统性思考的范围涉及建立持久目标，拥抱科学思维，创造流和拉动（而非推送）的协作模式，提倡从源头保证质量，以谦逊为导向，尊重流程中的所有个体。

敏捷宣言

敏捷宣言是在 2001 年由软件领域的 17 位顶尖大师共同提出的。他们希望用一套轻量级的价值观和原则体系，来优化那些沉重的软件开发流程（如传统的瀑布式开发模型）和方法论（如统一软件开发过程）。

在敏捷宣言中，一个重要的原则是"频繁地交付可工作的软件，交付周期可以是数星期也可以是数月，推荐更短的周期"，并强调使用小批量任务进行增量发布，而非大规模的作业和瀑布流程的发布。同时，强调建立自组织的小团队，让成员在高度信任的环境中愉悦地工作。

在很多实施了敏捷的企业里，生产效率显著提升，敏捷也因此获得了越来越广泛的支持和认可。有趣的是，在 DevOps 的发展历程中，如下所述的几个关键活动都发源于敏捷社区或者敏捷大会。

敏捷基础设施和 Velocity 大会

在 2008 年加拿大多伦多的敏捷大会上，帕特里克·德布瓦和安德鲁·克雷·谢弗主持了一场研讨会，提倡将敏捷原则应用到基础设施而不是应用程序的代码上。尽管研讨的参与者数量并没有达到预期，但是他们还是很幸运地找到了几个志同道合者，其中包括本书作者之一约翰·威利斯。

在 2009 年的 Velocity 大会上，约翰·奥斯鲍和保罗·哈蒙德分享了题为"每日 10 次部署：Dev 和 Ops 在 Flickr 的协作"的演讲，讲述了他们如何建立 Dev 和 Ops 共享的目标，并通过运用持续集成等实践，将部署变成了日常工作的一部分。据当时在场的听众回忆道，所有的参与者都认为他们见证了这个具有深远意义的历史性时刻。

虽然德布瓦并不在现场，但他对奥斯鲍和哈蒙德的想法产生了浓厚的兴趣，并在 2009 年比利时的根特市（他的居住地）发起了第一次 DevOpsDays 活动。"DevOps"这个术语也应运而生。

持续交付

基于持续构建、测试和集成的开发原则，杰兹·亨布尔和戴维·法利进行了延伸，提出了持续交付，并首次在 2006 年的敏捷大会上做了分享。在持续交付中，"部署流水线"确保代码和基础设施始终处于可部署状态，所有提交到主干的代码都可以安全地部署到生产环境。2009 年，蒂姆·费兹在博客上发表了一篇题为"持续部署"的文章。[①]

丰田套路

麦克·罗瑟在 2009 年编写了《丰田套路：转变我们对领导力与管理的认知》一书，书中融入了他在丰田产品系统（TPS）中所积累的 20 年实践经验。他也曾参与了精益工具箱的制作。麦克在读研究生期间，曾和通用汽车公司的高层一起去日本参观丰田工厂，有一件事让他感到困惑：所有应用精益原则的公司中，没有一家能达到丰田的水平。

之后，麦克得出了结论：精益社区中大多数企业都没有抓住精益的核心——改善套路（Kata）。他解释说，所有企业都有日常的工作流程，而这些日常工作决定了最终的产出。通过设定目标，制订每周的详细计划，并持续改善日常工作，如此循序渐进，才能达到优化和改进的目的。

以上描述了 DevOps 的发展历史和大事记。在接下来的内容里，我们将主要介绍价值流，以及如何将精益原则应用到技术价值流中；同时介绍三步工作法：流动、反馈和持续学习与实验。

[①] 另外，DevOps 还基于于并拓展了"基础设施即代码"的实践，该实践由马克·伯吉斯博士、卢克·凯尼斯和亚当·雅各布共同提出。在"基础设施即代码"这种实践中，运维工作被最大程度地自动化，并确保任何对基础设施的操作都通过代码来实现，从而将现代软件的开发实践应用到了整个产品交付中，其特性包括持续集成、持续交付和持续部署。

第 1 章

敏捷、持续交付和三步法

本章将阐释精益制造的基础理论和三步工作法原则,从后者能衍生出各种 DevOps 行为。

我们侧重于这些理论和原则,它们记录了制造业、高可靠性企业、高信任管理模型等几十年的经验,DevOps 实践正是基于这些经验衍生而来的。具体的原则和模式及其在技术价值流中的应用,会在本书的后续章节中陆续呈现。

1.1 制造业价值流

精益中的一个基本概念叫价值流。我们先在制造业的场景中定义它,再讨论如何将它应用到 DevOps 和技术价值流中。

卡伦·马丁和麦克·奥斯特林曾在 *Value Stream Mapping* 一书中把价值流定义为"一个组织基于客户的需求所执行的一系列有序的交付活动",或者是"为了给客户设计、生产和提供产品或服务所需从事的一系列活动,它包含了信息流和物料流的双重价值"。

在制造业的流程中,价值流随处可见,它始于接收到客户订单并将原材料发往工厂。为了缩短和预测价值流中的前置时间,通常需要持续地关注如何建立一套流畅的工作流程,包括减小批量尺寸、减少在制品(Work in Process,WIP)数量、避免返工等,同时还需要确保不会将次品传递到下游的工作中心,并持续不断地基于全局目标来优化整个系统。

1.2 技术价值流

在制造业中加速物理产品加工流程的原则和模式，同样可以应用到技术工作（及所有知识工作）中。在 DevOps 中，我们通常将技术价值流定义为"把业务构想转化为向客户交付价值的、由技术驱动的服务所需要的流程"。

流程的输入是既定的业务目标、概念、创意和假设，始于研发部门接受工作，并将它添加到待完成工作列表中。

接受了工作之后，研发团队将运用敏捷或迭代的开发流程，将那些想法转化为用户故事以及某种功能性说明，然后通过编写程序代码实现，再将代码签入到版本控制库中，接下来每次变更都将集成到软件系统并进行整体测试。

应用程序或服务只有在生产环境中按预期正常地运行，并为客户提供服务，所有的工作才产生价值。所以，我们不但要快速地交付，同时还要保证部署工作不会产生混乱和破坏，如中断客户服务、性能下降或者信息安全不合规等问题。

1.2.1 聚焦于部署前置时间

部署的前置时间是价值流的一个子集，也是本书讨论的重点。价值流始于工程师[①]（包括开发、QA、IT 运维和信息安全人员）向版本控制系统中提交了一个变更，止于变更成功地在生产环境中运行，为客户提供价值，并生成有效的反馈和监控信息。

在第一个阶段中，工作主要包括设计和开发，它和精益产品开发有很多相似之处：都具有高度的变化性和不确定性，不仅需要创意，某些工作还可能无法重来，这导致无法确定总体处理时间。在第二个阶段中，工作主要包括测试和运维，它类似于精益制造。相比前一个阶段，它需要创造性和专业技能，力求可预见性和自动化，将可变性降到最低（如短的和可预测的前置时间，接近零缺陷），并满足业务目标。

我们并不提倡在设计、开发中串行地完成了大批量的工作后，再转入测试、运维阶段（如使用大批量、基于瀑布模型的开发流程，工作在长生命周期的特性分支上）。恰恰相反，我们的目标是采用测试和运维与设计和开发同步的模式，从而产生更快的价值流和更高的质量。只有当工作任务是小批量的，并将质量内建到价值流的每个部分时，这种同步的模式才能实现。[②]

[①] 从现在开始，**工程师**指的是在我们的价值流中的任何工作者，而不仅仅指开发人员。
[②] 事实上，使用类似测试驱动开发的技术，测试甚至可以发生在编写第一行程序代码之前。

1. 定义前置时间和处理时间

在精益社区里，前置时间与处理时间（有时候也被称为接触时间或者任务时间）①是度量价值流性能的两个常用指标。

前置时间在工单创建后开始计时，到工作完成时结束；处理时间则从实际开始处理这个工作时才开始计时，它不包含这个工作在队列中排队等待的时间（见图1-1）。

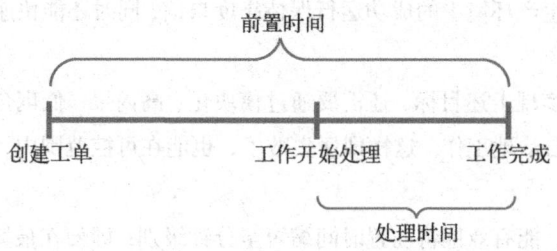

图1-1 部署工作的前置时间和处理时间

因为前置时间是客户能够体验到的时间，所以我们把重点放在缩短前置时间而不是处理时间上。不过，处理时间与前置时间的比率是十分重要的效率指标，为了实现快速的流动并缩短前置时间，必须缩短工作在队列中的等待时间。

2. 常见的场景：为期数月的部署前置时间

通常，部署前置时间动辄需要好几个月。在大型、复杂的企业里，使用着紧耦合的单体应用，少有集成测试的环境，测试和生产环境的前置时间很长，并且严重依赖于手动测试，或者需要各种审批流程，情况更是如此。这种情形下的价值流如图1-2所示。

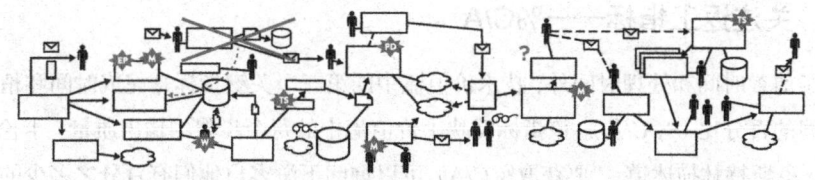

图1-2 某部署前置时间为期三个多月的技术价值流
（来源：2015年戴蒙·爱德华的"DevOps Kaizen"）

部署前置时间一旦变长，那么在价值流的每个阶段，几乎都需要"填坑"能手来补救。通常，很可能是在项目结束前，将开发团队的变更合并到一起后，才发现整个系统根本无法正常工作，有时甚至会出现代码都无法通过编译和测试的情况。每一个问题可能都需要几天甚至几周的时间来定位和修复，因此导致了极其糟糕的客户体验。

---

① 卡伦·马丁和麦克·奥斯特林曾说："为了避免混淆，我们不使用'循环时间'这个词，因为它还有其他的同义词——处理时间、输出速率或输出频率等。"同理，本书中主要使用"处理时间"一词。

3. 我们的目标：分钟级别的部署前置时间

在 DevOps 的理想情况下，开发人员能快速、持续地获得工作反馈，能快速和独立地开发、集成和验证代码，并能将代码部署到生产环境中（自己部署或者他人部署）。

我们可以通过如下方式达到这个目标：向版本控制系统中持续不断地提交小批量的代码变更，并对代码做自动化测试和探索测试，然后再将它部署到生产环境中。这样，我们就能对代码变更在生产环境中的成功运行保持高度自信，同时还能快速地发现并修复可能出现的问题。

为了更容易地实现上述目标，还需要通过模块化、高内聚、低耦合的方式优化架构设计，帮助小型团队自治地工作。这样即便失败了，也能在可控范围内，而不至于对全局产生影响。

通过上述方式，能有效地将前置时间缩短至分钟级别；即便在最坏的情况下，也不会超过小时级别。其价值流如图 1-3 所示。

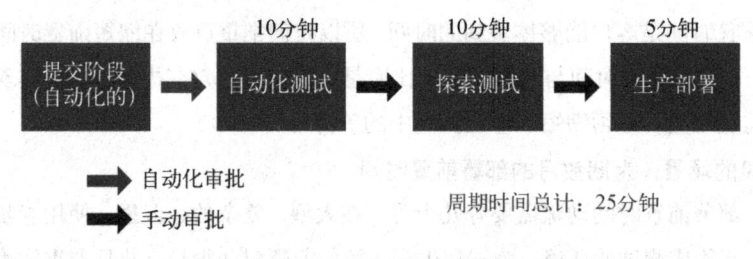

图 1-3　前置时间为分钟级别的技术价值流

1.2.2　关注返工指标——%C/A

除了前置时间和处理时间外，技术价值流中的第三个关键指标是完成时间和精确的总花费时间的百分比（%C/A）。该指标反映了价值流中的每个步骤的输出质量。卡伦·马丁和麦克·奥斯特林描述道："要获取 %C/A，可以询问下游客户他们有百分之多少的时间收到了'真正有用的工作'，即他们可以专心做有用的工作，而不必修复错误信息、补充信息，或者澄清那些本该确定的信息。"

1.3　三步工作法：DevOps 的基础原则

《凤凰项目》把三步工作法作为基础的原则，并由此衍生出了 DevOps 的行为和模式（见图 1-4）。

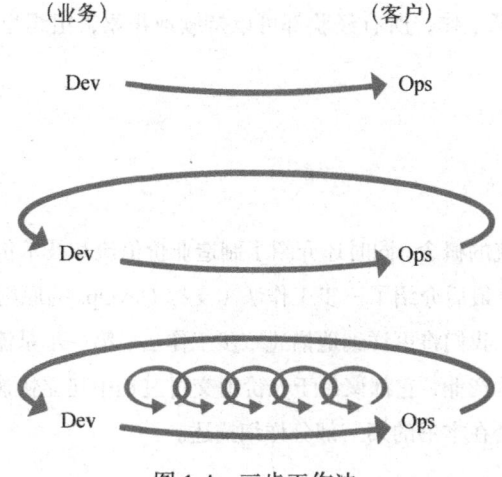

图 1-4　三步工作法

（来源：吉恩·金在 IT Revolution Press 博客上发布的"三步工作法：DevOps 的基础原则"，访问于 2016 年 8 月 9 日，http://itrevolution.com/the-three-ways-principles-underpinning-devops/）

第一步，实现开发到运维的工作快速地从左向右流动。为了最大程度地优化工作流，需要将工作可视化，减小每批次大小和等待间隔，通过内建质量杜绝向下游传递缺陷，并持续地优化全局目标。

通过加快技术价值流的流速，缩短满足内部或者外部客户需求所需的前置时间，尤其是缩短代码部署到生产环境所需的时间，可以有效地提高工作质量和产量，并使企业具有更强的外部竞争力。

相关的实践包括持续构建、集成、测试和部署，按需进行环境搭建，限制在制品数量，构建能够安全地实施变更的系统和组织。

第二步，在从右向左的每个阶段中，应用持续、快速的工作反馈机制。该方法通过放大反馈环防止问题复发，并能缩短问题检测周期，实现快速修复。通过这种方式，我们能从源头控制质量，并在流程中嵌入相关的知识。这样不仅能创造出更安全的工作系统，还可以在灾难性事故发生前就检测到并解决它。

及时发现并控制这些问题，直到拥有有效的对策，可以持续地缩短反馈周期和放大反馈环，这是所有现代流程优化方法的一个核心原则，能够创造出组织学习与改进的机会。

第三步，建立具有创意和高可信度的企业文化，支持动态的、严格的、科学的实验。通过主动地承担风险，不但能从成功中学习，也能从失败中学习。通过持续地缩短和放大反馈环，不仅能创造更安全的工作系统，也能承担更多的风险，并进行试验帮助自己比竞争对手改进得更快，从而在市场竞争中战胜他们。

作为第三步的一部分，我们能够让工作系统事半功倍，将局部优化转化为全局优化。

另外，不管是谁参与了工作，所有经验都可以持续地积累，组织里的人都可以相互借鉴彼此的经验和智慧。

1.4 小结

本章描述了价值流的概念，同时还介绍了制造业价值流和技术价值流中的一个重要量度指标——前置时间，最后介绍了三步工作法（支撑 DevOps 的原则）的基本概念。

在后续的章节中，我们将更详细地描述三步工作法。第一步是流动原则，不管是在制造行业还是在信息技术产业，它都聚焦于在价值交付过程中建立快速的工作流。关于快速流动的更多实践，将会在本书的第三部分详细描述。

第 2 章

第一步：流动原则

在技术价值流中，工作通常是从开发人员流向运维人员，也就是业务和客户之间的所有职能部门。本章要描述的第一步工作法，就是建立从开发到运维之间快速的、平滑的、能向客户交付价值的工作流。要为这个全局目标进行优化，而非围绕一系列局部目标，如功能开发的完成度、测试中问题的发现率和修正率、运维维护的可用性等。

通过持续加强工作内容的可视化，减小每批次大小和等待间隔，内建质量以防止缺陷向下游传递，从而增强流动性。通过加速技术价值流的流动，可以缩短满足内部客户和外部客户需求的前置时间，进一步提高工作质量，并使我们更加敏捷，能够比竞争对手更为出色。

我们的目标是在缩短代码从变更到生产环境上线所需时间的同时，提高服务的质量和可靠性。实际上，我们可以在制造行业中找到价值流应用的相关线索，帮助我们将精益原则应用到技术价值流中。

2.1 使工作可见

技术行业的工作内容是不可见的，这是其与制造业价值流相比的一个显著差异。相对于工业产品的生产过程而言，在技术价值流中很难发现工作过程的阻塞点，例如，在哪里受阻了，在哪个环节产生了积压。而在制造业的价值流中，工作在不同工作中心间的转移通常是显而易见并且缓慢的，因为必须真正地转移库存产品。

另一方面，技术工作的流转通过单击一次鼠标就可以完成，譬如将工单重新指派给另一个团队。因为点击的操作太容易，所以不同团队可能会因为信息不完整而将工作"踢来踢去",存在的问题也会被传递到下游工序,而这些问题完全是不易察觉的,直到无法按时向客户交付产品,或者应用程序在生产环境中出了问题。

为了能识别工作在哪里流动、排队或停滞,就需要将工作尽可能地可视化。可视化工作板是一种较好的工作方式,如在看板或Sprint计划板上,使用纸质或电子卡片将各项工作展示出来。工作通常从左侧发起(从待办事项中拉取),然后从一个工作中心拉取到下一个工作中心(用列表示),最后到达工作板的最右侧,而这一列也通常被标记为"完成"或"已上线"。

通过这种方式,不仅能将工作内容可视化,还能有效地管理工作,加速其从左至右的流动。此外,还可以通过卡片从在看板上创建到移动至"完成"这一列,度量出工作的前置时间。

理想情况下,看板应该覆盖整个价值流;仅当工作到达看板最右侧时,才能算是已完成(见图2-1)。开发完成某个功能不能算是"已完成",只有应用程序在生产环境里成功地运行起来,并开始为客户提供价值的时候,才能算是"已完成"。

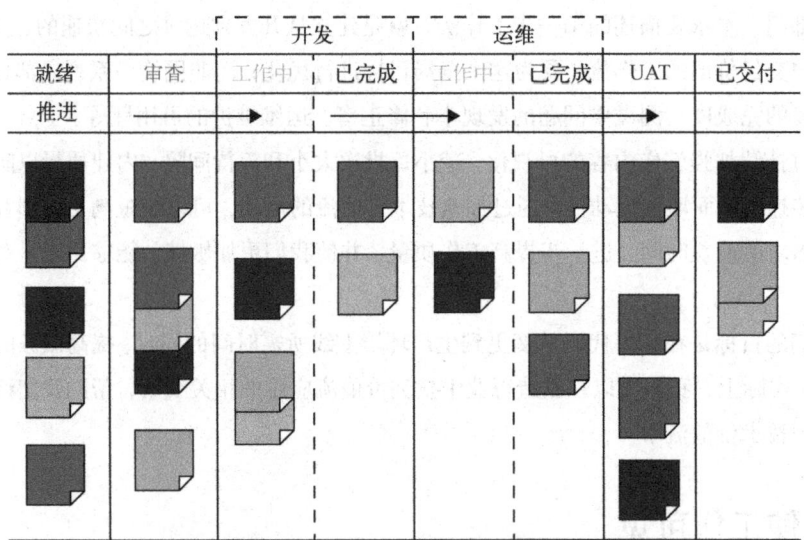

图2-1 横跨需求、开发、测试、预生产和生产的看板示例
(来源:大卫·安德森和多米妮卡·德加兰迪丝2012年的工作坊培训材料"ITOps的看板")

通过将每个工作中心的所有工作都放进队列中,并且可视化地展示出来,利益干系人更容易从全局目标出发,确定各项工作的优先级。这样,每个工作中心都能采用单任务的处理方式,从优先级最高的任务开始,依次完成所有工作,以增加工作中心的吞吐量。

2.2 限制在制品数

制造业的日常工作通常是由定期（如每天、每周）生成的生产计划决定的，根据客户订单、交货日期、零件库存等条件，确定执行哪些任务。

但技术工作通常是动态的，尤其是存在共享服务的情况下，团队必须要同时满足很多利益干系人的需求，这导致临时安排控制了日常工作。紧急的工作可能会来自于各种渠道，譬如工单系统、宕机告警、电子邮件、电话、即时通信的消息或管理层决定的事件。

生产中断在制造业里很显眼，且代价极高，当正进行中的工作戛然而止时，所有的半成品都将报废，然后再启动一批新作业。这种高昂的代价，让人们不希望中断频繁发生。

但是技术工作者很容易被打断，因为对所有人而言，这个中断的后果似乎是不可见的，即便它对生产效率的影响比制造业更甚。例如，将一个工程师同时分配到多个项目里，他不得不在多个任务、认知规则和目标之间来回切换，付出重新进入角色的成本。

研究表明，即便是完成简单任务，如将各种几何形状分类，当同时执行多个任务时，效率也会显著降低。从认知上看，技术价值流中的工作，显然要比分类几何形状复杂得多，所以多任务会导致更长的处理时间。

当使用看板管理工作时，可以限制多任务的出现，例如对看板的每一列或每个工作中心设置在制品数量的限制，并把卡片数量的上限标记在每一列上。

例如，将测试工作的在制品数量上限设置为 3。当测试队列中已有 3 张卡片时，除非某张卡片完成了，或将 3 张中的一张退回到前一个队列（左侧的那一列），否则禁止添加新卡片。另外，在把一项工作用卡片的形式显示在看板上之前，任何与之相关的工作都不能开展，这强调了任何工作都必须可视化。

多米妮卡·德加兰迪丝是在 DevOps 中运用看板的专家之一，他指出："控制队列的长度（即在制品数）是一个非常强大的管理工具，因为这是影响前置时间的重要因素之一。对于大多数的工作条目而言，在它们完成以前，其实并无法预测到底需要多长时间。"

通过限制在制品数，还能更容易地发现工作中的阻碍。[1]例如，当限制在制品时，可能会发现居然没什么工作可干的，因为要等待其他人。虽然进行一项新工作（即"干点什么总比什么都不干强"）可能很诱人，但此时更好的做法是查明导致等待的原因，并协助解决那个等待的问题。实际上，糟糕的多任务处理发生的原因，通常是同时给一个人分配多个项目，造成了很多优先级冲突问题。

---

[1] 大野耐一把限制在制品比喻为给水库排水来识别出阻碍快速流动的所有问题。

正如《看板方法：科技企业渐进变革成功之道》的作者大卫·安德森所说："停止开始，开始结束。"

2.3 减小批量大小

建立平滑而快速的工作流的另一个关键点，是通过小批量的模式完成工作。在精益革命以前，大批量（或规模）生产的方式在制造业司空见惯，在作业配置或作业之间的切换相当耗时且昂贵时尤其如此。例如，在生产大型汽车时，需要将巨大而沉重的模具放到金属冲压机上，这个过程可能需要好几天时间。鉴于成本如此高昂，通常会用大批量作业，一次冲压出尽可能多的车身板，从而减少模具的更换次数。

然而，大批量导致在制品的暴涨，并在整个制造工厂中产生流量级联的变化。最后导致前置时间长、产品质量差的后果。如果发现了一个车身板有问题，整个批次都必须报废。

在精益中，一个重要的经验是：为了缩短前置时间和提高交付物质量，应当持续不断地追求小批量模式。理论上，最小的批量是**单件流**，也就是每次操作只执行一个单位产品的处理。①

关于小批量和大批量之间的巨大差异，《精益思想》一书通过"模拟邮寄宣传册"的经典案例进行了说明。

这个例子假设要邮寄出 10 本宣传册。邮寄之前，每本宣传册都必须经历 4 个步骤：折叠，插入信封，给信封封口，盖戳。

如果采用大批量策略（即"大规模生产"），我们会对每本宣传册按顺序执行上述 4 个步骤。换句话说，首先要将 10 张纸全都折叠完，再将每张纸分别插入信封，然后给所有的信封封口，最后全部盖章。

另一种方式是小批量策略（即"单件流"），即对每本宣传册顺序地执行所需的所有步骤，然后再开始处理下一本宣传册。换句话说，先折叠一张纸，将其插入信封，再给信封封口，之后盖章；然后，取下一张纸，并重复以上过程。

采用大批量和小批量策略之间的差异是巨大的（见图 2-2）。假设对所有 10 个信封都必须采取如上 4 个步骤，并且每一步操作需要 10 秒。如果使用每批 5 个的大批量策略处理，则完成第一个盖戳的信封需要用 310 秒。②

---

① 也称为"1 的批量大小"或"1×1 流量"，该术语表示批量大小和在制品都限制为 1。
② 这里是"5×1 流量"，即批量大小为 5，在制品为 1。由于这里是单人模拟的场景，并且一双手同时只能加工一个信封，所以在制品数量也只能为 1。310 秒 = (5 × 10 + 5 × 10) + (5 × 10 + 5 × 10) + (5 × 10 + 5 × 10) + 10。——译者注

图 2-2　模拟"信封游戏"（折叠、插入、封口、盖章）（另见彩插）

（来源：Stefan Luyten 的文章"单件流：为什么大批量生产不是最有效的处理'工作'的方式"）

更糟糕的是，假设我们在信封封口操作中发现第一步的折叠做错了，在这种情况下，我们能发现错误的最早时间是在 200 秒之后，那样我们就不得不将这个批次的 10 个小册子再重新折叠并装回信封中。

相比之下，使用小批量策略时，仅用 40 秒就完成了第一封盖戳信的生产，比大批量策略快 8 倍。如果第一步出错了，只需要返工一本小册子。小批量生产的在制品更少，前置时间更短，错误检测更快，返工量更少。

对于技术价值流而言，大批量的副作用和制造业一样。我们制订了软件发布的年度计划，将一整年的开发成果一次性地都发布到生产环境中。这种大批量的发布会造成突发的、大量的在制品，导致所有下游工作中心[①]大规模的混乱，其结果是流动性变差，质量下降。这和我们阐述的经验是类似的，即对生产环境的变更越大，问题的定位和修复就越困难，修复时间也就越长。

埃里克·莱斯在"创业经验教训"（Startup Lessons Learned）这篇文章中说："在开发（或 DevOps）流程中，批量大小是工作产品在不同阶段间移动的单位数。对于软件而言，最容易看到的是代码。当工程师签入代码时，他们就批量地处理了一定数量的工作。有许多控制批处理的方式，从持续部署要求的小批量，到相对传统的基于分支的大型模块开发，都是聚合多个开发人员几周或几个月所工作的代码。"

在技术价值流中，单件流可以通过持续部署实现。[②]其中，每一个提交到版本控制系统的变更都会集成、测试并部署到生产环境。具体的实现方法，将在第四部分中进行详细描述。

---

① 多是指数据中心的运维部门。——译者注
② 本书强调的是端到端的价值流，只有在部署之后，把价值交付给客户了，一项工作才算完成，因此是持续部署。——译者注

2.4 减少交接次数

在技术价值流中，如果部署的前置时间以月作为周期单位，通常是因为要将版本控制系统中的代码部署到生产环境需要数百甚至数千个操作。实际上，代码在价值流流转的过程中，需要各个不同部门的协同才能完成相关任务，包括功能测试、集成测试、环境搭建、配置服务器、存储管理、网络、负载均衡设备和信息安全加固等。

一项工作在团队之间交接时，需要大量的沟通——请求、委派、通知、协调，而且经常需要排优先级、调度、消除冲突、测试和验证。这些工作可能还需要使用不同的工单系统或项目管理系统，编写技术规范文档，用会议、电子邮件或电话的形式进行沟通，可能还涉及文件共享服务器、FTP 服务器和 Wiki 页面的使用。

实际上，上述流程中的每个环节都有其潜在的队列，当依赖不同价值流共享的资源（例如集中式操作）时，就会出现工作等待。这些请求的前置时间通常会很长，从而导致那些本应按期操作完的工作持续地延期。

即使在最好的情况下，有些信息或者知识也不可避免地在交接过程中丢失。经历了多次的交接后，问题的上下文和所支持的组织目标可能会完全丢失。例如，服务器管理员可能会收到一个关于创建用户账号的新工单，但是他并不知道是什么应用程序或服务会使用这个账号，为什么需要新建账号，其他的依赖关系是什么，或者这到底是不是一个重复劳动。

为了减少这类问题的出现，要么努力减少交接次数，要么用自动化方式执行大部分操作，要么重新调整组织结构，让团队不必依赖其他人就可以独立地为客户提供价值。因此，要通过减少队列中的等待时间以及非增值工作的时间来增加流动性（见附录 4）。

2.5 持续识别和改善约束点

为了缩短前置时间、提高吞吐量，我们需要不断地识别系统中的约束点，提高工作产能。高德拉特博士在《目标之外》一书中提到："在任何价值流中，总是有一个流动方向、一个约束点，任何不针对此约束点而做的优化都是假象。"如果我们优化约束点之前的那个工作中心，那么工作必将在这个约束点上更快地积压起来。

反之，如果优化约束点之后的工作中心，那么它还会处于饥饿状态，等待约束点处工作的结束。对于这种现象，高德拉特博士给出了解决方案，定义了如下"5 个关键步骤"：

❏ 识别系统的约束点；

❏ 决定如何利用这个系统约束点；

- 基于上述决定，考虑全局工作；
- 改善系统的约束点；
- 如果约束点已经突破了，请回到第一步，但要杜绝惯性导致的系统约束。

在 DevOps 的转型过程中，如果希望前置时间从月或季度缩短为几分钟，那么一般需要依次优化下面的约束点。

- **环境搭建**：如果生产或测试环境的搭建总是需要数周或数月，按需部署就无法实现。解决措施是按需建立完全自服务的环境，保证团队在需要环境的时候，能通过自动化方式创建。
- **代码部署**：如果代码的部署需要花数周或更长时间（譬如每次部署需要 1300 个手动、易出错的操作，涉及多达 300 名工程师），那么就无法按需部署。解决措施是尽可能自动化部署的过程，以便让任何开发人员都可以按需自动化地部署。
- **测试的准备和执行**：如果每次代码部署都需要两周的时间来完成测试环境的准备和数据集的配置，手动执行所有的回归测试还需要另外四周时间，那么就无法实现按需部署。解决措施是实现自动化测试，这样才能在安全、并行地执行部署的同时，使测试的速度能跟上代码开发的速度。
- **紧密耦合的架构**：如果架构是紧密耦合的，那也无法实现按需部署，因为每次要做代码变更时，工程师都不得不从变更评审委员会里获得执行变更的许可。解决措施是创建松散耦合的架构，这样开发人员才能安全、自主地进行变更，提高生产力。

如果能突破以上的约束点，那么接下来的约束有可能是开发部门或产品经理。因为我们的目标是让小型开发团队可以独立、快速、可靠地开发、测试和部署，并持续为客户创造价值，所以这些环节应该是约束点集中的所在。对于高绩效者来说，不管工程师是处于开发、QA、运维还是信息安全岗位，他们的目标都是尽量提高生产力。

当约束点出现在开发阶段时，我们将仅受限于有多少创意精良的业务假设，以及能否开发出必要的代码来用真实客户测试这些假设。

以上所述的约束点在 DevOps 转型中是相当普遍的，在价值流中识别约束点的技术，诸如如何使用价值流映射和度量的方法，以后会详细描述。

2.6 消除价值流中的困境和浪费

丰田生产系统的先驱之一新乡重夫认为，浪费是业务兴盛的最大威胁，精益中对浪费的常用定义是"使用了超出客户需求和他们愿意支付范围的任何材料或资源的行为"。他定义了制造业里 7 种主要的浪费类型：库存、过量生产、过度加工、运输、等待、移动和缺陷。

现代化的精益理念解释道："消除浪费"会有点贬义和不近人情的意味，我们的目标其实是想通过持续的学习来破除日常工作中的困境，从而更好地实现组织的目标。在本书的后续内容里，"浪费"一词意味着这个更具现代感的定义，因为它更符合 DevOps 所期望的理想境界。

Implementing Lean Software Development: From Concept to Cash 一书中描述道：浪费和困境是软件开发过程中导致交付延迟的主要因素。

下面是该书中描述的关于浪费和困境的部分类型。

- **半成品**：它指的是价值流里任何还没有彻底完成的工作（例如，需求文档或尚未审核的变更单）、处于队列中的工作（如等待 QA 审核或服务器管理员审核的工单）。部分完成的工作会逐渐地过期，随着时间的推移最终失去了价值。
- **额外工序**：在交付过程中执行的、并未给客户增值的额外工作，可能包括那些在下游工作中心从没使用过的文档，或是对输出结果做出的并不增值的评审或审批。额外工序不仅增加了处理的工作量，还增加了前置时间。
- **额外功能**：在交付过程中构建的那些组织或客户完全不需要的功能（如"镀金"①）。额外功能增加了功能测试和管理的复杂度和工作量。
- **任务切换**：将人员分配到多个项目和价值流里后，他们需要进行上下文切换，并管理工作之间的依赖关系，这会在价值流中耗费额外的工作量和时间。
- **等待**：由于资源的竞争而在工作之间产生了等待，这将增加周期时间，延迟了向客户交付价值。
- **移动**：信息或数据在工作中心之间移动的工作量。例如，在一个需要频繁沟通的项目里，团队成员实际上不在一起办公，无法坐在一起紧密协作，这时人员移动的浪费就产生了。另外，工作交接也会产生移动的浪费，需要额外的沟通来澄清所有歧义的部分。
- **缺陷**：由于信息、材料或产品的错误、残缺或模糊，而需要一定的工作量来确认。缺陷的产生和被检测出来的时间间隔越长，解决问题就越困难。
- **非标准或手动操作**：需要依赖其他人的非标准的或手动的工作，例如使用不能自动化反复重建的服务器、测试环境和配置。理想情况下，任何依赖运维团队手动完成的操作，都应该配置成自动化的、按需提供的，或者是自助服务。

---

① IT 项目中无用的面子工程和功能。——译者注

- **填坑侠**：为了实现组织的目标，不得不把有些人和团队置于不太合理的处境，这甚至会成为他们的家常便饭（如半夜两点生产环境出现事故，连夜给软件版本提交了上百个工单）。

我们的目标是将这些浪费和困境（任何需要填坑侠的场合）都可视化，并系统地进行改进，减轻或消除这些负担，从而实现快速流动的目标。

2.7 小结

提升技术价值流的流动性对实施 DevOps 来说至关重要。为此，我们需要将工作可视化，限制在制品数，减小批量大小，减少交接次数，持续地识别和改进约束点，以及消除日常工作中的困境。

第四部分将详细描述在 DevOps 价值流中实现快速流动的具体实践。下一章将描述第二步工作法——反馈原则。

第 3 章

第二步：反馈原则

第一步工作法描述的原则，使得工作能够在价值流中从左向右快速地流动。第二步工作法描述的原则，则使得在从右向左的每个阶段中能够快速、持续地获得工作反馈。我们的目标是建立安全和可靠的工作系统。

这一点对于复杂的系统尤其重要，在这种情况下，发现和纠正错误的最早时机通常是灾难性事件发生时，例如制造业工人在工作过程中受伤，或核反应堆的堆芯熔毁。

在技术行业，我们的工作几乎都发生在灾难性后果如影随形的复杂系统里。和制造业相似，通常只有在发生重大故障的时候，才能发现问题所在，例如遇到大规模用户服务中断，或安全漏洞导致客户数据泄露。

通过在整个价值流和组织中建立快速、频繁、高质量的信息流，包括反馈和前馈回路，可以让系统更安全。这样，就可以在规模较小、修复成本较低的情况下发现并修复问题，在灾难发生前消除问题，并创造出组织性学习氛围。同时，我们应该把失败和事故的发生视为宝贵的学习机会，而不是惩罚和责备的理由。为了实现上述目标，我们先探索复杂系统的本质，以及怎样才能使它更安全。

3.1 在复杂系统中安全地工作

复杂系统的一个重要特征是，无法将系统视为一个整体，去理解各个部分是如何组合在一起的。复杂系统的组件之间通常是紧耦合且紧密关联的，不能仅仅依据组件的行为来解释系统的行为。

查尔斯·佩罗博士研究了三里岛核事故，他发现没有人能了解核反应堆在所有情况下的行为，以及在何种情况下会发生故障。当核反应堆的一个组件出现故障时，很难将其与其他组件隔离，以不可预测的方式快速地流过阻力最小的路径。

赛迪·德克尔博士提出了一些关于安全的重要元素，他发现了复杂系统的另一个特点：相同的事情做两次，结果未必相同。也正是因为这个特点，即便施行了有价值的静态检查和最佳实践，还是不足以防止灾难发生（见附录5）。

复杂系统中的故障是存在且不可避免的。因此，无论在制造业还是信息技术行业，我们都必须设计出一个安全的工作系统，让员工能无所畏惧地开展工作，确保早在灾难性后果（例如人员伤害、产品缺陷或负面的客户影响）发生之前，能快速检测出错误。

史蒂文·斯皮尔博士在他的哈佛商学院博士论文中揭示了丰田生产系统背后的因果机制。他认为，我们可能无法设计出绝对安全的系统，但是可以通过采取以下4项措施让复杂系统更安全地工作：①

- 管理复杂的工作，从中识别出设计和操作的问题；
- 群策群力解决问题，从而快速地构建新知识；
- 在整个组织中，将区域性的新知识应用到全局范围；
- 领导者要持续培养有以上才能的人。

要在复杂系统中安全地工作，必须具备上述4种能力。接下来，我们将描述前两种能力及它们的重要性，同时还会探讨其他领域是如何实现这些能力的，以及如何在技术价值流中实现它们。第三项和第四项能力会在第4章中描述。

3.2 及时发现问题

在安全的工作系统中，我们要不断地对设计和假设进行验证。目标是更早、更快、以尽可能低的成本、从尽可能多的维度增加系统的信息流，并尽可能清晰地确定问题的前因后果。能排除的假设越多，定位和解决问题的速度就越快，从而提高我们的顺应力、敏捷性以及学习和创新能力。

我们通过在工作系统中建立反馈和前馈回路的方式实现这一点。皮特·森格博士在《第五项修炼：学习型组织的艺术与实践》一书中，描述了反馈回路是学习型组织和系统思维的重要组成部分。反馈和前馈回路能让系统内各部件之间的关系增强或抵消。

在制造业，如果缺乏有效的反馈机制，往往会酿成重大质量和安全问题。有这样一个

---

① 斯皮尔博士扩展了他的著作，并介绍了一些长期保持成功的企业，譬如丰田供应商网络、美铝以及美国海军的核动力推进计划。

典型的案例：通用汽车的弗里蒙特制造厂既没有有效的流程来检测装配过程中的问题，也没有明确的步骤来解决问题。结果导致了各种问题，比如发动机倒置、汽车缺少方向盘或轮胎，甚至是由于根本无法启动，不得不把汽车拖出装配流水线。

相比之下，在高绩效的制造业运营中，整个价值流里存在着快速、频繁和高质量的信息流——每个工序的操作都会被度量和监控，任何缺陷或严重偏差都能被快速发现和处理。这些是保证质量、安全和持续学习与改进的基础。

在技术价值流中，由于缺少快速反馈机制，我们经常会得到糟糕的工作结果。例如，在瀑布型软件项目中，代码的开发可能花上一整年，在开始测试之前（甚至在向客户发布软件前），我们得不到任何质量反馈。在反馈稀少且滞后的情况下，工作结果是很难达到预期的。

相反，我们的目标应该是在技术价值流的每个阶段（包括产品管理、开发、QA、信息安全和运维），在所有工作执行的过程中，建立快速的反馈和前馈回路。这包括创建自动化的构建、集成和测试过程，以便尽早检测出那些可能导致缺陷的代码变更。

我们还要建立全方位的监控系统，监控服务组件在生产环境中的运行状态，以便快速探测到服务的意外情况。监控系统还能帮助我们度量是否偏离了预期目标，并将监控结果辐射到整个价值流中，这样就能看到我们的行为是如何影响系统里的其他部分的。

反馈回路不但能让问题的快速探测和修复成为可能，而且还能告诉我们如何防止问题复发。这样做不但提高了工作系统的质量和安全性，还创造了组织性知识。

Pivotal 软件公司工程副总裁、《探索吧！深入理解探索式软件测试》一书的作者汉德里克森说："在我负责质量验证的时候，我将自己的工作描述为'建立反馈回路'。反馈至关重要，因为它是我们工作的向导。我们必须不断地验证目标，验证实施是否满足了客户的需求，而测试仅仅是一种反馈。"

3.3 群策群力，战胜问题获取新知

显然，仅仅检测出意外的发生是远远不够的。一旦问题出现了，我们还必须群策群力，发动所有相关的人员解决问题。

斯皮尔博士认为，群策群力的目的是遏制住问题，防止蔓延，然后定位和处理问题，避免复发。他说："这样做可以让所有参与者都得到更深入的知识，理解如何管理系统，把无法规避的、早期的无知阶段变成学习的过程。

这个原则的典范是丰田的"安灯绳"。在丰田制造工厂里，每个工作中心都是一条绳索，每个工人和经理都受过培训，他们会在出现问题时拉下安灯绳，比如，当零件有缺陷

时，当需要的零件用光时，或者是加工时间比文档中描述的长时。①

在安灯绳被拉动时，团队领导就能第一时间得知并立即着手解决问题。如果问题不能在指定的时间（如 55 秒）内解决，就会停掉整个生产线，调动整个企业一起协作，直到成功地找出解决问题的对策。

我们不应绕开问题，也不应该用"有更多时间时再解决"来搪塞，而要立刻群策群力修复问题。这与通用汽车弗里蒙特工厂的做法几乎完全相反。群策群力的原因如下：

- ❏ 防止把问题带入下游的处理环节，否则不但修复的成本和工作量会呈指数级增加，而且还会欠下技术债；
- ❏ 防止工作中心启动新的工作，那样可能会在系统中引入新的错误；
- ❏ 如果问题还没有得到解决，那么工作中心在下一次操作（如 55 秒后）中，可能还会遇到相同的问题，需要更高的修复成本（见附录 6）。

这种全民总动员的做法似乎违背了常规管理方法，因为局部问题扰乱了整体的运营。然而，全民总动员让学习成为了可能。它还能防止由于记忆模糊和情况变化导致的关键信息遗失，这在复杂系统中显得尤为重要。在复杂的系统里，由于人员、流程、产品、地点和境况中存在着很多意想不到的、特殊的相互作用，会出现很多问题。随着时间推移，谁都不可能精确地重现问题发生时的场景②。

正如斯皮尔博士所说，全民总动员是"实时的问题识别、定位和处理（在制造业称为对策或纠正措施）循环的一部分。这就是休哈特提出的循环（即 PDCA 环）——计划（Plan）、实施（Do）、检查（Check）、改进（Act），后来由爱德华兹·戴明推广并得到了迅猛发展"。

只有尽可能在早期阶段，通过全民总动员的方式来解决小问题，才能把灾难性事故消灭在萌芽状态。换句话说，当核反应堆的堆芯熔毁了，那就太迟了，已经回天乏术。

为了在技术价值流中实施快速反馈，我们必须建立等同于安灯绳和全民响应的机制。这要求我们也创造出这样一种文化，让人们在发生问题时就去拉动安灯绳，无论是在生产事故发生时，还是在价值流的早期出现错误时，并且这个行为是安全的甚至是受鼓励的。例如，当有人提交了一个代码变更，而这导致了持续构建或测试过程失败的时候。

触发了安灯绳时，我们就聚集在一起解决问题，停止开展任何新工作，直到问题解决。③这给价值流中的每个人提供了快速反馈（特别是那个导致系统故障的人），让我们能够快

---

① 丰田已经在一些工厂里使用"安灯"按键。
② 事故的发生具有一次性和难追溯性。——译者注
③ 令人惊讶的是，当安灯绳的使用次数下降时，工厂经理实际上会降低界值来增加它的使用次数，从而持续地进行更多的学习和改进，并去检测更微弱的故障信号。

速地隔离和定位问题，避免出现更复杂的状况，导致问题的因果关系变得模糊。

阻止开展新工作有助于实现持续集成和部署，这就是技术价值流中的单件流。能通过持续构建和集成测试的所有变更都可以部署到生产环境中，任何导致测试失败的变更都会触发安灯绳，并且会将大家聚集起来解决问题。

3.4 在源头保障质量

基于对意外和事故的处理模式，我们可能会在无意中把某种不安全的工作系统固化下来。在复杂的系统中，通过加入更多的检查步骤和审批流程，实际上还增加了故障发生的可能性。做决策的地方一般远离执行工作的地方，这导致审批流程的有效性有所下降。这样做不仅降低了决策质量，而且还增加了决策周期，进而减弱了因果关系之间反馈的强度，降低了在成功和失败中学习的能力。[①]

在一些相对较小的简单系统中也存在这种状况。通常因为清晰度和及时性不足，自上而下的官僚主义和控制系统变得无效，导致了"应该做事的人"和"实际做事的人"之间存在巨大差异。

质量控制无效的例子如下。

- ❏ 需要其他团队帮忙完成一系列乏味、易出错和手动执行的任务，这些任务本应该由需求方自己采用自动化方式完成。
- ❏ 需要那些远离实际工作场所且公务繁忙的人批准，迫使他们在不了解工作情况和潜在影响的情况下做出决策，或者仅仅是例行公事式地盖章批准。
- ❏ 编写大量含有可疑细节，且在写后不久就过时了的文档。
- ❏ 将大量工作推给运维团队和专家委员去审批和处理，然后等待回复。

相反，在日常工作中，我们需要价值流中的每个人在他们的控制领域里发现并解决问题。通过这种方式，可以把质量控制、安全责任和决策制定都置于开展工作的场景里，而不是依赖于外围高层管理者的审批。

根据同行评审来评定所提出的变更，确保这些变更会按照设计运行。尽可能多用自动化方式执行通常由 QA 和信息安全人员来进行的质量检查。按需执行自动化测试，而无需开发人员向测试团队请求或发起测试工作。这样，开发人员能够快速地测试自己的代码，

[①] 18 世纪初的英国政府就是这样一个例子，当时自上而下的官僚指挥显然是无效的。那时候佐治亚州还是英国的殖民地。虽然英国政府距其 3000 英里（约 4800 千米）之遥，并且关于当地土壤特质、岩石、地形、水源和其他条件的第一手资料都很匮乏，却试图规划佐治亚州的整个农业经济，结果导致佐治亚州沦为北美 13 个殖民地中最萧条和人口最少的一个。

甚至把代码的变更部署到生产环境中。

我们用这种方式真正地让所有人都负起了质量责任,而不是仅让一个部门来负责。信息安全并不是信息安全部门专属的工作,正如可用性不仅仅是运维部门的专属工作一样。

让开发人员也对系统质量负责,不但能提高系统的质量,而且还能加速学习。这对于开发人员来说尤为重要,因为通常他们是距离客户最远的团队。正如加里·格鲁弗所说:"当有人因为6个月前开发人员所造成的事故而对着他们咆哮时,开发人员其实学不到任何东西,这就是我们必须尽可能快地(几分钟之后,而不是几个月后)向所有人提供反馈的原因。"

3.5 为下游工作中心而优化

20世纪80年代,可制造性设计(Designing for Manufacturability)原则旨在设计零件和工艺过程,让成品能够以最低的成本、最高的质量和最快的流程生产出来。例如,设计出非对称的部件以防止装反,设计出螺丝紧固件以免部件被拧得太紧。

这偏离了通常做设计的方式,即过度重视外部客户,而忽视了内部利益干系人,如生产线工人。

精益定义了我们必须为两类客户而设计:外部客户(最有可能为我们提供的服务付费的人)和内部客户(紧随我们立即接收和处理工作的人)。根据精益原则,我们最重要的客户是我们的下游。为他们而优化我们的工作,需要我们对他们的问题给予同情心,从而更好地识别出会阻碍快速和平滑流动的设计问题。

在技术价值流中,我们通过为运维而设计来为下游工作中心做优化,包括运维的非功能性需求(如架构、性能、稳定性、可测试性、可配置性和安全性)与用户功能同样重要。

这样,我们就在源头保障了质量,并形成了一套非功能性需求,可以主动地将它们集成到构建的所有服务中。

3.6 小结

建立快速的反馈机制,对于实现技术价值流中的高质量、可靠性和安全性至关重要。为此,要在问题发生时识别问题,群策群力解决问题并构建新的知识,在源头控制质量,并且不断地为下游工作中心做优化。

第四部分会介绍在DevOps价值流中实现快速流动的具体实践。下一章,我们会介绍第三步工作法——持续学习与实验原则。

第 4 章

第三步：持续学习与实验原则

第一步建立了从左到右的工作流，第二步建立了从右到左的快速、持续的反馈，第三步要建立持续学习与实验的文化。通过应用三步工作法能够持续提升个人技能，进而转化为团队和组织的财富。

在制造业的生产流程中，因为存在系统性的质量和安全问题，所以往往需要严格定义并完成工作内容。例如，在上一章描述的通用汽车的弗里蒙特制造厂里，工人几乎无法在日常工作中做出改进或融入所学，即使提出改进建议也很少被接受。

在这样的环境里，通常会弥漫着恐惧和不信任感。工人犯了错就会受到惩罚，那些提出建议或指出问题的工人则会被认为是告密者或管闲事的人。当发生了上述情况时，领导层会故意压制，甚至进行惩罚，这导致了质量和安全问题的进一步恶化。

相反，在那些高绩效的组织中，则要求并积极地促进学习。工作不是严格定义的，相反，工作系统是动态的，生产线工人在日常工作中通过实验来做出新的改进。工作流程是严格标准化的，工作结果都会写入文档。

技术价值流的核心是建立高度信任的文化。它强调每个人都是持续学习者，必须在日常工作中承担风险；通过科学的方式改进流程和开发产品，从成功和失败中积累经验教训，从而识别有价值的想法，摒弃无用的想法。另外，所有局部的经验都会快速转化为全局性的改进，从而帮助整个组织尝试和实践新技术。

为日常工作的改进预留时间，从而进一步促进和保障学习。通过不断向系统加压的方式，来强化持续改进。在可控的情况下，我们甚至通过在生产环境里模拟或者注入故障来增强弹性。

通过建立持续、动态的学习机制,帮助团队快速并自动地适应不断变化的环境,进而帮助企业在市场竞争中脱颖而出。

4.1 建立学习型组织和安全文化

在复杂系统中工作时,精确地预测出结果是不现实的。因此,在日常工作中,即便未雨绸缪、小心谨慎,意外依然会发生,甚至有时还会发生灾难性的事故。

当某些意外影响到客户时,我们努力追本溯源,但根本原因通常会被认定为人为错误,而管理层的做法往往是点名、责备,甚至羞辱责任人。[①]而且,管理者还会暗示,犯错的人应当受到惩罚。他们因此会制定出更多防范错误复发的流程和审批环节。

赛迪·德克尔博士曾定义了安全文化的一些关键要素,并创造了"正义文化"这一术语。他写道:"不公正的事故和意外处理会阻碍安全调查,让安全工作者感到恐惧(而不是专注),让整个组织更加官僚(而非更加细致),甚至还会导致信息封闭、责任逃避和滋生自我保全意识。"

这些问题在技术价值流中显得特别突出——技术类工作几乎都是在复杂系统中进行的,管理层对事故责任人进行惩罚不但会引起恐惧感,还会导致问题和故障的隐瞒不报,直到下一个灾难性事故的发生。

罗恩·韦斯特拉姆博士是研究企业文化中安全和绩效重要性的鼻祖之一。他曾指出,在医疗机构中,患者的生命安危高度依赖于医疗机构的"生机"文化。他定义了三种类型的文化,如表4-1所示。

- **病态型**:病态型组织的特点是组织中存在大量恐惧和威胁。由于政治原因,个体为了保全自身利益,通常会隐瞒真相或者歪曲事实。在这种组织中,故障和事故经常被隐瞒。
- **官僚型**:官僚型组织的特点是规则和流程僵化,所有部门通常都"自扫门前雪"。在这种组织中,通过评判系统处理事故,结果往往恩威兼施。
- **生机型**:生机型组织的特点是积极探索和分享信息,让组织更好地履行使命。在这种组织中,整个价值流中所有的员工共同承担责任,对事故进行积极反思,并进行真正的根因调查。

[①] "点名、责备和羞辱"模式是赛迪·德克尔博士批评的"坏苹果理论"的一部分,在他的 *The Field Guide to Understanding Human Error* 一书里有深入的讨论。

表 4-1　罗恩·韦斯特拉姆的组织类型学模型：组织如何处理信息

病　态　型	官　僚　型	生　机　型
隐瞒信息	忽略信息	积极探索信息
消灭信使	不重视信使	训练信使
逃避责任	各自担责	共担责任
阻碍团队的互动	容忍团队的互动	鼓励团队间结盟
隐瞒事故	组织是公道和宽容的	调查事故根因
压制新想法	认为新想法会造成麻烦	接纳新想法

来源：罗恩·韦斯特拉姆，"A typology of organisation culture," BMJ Quality & Safety 13, no. 2 (2004), doi:10.1136/qshc.2003.009522

与韦斯特拉姆博士在医疗机构中的发现类似，在技术价值流中，高度信任的生机型文化对组织的绩效也有异曲同工的作用。

在技术价值流中，通过努力打造安全的工作系统，我们能建立起生机文化的基础。在意外和故障发生时，关注如何重新设计系统，从而防止事故复发，而不是去追究人的问题。

例如，可以在每次事故发生后进行不指责的回顾，对事故发生的原因和过程做出客观解释，并就优化系统的最佳措施达成一致。在理想情况下，这不但能防止问题复发，还有助于实现更快的故障定位和恢复。

我们能够通过以上的方式建立学习型组织。Etsy 的工程师拜塞尼·马克里发起并开发了事故回顾记录工具 Morgue，他说："如果不指责，员工就没有了恐惧，没有了恐惧，就能够做到坦诚，而坦诚能够有效预防事故。"

斯皮尔博士认为，消除指责能够有效实现学习型组织，使"组织自我诊断和自我优化，并能熟练地定位和解决问题"。

森格博士描述了学习型组织的诸多特质。他在《第五项修炼：学习型组织的艺术与实践》一书中写道，这些特质有助于实现客户价值，保证服务质量，揭示事故真相，并打造具有竞争优势、充满活力和高度忠诚的组织。

4.2　将日常工作的改进制度化

如果团队没有能力或者意愿去改进现有的流程，那么就会持续饱受眼前问题的困扰和折磨，而且痛苦指数还会与日俱增。麦克·罗瑟在《丰田套路》一书中指出，就算不去优化现状，流程也不会是一成不变的——由于混乱和无序，流程会随着时间的推移持续恶化。

在技术价值流中，为了防止灾难性事故的发生，团队陷于实施各种临时解决方案的工作中，反而没有时间去完那些有价值的工作。因此，用临时方案解决问题的模式往往还会导致问题和技术债务的累积。所以 Lean IT 的作者麦克·奥泽恩说:"比日常工作更重要的,是对日常工作的持续改进。"

通过明确预留时间来改善日常工作,包括预留时间来偿还技术债、修复缺陷、重构和优化代码和环境。可以在每个开发周期的间歇中预留一段时间,或者安排改善闪电战(kaizen blitze)时段,让工程师通过自组团队的方式来解决他们感兴趣的问题。

通过采取以上措施,在日常工作中,所有人都始终能在可控的范围内发现和解决问题。在解决了困扰团队数月甚至几年的重大问题后,接下来就可以消除系统中其他的潜在问题。及早定位和识别那些潜在的问题,不但能降低解决问题的成本,而且系统承担的风险也会更小。

1987 年,美铝公司(一家铝制造商,当时有 90 000 名雇员,年收入 78 亿美元)改进了工作场所的安全性。生产铝是需要高温、高压和强腐蚀性化学品的。美铝 1987 年的事故率居高不下,每年有近 2% 的员工受伤,平均每天 7 人左右。当保罗·奥尼尔担任首席执行官时,他设定的第一个目标是让员工、协作方和访客的伤害数降为零。

奥尼尔要求所有受伤事故必须在 24 小时内通报。这不是为了惩罚,而是为了持续改进,创造出更安全的工作场所。通过这项举措,美铝在 10 年里将伤害率降低了 95%。

随着伤害率的降低,美铝就可以把精力放在那些较小的问题和潜在的风险上。他们开始识别潜在的风险,而不仅是在事故发生后通知奥尼尔。① 通过这种模式,美铝改善了工作场所的安全性,在接下来的 20 年里,他们的安全记录在业内一直保持着领先。

斯皮尔博士写道:"美铝通过识别自身的处境、困难和障碍,逐渐用动态的持续改进模式替代了传统的应急和救火队模式。在识别了风险、定位并处理了问题之后,他们就去反思其他容易被忽视的风险,并持续改进。这帮助公司在市场上获得了更大的竞争优势。"

类似地,对于技术价值流而言,让工作系统更加安全也一样有助于发现和解决潜在风险。例如,一开始我们可能只是对影响客户服务的事故做不指责的事后调查,随着时间的推移,我们将逐渐地识别其他潜在风险。

4.3 把局部发现转化为全局优化

一旦在局部范围内取得了成果,就应当把它分享给组织里的其他人,让更多的人从中获益。换句话说,当单个团队或个人获得了独有的专业知识或经验时,我们的目标是把这些隐性知识(即很难通过文档或沟通的方式传递的知识)转换为显性知识,从而帮助其他

---

① 这是极具教育意义的、真正的提升,我们能看到奥尼尔对于领导者创造安全工作环境的信念和热忱。

人吸取这些专业知识并在实践中应用。

这样，当其他人也要完成类似的工作时，就可以参照以往集体的经验和智慧。把局部知识转化为全局知识的一个著名案例是"美国海军核动力推进计划"（又称海军反应堆，Naval Reactors，NR），它稳定运行的时间超过了 5700 堆年，反应堆至今尚未发生过一次伤亡或核泄漏事故。

NR 以恪守标准化流程而闻名于世，出现任何流程或操作偏差都要写故障报告，以便积累经验。不管故障信号强弱，或者风险大小如何，都会基于这些经验持续地更新流程和系统设计。

这样带来的结果是：在任何一组新船员出海时，他们都能迅速地从集体长期积累的智慧中获得成长。同样令人印象深刻的是，他们在海上的经验也会持续添加到这个智慧库中，以帮助以后的船员安全地执行任务。

在技术价值流中，我们也应该通过类似的机制建立全局知识库。例如，把所有事故报告转化成可搜索的知识库，让有需要的团队能更加方便地使用它去解决类似问题，同时建立起组织级的共享源代码库，让所有人可以方便地使用整个组织的代码、库和配置。这些机制有助于把个人的专业知识转化为服务更多成员的集体智慧。

4.4 在日常工作中注入弹性模式

低绩效组织想方设法缓解问题，换句话说，他们疲于应付问题。例如，为了降低任务空闲的风险（货物未到场，或者当前的库存配件都是报废品），管理者可能会在每个工作中心里存放更大量的在制品。然而，这个缓冲也增加了在制品数量，前文所提到的各种不良后果也会接踵而来。

类似地，为了降低由于机械故障所导致的生产中断的风险，管理者可能会通过购买更多的设备、雇用更多的员工或者扩大厂房的方式来增加产能。可是所有这些做法同时也增加了成本。

相对而言，高绩效组织则通过改善日常运营，持续地引入张力提高生产效率，同时在系统中注入更大的弹性，来实现或达到更佳的结果。

另外一个经典案例是丰田的一个顶级供应商——爱信精机公司的一家工厂。假设他们有两条生产线，每条生产线每天能产出 100 个单位的产品。在订单不紧急的时候，他们把所有的生产任务都发送到其中一条生产线上，并尝试用不同的方式来增加产量和识别生产流程中的瓶颈；如果这条生产线由于过载而发生了故障，他们就会把生产任务发往另一条生产线。

通过在日常工作中持续不断地实验，他们能够持续地提高产能，并且不需要增加任何新设备或人员。引入这种类型的改进不仅提高了生产效率，而且还提高了弹性，因为组织总是处在紧张和变化的状态中。知名作者和风险分析师纳西姆·尼古拉斯·塔利博将这种通过加压来增强弹性的做法称为**抗脆弱性**（antifragility）。

在技术价值流中，通过缩短部署的前置时间、提高测试覆盖率、缩短测试执行时间，甚至在必要时解耦架构，都属于在系统中引入类似张力的做法，也都能够提高开发人员的生产效率及可靠性。

另外，还可以通过演习的方式来预演大规模故障，比如关闭某个数据中心。或者在生产环境中注入大规模故障（如 Netflix 著名的"捣乱猴"，它会随机杀死生产环境中的进程和服务器），来验证系统的可靠性是否达到了预期。

4.5 领导层强化学习文化

按照传统的管理模式，领导者负责制订目标，分配资源，建立正确的激励机制，同时还要为组织建立情感基调。换句话说，领导者通过"做出所有正确的决定"来领导团队。

然而，有证据表明，领导力的优秀并非体现在做出的所有决定都是对的。相反，更卓越的领导力其实是为团队创造条件，让团队能在日常工作中感受到这种卓越。换句话说，这需要领导者和员工们共同的努力，每个人都相互依存，缺一不可。

《走动管理》的作者吉姆·沃迈克描述了领导者和一线工作者之间是互补的工作关系，必须互相尊重。根据沃迈克的说法，这种关系是必要的，因为谁都无法独立解决问题——领导者不会亲自从事解决问题所需的一线工作，而一线工作者也不了解大的组织环境，或不具备在工作领域以外做出改变的权力。[①]

领导者必须强调解决问题的能力和学习的价值。麦克·罗瑟在他所谓的**教练套路**（coaching kata）中规范化了这些方法。结果体现了一种科学的方法——明确地描述我们的《真北》目标，就像美铝案例中的"零事故"或爱信案例中的"一年内吞吐量翻番"。

在这些战略目标的指导下，我们建立相互嵌套的迭代的短期目标，然后在价值流或工作中心级别设立目标条件（如在接下来的两周里缩短10%的前置时间），以实现这些目标。

这些目标条件构成了科学实验的框架：清晰地描述出要解决的问题，对解决方案所做的假设，验证假设的方法，对结果的解释，以及如何利用经验进行下一个迭代。

领导者可以使用下列问题来帮助和辅导实验者。

---

① 领导者负责在更高层面设计和执行流程，其他人在这方面没有足够的洞察力和权力。

- 上一步做了什么？发生了什么？
- 你从中学到了什么？
- 现状如何？
- 下一个目标条件是什么？
- 当前工作有什么阻碍？
- 下一步做什么？
- 期望的结果是什么？
- 什么时候能进行复查？

领导者帮助一线工作者在日常工作中发现并解决问题，这种方式实际上就是丰田生产系统的核心，也是学习型组织、改善套路和高可靠性组织的核心。迈克·罗瑟指出："丰田之所以是优秀的组织，根本原因在于他们不断地向员工传授这种独特的行为准则。"

在技术价值流中，这种实验和迭代改进的方法，不但能指导我们改进内部流程，而且还能指导我们不断地进行实验，保证构建的产品能为内部和外部客户带来价值。

4.6 小结

三步工作法的第三步原则实现了学习型组织，实现了职能部门之间的高度信任和跨部门合作，接受了"复杂系统中总会发生故障"的事实，并鼓励谈论任何问题以建立一个安全的工作系统。它还要求将日常工作的改进制度化，把局部成果转化为可供整个组织全局使用和学习的知识，以及不断向日常工作中注入张力。

虽然培养持续学习与实验的文化是第三步原则，但是它与第一步和第二步的工作方法密不可分。换句话说，要实现工作的快速流动和快速且持续的反馈，需要使用迭代和实验的方法，包括设立目标条件，说明设想的解决方案，设计和进行实验，以及评估结果。

第三步工作的成果不仅是获得了高绩效，而且还提升了弹性、员工的工作满意度以及组织的适应性。

4.7 第一部分总结

在第一部分，我们回顾了 DevOps 的发展史，探讨了 DevOps 组织转型的三步工作法：流动原则、反馈原则和持续学习与实验原则。在第二部分中，我们将研究如何在组织中启动 DevOps。

中文版附录：凤凰项目沙盘

凤凰项目沙盘的由来

作为 IT 管理、项目管理和企业管理类沙盘的开发和设计者，我们长期致力于在现有的最佳实践案例中寻找开发和设计沙盘主题的素材。这些最佳实践案例和沙盘演练中所呈现的游戏场景密切相关，因此会给沙盘演练的参与者留下更深刻的印象。我们曾基于1970年阿波罗13号宇宙飞船升空的情景开发了风靡全球的 IT 服务管理沙盘"阿波罗13号"，还基于古埃及时期法老搭建金字塔的场景开发了国际知名的项目管理沙盘"挑战埃及"。

大约在两年前，在一期 IT 服务管理沙盘"阿波罗13号"演练现场，我们遇到了正在参与沙盘游戏的本书作者吉恩·金先生。他对"阿波罗13号"沙盘显得格外好奇和兴奋。随后我们聊起了他的新书《凤凰项目》以及基于这本书开发一套商业演练沙盘的想法。直到2015年的12月份，我们和吉恩·金才正式将这个想法付诸于行动。本书之所以适合作为 DevOps 沙盘演练蓝本，是因为书中呈现了若干关于无极限零部件公司的 IT 部门通过 DevOps 实践成功地将杂乱无章的 IT 团队成功转型为井井有条团队的生动场景。书中所描述的人物和他们的行为计划让全球每位 IT 实践者都产生了共鸣，通过参与凤凰项目沙盘演练，读者亲身体验了书中众多场景，并从中学习了 DevOps 实践的精髓。

凤凰项目沙盘被全球 IT 管理权威认证机构 EXIN 国际信息科学考试学会指定为 DevOps Master 认证考试实践作业的考核部分之一。国际最佳实践管理联盟于2016年10月将凤凰项目引入中国，并邀请到了凤凰项目沙盘开发者简·希尔特先生在北京举办了"凤凰项目沙盘"中国首期授权讲师研修活动。

本书作者吉恩·金对凤凰项目沙盘演练发表了评价：

"当一个团队里包含了众多角色，如产品负责人、IT 开发人员、IT 运维人员和业务人员时，他们之间在一起协作所产生的化学作用是种无与伦比的经历，特别是通过沙盘的表现形式让参与者通过尝试新的工作方式来感知和体验 DevOps 实践的精髓。"

凤凰项目沙盘的目的

祝贺你选择了《凤凰项目》一书。通过阅读本书，你应该已经学习到了很多新的知识、跨部门团队协作理念和 DevOps 实践的受益经验，并希望学以致用，在工作中尝试。可是问题在于你公司其他同事可能尚未有机会阅读本书。你的第一项任务是需要想办法让公司其他的同事和你一样看到 DevOps 实践给企业带来的益处，并和你共同致力于在公司范围内推广 DevOps 实践。参与凤凰项目企业管理沙盘是帮你实现这一目标的主要途径。

凤凰项目企业沙盘是由一家来自荷兰的专注体验式学习解决方案机构 GamingWorks 设计开发的，让参与者通过互动式的学习情景来体验书中所描述的 DevOps 实践准则中的方法、行为和文化。本附录讲述沙盘演练如何同书中的故事情节相互结合，旨在为沙盘的参与者、教练、倡导者提供指导，让他们了解如何鼓励员工和团队进一步参与 DevOps 实践。对培训教练而言，本附录将帮助你了解如何使用书中的精选知识点和关键成功要素来更好地组织沙盘演练，从而使得沙盘演练同 DevOps 培训相互结合，达到最佳培训效果。

关于沙盘演练

沙盘演练是一种互动体验式的学习方法。培训参与者通过在体验式教学环境中所扮演的不同角色，身临其境地参与激动人心和具有挑战性的游戏场景中的各个环节。

在沙盘演练中，参与者经过若干轮的游戏，经历实践（Doing）– 回顾（Reflecting）– 思考（Thinking）– 决定（Deciding）的完整学习周期。由此，参与者有机会通过理论结合实践，掌握新的技能，体验不同的工作方式，并最终驾驭新的理论知识和实践经验。

沙盘演练在以下情景中能够发挥出得天独厚的优势。

- ❑ 打造并培养全新的工作方式和途径，如 DevOps 等方法的意识形态。游戏参与者在学习到新的理论知识和概念的同时，也将亲身体验新的工作方式给他们带来的益处以及在自身工作中所产生的效果。管理层并不需要"描述"或者"推广"新工作方式的益处，员工在沙盘演练的环境中就能亲身体验到新的 DevOps 工作方式的优与劣。
- ❑ 完美实现理论结合实践的培训目标。传统的培训项目往往过于偏重学习概念和流程等理论知识，然而对于全新的 DevOps 工作方式而言，技能、行为和理论结合实践的能力则显得更为重要。沙盘演练的优势在于把游戏参与者带到一个实验的情景环境中，不断尝试并探索理论知识的同时，学习新的工作方式所带来的价值。与此同时，这种方式也增加了培训课程的投资回报率。

❑ 通过沙盘演练，团队能够评估并反思现在的工作方式，从而发现优化工作方式的机会。来自同一个团队的同事一起参与沙盘演练，共同寻找新的工作方式，便于实现高效团队协作。参与的团队将总结出他们自己认为最有效的工作方式并创建行动计划。这也是 DevOps 核心理念所倡导的在团队内部和团队之间提高沟通效率和团队协作的重要途径。

要实现培训的最佳效果，仅仅通过沙盘演练的互动体验式学习方式是不够的。如果遵循下面游戏前、游戏中和游戏后的三个步骤，你将取得事半功倍的效果。

❑ 游戏前。任何一个团队在开展沙盘演练之前，沙盘的培训教练都应该和客户或沙盘的主要参与者就他们对沙盘的期望值以及通过沙盘所希望达到的目标进行充分交流。这个环节的目的在于掌握哪些主题是应该在演练中重点强调的，有利于了解沙盘参与者的学习目标。比如说谁来在沙盘演练中扮演什么角色以及扮演某个角色的理由是什么等一系列的问题。有的客户可能希望在沙盘中让团队演练一些每日工作中所遇到的棘手问题并以此验证不同的解决方案。总而言之，这一个准备环节对于让参与者实现最佳学习效果至关重要。

❑ 游戏中。在沙盘演练过程中，沙盘教练将通过在游戏前环节了解到的学习目标对参与者的学习进程进行针对性的引导，最终通过沙盘演练达成学习目标。沙盘的教练将在沙盘进行中和回顾环节通过带入突发事件、强行干预既定场景和提问等方式对参与者进行挑战以便实现最佳学习效果。

参与者在每轮的游戏中都将发现新的学习成果，并最终有能力将其带回到日常的工作中去。每轮游戏开始前应当准备好下一轮的计划，以便将上一轮学到的知识应用在下一轮的游戏中乃至未来的工作环境中。在沙盘演练结束阶段，参与者需要将他们总结的行动计划保存起来以便在"游戏后"阶段使用。教练通过不断提出问题来鼓励参与者思考和探索，游戏参与者则是行动列表的所有者。

❑ 游戏后。在游戏结束后，参与者将把沙盘演练中所学到的知识和最佳实践经验带回到日常的工作中去。训练和培训活动可列入到实施计划中。企业的管理层和团队需要共同负责将学习到的 DevOps 实践精髓实施在日常工作中，沙盘教练则需要扮演辅助指导的角色。

关于凤凰项目沙盘

凤凰项目沙盘演练是基于本书中所讲述的无极限零部件公司的场景设计开发的。沙盘的参与者将扮演该公司的各个职能部门的角色。沙盘教练将扮演该公司 CEO 和代理 CIO

的角色。沙盘教练在该角色扮演中将直接领导由人力资源部、CFO 和零售运营部所组成的业务部门。零售运营部门全权负责凤凰项目，同时也将负责如 POS 信用卡支付、Web 信用卡支付、客户忠诚度和 Web 产品视频等一系列项目。上述每一个项目都可以通过增加销售额和股价的形式为公司带来商业价值。

没有完成的项目将不会为公司带来任何商业价值，而且将会导致参与团队返工。为了增加游戏的挑战性，人力资源部门总监将给予团队额外的项目。这一环节代表了额外业务需求给资源分配所带来的挑战。通过这个环节参与者将有机会学会识别并明确业务优先级。

CISO（信息安全总监）负责全公司的安全问题并直接汇报给 CEO。CISO 肩负着萨班斯法案合规要求的重要任务，这一任务也将带来额外的工作量和并占用相关资源。

IT 团队包含了应用开发部门。该部门负责开发所有新的应用，并负责修复业务中断。为了发布新的应用，应用开发部门需要创建"脚本"。这项工作连同不断产生的业务需求将导致大量的工作积压。所有的应用将通过变更流程发布。只有这种方式才能百分之百地确保发布的准确性，同时避免发布可能给下游带来的不良后果。

IT 运维团队由 IT 运维部副总裁领导，包括 IT 支持、技术运维和 IT 测试团队，负责更新配置项、服务器和数据库设置等运维相关任务。IT 运维团队在负责解决突发问题的同时也肩负着维护当前基础设施的任务。首席工程师则是参与 IT 运维团队解决一系列复杂和具有挑战性问题的专家，但往往也会成为工作流程中的一个瓶颈。

团队所面临的挑战包括调研业务需求（项目、功能和问题），在开发并发布正确的软件的同时还需要确保基础设施能够满足这些需求。上述工作需要在高效无误的前提下完成。

为了模拟紧张真实的工作环境，团队还将收到一系列的额外问题和功能上的请求。这个环节将让参与者体验如何在完成计划内工作的同时开展计划外工作。"项目"属于计划内工作，"功能"属于现有软件中一些小的额外工作，"问题"则属于计划外工作并使得团队可以体验典型的服务管理问题。通过上述途径，参与者将学习如何创建多功能团队并能够完成对业务端到端的支持。

为了让参与团队通过持续学习和不断尝试的方式充分体验 DevOps 实践的精髓，该游戏设置了四轮。参与者所面临的游戏复杂性和工作量会逐轮递增。每一轮游戏结束后，教练都将帮助参与者"回顾"（上一轮发生了什么，参与者做了什么，参与者从中学到了什么）、"思考"（哪些可以做得更好或者采用其他方式）以及"决策"（下一轮游戏应该如何做）。只有这样，参与者才能够学习到如何持续不断地提升他们的业绩和工作能力，从而在面对更复杂的工作环境和更大工作量的情况下仍然能够游刃有余。沙盘演练是参与者通过持续学习的方式实现技能提升的过程。

沙盘演练中所涉及的 DevOps 实践

"凤凰项目沙盘"演练涵盖了书中所涉及的一系列 DevOps 实践。下面介绍沙盘中涉及 DevOps 实践的部分情节。

可视化

为了简化工作并清楚掌握工作量，团队需要学习如何创建并使用"可视化管理系统"（VMS），例如看板或任何辅助性的视觉工具，并将任务的状态按计划（To do）、执行中（Doing）和完成（Done）进行分类。这种方法可以帮助团队了解所有工作任务的类别，如项目、功能和问题。就像书中故事情节所涉及的团队会遇到业务项目、IT 项目、变革请求和计划外工作，通过将这些类别的工作可视化能实现工作量的管理和任务优先级的排序。

流

工作在组织中从一个部门流向另外一个部门。流的速度和体量非常重要。流在某个环节一旦受阻，会引起无谓的时间浪费甚至返工。这些都是我们不希望在工作中遇到的。因此团队应当通过开发他们自己的价值流程图（VSM）来明确价值流。这一个步骤十分重要，因为可以帮助沙盘参与者从工作流和价值的角度去思考并能够及时鉴别阻碍流的障碍和瓶颈。团队会遇到两种不同类别的流。第一种是新的项目如何在组织内部流动的流，我们称之为"项目"流。比如说从应用开发（DEV）流向运维（OPS）然后流向业务。另外一种为"问题"流，从 IT 支持部门发起最终回到开发部门（DEV）。

反馈机制

很多事情都无法做到一步到位。在现实工作中，团队也都会犯错误。某些时候我们知道如何解决问题或者更高效地工作，然而有些时候我们也会从业务部门或者用户那边获得新的需求和反馈。反馈机制对于高效协作的团队来说至关重要，有助于尽早地发现问题并避免重复犯错。沙盘演练中的参与者将学会有效地建立反馈机制，同时也为打造高效团队创造新的价值。团队将从开发到运维、从运维到开发、从开发到业务这些环节中探索并建立有效的反馈机制。有效的反馈不仅有助于他人避免犯错，也可以培养工作自豪感。有效的反馈机制从行为和文化方面诠释了 DevOps 原则中的高效沟通和通力协作。

瓶颈

工作量过于繁重，将导致工作完成延时或发生错误。这将影响整个工作流，会把错误传递到工作流下游，并以返工的工作项返回到工作流的上游，最终造成工作积压。瓶颈正是太多的工作积压造成的。在沙盘演练中，参与团队不但要掌握如何最小化在制品（WIP），还要学会如何鉴别、分析并最终移除瓶颈，从而确保工作流畅通无阻。

精益元素

精益是 DevOps 实践的重要组成部分。沙盘演练涵盖了很多重要的精益元素，其中包括消除浪费、返工、上游、下游、等待、避免错误、去现场、改善以及推拉机制等。这些精益理念可以有效地起到加速流程并减少错误的作用。沙盘参与者将有机会感受整个组织如何从这些精益原则中受益。

多功能跨界团队

团队协作对于任何一个组织都至关重要。工作中的孤岛思维、任务交接的拖延以及不断的事态升级和重新排布优先级等一系列问题都会阻碍工作流。我们都不希望企业中出现上述孤岛思维等现象，期待团队能够解决他们所面临的一切难题。这一目标的达成离不开团队之间专注性的反复训练。反复训练、知识和技能的分享是该沙盘演练的重要环节。训练有助于我们打造更高效的跨部门团队，打造高效团队与每位成员的积极努力和全身心的投入也是密不可分的。培训跨界能力将有助于团队在降低错误率的同时实现更多更快的发布。多功能跨界团队可以避开阻碍工作流顺畅进行的即耗时又耗力的检测和控制，从而实现对自身工作的测试并实施低风险级别的变更。

商业优先级

业务部门在 DevOps 实践的成败中扮演了至关重要的角色。业务部门是流的开端并决定商业优先级，他们不但决定商业价值，而且承担产品负责人（PO）的角色。开发（Dev）和运维（Ops）必须学会如何同业务（Biz）通力协作。通过告知业务部门的当前状态、将其参与到 DevOps 的过程当中以及良好沟通，与业务部门共同做出有效的决策。上述步骤也适用于从业务部门到开发和运维部门。业务部门需要通过项目、反馈、价值等信息的共享来实现开发和运维部门共同排布工作优先级并在新的特性、功能以及维护工作中找到平衡。如果做不到上述要求，我们将永远无法通过发挥端到端价值流的巨大潜力取得业务成功。商业优先级是该沙盘演练中通过打造 BizDevOps 能力开启完美商业之旅最具挑战的训练项目之一。

集成测试

该沙盘演练在避免涉及复杂的 DevOps 工具及功能的前提下设计了集成测试的环节。沙盘演练完美地呈现了自动化在降低错误的前提下实现快速部署过程中所起到的重要作用。集成测试和自动创建者两项自动化的关键要素在沙盘中得到了充分展现。

我们经常发现往往有些团队把测试活动放在整个工作流的末端。当全部工作完成后，IT 测试团队才出来测试所有的发布是否正确。如果没有正确发布，团队就遇到了麻烦。经常会遇到没有充足的时间来修正错误或者花费太多的时间来寻找错误。在沙盘演练中团队将学会让测试尽早地参与进来。只有每项任务都高质量完成，才能避免错误流入下游。为了实现这一目标，团队需要学会如何执行"集成测试"，并在工作流的每一个环节中参与测试活动。

自动创建

自动化的另外一个关键要素是自动创建。在沙盘演练中团队可以通过开发工具并培训干系人使用工具的方式来提高效率。工具是否能够达到预期效果则取决于在工具的设计中是否考虑到了人员和流程的结合。在决定开发和使用工具前，完整的商业案例和培训方案是必不可少的。部署工具需要占去开发新功能和应用等的大量的工作时间和精力。如果流程仍然是杂乱无章的，并不能有效支持工作流的顺畅运转，那么开发的工具就是失败的。其中沙盘演练的学习重点之一就是有效地培养人员、流程和技术相互结合的全局观。如果上述步骤都做到准确无误，团队将有机会获得更多的开发能力，从而完成更多的部署。当然，单一的在 IT 解决方案上的投入并不是全部的，在沙盘演练过程中参与者将发现，没有业务人员充分的参与，业务方面会出现瓶颈。往往 IT 部门开发部署新的特性和功能的速度可能快于业务部门将其投入到业务运营中使用的速度。这就要求业务部门要随时做好准备，接受新的功能和应用并将其投入到业务中去。

用户反馈

在前面的段落中我们已经谈到过反馈机制。用户反馈是敏捷实践中的重要因素。用户反馈是关于通过问询和调查客户或用户使用我们所提供的应用和服务的重要资料。该资料为我们开发新的软件或应用提供了极具价值的信息。在沙盘演练中团队将接收到用户的反馈并通过使用该信息来增加销售额。

敏捷元素

敏捷是 DevOps 实践的一个重要组成部分。该沙盘演练的设计中也涵盖大量的敏捷元素。在游戏每一轮的开始或宣布新项目前,团队需要站会讨论。随着沙盘的进行,团队将变得越来越高效。此外,最简可行产品(MVP,Minimum Viable Products)因素也被设计到游戏中了。沙盘演练中某些大的项目会占去应用开发和变更管理大量的资源,这就意味着团队无法在一个迭代中交付业务部门所要求的全部特性和功能,商业价值可能在漫长的项目的尾声才得以实现。因此 IT 部门就需要同业务部门充分探讨哪些功能是必需的,哪些功能是可有可无的。通过这种方式,我们将部分价值交付到业务中去的同时还能确保工作流畅通无阻。沙盘也涉及了敏捷中的迭代(Sprint)和速率(Velocity)的要素。团队可以管理他们的工作量,并且在没有错误的前提下快速部署小的功能组件包。

文化

文化是 DevOps 实践中的一个重要因素。文化深入到了团队每一个人的行为和态度中。DevOps 的主旨之一是高效的团队协作。沙盘演练中会遇到很多关于文化方面的讨论。沙盘教练将讲述知识分享的理由和必要性、给予和接纳反馈的理由和必要性、抱怨文化,等等。参与者在沙盘演练端到端的交付过程中聚集到一起形成新的工作文化。

沙盘演练的学习目标

通过沙盘演练可以实现众多不同的学习目标。"凤凰项目沙盘"演练目前已经在全球众多公司的 DevOps 旅程的不同阶段中投入使用并受到了广泛的欢迎。

DevOps 实践初体验

对于很多企业和团队而言,凤凰项目沙盘是他们第一次近距离感受 DevOps。往往部分参与者对 DevOps 的认识还停留在理论层面,不了解如何实践。沙盘演练可以让参与者充分体验学习本文所提到的 DevOps 实践的主要原则。更重要的是,沙盘有助于人们了解 DevOps 实践给团队和企业所带来的价值。很多参与者在沙盘演练结束之后都能了解他们应该从哪里开启自己的 DevOps 之旅。

团队协作的重要性

团队协作是 DevOps 实践的一个重要组成部分。虽然很多人都知道团队协作的重要性,但是真正能够让团队在一起高效工作不是一件容易事。这需要团队中的每一个成员都掌握团队建设的技巧和自我提升的能力。团队将学会如何组织站会、如何进行回顾以及如何总结经验。团队协作的有效方式是在开放和安全的环境中分享知识,给予或接纳反馈意见。

信任是团队协作必不可少的前提，沙盘演练中的场景让参与者学会如何通过开放式沟通和通力协作建立信任。

很多沙盘的参与者发现，一些能够让 DevOps 实践成功的技能在当前的组织中没有被充分挖掘。为达成这一目标，无论是团队成员还是团队中的领导者，都需要做出积极的调整。

知识和信息的分享在某些组织的 DevOps 实践中被视为一种挑战。在沙盘演练中参与者发现通过相互沟通实现更好的协作和快速部署并减少瓶颈并不难。然而在现实工作中克服这些更复杂的障碍则需要管理层面对变革表现出强大的领导力和决心。

精益、敏捷和 IT 服务管理同 DevOps 的结合

很多组织已经在很多 IT 管理框架体系中有所投入和研究。有些组织可能是从精益方面入手并在他们的团队中推广精益理念。精益 IT 则是 ITSM 接受精益理念洗礼后的一个产物。敏捷理念已经被很多应用开发团队所采用，例如通过迭代、站会、燃尽图、最简可行产品使得开发周期变得更短、更快，实现小步快跑，即在高频率的情况下交付小体量的产品。这些都是很好的理念，成功的团队需要将这些体系做到有效的结合。

在 DevOps 实践中 IT 服务管理中的服务台、事件管理、变更管理、可用性管理和很多流程都是密切相关的。团队需要将这些流程更好地同精益和敏捷的理念相结合。

在 DevOps 实践中业务角色的重要性

通过参加体验版的沙盘演练，很多来自业务部门的人员意识到了，企业踏上 DevOps 征程那一刻，他们当前的工作角色都会改变。来自 DevOps 实践企业的业务部门的人员将需要参加站会和回顾会议。业务人员将意识到不应该把过多的工作强压到 IT 工作流中，以便实现 WIP。业务人员在 DevOps 实践中将承担产品负责人的角色，通过简化工作和缩减工作量来避免可能造成的瓶颈和错误。因此创建真正的业务优先级并根据优先级来安排项目尤为重要。产品负责人不应该只关注具有创新性的产品和功能，还需重视维护工作和移除技术债务等优先级。比如说陈旧复杂的系统需要投入更多的资源来维护。很多参加了沙盘的人发现，自己企业的业务部门并不会轻易接受这种工作方式或按这种方式来安排工作的优先级。为了能够使得业务部门积极参与和配合 DevOps 实践，我们需要让业务部门体验并看到 DevOps 实践给企业带来的优势。

指标

团队需要建立新的指标。大多数 IT 指标都是偏重于组织内部的指示项的。沙盘的参

与者将学会如何通过不同的方式衡量业绩。因此参与者将明确对"完成"的定义。什么是一次成功的部署？团队可以按部署数量和成功部署百分比等方式设立指标。最终部署应该和实现业务价值相互关联。假如说我们只用了通常一半的时间额外多完成了 70% 的应用部署，同时也将故障和中断事件缩减了一半，但是部署的功能并不是业务所需要的，那么业务价值就没有得到实现。

关于指标创建的另外一个有趣的发现是，有些团队使用过多的行为指标而非业绩指标。比如说站会的数量、移除瓶颈的数量、缩减退回工作流上游工作的数量、部署增长的数量、某个阶段错误减少的百分比等。通过设立指标来衡量团队不断取得的进步，可以激励团队并使其变得更优秀。

如何开始 DevOps 征程

开启 DevOps 征程并非易事。从哪里开始？什么时候开始？如何开始？与哪些人同行？这些问题我们将在沙盘演练中探讨并找到答案。

- 开始 DevOps 实践一定先要组建在主观上愿意尝试 DevOps 实践的团队，并将这个团队树立为一个榜样。
- 从简单的业务或者服务的价值流开始入手。
- 允许失败，让团队在失败中学习和探索。
- 为团队指派 DevOps 教练来协作团队的建设。
- 需要企业的管理层绝对的支持。
- 让成功的团队用结果来影响其他的团队。

凤凰项目沙盘以《凤凰项目》一书为蓝本设计开发。给予读者本书众多场景的身临其境之感，参与团队将在一个相对放松的游戏场景中找到他们所面对各种挑战的解决方案。凤凰项目沙盘被全球众多知名企业视为 DevOps 实践的必修课，并被全球 IT 管理权威认证机构 EXIN 国际信息科学考试学会设置为 DevOps 认证实践作业考核部分。

关于 GamingWorks

GamingWorks 是由保罗·威尔金森先生和简·希尔特先生在 2003 年联手创立的体验式沙盘演练研发机构。该机构发布了众多全球知名的沙盘演练，例如 IT 服务管理沙盘"阿波罗 13 号"和项目管理沙盘"挑战埃及"等。"凤凰项目沙盘"是以《凤凰项目》一书为蓝本开发的全球首套 DevOps 演练沙盘。

关于国际最佳实践管理联盟

国际最佳实践管理联盟源于欧洲，是由欧洲最佳实践联合学会携手国际知名出版机构、资格认证机构、咨询机构和行业专家共同发起的一家推广国际最佳实践管理体系和框架标准的非营利性组织。联盟本着中立、公开和透明的宗旨，通过引入国际先进的管理知识体系和打造业界经验交流分享的国际化专业平台来服务其个人和企业会员单位。联盟拥有国际最佳实践管理体系中的国内外顶尖专家团队，他们分别来自英国、美国、荷兰、加拿大、中国以及新加坡等国际最佳实践行业领域的最前沿。联盟的工作主要围绕与国际最佳实践管理知识体系引进相关的会议活动、案例分享、出版物、资格、专家答疑和知识交流等项目。

国际最佳实践管理联盟承担 GamingWorks 全部沙盘演练产品在中国的知识产权管理和保护工作，参加"凤凰项目沙盘"演练后将有机会获得由国际最佳实践管理联盟颁发的凤凰项目沙盘证书。

凤凰项目沙盘的体验分享（排名不分先后顺序）

"无极限零部件公司的事情，读起来并不陌生，甚至感到非常亲切。在我 1994 年到 2012 年做 CIO 工作期间，一些危机的危险程度甚至比这本小说中描述的还要严重，生死攸关！某些情节，简直就是我的'回忆录'。

"在这个变化越来越快的年代，IT 和业务的关系变得更加紧密，乃至一些业务必须依靠 IT 来定义，必须依靠 IT 才能经营，CIO 们从技术角色迭代为业务甚至领导者角色过程中的惊险与困苦我一直感同身受，这也是我们 CIO 班成立 12 年来，持续升级课程体系的原因。

"《凤凰项目》的特别之处，是将特别项目时期看上去枯燥、无趣的 IT 从业者的工作用细腻的连续场景予以呈现，并透析出 DevOps 哲学般的内涵。更让我惊喜的，配套这本书的沙盘在进入中国一年多来，深得包括 CIO 时代学院学员在内的中国互联网公司、科技金融企业的 CIO/CTO 们的热烈欢迎。大家对精益看板、单件流、核心资源占用、最终价值输出等方面尤其体验深刻。

"无极限零部件公司用 DevOps 的方法论，在不到半年的时间内化解了看上去无解的危机，成就了一段传奇。我们更多的中国 CIO 若以此为镜，必将涌现出更多的价值创造方法，杜绝各种'理所当然'的浪费，成就企业和我们自己。

"为了未来的无限可能,推荐大家阅读此书,并参加沙盘演练。"

——王甲佳,CIO时代学院同学会秘书长、

CIO时代在线培训项目负责人

"十余年的运维从业经历,让我在阅读《凤凰项目》这本书时,感觉特别亲切又特别过瘾。亲切,是因为书中描绘的故事情节和人物,总能让我联想起运维工作中的点点滴滴,捧读之余给予我足够真实的画面感;过瘾,则是因为作者将平淡的运维工作以跌宕起伏的小说手法修饰。主人翁作为问题终结者,一路过关斩将,推行DevOps,并从运维做到COO的神奇经历,令同是运维人的我倍受鼓舞。

"以《凤凰项目》为背景的凤凰项目沙盘,和书一样有着无穷的魅力。沙盘将书中的精华浓缩成四轮游戏,让参与者扮演书中不同的角色,并根据书中的情节模拟出大量工作和突发故障,在公司生死存亡和巨大的业务压力下,企业管理者和团队究竟该如何应对才能力挽狂澜,帮助公司扭亏为盈创造佳绩呢?

"作为沙盘教练,我目睹了团队从刚开始的无序忙碌、推脱抱怨,到引入DevOps文化和方法后,团队学会换位思考与合作,工作也变高效和可靠,并最终为公司创造商业价值。作为沙盘参与者,你将明白运维的问题不应仅归咎于运维或IT,而应是整个公司共同面对的问题。同时,你需要将DevOps理论转化成实践操作,因为你和团队的每一个决策都将决定着公司的生死,这个紧张刺激的DevOps沙盘游戏,能让你身临其境地感受到,企业在DevOps文化和方法的促进下,团队效率和商业价值将发生何种改变。

"如果读完《凤凰项目》会启发你对DevOps的思考,那么'凤凰项目沙盘'就一定能让你的思考转变成行动计划,迫不及待地实践DevOps!"

——梁定安,腾讯社交平台运维总监

"知道《凤凰项目》这本书还是在一年半前,在某个微信群里的一位同事拍了一张照片,展示了书里一段故障处理的场景,用来说明我们当时碰到的一个故障。当时虽然留下了一点印象,但一直没有阅读这本书,大概是因为觉得作为资深IT人士,从这里学不到什么。直到这次培训之前,才真正翻开了第一页,没想到一发不可收拾,小说的内容把我深深吸引住了。这不是一本无聊的IT教程,而是通过曲折的情节、鲜明的人物、智慧和实用的管理理念,把一家传统企业的IT部门面对的各种挑战,通过一个故事生动展现在读者的面前。书中主角比尔在高人的指导下,掌握的DevOps的三原则,是这本书最重要的关于DevOps的理念。此书的作者能把他的经验和思考总结成文,变成一道饕餮盛宴展现给IT从业者,是我们的大幸!值得一提的是,针对本书开发的同名沙盘演练,是一次真正把理论和实践相

结合的典范。通过沙盘精心设计的几段练习,学员们有机会亲身感受到小说中各个人物所面对的各类场景,引导大家全身心投入。记得某位扮演 CFO 的学员,郑重地发表了他在多个项目财务控制方面的意见,并且果断拒绝了几个收益低的项目。这让人不得不佩服沙盘游戏在细节上的设计。"

——张晓强,携程网站运维总监

《凤凰项目》本质上是一本励志书,讲述了一家陷入困境的传统制造业公司,怎么凭借凤凰项目起死回生。IT 运维在其中发挥了至关重要的作用。

"每个公司的 IT 运维部门都有一个布伦特(首席工程师),他就是 Super Star(也是约束点),所有问题貌似他都能搞定;每个公司的 IT 运维部门都很有可能陷入疲于奔命而无法自拔的困境,计划外的工作往往不期而至并扰乱整个节奏;每个公司的 IT 运维部门还很可能面临各种各样的'黑锅'。正所谓每个公司的开发部门各有各的厉害,每个公司的 IT 运维部门却是相同的艰辛。而且从《凤凰项目》这本书来看,国外和我大中华,也是一样一样的。

"那么,怎么更生动、更触人心弦地复现和解决这些问题呢?

"这就是凤凰项目沙盘的意义和价值所在了。所有这些问题和场景,都将在沙盘实际操演中一一呈现,并等待着被碰撞和解决。通过合理的游戏规则和场景设置,让参与人员自动应用学习到的理论和方法,在游戏中学习和领悟。

"在目前的 EXIN DevOps Master 认证培训体系中,'凤凰项目沙盘'是其中的实战环节。我很荣幸成为国内第一批凤凰项目沙盘教练,高效运维社区是 EXIN DevOps Master 国内第一个官方授权机构。我们致力于 DevOps 在中国的推广落地,而'凤凰项目沙盘'就是其中寓教于乐的重要环节,相信这款风靡全球的沙盘,也会在中华大地流行起来。"

——萧田国,高效运维发起人,开放运维联盟主席

《凤凰项目》读起来非常轻松,就像是发生在你身边的故事一样,精彩之余给你带来很多启发。书中的三步工作法非常有创见性,真正道出了问题的核心解决方案——交付流、快速反馈和文化的建立。在凤凰项目的沙盘环节,让我真正感受到了什么叫 WIP,如何通过不断的单件流来降低在制品的数量;如何建立有效的看板来增强反馈,从而加速交付流的流动;合作、共享文化机制的建立,又给单件流环节之间的无缝衔接提供了保证,这与当下兴起的 DevOps 所倡导的一些原则不谋而合。 DevOps 思想的基础来自于精益思想,与精益思想一样,DevOps 非常注重理论与实践的结合。对于一个 IT 企业来说,DevOps 从组织、文化、技术架构、持续交付、基础设施、规范和标准化等多方面提出了要求。持续

交付作为 DevOps 核心的全面工程实践，也加入了很多精益制造的最佳实践，比如说单件流、在制品、准时制、持续改进等。个人强烈推荐《凤凰项目》这本书，在阅读文字的基础之上，再通过沙盘演练去回味此书，是掌握 DevOps/精益思想的极佳路径。"

——王津银，优维科技创始人，精益运维发起人，
开放运维联盟发起人

"EXIN 的 DevOps Master 认证培训和凤凰项目沙盘演练，系统地梳理和更新了我已有的认知，使我能更清晰地意识到传统企业要向互联网公司学习什么。培训对我解答以前的很多难题帮助很大，包括：传统企业如何实施它？既有的 ITSM 实践如何与之对接和配合？Dev 手中的敏捷方法论如何与之融合？等等。在培训的过程中不断顿悟着，跟着两位国外资深培训教练的思路，我的 DevOps 知识点被串联成片。沙盘演练无疑把培训推向了高潮，我有幸扮演了小说中的比尔，再次深刻体会到如何通过 DevOps 端到端地实现业务价值流。团队作战进行沙盘演练，进一步增进了学员们的相互了解，增进了新老朋友之间的友谊。在培训之后能和其中的一些朋友建立了未来长期的合作关系也是我本次培训的一个意外收获。"

——刘征，DevOps 布道师，国际最佳实践管理联盟特邀专家

"如果说凤凰项目这本书是通过阅读一个故事来体会 DevOps 的重要性，那么凤凰项目沙盘就是把大家变成了故事里的人物，通过角色扮演切身感受到了在实际项目交付中 DevOps 文化带来的魔力。凤凰项目沙盘设计得非常巧妙有趣，丰富的元素除了原汁原味地反映了凤凰项目书中的人物、场景以外，容易上手却不失逻辑，规则多样却不失灵活多变，让人身在其中、脑洞大开、欲罢不能。通过导师每轮富有引导力的点评以及团队间的密切合作，从第一轮懵懵懂懂，到第二轮进入状态，再到第三第四轮精益求精，每一轮的演练，都会从导师及团队那里学习到非常好的最佳实践。这些最佳实践必定会给以后的工作带来积极的帮助。"

——陈明金，凤凰项目沙盘教练

"在所有跟 DevOps 相关的书中，《凤凰项目》是非常特别的一本。它没有讲任何工具实现或技术细节，却告诉了我们什么才是 DevOps 的本质——精益、流、限制理论、可视化、反馈、跨部门合作，甚至是企业文化。这应该是所有想学习 DevOps 的人的必读物。

"令人惊喜的是，此同名沙盘可以让你实际扮演书中的角色，应用 DevOps 的方法来解决业务和 IT 面临的种种挑战。众所周知，DevOps 概念庞杂，涉及的相关实践、工具和思

想方法众多,而且需要跨部门合作来打通整条 IT 价值链。在此之前,我从来没想过可以用体验的方式来学习这一复杂的概念。

"有幸的是,今年 10 月份,在朋友的推荐下我参加了简·希尔特老师亲自授课的中国首期'凤凰项目 DevOps 沙盘教练 TTT'。这个沙盘模拟课程神奇地把这些庞杂的内容有机地串联在一起。更神奇的是,这个基于《凤凰项目》一书的沙盘演练并没有强加任何费解生硬的游戏规则,所要求的就是参与者根据实际企业里的 IT 场景来思考和解决问题。从这个意义上来说,你在课堂上所感受到的,就是一个企业里业务和 IT 各个部门遇到的最真实的情况。课程引导你通过对 DevOps 最本质的理解与应用,持续面对并解决问题。你会发现,DevOps 的方法,就是解决 IT 面临的问题的最本质、最有效的方法。

"我相信,未来所有企业的 IT,一定是 DevOps 思想指导下的 IT。推荐所有 IT 从业者,甚至是业务部门的负责人,来一起学习,参与到这场激动人心的变革中来。"

——许峰,EXIN DevOps Master 授权讲师,凤凰项目沙盘教练

《凤凰项目》这本小说描述了一家传统汽车配件部件制造商受到电商和竞争对手的冲击,公司股票和销售额几经腰斩,企业命运岌岌可危。情节设计跌宕起伏,扣人心弦,俨然一部 IT 界的美国大片,让你情不自禁地为主人公比尔以及他所掌管的 IT 团队的整体命运担忧。而比尔也不负众望,危难时刻在未来董事的'画龙点睛式'的点拨和'三步工作法'理念的支撑下,最终一路披荆斩棘,成功完成了凤凰项目,实现了 IT 对业务的价值,挽救了企业。它既有商业实战模式的真实企业故事,又能将 IT 运维的解决之道融入其中,在 ITIL® 的流程管理中融入 DevOps 的实践,将传统的精益生产的管理精髓应用在现代的 IT 管理中。

"经过沙盘开发者希尔特改编的凤凰项目沙盘,堪称 IT 业界的经典桌游,通过沉浸式的角色扮演,将复杂的理论体系框架融合在沙盘场景中。在沙盘中我们学会了如何找到自己的位置快速构建团队,如何分解业务战略,如何在高压下确定并实现业务目标,如何做预算和核算,如何团队协作,如何解决冲突,让我们身体力行,深刻体会到 DevOps 的精髓——Flow(流)、Dependency(依赖)、Feedback(反馈)、KanBan(看板)、CI(持续集成)、CD(持续交付)、Visualization(可视化)、TOC(约束理论)、Lean(精益)、Automation(自动化)、TDD(测试驱动开发)等。

"小伙伴们行动起来,一起来玩沙盘,一起体验 DevOps 阔长高深的管理哲学。"

——李伟,EXIN DevOps Master 授权讲师,凤凰项目沙盘教练

"我从八年前就开始尝试用沙盘去进行培训教学,在教学过程中,我最大的感触是:

用沙盘教学能给学员带来无以伦比的感受,这种感受很可能会颠覆学员顽固的思维、接受我们的理念。但本次作为学员的身份参与这次凤凰项目的沙盘训练,我仿佛比以往多了更多的感受,那就是除了被成功洗脑并接受 DevOps 理念外(其实我们都并不要被洗脑),我们还能在游戏中真正学会 DevOps 的实操方法。"DevOps 不是一个简单的管理理念,这里包含了管理过程、团队文化、工具支持等方方面面,只有考虑周全,方可实现敏捷的开发运营一体化。而可能只有在凤凰项目沙盘中,我们才能深深感觉到在极短的时间内,如何在资源与效果上得到平衡;而我们每个人也不得不在焦躁中,学会心平气和地与团队沟通,因为只有沟通才能解决那些突然而来的棘手问题。我还很服气地发现,原来测试在 DevOps 中是如此重要,同时,我们内心又在呼唤着并渴望着有一个自动化工具诞生。是的,这就是 DevOps 的精神,敏捷中的协同与亲密,交付中的看板工具与自动化手段,我们能近距离体会到这些精髓,得感谢漂洋过海过来的大咖,他为我们带来如此紧张却又欢乐的沙盘。"

——刘颖,上海北宙企业管理咨询公司总经理

"凤凰项目的沙盘,让我从各种模糊的文字中解脱出来,进入一个真实的环境中。初期的无序状态、争吵式的争辩、人人都是主控者,给人重重一击,让我们回忆起各种真实项目中糟糕的开始。中期的引导和改进,让我们迅速醒悟,自动纠正到正确的轨道上,找出最优模式。而后期的各位哈姆雷特对于 DevOps 不同的见解和总结,让我们得知行业内各种 DevOps 模式,从而得到兵无常势、水无常态的 DevOps 精神真谛,领悟到吸引外界资源、打造适合自己体系的 DevOps 实践才是最好的选择。

"沙盘中,一个又一个的'坑',映射出我们真实工作中的各种问题,让我们不断关注各路环节,快速纠正各种思想,让参与者们在短短 1 天内,通过沙盘的演绎,来熟悉 DevOps 的真实作用、自动化的持续性和贯穿性、思维和沟通的重要性、快速反馈与被拉动的模式,等等。

"我很喜欢里面的各种'坑',即使在后面作为教练的过程中,每看到对'坑'的各种新的解释,都有一种新的感悟,并提醒自己,在 DevOps 这条路上,还需不断前行,保持谦虚谨慎、不断学习的心态。

"凤凰项目沙盘,可以让参与者通过一天的时间,融入到虚拟而又真实的项目中,深刻理解 DevOps 是如何让项目和公司快速转型,让管理者和开发运维测试互相协调,真正掌握 DevOps 精髓,而不再是纸上谈兵。

"希望有志于转型 DevOps 的决策者、开发者们,都能够参与此沙盘,从而快速上手,减少耗费的精力和时间,同时还可以与同道者们积极探讨,获取重要的经验。"

——汪珺,EXIN DevOps Master 授权讲师,凤凰项目沙盘教练

"沙盘游戏，简单，也不简单。"

"首先，游戏好玩。大家扮演不同的角色，根据角色的设定和属性参与游戏。游戏过程中，大家都很投入，发表看法，讨论，甚至争论。当没有完成游戏任务的时候，最初情绪有点低落，然后马上又斗志昂扬地参与改进和优化的讨论。全天、全员、全情投入，中午吃饭的时候大家都在兴奋地讨论，甚至不舍得离开沙盘场地。

"其次，引人深思。学员投入游戏过程中，每个环节老师的点评，往往会让学员陷入很深的思考。比如开发团队不断接新任务，变更团队的能量点用光了不能再做变更了怎么办？在一个轮次结束时，所有任务都成功完成系统上线，本以为这轮能拿高分了，结果老师打了0分，为什么？这些问题的答案，恰恰是 DevOps 的核心思想，没有责备的文化，多团结协作的工作氛围；相互培训技能，一个团队多种技能，在忙时可以分担工作，提高工作的可扩展性；工作流的梳理和顺畅对于效率提升的重要性；自动完成工作对效率有提升；系统上线后业务没有验收，所以是0分，没有业务和管理层的参与，很多工作最后的绩效就是0。这些理论大家都知道，但游戏的过程强化了认识，从游戏上看到理论如何联系实际。冲突出现时的焦虑，解决后的畅快，老师点评后的豁然开朗，伴随之后的深思，简单的沙盘，并不'简单'。"

——张引，凤凰项目沙盘教练

"DevOps 是一种文化运动，是很多企业面临业务快速发展、IT 规模不断扩大时应对 IT 变化的一种帕累托最优选择。凤凰项目是一个 DevOps 传奇故事，它可以带你进入到一个虚拟现实的 IT 运维世界，当你也面临故事中的跨团队、交付缓慢等问题时，应学习 DevOps 理论知识'宝藏'。

"我是国内 EXIN DevOps 首批参与游戏体验的 IT 人。传统 IT 角色一直认为只有自己是王，但当你进入到游戏中，才会发现业务价值（Business Value）的实现及收益才是企业的核心。我们要不断地减少浪费，减少无价值的活动，才能实现收益。不仅要玩好游戏，游戏中你也要反思，为什么要提升软文化与持续交付。你需要持续关注开发与运维的整合，在游戏中，你会遇到前所未有的冲击。你所选择的角色和游戏同事，都会影响你们之间的沟通以及游戏的胜负。

"游戏是一种形式，让我们理解 DevOps 的重要性，也让我们认识到改变'本位主义'，通过 One-piece-flow 快速交付 IT 服务或产品，应用持续改进与反馈，从错误中不断学习，才能实现业务价值最大化的收益。

"从当年的 ITIL®阿波罗13号沙盘模拟到今天 DevOps 沙盘模拟体验，你会发现 EXIN

每一次都站在 IT 前沿，越过那'地平线'看见了'新世界'。今天我 DevOps Master 了，你 Master 了吗？让我们一起在 DevOps 下高兴地'玩耍'。

——李岩，IT 管理咨询顾问

《凤凰项目》是一本将 DevOps 实例化到你我生活的书，是 IT 人最好的娱乐。当你发现自己对着书里面的场景傻笑的时候，或者你在处理变更过程中想起书里的那位大拿的时候，你就会明白我在说的'娱乐'是什么。作为一名本书的爱好者，能够实际体会书中的场景是一种非常特别的感受。将你可能要几年才能体会的各种甜酸苦辣集中在短短的一天之内，是《凤凰沙盘》的独特魅力。看到团队的任务卡片在看板上如瀑布一般流下的那种酣畅淋漓，看到团队自己体会单件流、测试提前等最基本的流程优化方法时的那种欣慰，就如同破茧而出、最终成蝶的那一刻的感动。而这一切，你只能体会，不能言传……经验，对没有经验的人来说从来都毫无价值！"

——徐磊，LEANSOFT 首席架构师，EXIN DevOps Master 授权讲师

"首先非常高兴能够成为凤凰项目沙盘的官方授权教练。我第一次接触凤凰项目沙盘是从学员身份开始的，当时我已经在 DevOps 领域有了一定积累，并且也很喜欢《凤凰项目》这本小说，能够以角色扮演的方式参与到沙盘的实践情景演练中自然非常兴奋，在过程中对 DevOps 的精髓以及如何让团队变得更有效率产生了深刻体会。第二次接触沙盘是其设计者希尔特先生的 TTT 课程，在课程中进一步体会到沙盘先进的设计理念，不仅仅是传授 DevOps 有效落地的方式或精益看板方法，更重要的是需要通过教练的引导帮助团队不断反思和持续改进。第三次接触沙盘就是以助理教练身份带队参加国际最佳实践联盟的百人沙盘大赛，比赛现场非常壮观，各位教练和学员可以说是各显神通，在追求团队协作与加速价值流动方面无所不用其极，我和景韵老师所带领的团队更是非常优秀，四轮迭代下来几乎以零缺陷的高质量取得了超高分数，最终胜利赢得凤凰项目沙盘大赛的冠军。到目前我已经作为教练跑过多次沙盘了，每带领团队完成一次沙盘演练，都对其设计的严谨性及 DevOps 从理论到实践转化的过程有更深层次的认识，相信参与过沙盘演练的学员更是收获颇丰。如果你还没有参与过凤凰项目沙盘演练，那么快来吧，我在这里等你。"

——张乐，前百度资深敏捷教练，EXIN DevOps Master 授权讲师

"沙盘是种体验式的学习模式，让走进凤凰沙盘的每一位学员扮演故事中的不同角色，身临其境般体会无极限公司从传统渠道零售商转型到 BAT 这类互联网电商平台所面临的各种挑战。

"沙盘设计的四轮场景中，再现了各类角色项目中通常遇到的问题，跨部门合作冲突，频繁的业务需求变更，IT 系统建设消耗大量资源等，也正是 DevOps 需要解决的问题。

"而 DevOps 如一剂灵丹妙药，将最佳实践融入到四轮场景中，学员在沙盘模拟过程中运用看板、自动化工具，将质量融入到每个环节中，实现单件流，减少在制品，拒绝浪费，提高团队默契，聚焦完成，领会到工作方式的改变，新技术、新工具和流程优化可以让项目的建设周期加快，提升竞争力和盈利能力。

"不同知识背景的学员在一天的沙盘模拟过程中，体验到从混乱冲突的陌生人到井然有序的 DevOps 团队的转变，意识到 DevOps 不仅仅是流程或工具的自动化，而且也会改变行为和公司文化，潜移默化地影响每一个人。"

——王健飞，慧与（中国）有限公司产品总监

"虽然《凤凰项目》原著被归类于 IT 书籍，但越来越多的读者通过这本书看到的是一个敏控项目管理的传奇故事。虽然《凤凰项目》主打 DevOps 沙盘，但越来越多的参与者在沙盘演练的过程中体验到了敏控项目管理的成功实践。从实际情况来看，《凤凰项目》沙盘参与者适用范围很广。希望现场体验项目群成果（MSP®）如何按期转化收益的项目管理人士；希望通过精益（LEAN）、敏捷（AGILE）和 IT 服务管理流程如（ITIL®）等最佳实践为业务创造价值的 IT 专业人士；希望运用敏控项目管理，通过 DevOps 转化 IT 项目成果，实现业务收益的项目经理、IT 管理人员和业务人员等。每个参与者的实际情境不同，体会和收获也极具个性。《凤凰项目》沙盘的绝佳体验不仅来自于沙盘演练本身，更有赖于教练对沙盘演练的复盘引导。高质量的复盘，帮助参与者真正桥接了自己的实际情境与最佳实践之间的最后一公里。"

——王二乐，标准梦工场创始人，国际最佳实践管理联盟中国区副主席

"敏捷和控制如何共存？这是人们经常问我的问题，我的答案没有什么恢弘的大道理，而是建议他们体验《凤凰项目》和《挑战埃及》两个沙盘，如果说《挑战埃及》项目管理沙盘演绎了敏控项目管理中'受控中如何敏捷'的落地方式，《凤凰项目》DevOps 沙盘则通过工作流程（Process）、组织（Organization）、技术（Technology）和信息（Information）四个方面展示了敏控项目管理中'敏捷中如何受控'的蓝图推演。两个沙盘双剑合璧充分展现敏控项目管理的实践落地：Just Gamify It! 关于玩沙盘的时机？最好的时机是'现在'，其次好的时机是组织团队建设的时候。"

——乔锐，《敏控创变：自定义成功项目管理》《拆·解》作者

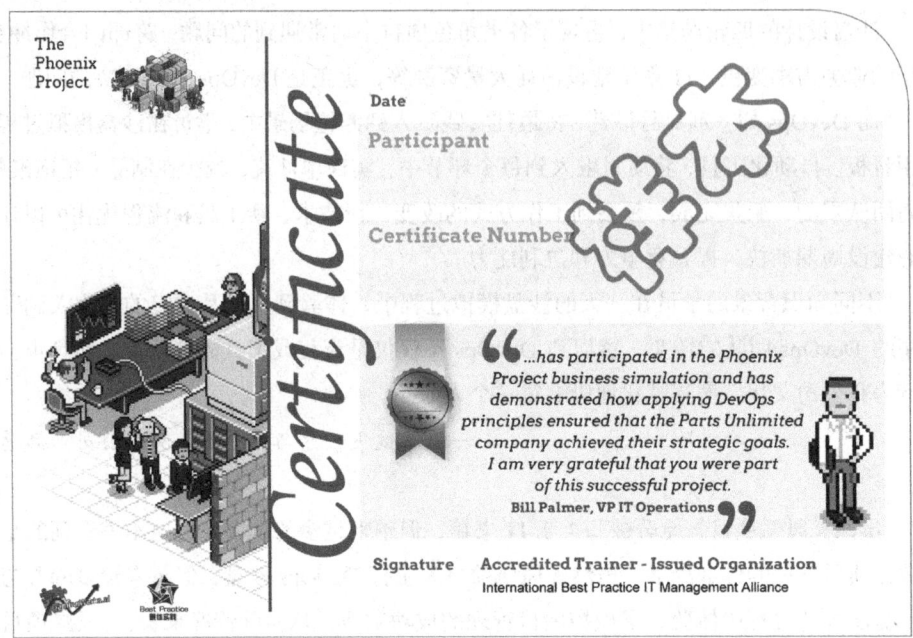

凤凰项目 DevOps 沙盘证书样本

凤凰项目沙盘开发者简·希尔特先生在讲解使用可视化学习工具——看板

中国首批参加凤凰项目沙盘讲师授权培训的合影

风靡全球的 DevOps 凤凰项目沙盘

DevOpsDays，荷兰阿姆斯特丹站的凤凰项目沙盘现场，2017年6月

中国首届IT管理最佳实践沙盘挑战赛——敏捷联盟战队，2017年7月，北京

中国首届IT管理最佳实践沙盘挑战赛——九支战队,一零八将同场竞技,2017年7月,北京

中国首届IT管理最佳实践沙盘挑战赛——参赛指导教练,2017年7月,北京

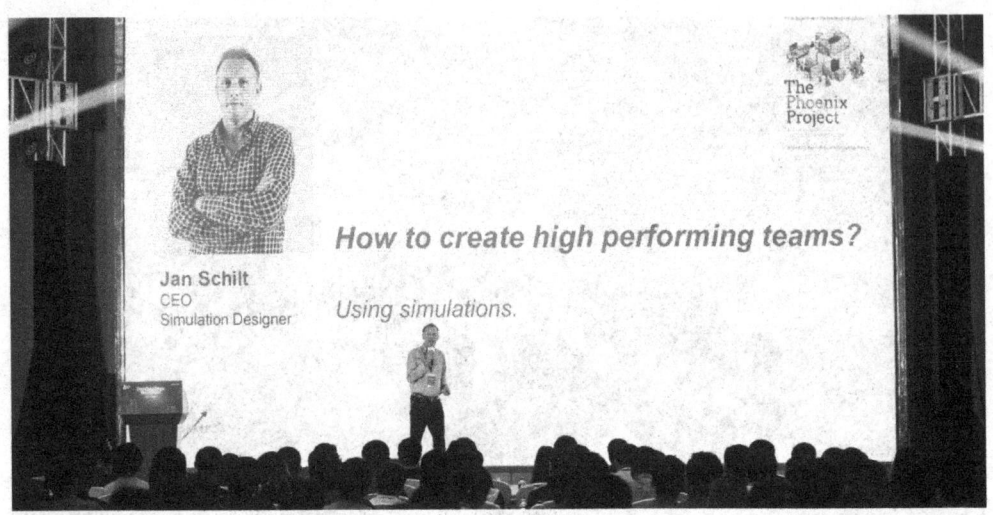

凤凰项目沙盘创造者 Jan Schilt 先生，2018 年 11 月，DevOpsDays，中国深圳

DevOpsDays 中国发起人孙振鹏先生，2018 年 11 月，DevOpsDays，中国深圳

中文版附录：凤凰项目沙盘 | **335**

凤凰项目沙盘大赛成员合影，2018 年 11 月，DevOpsDays，中国深圳

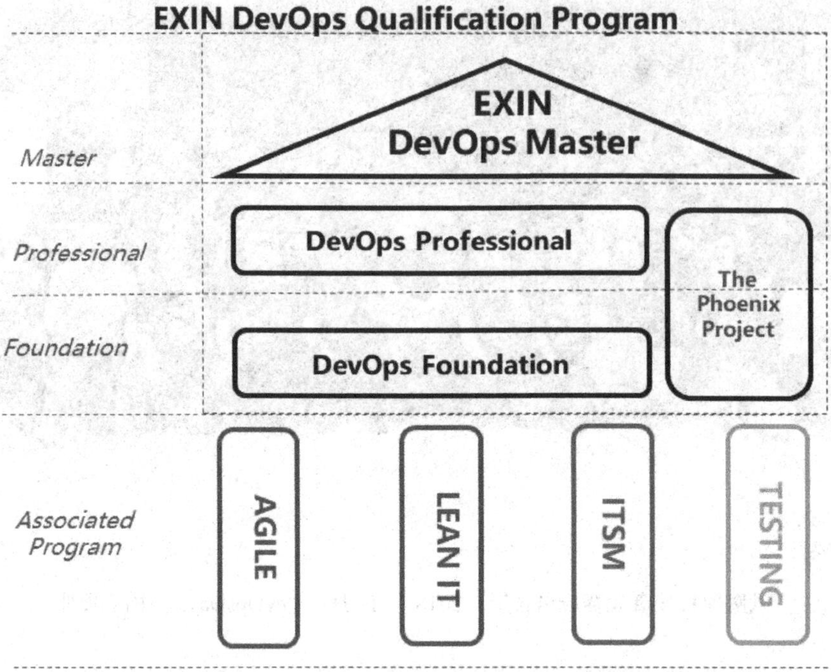

EXIN DevOps Qualification Program

Master: EXIN DevOps Master

Professional: DevOps Professional

Foundation: DevOps Foundation

The Phoenix Project

Associated Program: AGILE | LEAN IT | ITSM | TESTING

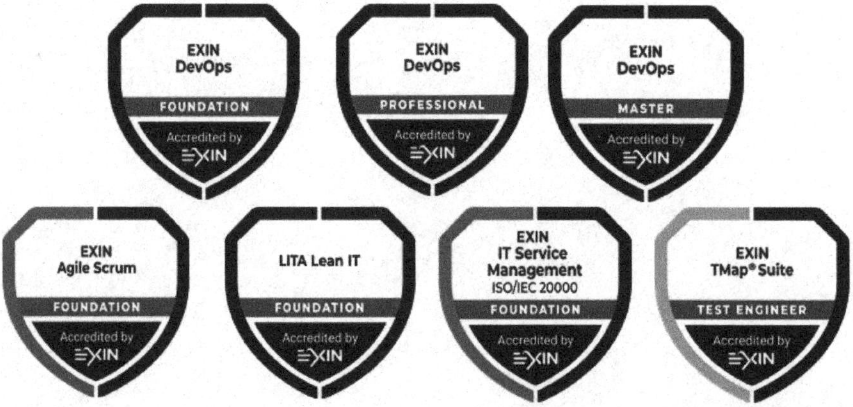

- EXIN DevOps FOUNDATION (Accredited by EXIN)
- EXIN DevOps PROFESSIONAL (Accredited by EXIN)
- EXIN DevOps MASTER (Accredited by EXIN)
- EXIN Agile Scrum FOUNDATION (Accredited by EXIN)
- LITA Lean IT FOUNDATION (Accredited by EXIN)
- EXIN IT Service Management ISO/IEC 20000 FOUNDATION (Accredited by EXIN)
- EXIN TMap® Suite TEST ENGINEER (Accredited by EXIN)

"凤凰项目沙盘"被 EXIN 国际信息科学考试学会指定为 DevOps Master 认证考核实践作业